Das Herz der Sioux

Band 3

„Tränen des Adlers“

1.Auflage 2008
Persimplex Verlag, Wismar

Illustration Umschlag
Michael Franke, Ebersbach
www.many-nations.de

Druck: Kunsthaus Schwanheide
http://www.kunsthaus-schwanheide.de

Autor: Peter Marsh
www.lakotaheart.de

ISBN: 978-3-940528-20-9

Persimplex Verlag im Internet: www.persimplex.de
Email: kontakt@persimplex.de

Das Herz der Sioux

Band 3
„Tränen des Adlers“

Peter Marsh

Persimplex Verlag

An Stelle eines Vorwortes

Bereits seit 1995 führt Charly Juchler erfolgreich seine Lakota Kultur- und Landschaftsreisen, in enger Zusammenarbeit mit Freunden, Organisationen und Institutionen durch. Das große Interesse und die bisher durchgeführten Reisen zeigen, dass er in die richtige Richtung hin arbeitet.
Ein großer Teil seiner erzielten Verkaufserlöse fließen in den Lakota-Hilfsfond „CHANKU LUTA - DER ROTE WEG". Dadurch ist es möglich geworden umfangreiche Hilfen für Lakotafamilien zu gewähren und Projekte in den Reservationen Pine Ridge und Rosebud zu unterstützen.

Konkret beinhaltet das z.B.:

- finanzielle Unterstützung von Sängern bei Zeremonien
- Spende von Lebensmitteln für traditionelle Riten (Sonnentanz, Wettbewerbe für Jugendliche, u.ä.)
- finanzielle Unterstützung beim Rückkauf sakraler Gegenstände
- Mitfinanzierung von Projekten für Schulkinder in den Lakota-Reservationen
- Unterstützung bei der Finanzierung von Flügen von Lakotakünstlern in die Schweiz

Dies ist keine Stiftung und durch eine sehr limitierte Administration ist es möglich, die gesammelten Mittel direkt und ohne Abzüge in die Projekte investieren zu können.
Durch eine überwältigende Hilfsbereitschaft ist es bereits in der Vergangenheit gelungen, wichtige soziale Projekte zu fördern.

Im November eines jeden Jahres wird auf der Chanku Luta Homepage www. the-red-road.com

Rechenschaft über die Verwendung der Spenden abgelegt.

Im Namen von Charly Juchler danke ich für das entgegengebrachte Vertrauen und hoffe weiterhin auf Unterstützung!

Die Größe der Menschen liegt in der Weite ihrer Herzen …

Migros Bank, 8401 Winterthur, Schweiz
CH 88 0840 1016 1803 9490 9
Juchler Karl Albert
Chanku Luta
Konto 84-704-3

Wanbli Gleska Olowan
Ikce Wanbli Gleska wan Oo
kta kiyan pi k' un
Wana he yelo, wana he yelo,
wana he yelo.

Gefleckter Adler Lied
Ein gewöhnlicher gefleckter
Adler hast du gesagt wird kommen.
Nun jetzt ist er da,
jetzt ist er da, jetzt ist er da

Rodney looking Owl ...

... und immer noch erfüllt es mein Herz mit tiefer Trauer und Freude zugleich, denke ich zurück, an die vielen Erzählungen meines Großvaters, Looking Owl, des Alten.
Oh ja, mein Großvater war ein wahrhaft großartiger Geschichtenerzähler. Nie werde ich die traurige Geschichte der sterbenden Mustangs vergessen, als die Wasicun in ihren Blaujacken kamen, um mit Hilfe der feigen Pawnee unsere Mustangs abzuschlachten. Oft, wenn es ganz still ist, ist mir fast so, als könne ich im leisen Säuseln des Windes ihre Stimmen und ihre verzweifelten, tagelang andauernden Schreie hören, während sie zusehen mussten, wie ein vierbeiniger Gefährte nach dem anderen, oft noch nicht einmal tödlich verwundet, unter qualvollen Schmerzen zusammenbrach, bis sie dann selber dieses Schicksal ereilen sollte.
Fast zerreißt es mich, denke ich darüber nach - und auch wenn so viele Generationen seit her gekommen und gegangen sind, kann und werde ich niemals ein Bruder oder Freund der Pawnee werden, geschweige denn von diesen Wasicun.
Sicher, sie sind nicht mehr unsere Todfeinde, aber niemals werde ich vergessen, was mich mein Großvater lehrte.
Doch wusste er auch andere Dinge zu berichten, denn auch er hatte noch viele glückliche Sommer und Winter in Freiheit erleben dürfen. Gern wäre ich zu dieser Zeit zusammen mit meinen Ahnen über die weiten Grasebenen Tatanka nachgejagt und hätte das fröhliche Lachen unserer Kinder gehört, denn es waren wirklich ganz andere Zeiten und was für welche ...

1.Kapitel

Kopf an Kopf standen die bemalten Mustangs ihrer Väter mit wehenden Mähnen, bereit, gemeinsam mit ihren zweibeinigen Brüdern den Weg ins Land der vielen Zelte anzutreten.
In ihrer jeweiligen Kriegsbemalung, all ihren Ehrenzeichen und den entsprechenden Stammesinsignien, saßen sie, bis an die Zähne bewaffnet, stolz und aufrecht auf ihren Mustangs im inneren Kreis, der sich um sie formierenden Familienangehörigen.
Manch jüngerer Krieger sah nun, als es zu spät war, beschämt zu Boden, da er es nicht mehr für nötig befunden hatte, auch nur einem dieser mehr als ehrenwerten Krieger in der Vergangenheit eine Einladung für einen Kriegszug zu überbringen.
Alle Familien waren zusammengekommen, um den alten Kriegern ein letztes Mal ihre Aufwartung zu machen und ihnen den nötigen Respekt zu zollen. Viele Tränen sollten an diesem Tage noch von dem durstigen Boden der Plains aufgesogen werden, bevor die alten Männer in den Kampf zogen.
Ergriffen von der Tapferkeit und den Mut ihrer alten Krieger, dankbar, dass es ihnen vergönnt war, so lange Zeit unter ihrem Schutz an ihrer Seite leben zu dürfen, und zugleich von unsagbarer tiefer Trauer übermannt, standen sie ihren Lieben in diesem Leben nun ein letztes Mal gegenüber.
Doch so groß der Schmerz auch sein mochte, waren sich alle darüber einig, dass es ein Wiedersehen in einer anderen Welt geben würde, und sollten ihnen auch noch so viele Generationen folgen, das Herz der Sioux würde nie aufhören, zu schlagen, da alle ihre Ahnen immer in ihnen weiterleben würden.
Wolkenschild, der schweren Herzens, begleitet von seinen Brüdern, nicht nur von Büffelrücken, seinem geliebten Lehrmeister und Großvater Abschied nahm, war elend zu mute. Fallender Stern, er war wahrlich der Bruder seines Vaters, den

er nun endlich, erst nach so langer Zeit kennen lernen durfte, nur um ihn wieder davonreiten zu sehen. Innerlich kannte er die nicht ausgesprochenen tieferen Beweggründe der aufgebrochenen Kriegerschar und er verstand es, sah nur zu und schwieg, er war der Wicasa Wakan.
Das Leben und das ehrenvolle Verhalten im Kampf, wie die alten Krieger es kannten, sollten nun für immer vorbei sein. Nie wären sie in der Lage gewesen, sich anzupassen und Feinde, die ungestraft Gesetze übertraten und in ihren Jagdgründen schamlos wilderten, zu dulden. Sie waren Krieger, als Krieger wurden sie geboren, hatten als Krieger gelebt und würden als Krieger diese Welt verlassen wollen. Es war ihr freier Wille, frei von über sie bestimmenden Verträgen, lieber ihren Weg zu beenden, auf eine Art, wie es nur ein Kind des Großen Weltgeistes zu tun bereit war.
Obwohl ihm seine Frau Honigtau die Hand hielt, gelang es Wolkenschild nur mit viel Mühe, die eiserne Würde des Geheimnismannes zu wahren und er blickte, um sich abzulenken, voller Trauer auf seinen geliebten Sohn Sleeping Rabbit. Wiegendes Gras und die anderen alten Frauen standen eng in ihrem Schmerz beieinander, in der gemeinsamen Hoffnung, vereint ihren Männern recht bald folgen zu dürfen. Doch bis es soweit war, würden sie behütetet durch ihren Stamm mit allem, was sie zum Leben brauchten, versorgt werden.

Fast auf den Punkt genau, hatten alle Lakota plötzlich den Atem angehalten.
Badger, Anführer des einzigartigen zusammengewürfelten Kriegstrupps, hatte seine Kriegslanze hoch über seinen Kopf gehoben und stieß, während er sie zweimal in der Luft kreisen ließ, den Kriegsruf der Lakota aus. Gefolgt von den Kriegsrufen der Shoshone und der Crow.
Überall im Lager stimmten die jüngeren Krieger in das wilde Kriegsgeschrei mit ein, denn auch sie wussten inzwischen, was

er dieses Mal zu bedeuten hatte. Es war ein Abschied. Nie mehr würden sie ihn in ihrer gewohnt vollkommenen Freiheit hören dürfen.
Noch während das Kriegsgeschrei in den Ohren der Angehörigen nachklang, preschte ihr einstiger Kriegshäuptling, von seinen Getreuen gefolgt, zweimal rund um ihr Lager herum, bevor sie den Augen ihrer Angehörigen in Richtung der aufgehenden Sonne für immer entschwinden sollten.
Langsam verschwand das riesige Lager am Horse Creek, welches ganz in der Nähe des Platte River stand, mit dem verwaschenen Horizont, den davoneilenden Kriegern aus den Augen.

*

Der Verlust seines Adoptivvaters, Großvaters und seiner Onkel legte sich schwer auf das Gemüt von Wolkenschild, der immer noch den Punkt am fernen Horizont fixierte, an dem sie seinem Gesichtskreis vor wenigen Augenblicken für immer entschwunden waren.
Nun war es unumstößlich, er war der neue Wicasa Wakan der Wolkenschilder vom Stamm der Sichangu, der zweitgrößten Gruppe der Lakota.
Genau wie seine Brüder, der aufrechte und immer zu Scherzen aufgelegte ältere Feuer in seinen Augen, der Kriegshäuptling ihrer Gruppe, wie auch sein jüngerer Bruder Adlerstimme. Niemand im Akicitabund der Präriedachse konnte die rauchigkratzige Stimme des jungen Mannes überhören, wenn er seinen Kriegern im Kampf oder auf der Jagd Anweisungen zukommen ließ.
Auch ihnen tat der Verlust ihrer lieben Angehörigen weh, weshalb sie sich, fast wie abgesprochen, bei dem einsam stehenden Wolkenschild einfanden.

Gedankenverloren blickten die drei Brüder gemeinsam in die Ferne.
„Es ist wie damals, in der alten Legende, vor fast fünfzig Sommern.“
„Nur das es mehr, als das ist, aber unser jüngerer Bruder hat recht, die Geisterkrieger, ja, sie reiten wieder. Nur dieses Mal – dieses Mal kehren sie nicht zu uns zurück.“
„Wir sind gekommen, um euch bei den kommenden Verhandlungen mit den Wasicun, die nötige Weisheit unserer Ahnen zu wünschen!“
Alle Drei sahen sich erstaunt um. Hinter ihnen standen mit den gleichen leuchtenden Augen, wie die eines Kriegers, Wiegendes Gras und Pearl Bracelet, die Frauen von Badger und Igelarsch, die an der Spitze der Geisterkrieger in ihren letzten Kampf gezogen waren.
„Wir danken euch, aber ich verstehe nicht?“ Fragenden Blickes deutete Wolkenschild auf die beladenen Packtiere und den Mustang seiner Mutter und den seiner Tante.
„Wirklich nicht, mein Sohn?“ Mit gutmütigem Lächeln blickte Wiegendes Gras auf Wolkenschild und ihre anderen beiden Söhne.
„Oh nein, ihr etwa auch?“ Wie ein Faustschlag traf ihn die Erleuchtung und er sah die beiden vom Alter gezeichneten Frauen entsetzt an. „Unsere Väter sind Krieger, ich verstehe, dass sie sich nichts von den weißen Männern befehlen lassen können, und sich nicht damit abfinden werden, dass auf dem Land ihrer Ahnen Straßen und große hölzerne Tipis gebaut werden sollen. - Aber ihr?“
„Das Leben wird sich mehr und mehr verändern. Es wird nach Beendigung der Verhandlungen nicht mehr unser Leben sein, so wie wir es seit Generationen her kannten. Ich weiß es und ihr, meine drei großen und tapferen Söhne, ihr wisst es auch. Euer leiblicher Vater war der Bruder meines Mannes, der durch ihn mehr erfahren durfte, als es gut für ihn war. Oft, sehr oft in

der Nacht, wenn er schlief, haben sie sich in seinen Träumen getroffen, dann ..." Wiegendes Gras lachte, „dann im Traum war sein Mund wie der eines alten Weibes." Sie kicherte leise vor sich hin. „Er hat es nie erfahren, dass ich es bemerkte, doch weiß ich, wie schwer das Wissens um unser Volk auf seinen Schultern lastete. Seine Aufgabe ist nun erfüllt, da seine Söhne sie ihm jetzt abgenommen haben. Und genau wie Pearl Bracelet an der Seite von Igelarsch ins Land der vielen Zelte gehen wird, so werde ich es an der Seite eures Vaters tun. Dort, wo mein und ihr Platz immer gewesen ist und auch dort", sie blickte suchend zu Vater Himmel, „auch immer sein wird!"
„Mutter!" Adlerstimme ging auf sie zu und nahm sie, frei von jeglichem Schamgefühl, so, als sei er noch ein kleiner Junge in die Arme, um im Anschluss auch seiner Tante die gleiche Aufmerksamkeit zukommen zu lassen.
„Wenn ihr angekommen seid, dann erzähle unserem leiblichen Vater von uns", bat Feuer in seinen Augen und verabschiedete sich auf die gleiche Art, wie seine beiden jüngeren Brüder es vor ihm getan hatten.
„Glaubt mir, ich brauche ihm nichts zu erzählen, er weiß bereits alles über euch!", rief ihnen Wiegendes Gras zu, während sie ihren Mustang in Bewegung setzte.
„Eine gute Reise - wir sehen uns wieder - dort!"
Ein letztes Mal sahen sich die beiden alternden Frauen um, um den prächtigen Söhnen ihres Stammes zum Abschied zuzuwinken. Dann wurde es still und nur leichtes Vogelgezwitscher, das Zirpen, der im Gras umherspringenden Grillen und das aus der Ferne kommende Wiehern, aus der riesigen Herde der Mustangs waren noch zu vernehmen.

*

Endlich konnten die alten und die neuen Geisterkrieger, fast genauso außer Atem wie ihre Mustangs, das wahnwitzige

Tempo drosseln, mit dem sie aus dem Lager hinausgeschossen waren, und sich in Ruhe umsehen.
Es war soweit. Sie waren wieder allein.
Anstatt Trübsinn herrschte jedoch eine ungewöhnlich ausgelassene und fröhliche Stimmung unter den älteren Männern.
Badger konnte nicht anders und fing an, herzlich zu lachen. „Na, ihr Krieger? War das nicht ein wunderbarer und gekonnter Abgang? Das stellt jeden zukünftigen Aufbruch einer Kriegerschar in den Schatten, so schnell macht uns das keiner nach, was?“
Beifall und überschwängliche Zurufe seiner Gefährten bestätigten Badger in seiner Annahme, eine außergewöhnliche Show abgeliefert zu haben.
Schnell entledigten sich die Männer ihrer Festtagskleidung, die sie vor ihrem Aufbruch angelegt hatten, und wischten sich die grellen Kriegsfarben aus den Gesichtern. Vollkommen unbeschwert ritten sie wenige Momente später ganz ungezwungen und in ihrer gewohnt lässigen Haltung in südöstliche Richtung, wo sie, wenn alles glatt verlief, in einigen Sonnen die Gebiete der Pawnee erreichen mussten.
Keiner der Männer hatte es sehr eilig und alle genossen das Beisammensein mit ihren alten und neuen Freunden. Hin und wieder nahm man sich ausgiebig Zeit für die Jagd und legte auch regelmäßig eine ausgedehnte Rast ein.
Selbst auf ein wärmendes Feuer in den bereits schon kühler werdenden herbstlichen Nächten brauchten die inzwischen nicht mehr so Kälte unempfindlichen Krieger zu verzichten, denn sie waren nur zu einem Zweck aufgebrochen, um zu kämpfen und früher oder später würde sich die Gelegenheit schon von alleine ergeben. Aber warum sollte man bis dahin auf alle lieb gewonnenen Annehmlichkeiten verzichten, das wäre unsinnig gewesen.
Büffelrücken, wie auch all die anderen Männer liebten es und konnten es kaum erwarten, bis des Abends die Sonne weit im

Westen endlich wieder ihre glutrote Färbung annahm. Dann war es wieder so weit, wenn man am gemeinsamen Feuer Platz nahm, und sich vom Beginn der abendlichen Stunden an, bis hin zur Nachtruhe an weit zurückliegenden Heldentaten überschwänglich ergötzte.
So verging Tag um Tag und ein Abend wie der andere, doch da alle auf ein langes und gutes Leben zurückblicken durften, sollte ihnen der Stoff, aus dem ihre Heldentaten gesponnen waren, noch so manchen Abend, gemütlich ihre Pfeifen rauchend, versüßen.
Zeit spielte für die neunköpfige Kriegerschar nun keine Rolle mehr und so gaben sie sich auch nicht der Mühe hin, die Tage seit ihrem Aufbruch zu zählen.
Nur eines war sehr merkwürdig. Fast schien es hin und wieder so, als ob sie von zwei Reitern verfolgt würden.
Doch jedes Mal, wenn sie dann eine weitere Rast einlegten und versuchten, Näheres über die zwei fremden Reiter zu erfahren, waren sie wie die Schatten einer mondlosen Nacht vom Angesicht der Erde fortgefegt worden.
Eines morgens, kaum dass sie wenige Momente auf ihren Mustangs saßen, da zeichneten sich am fernen nördlichen Horizont deutliche Rauchschwaden inmitten der morgendlichen Nebelschleier ab.
Von dem so sehnlichst erwarteten Kampf, so wie von der Neugierde des rauflustigen Kriegers getrieben, legten sie dennoch in aller Ruhe ihre beste Kleidung an und schmückten sich und ihre Kriegsponys.
Würdevoll und ihrer Art entsprechend, verabschiedeten sie sich vorausschauender Weise, jedoch ohne großes Gerede voneinander, denn noch konnten sie nicht ahnen, wer oder was sie in der Ferne erwarten sollte.
Die Blicke, die sich Badger und Büffelrücken zuwarfen, sagte beiden mehr als Worte. Alles, was es zu sagen gab, war gesagt worden.

„Mit etwas Glück mein Sohn werden wir heute Abend an den Feuern unserer Ahnen zarte Büffellende schneiden!“ Das waren die einzigen Worte, die Badger von seinem Vater vernehmen sollte, bevor sie sich der unbekannten Quelle ihrer Aufmerksamkeit auf Tuchfühlung näherten.
In breiter Formation ritten sie, ihre Waffen für den Kampf bereit, dem erhofften Feind entgegen, doch stoppten alle gleichzeitig ihre Mustangs, als sie die letzte Anhöhe erreichten und sich vor ihnen die sonderbare Ursache des Brandes auftat. Hatten sie den Pawnee etwa Unrecht getan, hatten sie sich letzten Endes dann doch nicht an die Wasicun verkauft und gingen sie nur ihren eigenen Weg des Kampfes?
Die verkohlten Überreste von mehreren fahrenden Tipis und verstreut umher liegenden Leichen erschlagener Wasicun ließen die Lakota und anderen Krieger kurz inne halten, um die Lage richtig einzuschätzen. Niemand der Pawneekrieger, die sich an den Toten und deren Hab und Gut zu schaffen machten, hatte bisher die fremde Kriegergemeinschaft bemerkt. Zu sehr waren sie grölend und lachend damit beschäftigt, die Leichen der Getöteten auf grässlich abnorme Weise zu entstellen. Was sollte das bedeuten, und was taten sie da, fragten sich die neun rätselnden Männer. „Oh nein!“ Büffelrücken hatte mit seinem immer noch recht scharfen Blick etwas entdeckt und deutete mit ausgestrecktem Arm auf das Objekt seiner Entrüstung. Mit weit aufgerissenen Augen sahen sich nun auch die anderen Krieger entsetzt an, da auch sie jetzt bemerkten, was für einen teuflischen Plan sich die Pawnee ausgeheckt hatten.
Aus dem Boden vor dem ersten verkohlten Planwagen ragte eine Kriegslanze der Lakota, genau wie auch in den Toten deren Kriegspfeile und Lanzen steckten. Ein ungeheures Vergehen, denn unweigerlich würde man, da dieses Verbrechen noch während der Friedensverhandlungen begangen wurde, die Lakota zur Verantwortung ziehen wollen.

„Brüder!“, erhob Büffelrücken nun das Wort. „Nun ihr seht, das alles, was geschieht vom Schöpfer allen Lebens vorherbestimmt wurde! Hierher hat er uns geführt, um diesen räudigen Coyoten das Handwerk zu legen!“
„So sei es beschlossen!“, sprach Badger, die Worte Büffelrückens untermauernd.
„Hoka hey! Heute ist ein guter Tag zum Sterben!“
Das gemischte Kriegsgeschrei der verschiedenen Stämme ließ die Pawnee zusammenzucken und erschrocken hochfahren. Dies konnte nur die strafende Antwort der sich getroffenen Plainsstämme auf ihr Fernbleiben am Platte sein. Andere Gedanken konnten sie in den wenigen Sekunden, die ihnen bis zum Zusammenprall mit den fremden und wütend schreienden Kriegern noch blieben, nicht mehr fassen. Mit unbeschreiblicher Wucht drangen Pfeile und Lanzen mit knirschenden und reißenden Geräuschen in die Körper der Kämpfenden ein.
Es waren nicht viele Pawnee, die nach dem Überfall am vernichteten Wagentreck verblieben waren, lediglich nur ein paar Krieger mehr, als die Angreifer selber zur Verfügung hatten, doch machte sich im aufkommenden wilden Handgemenge schon jetzt der Unterschied von jung zu alt empfindlich bemerkbar.
Auf beiden Seiten fiel ein Kämpfer nach dem Anderen tot oder verwundet von seinem Mustang, bis Yellow Plain Feather kurz entschlossen seinen Mustang wendete und mit sicherer Hand zwei Pawnee von ihren Tieren herunterschoss, ehe er selber von einer Lanze in die Brust getroffen wurde. Drei Bären schwang, wütend um sich schlagend, seinen Tomahawk in den Unterleib eines vor Schmerz laut aufschreienden Pawnee, nachdem dieser Regensänger von hinten mit einer erbeuteten Flinte der Wasicun erschossen hatte. Erst ein weiterer kraftvoller Hieb von Drei Bären in seine Kehle, brachte den unglücklich verwundeten Pawnee zum Schweigen. Doch auch Drei Bären fiel nur einen Atemzug später dem Messer des

Pawneehäuptlings zum Opfer und tat neben seinem selbst im Tode noch lächelndem Freund, dem Blauen Berg, seinen letzten Atemzug.
Um seinen jahrelangen Gefährten und nun ebenfalls tödlich verwundeten Freund Winterwind, solange wie es ihm möglich war, den Rücken frei zu halten, kämpfte Igelarsch mit der den Lakota eigenen Todesverachtung gleichzeitig gegen zwei der Pawnee.
Badger und Fallender Stern hatten nicht eine Sekunde Zeit, um nach ihren Gefährten Ausschau zu halten. Rücken an Rücken kämpften sie nun, nachdem man ihre Mustangs unter ihnen weggeschossen hatte, mit der Kraft der Verzweiflung gegen die jungen und starken Krieger der Pawnee. Sie, die Geisterkrieger waren gekommen, um den Weg ins Land der vielen Zelte zu finden. Doch zuvor mussten sie den Pawnee, ohne Ausnahme und ohne Gnade, ihre gerechte Strafe zukommen lassen. Nur diese eine Tatsache verlieh den älteren Männern die Kraft, ihnen standzuhalten.
Ein entsetzliches, fast schon schmatzendes Geräusch, verbunden mit einem spitzen blutigen Gegenstand, der den Häuptling der Pawnee von hinten mit der angreifenden Wucht eines sich aufbäumenden Büffels durchbohrte, ließ Badger erkennen, dass der alte Büffelrücken, immer noch tapfer kämpfend, den jungen Männern seine Stirn bot.
Überglücklich seinem Sohn und dessen Bruder, Fallender Stern, einen Feind abgenommen zu haben, sodass jeder der beiden es nur noch mit einem Gegner zu tun hatte, nickte er ihnen ein letztes Mal freudestrahlend zu, bevor er selber mit brechenden Augen vorn über, in das weiche und zarte Gras der Prärie fiel, welches sich immer singend wieder aufzurichten pflegte, nachdem der große Wicasa Wakan der Sichangu es mit seinen leichten Schritten niedergetreten hatte.
Zwei Pfeilschäfte, von denen nur die Befiederungen aus seinem immer noch beachtlich breiten Rücken ragten, hatten den

Mann, der bereits zu Lebzeiten bei seinen Feinden zu einer Legende wurde, zu Fall gebracht.
„Nun denn mein Bruder, dann wollen wir den letzten Pawneehunden zeigen, wie es Lakota und Shoshone selbst als Greise noch verstehen, jeden Gegner zu erschlagen!"
Ohne weiter auf Igelarsch, den Letzten ihrer Gefährten zu achten, stürzten Fallender Stern und Badger sich jeweils auf einen, der immer noch nicht müde werdenden jüngeren Pawnee, die mit beharrlicher Ausdauer und ohne Rücksicht auf sich selbst, keinen einzigen Meter zurückwichen.
Doch Igelarsch dachte im Traum nicht daran, selbst, als er schon keuchte, wie ein alter Büffel und er sich seines letzten Gegners entledigt hatte, sich nun aus den letzten zwei kämpfenden Gruppen herauszuhalten.
Etwas träge, wie ein schon altersschwacher Berglöwe sprang er den ihm am nächsten stehenden Pawnee von hinten an, aber immer noch kraftvoll genug, um seinen Gegner zu überrumpeln, riss ihm mit seiner linken Hand den Haarschopf zurück und vollführte einen schnellen gekonnten Skalpschnitt mit seiner Rechten. Ehe der Pawnee begriff, was ihn da soeben von hinten gepackt hatte, hielt der bereits nach Luft japsende Igelarsch, den grellen und schon ein wenig heiseren Siegesruf der Lakota ausstoßend, seine blutig tropfende Trophäe für alle sichtbar, hoch über seinem Kopf.
Ein kurzer gurgelnder Schmerzenslaut entwich dem unglücklichen Krieger, während er augenblicklich die Kampfhandlungen einstellte, seinen Tomahawk fallen ließ und mit beiden Händen vorsichtig seinen nackten rosafarbenen Schädel befühlte. Doch Zeit, sich seinem Schmerz hinzugeben fand er nicht, denn Fallender Stern hatte ihm bereits sein Messer bis an das Heft in die Kehle gestoßen. Mit glasigem Blick rollten die Augen des Pawnee in seinem Todeskampf wild hin und her, während er auf seine Knie sackte und soeben auch den letzten seiner Brüder fallen sah.

Wie ein Faustschlag traf die drei überlebenden Gefährten die plötzlich hereinbrechende Stille. Nichts, außer dem sanftmütigen Summen der Insekten und dem beruhigendem Gezwitscher der Singvögel war mehr zu hören und kaum wahrnehmbar umgab die drei schwitzenden Männer die kühlende Brise des Herbstwindes, als sie sich einen ersten Überblick verschafften.
„Wir sind immer noch hier, stimmt's?" Igelarsch sah geistesabwesend auf die an seiner Seite sitzenden und keuchenden Männer.
„Na gut, dann sollten wir uns für unsere Gefährten freuen, denn sie werden heute noch von unseren Ahnen mit allen Ehren aufgenommen werden! Sie, wie auch unsere Feinde, haben tapfer gekämpft!" Fallender Stern nahm mit zufriedenem Lächeln Badgers Bemerkung auf, als er schon im Begriff war, sich um die gefallenen Krieger zu kümmern.
Badger saß gerade an der Stelle, an der sein Adoptivvater und alte Geheimnismann Büffelrücken sein Leben beendet hatte und ihn behutsam auf den Rücken drehte, um in dessen lächelndes Antlitz zu schauen, als ihn ein unerwarteter Schuss erschrocken in die Höhe fahren ließ.
Er, wie auch seine Gefährten starrten wie gebannt in das schmutzige und verweinte Gesicht eines jungen Wasicun. Der neun- bis zehnjährige Knabe, dessen zerzauste blonde Mähne wie bei einem Stachelschwein abstand, stand seine Schrotflinte im Anschlag haltend, schützend vor einem auf dem Rücken liegenden erwachsenen Mann. Gleichzeitig bemerkten Igelarsch, Fallender Stern und Badger, wie sich der Brustkorb, des am Boden liegenden Weißen kurzatmig auf und absenkte.
„Ihr dreckigen Wilden", schrie der Kleine die Drei mit weinerlicher Stimme an, „verschwindet, oder ich puste euch in eure ewigen Jagdgründe!"
Badger hatte die Worte des Jungen sehr genau verstanden und sofort begriffen, dass der Knabe nicht in der Lage war, die

Pawnee von den Lakota zu unterscheiden, obwohl die Lakota doch um so vieles besser aussahen, im Gegensatz zu diesen räudigen fast kahlköpfigen Pawnee. Doch für den kleinen Jungen waren sie alle nur dreckige und schmutzige Wilde.
„Ruhig, kleiner Krieger! Wir sind nicht deine Feinde!“, redete Badger beruhigend auf den Jungen ein, dessen mutiges Auftreten, trotz seiner Angst ihn fast schon beeindruckte. Behutsam und mit offenen, dem Knaben entgegengestreckten Händen ging er langsam auf ihn zu.
„Keinen Schritt weiter!“ Sofort legte der Junge seine Flinte erneut an die Wange, bereit, jeden Moment den Abzug durchzudrücken.
„Gut, ist ja gut. Du kannst die Waffe herunternehmen!“ Augenblicklich sah nicht nur der Junge zur Seite, in die freundlichen Gesichter von zwei älteren Indianerinnen. Die Worte hatte er zwar nicht verstanden, aber der sanftmütige Wohlklang der vernommenen Stimme, ließ ihn die Waffe wieder absetzen. Fragend blickte er zu Wiegendes Gras und Pearl Bracelet, der Frau von Igelarsch. Genauso ungläubig wie der Junge, starrten Badger und Igelarsch auf ihre Angehörigen, die sich mit einem übertrieben freundlichen Nicken von dem Knaben abwandten und nun ihren Männern widmeten.
Mit offenen Mündern sahen die beiden alten Krieger ihre Frauen auf sich zukommen.
„Hattet ihr geglaubt, ihr dürft alleine, ohne uns gehen? He?“ Ohne eine Antwort abzuwarten, ergriff auch Pearl Bracelet nun das Wort.
„So unendlich viele Sommer und Winter waren wir euch immer gute Frauen gewesen, haben das Leder für eure Mokassins weich gekaut“, schimpfte sie, „immer haben wir auf euch gehört und nie widersprochen, doch dieses eine Mal braucht ihr gar nicht erst daran zu denken, uns wieder fortzuschicken!“

„Das werden wir auch nicht!“ Igelarsch ging mit ungehemmten Lachen genau wie Badger auf seine Frau zu und nahm sie, glücklich sie wiederzusehen, in die Arme.
Einzig Fallender Stern blieb mit traurigem Blick alleine zurück, da er unwillkürlich an seine vor zwei Wintern gegangene Morning Song denken musste. Zu tiefst hatte er gehofft, sie heute im Land der vielen Zelte, wie sein Bruder Badger es nannte, wiederzusehen, doch dieser Wunsch sollte ihm vorerst noch verwehrt bleiben.
Der weiße Junge verstand von all dem nichts, aber die Herzlichkeit, mit der sich die Indianer begrüßten, wunderte ihn dennoch. Es sah ja fast schon so aus, als ob diese heidnischen Wilden tatsächlich Gefühle hätten.
Ein leises schmerzhaftes Stöhnen zu Füßen des Kindes ließ auch die Lakota und Fallender Stern aus ihren Gedanken, egal welcher Natur sie in diesem Moment auch sein mochten, wieder erwachen.
Badger wandte sich zu den beiden Wasicun um und ging nun langsam auf sie zu. „Habe keine Furcht, die Krieger, die euch überfallen haben, sind auch unsere Feinde. Das macht uns nicht gleich zu Freunden, aber zumindest könnten wir doch etwas höflicher miteinander umgehen!“
„Was?“ Stammelte der erstaunte Junge auf Badger blickend, der gerade dabei war, sich um den Onkel des Knaben zu bemühen. Sofort erkannte der Lakota, dass dem Mann nicht mehr zu helfen war, da er eine tödliche Schussverletzung in seiner Bauchgegend erhalten hatte.
„Ihr sprecht unsere Sprache?“, hauchte ihm der schon stark geschwächte Mann, fast schon zu leise, um es verstehen zu können, entgegen.
Badger nickte nur besorgt, da er von der Seite sehr deutlich den ängstlichen Blick des Knaben spürte.

„Ihr seit nicht die Brüder von denen?“ Badger schüttelte verneinend den Kopf, als der sterbende Bishop mit einem kurzen Blick auf die getöteten Pawnee deutete.
„Es sind unsere, genau wie eure Feinde!“
„Das ist gut.“ Erleichtert nickte Bishop und ließ sich wesentlich entspannter wieder auf den von seinem Blut getränkten Prärieboden zurücksinken, um in Frieden seine letzten Atemzüge zu tun.
„Bitte! Ihr müsst mir etwas versprechen! Wollt ihr das tun?“ Kaum das Badger die leisen Worte des Mannes verstanden hatte.
Der alte Krieger nickte. „Was sollen wir für dich tun?“ Badger war unwohl zumute, aber es gehörte sich nicht, einem Sterbenden seine letzte Bitte abzuschlagen.
„Bringt bitte Arthur-Friedrich zu seinen Eltern. Sie leben in Minnesota, am ..., er ist ein guter Junge. Bitte, helft ihm, alleine wird er es nicht schaffen.“
Ernsten Blickes vernahm Badger die Worte des Mannes, dem er, genau wie allen anderen Wasicun am liebsten den Skalp genommen hätte, aber seine Auffassung von Ehre verbot es ihm.
„Versprecht ihr es? Bitte!“ Badger blieb die Antwort immer noch schuldig, da er mit seinem inneren Schweinehund noch nicht zu Ende gerungen hatte.
Der Mann hob, vor Anstrengung zitternd, seine Hand und griff nach der des Jungen, da er an seinem Kopfende kniete.
Obwohl Badger hin- und hergerissen war, musste er ihm, solange noch das Leben in ihm weilte, antworten. „In Ordnung, wir versprechen es. Wir bringen ihn zu seinen Eltern!“
Der Mann lächelte ein gequältes letztes Mal in seinem Leben kurz auf. „Ich danke euch!“, mit einem allerletzten Blick des Abschieds auf Arthur, „sei ein braver Junge, sie werden dir helfen!“ Dann schloss er seine Augen und ließ seine Seele den Körper verlassen.

Nur vereinzelte lautlose Tränen tröpfelten wie die Vorboten eines brechenden Staudammes aus den Augen von Arthur hervor. Hilfe suchend sah er verzweifelt in die Runde auf die schweigenden und noch blutverschmierten Indianer. Was würden sie wohl jetzt mit ihm anstellen, fragte er sich, da er nicht im Entferntesten damit rechnete, dass der alte Krieger sein Wort halten würde.
Jeden Moment würden sie sich über ihn hermachen und so, wie er es aus unzähligen Abenteuergeschichten aus dem Osten her kannte, auf grausame Weise zu Tode foltern. Aber nichts dergleichen sollte geschehen.
Sich vorsichtig nähernd, trat Wiegendes Gras nun heran und kniete sich neben Arthur nieder. Liebevoll zog sie ihn heran, um ihn in die Arme zu schließen, da sich, wie bei fast allen Frauen in einer solchen Situation die Natur regte und mütterliche Gefühle einstellten. „Ist ja gut!“, sprach sie beruhigend in Lakota, welches die Zauberworte sein sollten, die er zwar nicht verstand, aber dennoch ausreichen sollten, um die Schleusen in seinen Augen gänzlich zu öffnen.
„Bäh!“ Diese Wasicun, sie waren ja so was von anders. Unangenehm berührt wendeten sich die Krieger mit gerümpfter Nase und gekräuselter Stirn ab und kümmerten sich um die Körper ihrer gefallenen Brüder.
„Was machen wir nun mit ihm?“, fragte Igelarsch mit ernstem Blick.
Schweigend sah Badger zum Himmel, bevor er antworten konnte.
„Ich habe dem Wasicun ein Versprechen gegeben!“
„Und?“
„Und was?“
„Na, was hast du ihm versprochen?“ Doch Badger wusste nicht so recht, wie er die richtigen Worte über seine Lippen bringen sollte und versuchte, es vorsichtig anzugehen. „Wer von euch war schon einmal bei unseren Dakota-Brüdern?“

„Bei den Santee – aber was soll das nun schon wieder heißen?“ Igelarsch wurde von einer sichtlich nervösen Unruhe gepackt. Fallender Stern stand jedoch mit verschränkten Armen und schmunzelndem Gesichtsausdruck etwas abseits und freute sich auf den bevorstehenden und sicher recht abenteuerlichen Weg ins Land der himmelblauen Wasser.

2.Kapitel

Überall, selbst in den Gräsern, die der Wind so sanft ohne einen Laut streichelte, oder aus dem gewaltigen Lager der verschiedenen Stämme, die sich hier versammelt hatten, um den ersten Laramievertrag mit dem weißen Mann abzuschließen, drang kaum mehr ein Geräusch.
Alle Völker des großen Weltgeistes schienen instinktiv zu spüren, dass sich ihre Zukunft dramatisch und nicht zu ihrem Besten verändern sollte. Niemandem war mehr nach Lachen zumute. Selbst Skan, Vater Himmel, verdunkelte sein Antlitz, um über die gegenwärtige Situation seinen Unmut offen auszudrücken.
Von nun an sollten Wagentrecks ihr Land durchqueren dürfen und Soldaten würden in großen eingezäunten hölzernen Tipis über die Sicherheit ihrer „Roten Kinder“ wachen wollen. Weiterhin sollte genau festgelegt werden, welche Gebiete welche Stämmen für sich in Zukunft beanspruchen durften. Weshalb nur?
Für ihr Entgegenkommen wurden Lebensmittel und andere Waren, sogar jährliche finanzielle Mittel vertraglich zugesichert. Ihre Roten Kinder sollten so großen Gefallen an den Dingen der Wasicun finden, um dann letztendlich in eine Art Abhängigkeit zu geraten.

Welche Dinge mochten das wohl sein, fragten sich die Häuptlinge aller Nationen, da sie alles, was sie zum Leben brauchten vom Schöpfer allen Lebens in reichem Maße und Überfluss bereits erhielten.
Langsam schlenderten die drei Männer wieder dem großen Lager entgegen. Aber was sich ihrem Blick bot, glich eher einem wüsten Traum und in jedem der Brüder wirkte unterdessen immer noch das andere Bild, der in den Kampf ziehenden neun betagten Geister-Krieger nach.
Nie würden sie und ihre anderen zurückgebliebenen Angehörigen dieses beeindruckende Schauspiel und den überwältigenden Anblick, der in ihren letzten Kampf ziehenden Krieger vergessen können.
Im gesamten Hintergrund am Horse Creek weideten während dessen über dreißigtausend Mustangs, aus den nicht mehr zu zählenden Lagern der Lakotavölker, Yankton, Cheyenne, Arapaho, Shoshone, Crow, Assiniboine, Mandan, Hidatsa und der Arikara.
Statt mit feindseligen Blicken bedacht zu werden, während sich Wolkenschild, Feuer in seinen Augen und der jüngste der Brüder, Adlerstimme, durch die fremden Lager bewegten, glich der Ausdruck in den Augen der feindlichen Krieger eher dem fragenden Blick eines bettelnden und nicht verstehenden Kindes. Niemandem der jungen Männer war danach, einen Coup auf ihre verhassten Feinde, die Lakota, zu schlagen. Alle schienen sich nur eines zu fragen, was sie hier eigentlich sollten, es war doch schließlich ihr Land, weshalb darüber reden und wozu noch verhandeln? Alle wussten es.
Überall auf dem unendlich langen Weg bis zum großen Versammlungsplatz hin, entdeckte man die gleichen nicht verstehenden Blicke unter den Menschen.
Von Weitem schon sah man bereits die gewaltigen Unterschiede unter den roten Völkern, die farbenprächtig in ihren

sorgfältig gegerbten und bequemen Lederbekleidungen, je nach Art ihres Volkes erschienen waren.
Dagegen dann die tristen, geschmacklosen, nur einfach zusammengenähten und sicher sehr unbequemen Bekleidungen dieser arroganten hellhäutigen Menschen, die gar nicht zu bemerken schienen, wie albern sie doch eigentlich in ihren Kleidern und den seltsamen Kopfbedeckungen aussahen.
Was nur konnte ein Volk, wie diese Habenichtse ihnen wohl anbieten, was sie nicht bereits schon besaßen? Immer wieder tauchte diese eine wichtige Frage am Ratsfeuer der weisen Männer auf.
Viele der fremden Häuptlinge und weisen Männer hatten bereits Abschnitte, innerhalb eines großen, mehrere Reihen zählenden Kreises, Platz für sich beansprucht. Noch gab es freie Plätze, denn es waren längst noch nicht alle Vertreter ihrer Gruppen anwesend.
Gerade näherte sich ihnen eine auffallend große und äußerst beeindruckende Schar Lakotakrieger, geführt von einem stattlichen Häuptling mit prächtiger Federhaube und in seiner Rechten, zum Erstaunen der anderen Lakota die Flagge der Wasicun.
Die drei Lakota wunderten sich, als sie dort eintrafen. In der Mitte des Versammlungsplatzes standen merkwürdige hölzerne Dinge, die nicht aus dieser Welt stammen konnten. Das Größte bestand aus vier jungen Bäumen, die keine Krone mehr besaßen, statt dessen wurden sie von einer gewaltigen und sicher künstlich in eine eckige Form getriebenen Baumscheibe abgedeckt. Ähnliche Gebilde standen überall auf dem freien Platz zwischen den Kriegern des weißen Mannes und den Vertretern des „Großen Weißen Vaters“ herum. Benutzten die Wasicun etwa einen geheimnisvollen Zauber gegen ihre Roten Kinder?
Angespannt blickten die verschiedenen Parteien in die Runde.
Geduldig warteten die roten Männer, mit der ihnen eigenen nach außen scheinenden Gelassenheit, bis alle geladenen Gäste

versammelt waren. Im Gegensatz zu den Wasicun, die auf nervöse Weise eine innere Unausgeglichenheit und Unruhe auszustrahlen pflegten, bis sie sich dann endlich auf die hölzernen Gebilde setzten, um auf ihre „Roten Brüder" von oben herabzusehen.

„Meine geliebten Roten Brüder!", begann endlich einer aus der Mitte der Wasicun, der um seiner Ansprache den nötigen Nachdruck zu verleihen, sich sogar von seinem Stuhl erhoben hatte. „Unser Großer Weißer Vater in Washington hat mich ausgesandt, um seinen Roten Kindern die besten Wünsche und Grüße zu überbringen ..."

Die Häuptlinge stutzten. War der „Große Weiße Vater" etwa gar nicht selber erschienen? So wenig Bedeutung maß er also dem Treffen der nördlichen Stämme bei, das er nur einen Unterhändler schickte? Gemurmel und Unruhe machten sich breit und quittierten in gleichem Maße die Unhöflichkeit, die den Häuptlingen soeben selber widerfahren war.

„Ich bitte euch! - Wir baten um ein Treffen, da es sehr wichtige Dinge zu verhandeln gibt!"

„Aber nicht wichtig genug, damit unser „Großer Weißer Vater" seinen bleichen Arsch hier herbewegt!, benachrichtigt mich und meine Krieger, wenn ihm die Verhandlungen wichtig genug erscheinen.

In den Behausungen der Mandan und Hidatsa warten ihre Frauen und Kinder. Wir brauchen nichts von eurem Unrat und auch nicht eure Krankheit, die viele von uns gehen ließ. Wir wissen sehr wohl, wo unsere Jagdgründe enden! Das nächste Mal kommt ihr zu uns, dann zeigen wir euch gerne die Grenzen unserer Völker!"

Augenblicklich erhoben sich die Krieger des Häuptlings Rotes Laub und entfernten sich aus dem Verhandlungskreis.

Beifälliges Gemurmel, auch unter den bisher feindlichen Stämmen gaben Rotes Laub recht und stolz schritt er an der Spitze seiner Männer seinem eigenen Lager entgegen, um sich

sofort auf die Heimreise zu begeben. Andere Häuptlinge wurden unschlüssig, blieben aber vorerst noch sitzen, um zu hören, was es in der Tat so Wichtiges oder Unwichtiges geben konnte.
Mehrere kleinere Vorfälle gaben den Vertretern aus Washington in den nächsten Tagen immer wieder zu verstehen, das es sich keineswegs nur um „Wilde“ handelte. Diese ungebildeten Naturmenschen hatten ihnen ganz klar mitgeteilt, dass sie sehr wohl eine beachtenswerte Auffassung von Anstand, Ehre und Höflichkeit vertraten. Eigenschaften, die ihnen selber nicht von ihren „Roten Kindern“ zugesprochen werden konnten.
Während der mehrtägigen Beratungen ergab es sich, dass sich die Häuptlinge und Krieger auch untereinander zusammensetzten, um sich über die weitere Vorgehensweise zu verständigen.
Am Feuer von Wolkenschild und Feuer in seinen Augen waren nicht nur Männer aus den Lagern der Lakota zu Gast. Immer wieder gesellte sich Medicine Wolf aus den Lagern der Crow zu ihnen. Seit sein eigener Vater Yellow Plain Feather mit den Geisterkriegern fortgezogen war, empfand er fast schon ehrliche freundschaftliche Gefühle für seine ehemaligen Feinde. Vielleicht spielte auch der Schmerz über den Verlust seines Vaters eine nicht unwesentliche Rolle, befand sich doch hier die letzte Verbindung und lebendige Erinnerung an ihn.
Adlerträne, der achtzehnjährige Sohn von Adlerstimme, streifte während der letzten Tage, bevor sich die Völker wieder trennen sollten, sehr häufig mit seinen Freunden und nicht ganz ohne Grund, immer wieder durch das Lager eines anderen, sehr angesehenen Häuptlings der Sichangu. Schon seit ihrem ersten Besuch vor wenigen Sonnen im Lager von Kleiner Donner, war ihm dort jemand ganz Besonderes aufgefallen. Nie hatte er sie jedoch alleine angetroffen, um ihr wenigstens einen verstohlenen fragenden Blick zuwerfen zu können.

Keine sich möglicherweise bietende Gelegenheit ließ er ungenutzt, dieses beeindruckende Mädchen einmal zu treffen, um vielleicht sogar ein paar Worte mir ihr wechseln zu können.
Nicht allein ihre betörende Schönheit oder ihr wohl proportionierter Körper, sondern vielmehr die Zurückhaltung und ihr stilles und bescheidenes Auftreten im Kreis ihrer Gefährtinnen hatten seine Aufmerksamkeit erregt. Laut gackerten die anderen jungen Frauen und kicherten, als sich Adlerträne, der die gleiche kratzig verrauchte Stimme seines Vaters besaß, immer wieder rein zufällig mit seinen hoch dekorierten jungen Kriegern in deren Nähe aufhielt. Doch Krächzende Elster blickte nur bescheiden zu Boden und blieb stumm. Ohne Frage, sie war eine echte Tochter der Lakota, deren Eltern ihr eine hervorragende Erziehung und die Vermittlung der wahren Werte zu Teil werden ließen.
Oder war sie etwa in der Tat stumm? Oder gar taub?, fragte sich Adlerträne immer wieder und das ließ ihn nun nicht einmal mehr in der Nacht zur Ruhe kommen. Er musste unbedingt die Stimme dieses bezaubernden Mädchens vernehmen, wollte er nicht seinen Verstand verlieren.
Mit etwas merkwürdigen und mitleidigen Blicken bedachten ihn aus diesem Grund nun schon seit Längerem seine Gefährten.
„Soll ich es für dich übernehmen?“ Grinsend baute sich „Der Die Frauen Verführt“ in prahlerischer Pose vor Adlerträne auf.
Etwas gespielt wütend sah ihn Adlerträne an. „Du meinst also, deine zahlreichen Narben reichen dir immer noch nicht aus? - Untersteh dich!“
„Ich wollte doch nur helfen!“
„Ja, ja, von deiner Hilfe können schon viele junge und erfahrene Männer ausreichend berichten, fast möchte man glauben, du hältst es mit den bösen Geistern, da dich noch niemand erschlagen hat!“

„Na klar, die Spirits wissen eben, was in mir steckt!" Der Die Frauen Verführt zuckte schelmisch grinsend mit den Achseln.
„Eher was an dir steckt!", scherzte Nachtfalter.
Kaum einem wachsamen Ehemann entging der gesenkte heimliche Blick seiner Frau, wenn sie verstohlen zu Der Die Frauen Verführt hinübersah. Viele der Männer ahnten Schreckliches, doch war niemand bisher in der Lage, die düsteren Anschuldigungen und Verdachte auch nur im Ansatz zu beweisen. Er war wie der Coyote, der geschickt alle austrickste, sodass sich schon öfter die gehörnten Ehemänner für ihren Verdacht entschuldigt hatten.
Mit der Kraft seines Charmes, seiner „ehrlichen" und offenen Art und seiner warmen Stimme, vernichtete der wohl bestaussehende Lakota, seit Badger ein alter Krieger wurde, stets alle Zweifel an seiner Aufrichtigkeit. Oft sprachen seine Freunde davon, dass sein Vater nicht Viele Pfunde, sondern sicher ein anderer sein müsse und er bestimmt eher der leiblicher Bruder von Adlerstimme sei, da er dem jungen Badger wie aus dem Gesicht geschnitten sein sollte. Doch nur die Krieger seines Bundes wussten, was für einen Schelm sie tatsächlich in ihrer Mitte hatten, doch sie würden auf Grund ihres Schwures nie ein Wort zu Außenstehenden verlauten lassen.
„Soll ich nun helfen, oder nicht?"
„Und wie, so wie du auch den anderen Mädchen geholfen hast?"
Auch „Der Dem Wind Folgt", der Älteste unter ihnen, schien im Interesse seines jungen Freundes die angebotene Hilfe von Der Die Frauen Verführt nicht so recht zu gefallen.
Bestürzt sah der Angesprochene zu Boden, um wenig später wieder grinsend aufzusehen. „Habe ich euch jemals Anlass gegeben, mir nicht zu vertrauen? - Ihr seid doch meine Brüder!"
„Genau das macht uns ja Sorge! – Brüder teilen alles!"

Mit unschuldigem Blick erhob sich der Krieger und ging mit hängendem Kopf davon, konnte es aber nicht unterlassen, sich noch einmal zu seinen Freunden umzudrehen und sein charmantes Lächeln über seinen strahlend weißen Zähnen zu zeigen.

*

Die letzten Tage der Verhandlungen vergingen, ohne das man mit den Wasicun etwas Außergewöhnliches vereinbaren konnte.
Man beriet sich untereinander und es hatte den Anschein, als ob tatsächlich die meisten Häuptlinge in den unsinnigen Vertrag einwilligten, welche Gründe sie auch immer dazu bewegen mochten, denn wie konnte man um Land verhandeln, zugesprochen bekommen, welches man bereits besaß? Es war schwer zu verstehen.
Der Die Frauen Verführt war nachdenklicher denn je und hielt sich nur noch selten bei den Präriedachsen auf, bis eines Tages Weicht Nie Zurück seine Gefährten aufforderte, ihm sofort zu folgen.
Schnell eilten die neugierig gewordenen Krieger dem vorauseilenden Weicht Nie Zurück hinterher.
Adlerträne blieb vor Anspannung fast das Herz stehen, als sie am Flusslauf zum Halten kamen und er unmittelbar vor sich seine Angebetete mit ihren Freundinnen sah, wie sie gerade damit beschäftigt waren, ihre Wasserbehälter zu füllen.
In kaum nennenswerter Entfernung tauchte hinter ihnen, geschmückt und in seiner besten Kleidung herausstaffiert Der Die Frauen Verführt auf seinem besten Kriegspony auf. Noch hatten ihn die jungen Frauen durch das Plätschern des dahinfließenden Wassers nicht gehört.

„Ich grüße euch, ihr tapferen Krieger meines Bundes!“, rief er seinen Gefährten übertrieben laut von der anderen Seite herüber.
Augenblicklich sahen sich die Mädchen um, wie er seine Freunde grüßend, die Hand erhoben hatte und dann zu ihnen hinunterblickend seinen Mustang wendete, um wieder ins Unterholz zu reiten.
Der Die Frauen Verführt lächelte weiterhin in seiner charmanten Art und blickte jetzt recht stolz von seinem Mustang aus, auf die von seinem Anblick gebannten Mädchen hinab.

„In der Tat, dieser Gauner sieht einfach fabelhaft aus.“ Darin stimmten alle Der Dem Wind Folgt zu.
„Oh nein! Pass doch auf!“, hauchten alle Krieger fast gleichzeitig, als sie mit ansehen mussten, wie Der Die Frauen Verführt seinen Mustang antrieb und geradewegs auf einen tief, fast waagerecht gewachsenen Ast einer gewaltigen, alten und knorrigen Weide zuhielt.
Die Männer wollten noch rufen, aber dazu war es bereits zu spät.
Mit einem dumpfen, splitternden und brechenden Laut, als er mit seinem Oberkörper gegen den Ast schlug, einem Stöhnen, als sein Mustang ohne ihn weiter trabte und einem anschließendem Klatschen, landete der stolze Krieger in einer Pfütze abgestandenen moderigen Wassers und auf ihm landete zu allem Übel der schwere abgebrochene Ast der Weide. Augenblicklich sprangen die Mädchen herzhaft lachend auf und versahen den Ärmsten mit ihrem gewohnt spöttischen Gekicher.
Angewidert hielten sich urplötzlich die Gefährten von Adlerträne die Ohren zu, denn nicht nur das liebreizende herzhafte Lachen der Mädchen drang zu ihnen durch. Für die Mädchen aus dem Stamm von Kleiner Donner war die Stimme von Krächzende Elster die vertrauteste Sache der Welt, doch vor

allem für die Krieger eines anderen Stammes war es etwas vollkommen Neues.
Betrübt sahen sie zu Adlerträne und abwechselnd zu Der Die Frauen Verführt. Beide hatten sie in diesem Moment ihr volles und ehrliches Mitgefühl verdient.
Niemand wollte ein Mädchen mit der Stimme einer heiseren krächzenden Elster, mochte sie auch noch so wunderschön sein. Und auch kein Krieger hatte es weiterhin verdient, sei er auch noch so tölpelhaft, in der Art verlacht zu werden, wie der Die Frauen Verführt.
Sich augenblicklich bewusst werdend, dass sie sich vergessen hatte, senkte Krächzende Elster betroffen ihren Blick. Mit Tränen in den Augen und geröteten Wangen ließ sie alles stehen und liegen und rannte eilends davon.
Ohne sich darüber im Klaren zu sein, eilte Adlerträne ihr sofort hinterher und schnitt ihr im dichten Unterholz den Weg ab, sodass er vor ihr zum Stehen kam und sie so zwangsläufig ihre Flucht unterbrechen musste.
„Warum läufst du fort?“, fragte er behutsam mit seiner rauchig kratzenden Adlerstimme.
Sie jedoch hielt ihren Blick weiterhin gesenkt und die Schamröte hatte jetzt sogar von ihren Ohren Besitz ergriffen.
Endlich einmal konnte er sie sich ganz aus der Nähe betrachten. Ihr blauschwarzes und glänzendes zu sorgsamen Zöpfen geflochtenes Haar spiegelte den Schein der Nachmittagssonne wieder und nicht einmal der laute Ruf des Habichts vermochte sein laut rasendes Herz zu übertönen, während er sich an ihrem Anblick nicht satt sehen konnte. Doch es war ihm egal, mochte sie sein wild schlagendes Herz ruhig hören und so musste er sie einfach erneut ansprechen, denn wer vermochte schon zu sagen, wann er sie das nächste Mal wiedersehen würde.
„Warum bist du so schnell fortgelaufen, es war doch lustig, wie mein Freund vom Pony fiel?“

„Hast du es denn nicht gehört?"
Man musste keinen hellen Verstand besitzen, um sofort zu erraten, woher Krächzende Elster ihren Namen hatte.
„Was denn gehört, den splitternden Ast?", überging er ihre Anspielung. Sie sah zu Boden und schüttelte den Kopf. „Alle Krieger weichen immer erschrocken zurück und machen ihre Witze über meine Stimme. Darum!"
„Ich bin nicht alle! – Und ich höre nur die Stimme des Mädchens, welches mich keinen Schlaf mehr finden lässt! – Deine Stimme ist so schön wie deine Augen – sie wurde von Wakan Tanka sicher nur so gemacht, damit sie besser zu der Meinen passt!"
Erstaunt sah sie zu Adlerträne auf und musterte ihn eindringlich. Verspottete er sie nur oder versuchte er sich gar in einer ernst gemeinten Brautwerbung?
„Ich muss jetzt weiter!"
Adlerträne nickte, als sie sich an ihm vorbeibewegte. „Nun gut, ich hoffe, es ist dir dann Recht, wenn ich bei deinem Vater um deine Hand anhalte?"
Mitten in der Bewegung hielt sie an und sah sich noch einmal zu Adlerträne um. „Kann mich der tapfere Sohn des Anführers der Präriedachse denn auch beschützen, wenn des Nachts die Pawnee kommen, und wird er auch den Spott, der mich immer verfolgen wird, ertragen?"
„Schon mein Großvater hatte mehr Skalps der Pawnee in seinen Händen, als andere faule Männer Büffelsteaks geschnitten haben, ich werde es ihm gleich tun – und niemand verspottet die Frau, die mein Tipi mit ihrer Schönheit schmückt!"
Fast schmolz Adlerstimme wie der Schnee in der wärmenden Frühlingssonne dahin, als ihn Krächzende Elster mit einem fast schon liebevollen Lächeln zunickte, bevor sie sich zum Gehen umwandte. „Dann sehen wir uns also wieder - Adlerträne!"
„Was?", flüsterte er zu sich selber, „Sie kennt meinen Namen! - Sie kennt meinen Namen?"

Leicht wie eine Feder im Wind eilte er überglücklich zurück zu seinen Freunden und es kam ihm so vor, als würden seine Füße beim Laufen kaum den Boden berühren.
Auf halben Wege kamen ihm bereits die immer noch albern umhergackernden Mädchen entgegen, die ebenfalls die beiden gefüllten Wasserblasen von Krächzende Elster bei sich hatten, da sie ihr so erneute Peinlichkeiten ersparen konnten. Sie mochten zwar alberne Gänse sein, wie fast alle jungen Mädchen, aber dennoch hielten sie zu Krächzende Elster, das machte erneut Eindruck auf den jungen Mann, der schweigsam mit leuchtenden Augen an ihnen vorbeiging.
Das Gackern hörte augenblicklich auf, als sie sich begegneten, doch sobald er vorüber war, setzte es mit der gleichen Intensität wieder ein.
Endlich erreichte er den unglücklich aussehenden Der Die Frauen Verführt und seine Gefährten. Sein Freund Nachtfalter hatte den Mustang des Gestürzten bereits wieder eingefangen und Adlersonne, der Sechste im Bunde, anstatt sich spöttisch über den ungeschickten Frauenheld herzumachen, reichte ihm statt dessen ein im kühlen Wasser getränktes Stück Leder, welches er sich auf eine schreckliche Beule an seinem Kopf legte.
„Nun mein Freund? Vertraust du mir jetzt?“
Immer noch von seiner Begegnung ganz hin und weg, nahm Adlerträne kaum die Frage von Der Die Frauen Verführt war.
„Mhm?“
„Hier, sieh mal!“, forderte ihn Weicht Nie Zurück auf, sich den präparierten Ast der alten Weide anzusehen.
Erstaunt sah er zu Der Die Frauen Verführt hinunter. „Dann hast du das Ganze also vorbereitet?“
„Na klar doch, Aua“, er befühlte seine pochende Beule. „Ich hoffe nur, es war nicht vergebens?“
„Nein, war es nicht. Ich danke dir mein Bruder! Beim nächsten Mal jedoch solltest du einen dünneren Ast nehmen!“

„Ein nächstes Mal wird es sicher nicht geben. Noch in zwanzig Wintern werden sich diese schnatternden Enten den Mund über mein Missgeschick zerreißen."
„Aber wir wissen, dass es kein Missgeschick war und statt dessen wird man sich die Geschichte über den treuen Dienst eines sehr guten Freundes von Adlerträne an den winterlichen Feuern erzählen!"

*

„Darf ich eintreten?"
„Komm setz dich zu mir ans Feuer!" Mit einer einladenden Handbewegung wies Wolkenschild seinem Neffen Adlerträne den Platz nahe an seiner Seite zu.
Wie es Sitte war, plauderte man beiläufig über die abschließenden Verhandlungen mit den Wasicun. „Alle unsere Häuptlinge haben eingewilligt, da man denkt, es sei sicher besser, sich gütlich und im Frieden mit den Fremden zu einigen. Wer weiß, vielleicht wird es ja auch nicht so schlimm, wie man es uns vorhergesagt hatte!", schloss Wolkenschild das Thema ab.
„Es ist noch etwas."
„So?"
„Ich möchte dich um eine sehr starke Medizin bitten!"
Sichtlich verwundert sah der Ältere auf Adlerträne und dann auf seinen neugierig, von seinem Lager aufblickenden Sohn, Sleeping Rabbit. Nach einem kurzen Blick seines Vaters wusste dieser jedoch Bescheid und zog sich aus dem Tipi zurück, um nach Flammendes Schild, dem gleichaltrigen Sohn des Häuptlings zu sehen, bestimmt ließ sich irgendeine nette Dummheit aushecken.
„Ihr wollt doch nicht etwa gegen die Wasicun ziehen?", griff Wolkenschild die Unterhaltung wieder auf.

„Nein, es ist viel gefährlicher, und auch viel schwieriger!"
Wolkenschild schien nicht zu verstehen. „Was kann dann wohl noch schwerwiegender sein?"
„Verspottest du mich auch nicht?" Adlerträne wurde unsicher.
Wolkenschilds Antlitz hellte sich auf, da er nun zu verstehen schien.
„Du willst ein Mädchen verzaubern, dass ist es?"
Das schweigsam bedrückte Nicken von Adlerträne war Antwort genug.
„Komme morgen wieder, ich werde etwas für dich bereithalten. Darf ich auch erfahren, wer die Glückliche sein wird?"
„Sie ist aus der Gruppe von Kleiner Donner. – Es ist – es ist Krächzende Elster."
Fast schon fürchtete Adlerträne, sein Onkel und Wicasa Wakan würde auf Grund der engen familieren Vertrautheit ein wenig lästerlich werden, aber Wolkenschild kannte nur zu gut den Schmerz, welcher vom Herzen eines Kriegers kommen konnte.
„Ich bin ein wenig überrascht, da ich dich, du mögest mir verzeihen, unterschätzt habe. Eine trefflichere Wahl hätte selbst ich dir nicht vorschlagen können. Wie ist es um das Mädchen bestellt? Mag sie dich auch?"
„Ich denke schon, sie kannte meinen Namen!"
„Oh, - obwohl das für jemanden, der nicht taub ist, nicht schwer zu erraten war! – Es war also eine glückliche Fügung heute, als Der Die Frauen Verführt gegen einen Baum geritten ist?"
„Es war keine Fügung, er hatte alles geplant."
„Mhm, ich hoffe, er bleibt dir und deinen Kriegern noch recht lange erhalten, nachdem was man sich so erzählt. - Nun gut. Komme morgen wieder."
Bereits schon am Abend darauf vernahm man ganz in der Nähe des Tipis von Pferdegeist, dem Vater von Krächzende Elster, eine vollkommen neue Melodie, gespielt auf einer ganz besonderen Flöte, wie es sie eine Zweite bisher noch nicht bei

den Lakota geben konnte. Der Macher dieses Instruments musste in sehr, wirklich sehr enger Verbindung zu den Spirits stehen, da sie ihm so außerordentlich geschickte Fähigkeiten bei der Herstellung der Flöte verliehen hatten.
Mit der Ausdauer eines Wicasa Wakans hatte Wolkenschild seinem Schützling die für ihn geschaffene Melodie beigebracht, die er nun, um seine Angebetete zu betören, sie unter Umständen sogar zu verzaubern, zum Besten gab. Wenn er ganz großes Glück hatte, würde sie seiner Liebeserklärung erliegen und sich wohl möglich auf ein kurzes Gespräch aus dem Tipi ihres Vaters stehlen.
Nicht nur die Familie von Pferdegeist lauschte der Melodie, die ein fremder und dazu nicht unbedeutender junger Krieger für ihre Tochter spielte. Selbst im, in der Nähe gelegenen Lager der Wolkenschilder, rückten die Verliebten in dieser Nacht etwas enger unter ihren Decken zusammen, da sie vom verzaubernden traurig schönen Lied von Adlerträne völlig vereinnahmt wurden, welches er vom großen Wicasa Wakan Wolkenschild erhalten hatte.
„Noch nicht, meine Tochter. Ich weiß, du würdest deinem Vater keine Schande bereiten, aber lass ihn ruhig noch etwas spielen. Er soll nur nicht glauben, dass du nur auf ihn gewartet hast!“
Pferdegeist schien die geheimen Gedanken seiner Tochter zu erraten.
„Elster ist verliebt, Elster ist verliebt!“, krähte unerwartet ihr kleiner Bruder „Spricht Nicht Viel“ unter seiner Decke ein wenig vorlaut dazwischen.
Doch der scharfe Blick seines Vaters wies den Knaben umgehend zurecht. „Du schlaf! Freue dich lieber für deine Schwester!“
„Dann bist Du einverstanden mit Adlerträne?“ Krächzende Elster und auch ihre Mutter wunderten sich sehr über die Milde und Zugänglichkeit des sonst so strengen Kriegers.

„Das bin ich, er ist ein ehrlicher und guter Mann, aus einer sehr tapferen und angesehenen Familie, dennoch sollte er es nicht versäumen, nach altem Brauch um dich bei mir zu werben. Und nun schlaf Tochter, er wird bis morgen Abend die Melodie sicher nicht verlernt haben."

3. Kapitel

„Brechen wir also auf, ins Land der himmelblauen Wasser?"
Igelarsch hatte sich zwischenzeitlich mit dem Gedanken angefreundet, den kleinen Arthur Friedrich Bishop sicher nach Minnesota zu seinen weißen Eltern zu bringen.
„Vorher gibt es aber noch etwas sehr Wichtiges zu tun."
Fallender Stern und Igelarsch blickten fragend auf Badger.
„Unsere Familien sollten unbedingt erfahren, mit welchen neuen Waffen unsere Feinde jetzt gegen uns kämpfen. Sie sollten gewarnt sein. – Außerdem, wer braucht schon so viele Gewehre?"
Er sah auf den Berg der erbeuteten Waffen.
„Unsere Krieger! Du willst also zurück?"
Badger schüttelte den Kopf. „Nein, ich weiß noch nicht, wie wir es anstellen sollen, aber sie sollten gewarnt werden und die Waffen – sie werden sie finden, wo wir sie hinterlegen!"
„Du hast recht. Alle Lakota müssen erfahren, was hier vor sich gegangen ist. Selbst wenn wir alle Spuren der Sioux an diesem Ort auslöschen, woanders ist nun ebenfalls mit der gleichen Art von Überfällen zu rechnen."
„Und unser Volk muss dann dafür bluten!" Auch Igelarsch schien in diesem Moment zu begreifen, wie wichtig es war, sein Volk nicht im Unklaren zu lassen.
„In Ordnung, wir müssen, bevor wir nach Minnesota gehen, zu unseren Leuten zurück, aber willst du einfach wie ein Geist,

der den Weg zu seinen Ahnen nicht gefunden hat, in unser Dorf reiten?“ Fragend blickte Igelarsch in die Runde.
„Wenn es soweit ist, dann wird uns schon das Richtige einfallen“, versuchte nun auch Fallender Stern den skeptischen Krieger zu beruhigen.
„Na, da bin ich aber neugierig und dann haben wir obendrein noch diesen verlausten weißfleischigen und verweinten Bengel am Wickel!“ Er lächelte fast ein wenig, da er augenblicklich den verstehenden bissigen Blick des Knaben zu spüren glaubte.
Nachdem sie von ihren gefallenen Verwandten Abschied genommen und ihnen die letzte Ehre erwiesen hatten, setzte sich der nun recht eigenartige Kriegstrupp in umgekehrter Richtung wieder in Bewegung.
Etwas beklommen nahmen die Krieger die Eindrücke wahr, welche ihre Brüder und Verwandten nun nicht mehr mit ihnen teilen sollten.
Wiegendes Gras und Pearl kümmerten sich unterdessen hingebungsvoll um Arthur, der kein Dummer zu sein schien. Immer wieder versuchte er, mit Gesten die fremden Indianer dazu zu bewegen, die Richtung zu ändern. Erst als Badger des Abends an einem Bachlauf vom Mustang stieg und mit dem Finger eine Karte und den ungefähren Verlauf ihrer Reise in den Ufersand malte, wurde der Junge wieder ruhiger. Er kannte die Gründe nicht, fragte auch nicht, ahnte aber, dass es wichtig sein musste, nicht auf direktem Wege nach Minnesota zu reisen.
Die Tage vergingen und während ihrer Wanderung zu den Wolkenschildern, die inzwischen sicher schon auf dem Heimweg sein mussten, erwies sich Arthur, nachdem er begriffen hatte, dass die Lakota ihm kein Haar krümmen würden, als durchaus angenehmer und stiller Begleiter.
Ruhig versorgte er, ohne dass man es ihm hatte sagen oder zeigen müssen, die Mustangs, welche zum größten Teil von den Pawnee stammten.

Aber irgendetwas stimmte nicht an diesem eigentlich so schönen Herbstabend. Seit dem Nachmittag schon verhielten sich die Tiere sehr unruhig, fast schon nervös, als witterten sie irgendeine Gefahr. Doch niemand, der der Auslöser für dieses Verhalten hätte sein können, war ihnen durch den zurückliegenden Waldstreifen gefolgt.
Noch einmal sah Badger, bevor er sich als erste Wache seine Waffen nahm und auf seinen Posten zurückziehen wollte nach dem kleinen Feuer, als er auf das plötzlich zurückkehrende, nun fast schon unkontrollierte Wiehern und Trampeln der Ponys aufmerksam wurde und ohne weiter zu überlegen, nachsehen ging.
Unmittelbar vor ihm tauchte unerwartet ein gewaltiger großer Schatten auf, der ihm wütend, mit einer Mischung aus knurren, fauchen und brummen, begegnete. Reflexartig griff Badger nach seinem dolchartigen langen Messer, da er keine anderen Waffen bei sich trug, aber der Griff ins Leere erinnerte ihn daran, dass er es an der Feuerstelle zurückgelassen hatte.
Wehrlos und nicht in der Lage, sein Schicksal umzukehren, stand er dem Untier hilflos gegenüber, das ihn jeden Moment mit seinen Pranken entweder erschlagen oder zerreißen würde.
Er traute sich nicht einmal, sich Hilfe suchend, zu seinen am Feuer schlafenden Gefährten umzusehen. Auch wollte er sie nicht aufschrecken, um so nicht weiteres Unheil, so es ihn treffen sollte, heraufzubeschwören. Keinen weiteren Moment verschwendend, ließ sich der Bär auf seine gewaltigen Tatzen nieder, um sein Opfer sofort anzugreifen. Badger wusste, dass er keine Chance hatte, der Reichweite des Bären zu entkommen und so hob er den Grizzly anbrüllend seine Arme und stellte sich ihm aufrecht gegenüber. Der Bär erreichte nur einen Atemzug später den alten Häuptling, aber anstatt sich aus dem vollen Lauf auf ihn zu werfen, erhob er sich, um ihn im Stand einfach wie ein rohes Ei zu zerquetschen.

Noch schien niemand seiner beiden männlichen Gefährten oder aber eine der beiden Frauen etwas von der verzweifelten Situation Badgers mitbekommen zu haben und so begann er damit, leise und tapfer sein letztes Lied zu singen, während der Grizzly ihn jeden Augenblick in seine mächtigen Arme nehmen würde, um das Leben mit seinen starken Pranken einfach aus ihm herauszupressen.
Ein ohrenbetäubender Knall neben seinem rechten Ohr ließ den verlorenen Häuptling zusammenzucken und den Grizzly wütender denn je aufbrüllen. Badger duckte sich instinktiv, bevor der zweite Schuss aus der Büchse des verstorbenen Bishop ihn vollends taub gemacht hätte.
Arthur warf schnell auch die zweite Büchse fort und wollte gerade erneut mit der dritten Waffe anlegen, als der Bär mit leiser werdenden Brummen bereits in sich zusammensackte.
Aufgeschreckt von den Schüssen, standen nun auch alle anderen mit ihren Waffen bereit, um ihrem Häuptling beizustehen, doch was sie verschlafen hatten, hatte ihr jüngster Begleiter, „Das weinerliche Weißfleisch", wie ihn Igelarsch immer mit etwas gerümpfter Nase nannte, bereits getan.
Schweigend wurde dem Geist des Bären die letzte Ehrung zu Teil, bevor man wortlos daran ging, sich den weinerlichen Wasicun etwas eindringlicher zu betrachten.
Badger war dem Knaben unendlich dankbar, doch wieder einmal musste er erfahren, das nichts ohne Grund geschieht. Ohne den Knaben, hätten sie ihm sich selbst überlassen oder Schlimmeres, wäre es auch um ihn geschehen gewesen. Seine Gedanken überschlugen sich, doch vergaß er es nicht, sich auf seine Weise bei Arthur zu bedanken.
Am Morgen darauf trottete Arthur auf seinem Mustang nicht mehr gelangweilt und teilnahmslos hinter den anderen Tieren der Frauen her. Statt dessen ritt er aufrecht, Seite an Seite neben Badger her, in für die anderen nicht hörbare Gespräche vertieft.

Selbst am Abend, als Wiegendes Gras ihm aus Dankbarkeit ein außerordentlich bequemes Nachtlager bereitet hatte, wich er Badger nicht von der Seite und schlief statt dessen, nur eine Büffelfelldecke auf den harten Boden gelegt, neben ihm ein.
Die anderen Begleiter ließen die Beiden sich, in Ruhe ihre Unterhaltungen führend, zurückziehen, um wenig später ein recht ungewöhnliches Resultat erleben zu dürfen.
„Guten Morgen, Tante Wiese!“, strahlte Arthur die verdutzte Wiegendes Gras an. „Onkel Dachs hat mir eure Namen erklärt. Auch den von Onkel Sternschnuppe. Aber ich weiß nicht ...“, er blickte grinsend zu Igelarsch.
„Nun sprich es schon aus, du weinerliches Weißfleisch!“ Igelarsch hatte das Kauderwelsch aus Lakota und Englisch nicht zu verstehen brauchen, denn die lachenden Augen des kleinen Arthur sagten ihm genug. Er wehrte sich dagegen, diesen weißen Bengel zu mögen, aber seit er seinem alten Häuptling gegen den Bären beigestanden hatte, fand er gegen seinen eigenen Willen keinen Grund mehr, ihm ablehnend gegenüberzutreten.
„Hier, die ist für dich!“ Igelarsch hängte dem Jungen eine kleine Kette aus ein paar Krallen des Bären um seinen spärlichen Hals.
Arthur riss erstaunt seine viel zu großen Augen auf. „Für mich?“
„Aber das du dir ja nichts drauf einbildest!“
„Onkel Dachs, was hat -, na du weist schon ... gesagt?“
„Er meinte, aus dir wird mal ein großer und tapferer Krieger, Klein Mato!“ Als Badger es für die Anderen in Lakota wiederholte, sah ihn Igelarsch mit gerunzelter Stirn an. „So, so, dass hab ich also zu ihm gesagt?“
„Nicht mit deinen Worten!“
Igelarsch sah seinen Häuptling eine Weile lächelnd von der Seite an.
„Ich glaube, wir sollten jetzt weiter ziehen!“

4. Kapitel

Die große Versammlung der Stämme war unterdessen im Begriff, sich wieder aufzulösen. Die Soldaten der Wasicun und die Abgesandten des Großen Weißen Vaters hatten ihr Ziel erreicht und ihre Interessen durchgesetzt. Von nun an durften unter anderem die Wagentrecks, auf nur für die von Weißen sichtbaren Straßen, ungehindert das Land der Plainsvölker durchqueren. Das Wild des Roten Mannes aber blieb unantastbar, zumindest auf dem Papier. Nur sie, die Herren aus Washington allein ahnten, was es für ihre Roten Kinder bedeuten würde und verschwiegen, wohlwollend lächelnd, die Besiegelung des Untergangs der Plainskulturen.
In allen Himmelsrichtungen zogen nun die Stammesverbände ihren alten und manche auch ihren neuen Jagdgründen entgegen. Niemand wusste eigentlich genau, was kommen würde, nur das eine, der dauerhaften Frieden.
So zumindest hatten es die vielen indianischen Nationen verstanden.
Lediglich die Lakota hatten es noch nicht so eilig, aufzubrechen, da sie im Gegensatz zu den Shoshone, den Crow oder den Assiniboine eine weniger weite Reise vor sich hatten.
„Mögen sich unsere Wege nur noch im Frieden kreuzen!“, verabschiedete sich Medicine Wolf von Wolkenschild und seinem Bruder dem Häuptling Feuer in seinen Augen.
„Eine gute Reise, dir und deinem Volk!“
Langsam entschwand der lange Treck der kriegerischen Crow den Blicken der Wolkenschilder. Nun endlich konnte sich Adlerträne wieder auf seine privaten Probleme konzentrieren.
Seit drei Nächten schon spielte er verzweifelt und ohne Erfolg sein traurig schönes Lied vor dem Tipi von Pferdegeist. Fast schon begann er, am Zauber seiner Flöte und der Melodie Wolkenschilds zu zweifeln.

Allerdings, in spätestens neun Monaten würden ihn viele Familien eines Besseren belehren und dem Ansehen des Wicasa Wakans der Wolkenschilder sehr große Ehre bereiten.
Nur Adlerträne blieb einsam und allein, Nacht für Nacht.
Aber er war der standhafte Sohn seines Vaters, des Anführers der Präriedachse und würde nicht aufgeben wollen, egal, wie lange er auch die Flöte für sein Mädchen spielen musste.
Endlich, es dämmerte bereits und die vierte Nacht des Hoffens lag vor dem aufgeregten jungen Krieger. Doch, was wäre, wenn sie es sich anders überlegt hätte und ihn gar zum Narren gehalten hatte. Machte er sich wohlmöglich lächerlich?
Vielleicht sollte er auch aufgeben?
Unendlich viele Gedanken zermarterten ihm sein Hirn und er beschloss für sich, wenn sie nach der kommenden Nacht nicht freiwillig mit ihm reden würde, sie einfach auf verwegene Art zu rauben. Dann würde sie sicher begreifen, wie ernst es ihm war.
Ziellos schlenderte er nun durch die immer länger werdenden Schatten der Tipis. Die vereinzelten Feuerstellen warfen mit ihrem Licht- und Schattenspiel bereits die ersten bizarren Formen auf die Zeltbahnen. So wie diese Schatten hin- und herflackerten, so fühlte sich auch Adlerträne.
„He, he du!“ Adlerträne drehte sich um.
Vor ihm stand ein Knabe von etwa zehn oder elf Jahren und hielt ihm ein ledernes Bündel entgegen. „Soll ich dir geben, von meiner ach soooo verliiiiieeebten Schwester“, betonte er übertrieben mit einem schadenfrohen, fast gehässigem Grinsen in den Augen. Adlerträne begriff.
„Dann bist du nicht heiser, sondern der Bruder von Krächzende Elster?“
„Der bin ich!“, drehte sich um und verschwand schelmisch grinsend so schnell und leise, wie er gekommen war.

Adlerträne sah sich nach allen Seiten um, ob ihn auch niemand beobachtete, bevor er den ersten Blick in das verschnürte Bündel riskierte.
„Lass mal sehn!“ „Was ist es?“ Wie aus dem Nichts standen seine fünf Krieger und besten Freunde plötzlich um ihn herum und gierten neugierig nach dem Bündel.
„Was soll das? - Nun haut schon wieder ab!“
„Erst wollen wir sehn, was es ist!“
Adlerträne gehorchte, schließlich hatten sie alle irgendwo mitgeholfen, als es darum ging, sie das erste Mal zu erwischen. Behutsam wickelte er daraufhin den Inhalt aus der ledernen Hülle.
Niemand seiner Freunde und auch er selbst fanden im ersten Moment die passenden Worte. Er hielt eine sorgsam gearbeitete Messerhülle mit den wundervollsten Stickarbeiten in der Hand, die er je gesehen hatte. Seine Mutter und Tanten waren wahrhafte Künstlerinnen auf diesem Gebiet, aber die Arbeit von Krächzende Elster und die von ihr benutzten Farben, im Zusammenspiel mit der Ornamentik stellte alles andere in den Schatten.
Der Dem Wind Folgt war der Erste, der die Sprache wiederfand. „Ich hoffe, du verdienst sie auch!“, bemerkte er mit kraus gezogener Stirn.
„Wenn du sie nicht willst, dann nehme ich sie!“ Selbst Der Die Frauen Verführt hatte sich, wenn nicht in Krächzende Elster, dann aber in ihre Fähigkeiten verliebt. Eine Frau mit derart geschickten Händen bereitete jedem Krieger große Ehre.
Man klopfte Adlerstimme zum Abschied freundschaftlich auf die Schulter, bevor man ihn wieder sich selbst überließ. Eigentlich wollten sie ihn nur ein wenig necken, aber nun war ihnen der Spaß daran vergangen und sie hofften für ihn, das auch ihr Vater endlich ein Einsehen hatte.
Jetzt war es soweit. Die Dunkelheit hatte sein unglückliches Gesicht verhüllt und die Dorfbewohner von Kleiner Donner

hatten sich eilig zur Ruhe begeben, da sie alle insgeheim hofften, dass der unglücklich Verliebte auch in dieser Nacht kommen und für Krächzende Elster sein Lied spielen würde.
Spricht Nicht Viel lugte unter seiner Decke hervor und freute sich über seine Schwester, wie sie gleich nach Beginn des Flötenspiels fürchterlich zappelig wurde.
„Du hast es ihm gegeben?“, fragte sie ihren kleineren Bruder, stumm und nur mit den Augen, der sich einen Scherz daraus gemacht hatte, seiner Schwester aus dem Weg zu gehen. Er amüsierte sich köstlich, wie die beiden Verliebten doch so herrlich litten.
Wenn er erst einmal dieses Alter erreicht haben würde, wäre er gewiss nicht so ein Narr wie dieser Adlerträne und bereit, all seinen Stolz zu vergessen. Zu ihm, genau, die Mädchen würden zu ihm kommen und nicht umgekehrt.
Mit großen fragenden Augen sah er sie an, so als ob er sagen wolle: „Ich versteh nicht – was willst du?“ Er drehte sich auf die Seite und revanchierte sich in diesem Moment für alle Streitigkeiten, die unter Bruder und Schwester vorgekommen waren.
Pferdegeist sah im schwachen Schein des herunterbrennenden Feuers kurz zu seiner Tochter auf. „Tochter, ich möchte mich nicht für dich schämen müssen! Hast du das verstanden?“
Krächzende Elster sah ihren Vater mit großen Augen an. „Niemals!“, sie sprang auf und eilte zum Ausgang des Tipis. „... und danke Vater!“
Pferdegeist und seine Frau lächelten sich einander an, während ihre Tochter flink durch den Ausgang verschwand. „Du bist so grausam!“
„Wieso?“, fragte Pferdegeist ein wenig verblüfft.
„Ich habe dich damals nur zwei Nächte schmoren lassen!“
„Aber sie ist meine Tochter und ich wollte mir sicher sein!“
„Und ich war auch eine Tochter!“
„Das warst und bist du – und meine Frau!“

„Und ich bin ein Sohn und werde mich trotzdem niemals so idiotisch verhalten, wie meine verliiieeebte Schwester!“
„Du schlaf!“, kam die Antwort beider Eltern gleichzeitig.
Während Krächzende Elster auf leisen Sohlen auf dem Weg zu Adlerträne unterwegs war, lauschten alle Verliebten wie in den drei Nächten zuvor seiner Melodie.
Vorsichtig näherte sie sich ihm von hinten und setzte sich, ohne dass er anfänglich darauf aufmerksam wurde, einfach neben ihm, in das vom Abendtau feuchte Gras.
Augenblicklich setzte Adlerstimme seine Flöte ab und anstatt etwas Gescheites zu sagen, starrte er sie einfach nur verliebt an.
Im selben Moment, da er seine Flöte absetzte, ging auch ein leises Raunen durch alle Tipis. „Sie hat ihn erhört!“ „Das wurde aber auch Zeit, der arme Bengel!“
„Ach was, ich hätte ihn noch ein wenig zappeln lassen!“
Auch Krächzende Elster sagte nichts zu Adlerträne und saß einfach nur glücklich und zufrieden, ein wenig fröstelnd, neben ihm.
Nicht ohne Grund hatte sie sich selber keinen wärmenden Umhang genommen.
„Ist dir kühl?“, fragte er sie endlich und öffnete auf Krächzende Elsters Seite, seine umgehängte Decke.
„Ein wenig.“ Sie rutschte näher an ihn heran und er schlug die offene Seite seiner Decke um seine Angebetete.
Dies war die Art der Lakota, wenn sich zwei Verliebte unterhalten wollten, ohne dabei die Etikette zu verletzen, um dennoch ungestört miteinander reden zu können. Niemand würde sie jetzt stören.
Außer vielleicht ... „Nun küss sie schon!“ - „Was für ein Angsthase!“ - „Oh man, was macht er denn da?“ - „Siehst du doch! Gar nichts!“
Aufgeregt saßen seine Präriedachse im Unterholz und flüsterten ihre Bemerkungen in die kühle Nachtluft hinein.

„Gehen wir ein Stück?“ Krächzende Elster nickte und so erhoben sich beide gleichzeitig unter dem Schutz ihrer wärmenden Decke.
„Ist es in Ordnung für dich, wenn ich offiziell um dich werbe?“
Krächzende Elster blieb stehen und sah schweigend zu Boden.
„Dann gefällt sie dir also?“, fragte sie nach einer Weile.
„Oh ja! Vielen Dank und bitte verzeih mir! Sie ist so wunderschön, aber, - aber ich konnte nur noch an dich denken, ob du wohl zu mir kommen würdest und da hatte ich die Messertasche völlig vergessen.“
„Schön, es freut mich, wenn sie dir gefällt. – Ich muss jetzt aber zurück, bevor mein Vater unruhig wird.“
„Jetzt schon?“ Adlerträne sah enttäuscht zu Krächzende Elster.
„Du hast mir immer noch nicht geantwortet?“, fragte er vorsichtig, sodass er es selber kaum hören konnte, weil er sich vor einer anderen Antwort, als erhofft, fast zu Tode fürchtete.
Krächzende Elster stellte sich langsam Adlerträne gegenüber und schlang ihre zarten Arme um seinen Hals, um ihn in den Arm zu nehmen. Nach einer Weile löste sie sich aus der Umarmung und küsste den zitternden Adlerträne, der in diesem Moment alles andere, aber kein stolzer und tapferer junger Krieger der Lakota war.
Fast fürchtete er, seine Knie könnten nachgeben und er würde sich blamieren.
„Werbe um mich! Mein Vater sagte mir, er wird unter Umständen nicht abgeneigt sein!“
Alle Zurückhaltung vergessend, stieß Adlerträne den Siegesruf seiner Präriedachse aus und sofort wussten alle Dorfbewohner, dass es bald eine Hochzeit geben würde.
Langsam geleitete er sie bis zu dem Tipi ihres Vaters, um sich dann von ihr zu verabschieden. Kurz blickten sich beide um, um sich noch einmal zum Abschied zu küssen, bevor Krächzende Elster mit pochendem Herzen in das Tipi ihres Vaters schlüpfte.

Adlerträne blieb noch einen Augenblick stehen, um sich noch einmal über ihre Antwort im Klaren zu werden. Langsamen Schrittes bewegte er sich zum Lagerplatz der Wolkenschilder.
„Und? – wie ist es gelaufen?“ Wie aus dem Nichts standen auf halben Wege seine Freunde, mit von der Kälte sichtbarem Atem, in der inzwischen eisigen Nachtluft vor ihm.
Er nickte vorerst nur. „Ich brauche Ponys, viele Ponys!“
„Also hat sie ja gesagt!“ Nun musste sich Adlerstimme erst einmal ein paar sehr unsanfte aber freundschaftliche Knuffe gefallen lassen, bis sich seine Krieger ebenfalls wieder beruhigt hatten.
„Wir könnten den Stämmen nacheilen, die doch eigentlich, na ihr wisst schon, nicht gerade unsere Freunde sind!“, schlug Nachtfalter vor.
„Ich denke nicht, dass es eine so gute Idee wäre, so kurz nach dem großen Treffen?“
„Der Dem Wind Folgt hat recht, wir sollten warten, bis wir sehen, wie sich die Dinge entwickeln, bis dahin werden wir dir welche von unseren Mustangs für ihren Vater geben!“, vertrat nun auch Weicht Nie Zurück seine Meinung.
„Nun denn, dann last uns die Mustangs zählen gehen!“, schlug Adlersonne vor.
Noch lange vor dem Morgengrauen, standen zwölf Ponys vor dem Tipi von Pferdegeist, der nicht umsonst diesen Namen bei seinen Leuten trug, weshalb sich die Krieger auch dazu entschlossen hatten, nur die besten Tiere vor dem Tipi anzubinden.
Gemeinsam mit ihrem Freund harrten die Männer im Verborgenen aus, um zu sehen, ob Pferdegeist die Tiere annehmen würde.
Kurz nach dem ersten morgendlichen Dämmern trat Pferdegeist noch ein wenig fröstelnd vor sein Tipi. Mit Wohlwollen untersuchte er jedes einzelne Tier sehr eindringlich. Aber nein, was

war das? Pferdegeist ließ die Mustangs stehen und begab sich wieder in sein Zelt zurück.
Adlerträne sprang entsetzt aus seinem Versteck auf. "Wie kann es sein, sie sagte mir, er wäre nicht abgeneigt?"
Ungläubig starrte er zu den Tieren und der wieder verschlossenen Öffnung des Tipis. Adlerträne war fassungslos und nicht in der Lage, sich zu bewegen und blieb mit frierenden Gliedern wie angewurzelt steifbeinig stehen.
Plötzlich bewegte sich die Klappe am Tipi erneut, doch um sich zu ducken, war es bereits schon zu spät. Freundlich lächelnd hob Pferdegeist zum Gruß seine Hand. „Es ist schon mächtig kalt dieser Tage!", nahm die Mustangs und führte sie zur großen Herde des Stammes von Kleiner Donner.
„Er hat sich nur etwas Warmes angezogen!", stammelte Adlerträne.
„Komm, setz dich wieder hin, bevor es noch peinlicher wird!", forderte ihn Der Die Frauen Verführt mit klappernden Zähnen auf.
Langsam schlichen die Präriedachse zu ihren eigenen Tipis zurück, um wenigstens noch eine Weile auf ihren warmen Fellen ausruhen zu können. Adlerträne hingegen fand keinen Schlaf, da er durch die vergangene Nacht noch viel zu aufgeregt war.
Bald schon stand die Herbstsonne mit ihren kaum noch wärmenden Strahlen am Himmel über dem Lager der beiden verbliebenen Lakotagruppen, als man einen jungen Krieger, geschmückt und herausgeputzt, vor sein eigenes Tipi treten sah.
Er hatte zwar keinen Grund mehr, sich Sorgen zu machen, aber dennoch raste sein Puls gnadenlos bei dem Gedanken, seinem zukünftigen Schwiegervater seine Aufwartung machen zu müssen.
„Warte bitte noch!" Adlerträne sah von der Seite her seinen ältesten Freund, der vom Alter her fast sein Vater hätte sein

können, Der Dem Wind Folgt, auf sich zukommen. „Du solltest etwas mitnehmen, wenn du das Tipi von Pferdegeist betrittst."
„Aber ich habe nichts mehr!"
„Doch hier!" Der Dem Wind Folgt öffnete sein umgehängtes Büffelfell und reichte ein kleines schneeweißes und winselndes Fellknäuel seinem Freund. „Ein direkter Nachkomme von Viele Mägen, eigentlich wollte ich ihn für mich selber haben, aber es wird sicher im nächsten Frühjahr wieder Nachwuchs geben!"
Adlerträne strahlte seinen Freund an und nahm dankbar den bereits entwöhnten Wolfsmischlingsrüden entgegen, um ihn ebenfalls unter seinem Umhang zu verbergen.
„Darf ich eintreten?", stand er wenig später vor dem Tipi Pferdegeists.
Der ältere Krieger kam persönlich zum Tipieingang und hielt ihm den Eingang offen. „Bitte!"
Vorsichtig, wie auf Zehenspitzen, betrat Adlerträne zum ersten Mal in seinem Leben das Tipi seines zukünftigen Schwiegervaters, welches einen aufgeräumten und sehr sorgfältig gepflegten Eindruck vermittelte.
Die vielen bunt geschmückten Gegenstände mit all ihren Verzierungen sagten ihm sofort, woher Krächzende Elster ihre künstlerischen Fähigkeiten hatte.
Trophäen, Ausrüstungsgegenstände und geheimnisvolle Dinge, die Pferdegeist bei seiner Arbeit mit den Mustangs benutzte, hingen von den Zeltstangen herab.
Im Hintergrund saß die bescheiden lächelnde Krächzende Elster mit ihrer fast noch genauso schönen Mutter beim Besticken einer neuen Decke.
Der jüngste Mann im Tipi, Spricht Nicht Viel, hatte es sich nicht nehmen lassen, diesen wichtigen Moment, wenn sein zukünftiger Schwager, zum ersten Mal das väterliche Tipi betrat, und sich hoffentlich blamierte, zu verpassen.
Übertrieben wichtig und sehr beschäftigt aussehend, fummelte er unsinniger Weise mit einem Lederband herum, welches er

um sein kleines Messer zu wickeln versuchte, nur, um es als nicht gelungen zu betrachten und erneut zu tun.
Lange saßen sich die beiden Männer schweigend an der Feuerstelle gegenüber, bevor Pferdegeist der Meinung war, endlich etwas sagen zu müssen.
„Und - du bist also gekommen, um dich aufzuwärmen, nun gut, geht es dir jetzt besser, frierst du noch?“
Jetzt wusste Adlerträne, woher der kleine Spricht Nicht Viel sein gemeines Grinsen hatte und er fasste all seinen Mut zusammen. „Oh nein, - Vater, wärest du vielleicht bereit, einem jungen Krieger der Lakota deine Tochter Krächzende Elster zur Frau zu geben?“
„Schon möglich. – Kommt ganz darauf an. - Wer ist denn dieser junge Krieger, für den du hier wirbst?“
Oh, und wie er ihn hasste in diesem Moment, wo er doch ganz genau wusste, dass er es selbst war, der um die Hand von Krächzende Elster anhielt. „Ich Adlerträne bin dieser Krieger, der die Mustangs vor dein Tipi anband.“
„Ach so?“ Pferdegeist zog seine Augenbrauen hoch und spielte den Überraschten. „– Mhm – Nun ja, es sind zumindest gute Mustangs, die du für meine Tochter gegeben hast!“
„Es freut mich sehr, wenn sie dir gefallen, obwohl Krächzende Elster weit aus mehr Wert ist!“
Pferdegeist nickte einige Male anerkennend. „Ja, das ist sie! Das ist sie. Aber ich gebe sie gern in die Obhut eines tapferen Kriegers, der in der Lage ist, sie und seine Kinder, die sicher kommen werden, zu beschützen und zu ernähren!“ Er sah den Jüngeren freundlich an.
„Ja Vater, das werde ich tun!“
„Das glaube ich dir gerne!“
Das plötzlich einsetzende kaum hörbare Winseln und die zappelnden Bewegungen im Schoß von Adlerträne ließen Pferdegeist, als er unwillkürlich dort hinsehen musste, un-

erwartet mit einem angewiderten Gesichtsausdruck zusammenzucken.
„Bei Wakan Tanka! - Mein Sohn, - was ist das? Doch nicht etwa das, wonach es aussieht?“ Gebannt, mit weit aufgerissenen Augen und offenem Mund, starrte der ältere Krieger auf den mehr als lebendig gewordenen Unterleib des jungen Mannes.
„Oh, bitte verzeih mir, ich vergaß, ihn dir zu geben!“
„Welchen Zauber trägst du unter deinem Lendentuch?“ Entsetzt wich der ältere Krieger noch weiter zurück.
„Vater dies ist kein Zauber!“ Adlerträne lächelte freundlich seinen zukünftigen Schwiegervater an, während er seinen Umhang aufschlug und ihm den schwanzwedelnden weißen Welpen überreichte.
Im Nu entlud sich das vorherige blanke Entsetzen des älteren Mannes in einem ausgelassenen und ungezwungenen Gelächter.
„Und ich befürchtete schon ...“
„Ja?“ Adlerträne verstand nicht.
„Nein, nein, es ist schon gut! Ich danke dir sehr für ihn!“
Selbst die zurückhaltenden Frauen im Hintergrund konnten sich nun nicht mehr zusammenreißen und so veränderte sich vor allem bei der unsicher gewordenen Krächzende Elster augenblicklich die Stimmung.
Der Bann war auf ungewöhnliche Weise gebrochen worden und es machte nun für Pferdegeist überhaupt keinen Sinn mehr, wieder seine gewohnt ernste und strenge Mine aufzulegen, da es jetzt nur noch albern gewirkt hätte.
„Nun gut“, sprach er in sehr ungezwungenem Tonfall auf seine Frau blickend, wir wären alle sehr stolz, einen so mutigen und tapferen Krieger aus einer so angesehenen Familie unserer Verwandten unter uns zu haben.“
Hiermit war zugleich die Entscheidung gefallen, wo Adlerträne zukünftig sein Tipi aufschlagen würde. Seine Schwiegermutter, die er fortan nun nicht mehr anzusehen hatte, hatte die Ent-

scheidung getroffen, wo die zukünftige Familie ihrer Tochter leben sollte.
Adlerträne war sich über die Tragweite im Klaren, da es bedeutete, neue Freunde und Gefährten zu finden und alte lieb gewonnene Freunde zu verlassen.
„Ich verstehe und so soll es sein!“ Schweren Herzens, aber dennoch glücklich, nickte er einwilligend seinem Schwiegervater zu und vermied es, wie es Sitte war, seine zukünftige Schwiegermutter direkt anzusehen. Auch Worte würden zwischen den beiden in Zukunft nur über dritte Personen gewechselt werden. Dies war unter anderem auch einer der Gründe, dass es nie zu Streitigkeiten zwischen ihnen kommen würde, da niemand der beiden, dem anderen direkt ein böses Wort an den Kopf werfen konnte.
Wäre Krächzende Elster zur Gruppe der Wolkenschilder gezogen, so hätte sie es in Bezug auf ihren Schwiegervater genauso halten müssen.
Der kleine Welpe schien jedoch selbst seine neuen Spielgefährten aussuchen zu wollen. Tollpatschig tapste er mit viel zu großen Pfoten, für den kleinen Körper, über die am Boden liegenden Felle direkt auf Spricht nicht Viel zu. Ließ sich auf seine zwei vorderen Pfoten nieder, wobei er sein Hinterteil schwanzwedelnd in die Luft streckte. Der Junge sah seinen Vater fragend an und auf dessen wohlwollendes Nicken hin, legte er sich dem Tier, auf dem Bauch liegend gegenüber. Die Aufforderung zum Spielen wurde verstanden und im Nu wälzten sich beide in einem Knäul auf den Fellen herum.

*

Wolkenschild freute sich für Adlerträne, doch der Gedanke, ihn nur noch auf den künftigen Treffen der Gruppen sehen zu können, machte ihn traurig. Wie so oft ging er selbst noch als

gereifter Mann zum Nachdenken immer noch gerne in die Einsamkeit, ließ sich in die Ferne blickend an einem Ausläufer des Platte nieder und begann, eine Weile vor sich hinzuträumen.
„Können wir reden?“
Wolkenschild fuhr innerlich erschrocken zusammen. Er kannte diese Stimme und sah sich vorsichtig um. Fragend blickte er zum Schilfgürtel des gegenüberliegenden Ufers, aus dem er die Stimme des Geistes vernommen hatte.
Spielten ihm seine Sinne einen Streich?
Nochmal: „Wolkenschild, können wir reden?“
Kaum wahrnehmbar flüsterte er das „ja“, doch nur sein leichtes Nicken veranlasste den Fragenden, ins Freie zu treten und sich zu erkennen zu geben.
„Vater, bist du ein Geist?“
„Nein, mein Sohn!“ Badger schüttelte lächelnd seinen Kopf.
„Was ist geschehen, wir glaubten alle ...“
Auf einen Wink von Badger hin, gaben sich nun Igelarsch, Fallender Stern, deren Frauen und ein kleiner Wasicun am gleichen Ufer zu erkennen.
„Wir sind keine Geister, da uns der erhoffte Weg zu unseren Ahnen noch nicht gezeigt wurde. Es sind bedeutende Dinge geschehen, das Volk muss es erfahren, nur daher kommen wir ein letztes Mal zu dir.“
Noch etwas verwirrt stand Wolkenschild auf und wartete auf die Ankunft seiner Angehörigen, die eine Furt durchquerend zu ihm herüberkamen. Schnell legten sich die unguten Zweifel und die Freude über das Wiedersehen gewann bei Wolkenschild die Oberhand. Nach der Begrüßung und nachdem die Tiere aus ihrem Versteck geholt worden waren, setzten sich alle nieder und man sprach zuerst über die Neuigkeiten beim Volk. Natürlich auch über Adlerträne. Dann begann Badger mit seiner Erzählung. Unterließ es aber auch nicht, vom kleinen Bishop zu berichten, der ihm das Leben gerettet hatte.

Staunend betrachtete Wolkenschild die Bärenkette um dessen Hals und unweigerlich fand er sich selbst in dem fremden weißen Jungen wieder, da er damals fast im gleichen Alter wie dieser war, als er mit seinem Bruder seinen ersten und einzigen Bären zur Strecke brachte.

Ohne irgendwelche Zwischenfragen zu stellen, hatte der Wicasa Wakan die Ausführungen seines Vaters aufmerksam verfolgt. „Es gilt jetzt also nicht nur den Frieden mit den Wasicun zu wahren, sondern auch auf unsere Nachbarn zu achten, die es bei dem einen Versuch nicht belassen werden, die Wasicun gegen uns aufzubringen."

„Deshalb sind wir zurückgekommen, bevor wir ihn", Badger deutete auf den kleinen Jungen, „nach Minnesota bringen werden. Wir haben auch viele gute Waffen dabei, die unsere Krieger für das, was kommen wird, stark machen werden."

Wolkenschild folgte dem Blick seines Vaters, der zu den mit Waffen beladenen Packtieren sah.

„Wie soll ich unseren Männern die Herkunft der Waffen und die Vorgehensweise der Pawnee, ohne von eurem Besuch zu reden, erklären?"

„Sag es ihnen. All das, was geschehen ist. Es ist ungewöhnlich, daher werden sie es verstehen. Wir mussten kommen."

Badger, Igelarsch und die anderen erhoben sich. „Wir müssen nun wieder fort." Er sah zum Himmel, der für den Herbst typisch war. Tief hängende dunkle, fast schwarze Wolken, welche die Vorboten der neuen Jahreszeit waren, und bis ins Land der himmelblauen Wasser würden sie es kaum vor Wintereinbruch schaffen können.

Betroffen erhob sich nun auch Wolkenschild, da er spürte, dass dieser Abschied wohl ein endgültiger sein sollte, doch man wusste nie, welche Möglichkeiten ihnen Wakan Tanka als nächstes offenbaren würde. Nichts schien unmöglich. Er folgte seinen Angehörigen zu den Tieren und nahm die Zügel der Packpferde mit den Waffen entgegen.

Erst als sie in der Ferne seinem Blick entschwunden waren, machte er sich auf den Weg zu seinen Zelten, denn auch hier wartete ein Abschied auf ihn.
Wie Wolkenschild, so blickte auch Adlerträne dem immer kleiner werdenden Zug seines Volkes am fernen Horizont hinterher, bis er die, seinen Blicken entschwindenden Familienangehörigen nur noch vage vermuten konnte. Die zurückliegenden Hochzeitsfeierlichkeiten bedeuteten zugleich, dass der Moment der Trennung nun unausweichlich näher gerückt war.
Sie alle würden ihm schrecklich fehlen. Sein Vater Adlerstimme, seine Mutter, seine beiden Onkel, wie Wolkenschild und Feuer in seinen Augen. Nicht zu vergessen Der Die Frauen Verführt, der ungeachtet seines Ansehens und des darauf folgenden Spottes, das erste Treffen mit Krächzende Elster arrangiert hatte und alle seine Freunde und Verwandten. Lange, bis hin zu einem ihrer großen Treffen im Sommer des kommenden oder erst darauf folgenden Jahres, würde er ihre Stimmen nun nicht mehr hören können.
Seine treuen Gefährten von den Präriedachsen – zum Abschied schenkten sie ihm die geliehenen Mustangs, deren Schuld es nun nicht mehr zu begleichen galt. Sie alle fehlten ihm schon jetzt.
„Tut es dir sehr leid?“
Adlerträne sah zur Seite und erblickte die schönste Frau, der Wakan Tanka je das Leben geschenkt hatte.
„Leid? Oh nein! – Es ist nur der Schmerz des Abschieds. Doch nun habe ich eine Frau - die beste Frau, die sich ein Mann wünschen kann!“, fügte er noch hinzu.
„Und eine Familie, die sehr stolz ist auf ihren neuen Sohn!“ Pferdegeist schien gespürt zu haben, wie schwer es dem jungen Mann gefallen sein musste, seine Familie und Freunde zu verlassen und war ganz bewusst zurückgeblieben, um seinem Schwiegersohn in diesem Augenblick zur Seite zu stehen.

Adlerträne sah zur anderen Seite auf seinen Schwiegervater. „Ich danke dir."
Gemeinsam folgten die Drei dem langen Zug des Häuptlings Kleiner Donner, welcher guten Mutes in die Zukunft blickte.
Versteckte Blicke musterten immer wieder den neuen Krieger während ihrer Wanderung, der nun an ihrer Seite unter ihnen leben würde. Aus der rechten flankierenden Reihe des führenden Akicita Bundes löste sich unerwartet ein Krieger, hielt schmunzelnd auf Adlerträne zu und reihte sich neben ihm ein. „Man nennt mich Rotfalke, ich führe die jungen Krieger unseres Bundes, wenn Adlerträne möchte, dann kann er mich begleiten, ich werde vorausreiten, um zu sehen, ob sich keine lästigen Pawnee herumtreiben."
Dankbar für die ihm gebotene Abwechslung nickte Adlerträne Rotfalke zu. Ein letzter verliebter Blick zu Krächzende Elster, dann folgte er Rotfalke, dem Anführer der Krummen Lanzen. Krächzende Elster blieb lächelnd zurück und freute sich für ihren Mann, der von Rotfalke eingeladen wurde, ihn zu begleiten.
Viele der jungen Frauen beneideten insgeheim Krächzende Elster, doch wünschten ihr alle das verdiente Glück, was sich trotz ihrer heiseren Stimme, nun doch eingestellt zu haben schien.
Und auch Spricht Nicht Viel sah man die Freude an, welche er nicht zu verbergen wusste, da ihm sein Vater nicht zu widerstehen vermocht und ihm den weißen Wolfshund geschenkt hatte. Ständig lief er springend neben dem Mustang des Jungen her, und wenn er mit seinen noch kurzen Beinchen nicht weiter konnte, setzte er sich einfach winselnd hin. Spricht Nicht Viel stieg dann ab und nahm den Hund mit zu sich auf das Pony.
Stolz hielt er ihn dann auf dem Mustang, quer auf seinem Schoß liegend fest, so wie es einst vor vielen Wintern auch Der Dem Wind Folgt mit Viele Mägen getan hatte, deren Nachkommen nun die gleiche Ehre zu teil wurde.

5. Kapitel

Stolz ritt Arthur neben Badger her. Doch immer wieder sahen er und die anderen Krieger besorgt zu Vater Himmel, der sein Antlitz unaufhaltsam weiter verdunkelte.
„Onkel Dachs, warum siehst du immer wieder nach oben?"
„Sieh dir die Farbe des Himmels an, es wird bald Schnee geben, sehr früh in diesem Jahr und wir sind noch weit von deiner neuen Heimat entfernt."
„Aber, wenn es schneit, dass macht doch nichts, oder?"
Badger lächelte. „Eigentlich nicht, aber im Schnee hinterlassen wir zu deutlich unsere Spuren und wir haben einen weiten Weg durch das Gebiet der Arikara vor uns. Sie sind ebenso achtsam wie unsere Männer – alles klar?"
„Ihr vertragt euch nicht mit ihnen?"
Badger schwieg einen Moment, bevor er antwortete. „Die Arikara sind die Verwandten der Pawnee und wozu sie im Stande sind, hast du ja am eigenen Leibe erfahren dürfen."
„Aber ihr seit Lakota und viel, viel stärker!"
Selbst die am Ende des kleinen Zuges reitenden Frauen mussten nun lachen, denn Badgers Einfluss auf den Jungen schien bereits erste Früchte zu tragen. „Selbst ein großer erfahrener Bär hat kaum eine Chance gegen ein Rudel hungriger Grauwölfe!"
Arthur verstand. „Und was machen wir, wenn sie uns finden?"
„Das darf nicht passieren, kleines Weißfleisch!", scherzte Igelarsch, der zu ihnen aufgeschlossen war. „Außerdem sollte niemand von einem Schneesturm auf offener Prärie überrascht werden!"
So vergingen die Tage ihrer Wanderung in Richtung Nordost, ohne dass sich das Wetter weiter verschlechterte oder ein befreundeter oder feindlicher Krieger ihren Weg kreuzte. Doch es wurde ständig kühler und die Nächte bereits sehr eisig. Kaum das die Morgensonne, sollte sie durch die Wolken brechen, die

Welt ein wenig erwärmte, verschwand sie auch schon wieder weit im Westen.
Wie es die Männer kommen sahen, geschah es dann auch unweigerlich. Sie hatten in der waldreichen Gegend der Arikara ein geschütztes Plätzchen auf einer Lichtung gefunden, die von hohen finsteren Tannen umringt war, als es in den frühen Morgenstunden zu schneien begonnen hatte. Ab sofort galt es nun noch vorsichtiger zu sein, um keinem Arikara ihre Anwesenheit zu verraten.
Sie waren schon mehrere Stunden des neuen Tages unterwegs, als der Schneefall endlich aufhörte und die Temperaturen weit unter den Gefrierpunkt abfielen. Die gefrorenen Kristalle des Neuschnees begannen, unter den Hufen der Tiere lautstark zu brechen und ein leises Vorankommen schien kaum mehr möglich. Die Windstille bedeutete obendrein nichts Gutes. Besorgt sahen sich die Männer um. Selbst in diesem eigentlich dichten Wald konnte ihnen ein überraschend hereinbrechender Blizzard das Leben kosten.
„Nicht um mich habe ich Angst", bemerkte Badger leise zu Fallender Stern, „aber ich habe dem Onkel des Jungen ein Versprechen gegeben. Ich möchte nicht, dass sich unsere Ahnen für mich schämen müssen!"
„Wir sollten für eine Weile einen geeigneten Unterschlupf suchen. – Vielleicht sogar bei den Arikara? – Es gibt momentan keinerlei Streitigkeiten?"
„Von denen wir wissen", winkte Badger ab. „Es sind vollkommen andere Zeiten, mit anderen Menschen. Es ist nichts mehr so, wie es einmal war. So wie vor etwa dreißig Wintern, als wir den Winter bei den Shoshone verbrachten, so wird es wohl nie mehr sein."
„Also Augen auf und weiter!" Fallender Stern ließ sich wieder nach hinten fallen und folgte nun als Letzter dem Zug.
Wieder vergingen ein paar Tage im Schutze der alten hohen Bäume, ohne dass der erwartete Schneesturm einsetzte.

Kommen aber würde er, früher oder später, das war allen klar.
„Dort!“ Fast flüsternd deutete Igelarsch mit ausgestrecktem Arm auf ein unsichtbares Ziel zwischen den Bäumen. Erst als sich Fallender Stern und Badger genauer konzentrierten, erkannten auch sie zwischen den Bäumen zu ihrer Linken, ein hölzernes Tipi der Wasicun. Die beiden im Vergleich zu Igelarsch jüngeren Männer wunderten sich nicht wenig, über den ungetrübten und scharfen Blick des älteren Mannes.
Badger stieg ab und gab seinen Freunden die Zügel seines Mustangs. „Ihr wartet hier, bis ich zurück bin!“
Schon war der Häuptling verschwunden und entzog sich den verfolgenden Blicken seiner Begleiter.
Es kam ihnen vor wie eine halbe Ewigkeit, als Badger endlich wie aus dem Nichts wieder vor ihnen stand. „Es ist ein verlassenes Blockhaus. Fallensteller, Bienenjäger, keine Ahnung, wer es erbaut hat. Es steht schon lange leer und es sind nirgends Spuren zu finden.“
„Wenn wir es fast übersehen haben, dann werden es, egal ob Freund oder Feind, ebenso tun.“ Igelarsch blickte fast fröhlich in die Runde und freute sich auf die schützende Unterkunft. In seinem hohen Alter war ein Dach über dem Kopf immer wichtiger als ein abenteuerlicher Ritt durch den eisigen Winterwald. Dennoch näherten sich die Reiter vorsichtig dem Blockhaus. Zögernd traten sie ein. Für Arthur nichts Ungewöhnliches, für die anderen Begleiter allerdings etwas vollkommen Neues. Noch nie zuvor hatte einer von ihnen ein Haus des Weißen Mannes betreten und nie hatten sie es vorgehabt. Doch nun schien dies die einzige Möglichkeit zu sein, die ihnen Schutz vor der Kälte und dem eisigen Nordriesen bot. Fallender Stern und Igelarsch stemmten sich immer wieder gemeinsam gegen die Innenwände und versuchten diese nach außen zu drücken. Doch sie hielten und gaben nicht nach, also würde auch ein Sturm es nicht umwerfen können. Die Frauen machten sich gleich daran, das Innere der Behausung so weit es

ging, zu säubern. Badger untersuchte die drei höher gelegenen Gestelle an der Wand. Hierauf mussten die ehemaligen Bewohner, wer immer diese auch waren, geruht haben. Ein paar verstaubte Borten befanden sich an den Außenwänden und drei Stühle standen um einen mit Spinnweben fast eingesponnenen Tisch vor einem lange nicht mehr benutzten Kamin, der voll von hineingewehten Ästen und altem vertrockneten Laub war. Igelarsch deutete nach oben. „Das sollten wir abdichten!“, und verschwand sofort wieder aus der Tür. Badger und Fallender Stern stopften die offenen Ritzen in den Wänden mit gefrorenem Moos und der kleine Arthur begann bereits damit, nahe des Blockhauses trockenes Feuerholz zu sammeln.
Bevor es wieder dämmerte, saßen alle auf den mit Tannenzweigen und Reisig ausgelegten Boden, über das man weiterhin die wenigen Felle und Decken, die sie bei sich führten, gelegt hatten.
Ein kleines Feuer in dem geöffneten Kamin verbreitete eine angenehme und behagliche Wärme, welche vor allem Igelarsch in seinem hohen Alter zu schätzen wusste. Zufrieden mit sich und ihrer Arbeit konnten sich die Reisenden entspannt niederlegen und betrachteten beim Einschlafen die Schattenspiele des Feuerscheins an den fremdartigen hölzernen Wänden ihrer Unterkunft. Die Bettstellen an der Wand blieben bis auf eine unbenutzt, auf der sich Arthur glücklich in den Schlaf wälzte. Während er so ausgestreckt auf dem „Bett“ lag, musste er an seine Eltern denken. Vor unendlich langer Zeit hatte er sie das letzte Mal gesehen und es entstand vor seinem geistigen Auge das Bild seiner Eltern, als sie ihm in Hamburg auf dem davonsegelnden Schiff zum Abschied zuwinkten. Wenig später folgte er ihnen, gemeinsam mit seinem geliebten Onkel, um auch die Neue Welt für sich zu entdecken. Was wäre wohl geschehen, wäre sein Schiff im Sturm nicht beschädigt worden und vom Kurs abgewichen und wie geplant in Boston gelandet?

Sein Onkel wäre noch am Leben und er würde bequem in Minnesota in einem weichen Daunenbett schlafen. Doch dann wäre ihm dieses Abenteuer verwehrt geblieben, und er hätte seinen Onkel nicht verlieren müssen. Aber hatte er nicht einen neuen, nein, gleich drei neue Onkel zurückbekommen und zwei liebe alte Tanten? Wie war er doch dumm gewesen, als er vor langer Zeit glaubte, sie würden ihm etwas antun können. – Lange vor dem Einschlafen betrachtete Arthur die auf dem Boden liegenden Lakota. Sie sahen etwas anders aus als er und seine Leute und behandelten ihn, außer das sie ihn zwangen, sich jeden Morgen zu waschen, fast schon liebevoll. Vor allem dieser Onkel Igelarsch, der sein Urgroßvater hätte sein können und ihm sogar die Geschichte erzählte, wie aus Bull Head ein Igelarsch wurde - dann schlief auch er endlich ein.
Am darauffolgenden Morgen machte sich Fallender Stern auf, um die Umgebung zu erkunden. Als er zurückkam, ging Igelarsch los und Badger folgte dann ebenfalls dem Beispiel seiner Begleiter. Es schien ein vortrefflicher Platz zu sein. Nirgends fanden sie Spuren von Jägern. Wild gab es reichlich, und auch wenn die kleine Quelle in unmittelbarer Nähe einfrieren sollte, stellte es kein Problem dar. Schnee gab es in den nächsten Monden genug.

*

Der Winter wollte und wollte kein Ende nehmen und selbst in den Dörfern der wohlhabenden Arikara gingen bereits die Vorräte zur Neige. Das Wild machte sich rar in der Nähe ihres Ansiedlung und so waren die Jäger gezwungen, immer weiter, oft Tage von ihren Dörfern entfernt, auf die Jagd zu gehen.
Blue Moon, ein erfahrener Krieger und Jäger im besten Alter, führte die vierköpfige Jägergemeinschaft der Arikara an. Schon seit Tagen durchstreiften sie verzweifelt auf der Suche nach Wild auch weiter entfernte Gebiete.

„Wir sollten umkehren!“, bemerkte Hals Über Kopf, ein noch junger, aber schon geachteter Mann.
„Und dann? Sollen wir zum Gespött der Weiber und Alten werden?“ Blue Moon lehnte ab, als gerade in diesem Moment Grauwolf zu ihnen stieß. „Ich habe eine Fährte von Wapitis gefunden, höchstens ein paar Stunden alt!“
Alle sahen sich freudig erregt an und bestiegen sofort ihre Mustangs, um Grauwolf zu folgen. Fast dämmerte es schon wieder, als sie das Rudel endlich erreichten. Vorsichtig näherten sich die Jäger den Tieren gegen den Wind, um sich auf Schussweite bringen zu können. Die Herzen der Männer schlugen vor Freude und Aufregung. Nun brauchte niemand ihrer Leute zu hungern und mit ein wenig Glück konnten auch einige andere Jägergruppen des Volkes etwas Wild aufspüren. Hals Über Kopf blieb zurück und hielt die Mustangs, während Grauwolf die Ehre hatte, Blue Moon und Brechender Ast zu führen. Ohne den geringsten Laut näherten sie sich von drei Seiten. Wenn nur nicht der Wind drehen und die Tiere ihre Witterung aufnehmen würden. Mindestens ein großes Tier des Rudels musste erlegt werden, noch besser wären natürlich zwei. Das Rudel war groß genug und würde den Verlust einiger ihrer Gefährten ohne Probleme verkraften, doch für die Arikara ging es um das Überleben ihres Volkes.
Alle drei Jäger hatten sich unbemerkt genähert und legten jeder den ersten Pfeil auf die Sehne und einen weiteren nahm jeder quer in den Mund, um gleich einen zweiten Schuss anbringen zu können.
Blue Moon ahnte mehr, als das er sie sah, dass seine zwei Krieger auf ihn warteten.
Das leise Singen eines ersten Pfeiles veranlasste alle anderen Arikara, ihre Geschosse sofort zu versenden. Blue Moon ärgerte sich ein wenig über das voreilige Handeln eines seiner Männer, da sie beide auf ihn zu warten hatten, doch als er sah,

dass es eine erfolgreiche Jagd werden würde, schluckte er die erste aufkommende Anwallung des Zorns wieder herunter.
Nur Bruchteile von Sekunden versetzt sprangen drei tödlich getroffene Tiere in die Luft, und versuchten den Schmerz vergessend, ihrem Rudel zu folgen, brachen aber nur wenig später zusammen. Alle drei Arikara kamen glücklich mit einem freudigen Siegesruf auf ihren Lippen aus ihrer Deckung hervor und stürmten auf die erlegten Tiere zu, als sie sich plötzlich innehaltend, fragend ansehen mussten.
Im Nu lagen sie alle drei eng auf den eisigen Boden gepresst. Nur zwei ihrer Pfeile hatten jeweils ein Tier tödlich getroffen. In einem jungen Bock steckte zwar der Pfeil von Brechender Ast, doch der tödliche Schuss kam nicht von ihm.
„Lakota!“, zischte voller Wut Blue Moon seinen Gefährten zu.
„Wie viele mögen es sein?“ Grauwolf suchte mit dem Blick die Umgebung ab.
„Ein, vielleicht auch zwei Jäger, sonst würden wir mehr Pfeile von ihnen hier sehen und sie hätten uns sicher angegriffen!“
Die beiden Jüngeren nickten ihrem Anführer zu. Er hatte recht, nur so konnte es sein.
„Was tun wir jetzt?“ Brechender Ast war unsicher und wartete auf die Entscheidung von Blue Moon, der sich gerade erhob und nach allen Seiten Ausschau hielt.
„Erhebt euch!“ Blue Moon lächelte. Zaghaft gehorchten die anderen beiden.
„Hals Über Kopf bringe unsere Mustangs und schicke deine beiden Krieger los, schnell die anderen Jäger zu holen!“ Blue Moon rief es übertriebener Weise so laut, dass es selbst in den entfernten Dörfern der Pawnee zu hören sein musste. Verstehend lächelten ihm seine beiden Krieger zu. „Seht ihr, und genau deshalb bin ich euer Anführer! Sind es nur ein oder zwei Krieger, werden sie es sich nicht trauen, laut zu atmen. Wären es mehr – dann wären wir schon bei unseren Ahnen!“

Wenig später traf Hals über Kopf mit den Mustangs ein. „Was schreit Ihr so, ich bin doch nicht taub!“, begrüßte er seine Freunde.
„Sieh selbst und verstehe!“, forderte ihn Blue Moon auf, während er ihm den Lakotapfeil zeigte.
„Du bringst das Wild schnell zu unserem Volk und kommst dann mit einigen Kriegern wieder, wir werden in der Zwischenzeit sehen, wer sich hier an unserem Wild vergeht!“
Sie dankten den Geistern der Tiere, dass sie ihr Leben für ihr Volk gegeben hatten, und luden das erlegte Wild auf die Mustangs, die Hals über Kopf mit gemischten Gefühlen fortführte.

*

Igelarsch hatte sich nur auf das Wild konzentriert und seit mehreren Stunden auf der Lauer gelegen. Die Arikara waren genauso gute Jäger wie die Lakota, die es ebenso verstanden, sich unbemerkt dem Wild zu nähern. Nicht einmal der wachsame und mit den schärfsten Augen von allen versehene Igelarsch hatte sie bemerkt.
Eng lag er wieder hinter der Baumwurzel, einer vom Sturm gefällten Schwarzkiefer. Nur sein dampfender Atem konnte ihn noch verraten, da er bis zur vollkommenen Unsichtbarkeit mit Zweigen getarnt war.
Er musste schnell fort und seine Freunde warnen. Langsam kroch er jede Deckung nutzend in entgegengesetzter Richtung davon. Selbst für einen alten Mann war er immer noch geschickt und gelenkig genug, doch zermarterte er sich sein Gehirn mit Selbstvorwürfen. Es war alleine seine Schuld, wenn sie jetzt aufgespürt werden sollten. Dass dies auch jedem anderen Krieger hätte passieren können, war für ihn keine Entschuldigung und so erreichte er vor seinen Verfolgern die

Hütte, die ihnen mit ihren schützenden Wänden den Winter über Schutz geboten hatte.
„Arikara! Sie kommen, sie haben mich entdeckt!“, waren seine ersten Worte. Weiterer Erklärungen bedurfte es nicht. Die Männer sahen sich eine Weile schweigend an.
„Dann brechen wir sofort auf!“ Fallender Stern fand als Erster die Sprache wieder.
„In Ordnung, ich hole die Mustangs“, erwiderte Igelarsch, der schon im Begriff war, durch die Tür ins Freie zu eilen, um die Tiere zu holen. Mitten in der Bewegung hielt er plötzlich inne, um eine Sekunde später wieder rückwärts hereinzufallen. Schnell rappelte er sich wieder auf und schlug die Tür hinter sich zu.
„Es ist zu spät! Sie sind bereits da!“ Ein Pfeil steckte in seiner linken Schulter. Nicht lebensgefährlich, aber schmerzhaft musste diese Wunde sein. Sogleich kümmerte man sich um ihn und entfernte das Geschoss. Pearl Bracelet verband ihren Mann, während Badger und Fallender Stern durch ein paar geöffnete Ritzen der Wände ins Freie starrten.
„Und was jetzt?“ Fragend sahen sich alle an. Sie waren alt und ein jeder von ihnen war seit langem bereit, zu Wakan Tanka zu gehen, aber das Versprechen, welches Badger dem sterbenden Bishop gegeben hatte, hatte alles verändert.
„Sind es die Verwandten dieser Pawnee?“, mit ängstlichem Blick sah Arthur zu Igelarsch, der sich von seinem ersten Schreck wieder erholt hatte, sich mit der rechten Hand aber seine schmerzende Schulter hielt. „Ja, kleines Weißfleisch, sie sind es. Es ist alleine meine Schuld. Bitte verzeih einem alten Mann!“
„Ist schon gut. Du hast es doch nicht mit Absicht getan, oder?“
„Oh nein, ganz sicher nicht!“ Der alte Krieger lächelte dem Jungen dankbar zu. „Es müssen sehr viele von ihnen sein. Ich hörte, wie sie nach ihren anderen Kriegern riefen!“

„Und wie kommen wir hier nun wieder raus? Badger sah angestrengt grübelnd zum Boden.
„Ich habe keine Ahnung! Es gibt nur einen Ausgang, wir sitzen also in der Falle.“ Fallender Stern sah fragend in die Runde.
„Können wir uns, wenn es dunkel wird, nicht davonschleichen?“, fragte Arthur nun direkt Badger.
„Selbst wenn wir auf dem Bauch durch den Schnee kriechen und was sehr unwahrscheinlich ist, nicht entdeckt werden, denn sobald die Tür aufgeht, wissen sie Bescheid, was sollen wir aber ohne unsere Mustangs anfangen, die sicher schon die Arikara haben?“
„Dann buddeln wir uns eben hinten raus! Und ihr sagt doch immer selber von euch: `Wir sind die besten Pferdediebe der Welt!´“
Alle sahen nun doch, trotz der Situation ein wenig belustigt, zu Arthur. „Wir?“, kam es fast aus aller Munde.
„Buddeln wir uns hinten raus?“, wiederholte Igelarsch fragend den Vorschlag von Arthur.
„Ja! Damit!“ Arthur nahm die alte, verrostete Schaufel von der Wand, deren Stil Tante Wiese schon verheizen wollte. Sofort räumte er die Zweige am Boden bei Seite und begann damit, das Erdreich aufzubrechen. „Seht doch, der Boden ist nicht gefroren in der Hütte, also geht es!“
Ein Hoffnungsschimmer zeichnete sich auf den Minen der Lakota ab. In der Tat, der Junge hatte recht, man musste nur so leise wie möglich einen Weg unter die Wände hindurch ins Freie graben. Die Hinterseite, da dort weder Tür noch Fenster waren, wurde mit Sicherheit nicht bewacht.
Arthur buddelte wie ein kleiner besessener Maulwurf. Badger bot an, ihm zu helfen, doch lehnte der Junge ab. Schließlich war es alleine seine Idee und das machte ihn unglaublich stolz, außerdem, so konnte er zum ersten Mal auch etwas richtig Sinnvolles tun.

Der Erdhaufen wurde größer und Arthur war bereits schon bis auf die andere Seite der Wand durchgebrochen. Die ständige Wärme im Inneren hatte zu ihrem Glück dem Boden den Frost genommen.
Er stoppte plötzlich mit seinen Arbeiten und kroch vorsichtig zurück. Fragend sah er zu Badger: „Tut sich etwas da draußen?“
„Nein, ich sehe immer nur diese drei Krieger hinter den Bäumen lauern.“ Badger sah immer noch durch die kleine Öffnung.
„Das ist gut! Dann fang auf Onkel Dachs!“ Arthur warf Badger einen Schneeball mitten an den Kopf und traf sein Ohr. Nicht sonderlich erschrocken, da er über kurz oder lang damit rechnete, zu gut kannte er den Jungen bereits, nickte er Arthur freundlich zu und warf ihm den Rest des Schneeballs, den er zusammensuchte, zurück. Dann wurde er traurig und sah nach unten.
„Was ist los Onkel Dachs, wir haben es geschafft, der Weg ist frei! Ist es wegen des Schneeballs? Entschuldige bitte!“
„Nein Kleiner, ist schon gut, ich musste nur gerade an etwas denken!“
So lange lag es bereits zurück, aber als ihn der Schneeball traf, erinnerte er sich als sei es erst gestern gewesen. Einst, als sie bei den Shoshone überwinterten, warf auch Rabbit ihm einen Schneeball an sein Ohr und erhielt seine Dachsfellmütze von ihm zurück.“
Mit einem leichten Seufzer drehte er die alte und geflickte Mütze, die er immer noch hatte, in seinen Händen hin und her.
„Nun gut, es wird jetzt Zeit für euch!“, riss ihn Igelarsch aus seinen Träumen.
„Du meinst für uns!“
Igelarsch schüttelte lächelnd den Kopf. Meine Zeit ist gekommen, ich wäre nur noch eine Last für euch und höre schon seit einiger Zeit meine Ahnen nach mir rufen. Liebevoll fuhr er

Pearl Bracelet über ihr schneeweißes Haar. Statt entsetzt zu sein, lächelte auch sie. „Ja Mann, so soll es sein. Wir werden hier bleiben und diesen Arikara erst einmal Respekt beibringen."
„Oh nein Frau, du musst mit ihnen gehen!"
„Ich sagte dir schon einmal etwas, als wir uns bei den fahrenden Tipis, welche die Pawnee überfielen, wiedersahen. Bist du in dieser kurzen Zeit schon so vergesslich geworden?"
Igelarsch und Pearl Bracelet nahmen sich in den Arm.
„Ja Frau, wie immer, hast du auch dieses Mal recht. Wir werden nur zusammen auf dem Geisterpfad reisen!"
Erschrocken über den Entschluss ihres älteren Freundes sahen sich Fallender Stern und Badger an. Auch Arthur hatte seine Augen vor Schreck weit aufgerissen. Wiegendes Gras sah Pearl Bracelet traurig an. „Nein, ich bitte euch, kommt mit!"
Pearl Bracelet erhob sich. „Du warst für mich immer wie meine jüngere Schwester. Es muss sein, und es ist besser so und ihr könnt fliehen. Diese Arikarabauern wissen doch nicht, wie viele wir sind. Und eines Tages werden wir uns alle im Land der vielen Zelte wiedersehen und über all das hier lachen können! – Nicht wahr?"
Wiegendes Gras verlor einige Tränen, nickte aber verstehend ihrer älteren Freundin zu.
Pearl Bracelet half ihrem Mann beim Laden der Feuerwaffen und legte auch seinen Bogen bereit, den er aber sicher mit seiner verletzten Schulter nicht spannen konnte. Dann würde sie ihn eben benutzen.
Dass Frauen nicht die Waffen der Männer berühren sollten, spielte keine Rolle mehr und so war alles schnell erledigt. Dann sahen sich die langjährigen Gefährten ein letztes Mal in dieser Welt in die Augen.
Worte bedurfte es keiner mehr. Arthur nahm Pearl Bracelet und im Anschluss sogar den nach außen griesgrämigen Onkel Igelarsch in die Arme, der die Umarmung erwiderte. „Pass mir gut

auf die beiden alten Männer auf“, scherzte er, bevor er Arthur zur Öffnung geleitete und sanft hineinschob.
„Nun, meine Frau, wir sind zusammen!“
„So wie es sein soll!“ Sie schmiegte sich an ihren Mann und wartete mit ihm gemeinsam die vereinbarte Zeit ab, wann sie beginnen würden, aus dem Schutz der Hütte heraus die Arikara unter Beschuss zu nehmen. Doch zuvor wurde die Öffnung im Boden wieder verschlossen und sorgfältig mit Zweigen abgedeckt.

*

Stück um Stück krochen die vier Flüchtenden, ohne behelligt zu werden, davon. „So, ich denke, wir sind weit genug entfernt“, flüsterte Fallender Stern nach einer Weile.
„Soll ich nicht besser mitkommen?“
„Nein, du musst auf Arthur achten und natürlich auch auf Wiegendes Gras! Geht weiter in Richtung Norden. Sollte es mir gelingen, werde ich euch finden.“
„Du willst nur die Mustangs holen und suchst nicht den Geisterpfad?“
„Sei ohne Sorge Bruder, ich will nur unsere Mustangs holen!“
Schon war Fallender Stern verschwunden und Badger, Wiegendes Gras und Arthur waren alleine.
Ohne überflüssige Worte setzten sie ihren Weg in Richtung Norden fort. Badger fühlte sich innerlich zerrissen. Dass er den alten Igelarsch nicht mehr an seiner Seite hatte, war das Eine, genauso wie er, musste sich jetzt Wiegendes Gras fühlen, die Pearl Bracelet zurückgelassen hatte, aber Badger wollte nicht auch noch seinen Bruder verlieren. Er schnaufte in die kühle Nachtluft hinein.
„Onkel Dachs, Onkel Sternschnuppe wird es doch schaffen? Meinst du nicht auch?“ Badger legte dem Jungen seinen Arm

um die Schulter. „Na klar doch, er ist schließlich mein Bruder!“
Schweigend saßen in der Zwischenzeit die beiden alten Lakota in der still gewordenen Hütte beisammen. „Es wird kühl, ich werde noch etwas Holz auflegen“, erhob sich Pearl Bracelet ganz ungezwungen.
„Ja! Tu das nur, - und - bist du dann soweit?“
Pearl Bracelet sah ihrem Mann freundlich in die Augen. „An deiner Seite immer!“
Dann herrschte eine ganze Weile nichts als eine tiefe und erhabene Stille in dem Blockhaus, in der das alte Paar sich ein letztes Mal umarmte.
Ein erster Schuss zerriss wenig später diese Stille der friedlichen Winternacht. Badger, der bereits darauf gewartet hatte, zuckte dennoch erschrocken zusammen. Fester wurde sein Griff um die Schulter von Arthur. „Nun, jetzt sollten wir uns ein wenig mehr beeilen.“
Der entfernte Kriegsruf von Igelarsch und die Erwiderung der Arikara und den weiter dazugestoßenen Kriegern vermischte sich mit den Schüssen aus der Waffe des alten Lakota. Ohne nun auf gefrorene und die unter ihren Schritten brechenden Äste zu achten, rannten die Drei so schnell sie konnten los.
Fallender Stern hatte inzwischen die beachtliche Herde der Mustangs erreicht. Ihr gemeinsamer Plan schien aufzugehen. Nur ein einzelner Krieger war bei den Tieren geblieben und bewachte die Eigenen und die der Lakota. Er war mehr als nur unachtsam und versuchte aus der Entfernung heraus, soviel wie es ihm möglich war, von dem Kampf seiner Krieger an der Blockhütte mitzubekommen. Fast stand er auf den Zehenspitzen und reckte seinen Kopf links und rechts durch das kahle Unterholz hindurch. Er hörte nicht den sich von hinten anschleichenden Fallender Stern. Ein unerwarteter heiß brennender Schnitt, vorn quer durch seinen Hals, strafte ihn sofort wegen seiner Unachtsamkeit. Bevor die Seele von Grau-

wolf dessen Körper verließ, hörte er das leiser werdende Hufgetrappel der sich entfernenden Mustangs im aufkommenden Wind, welcher seine Seele mit sich forttrug.
Fallender Stern hatte die gesamte Herde bei sich, fragte sich aber, was er mit all den Tieren nur anfangen sollte. Zurücklassen kam jedoch nicht in Frage. Diesen Vorteil durfte er nicht verschenken und so holte er nur wenig später seinen Bruder, Wiegendes Gras und Arthur ein.
Sie hielten eine Weile inne und lauschten. Kaum vernahm man aus der Entfernung noch ein Geräusch. Kein Schuss fiel mehr, kein Kriegsruf. Nur das Zwitschern der Vögel begleitete den erwachenden Morgen.
„Sie sind bereits auf dem Weg!“, bemerkte Badger immer noch bedrückt, da selbst die glückliche Rückkehr von Fallender Stern ihn nicht sonderlich aufheitern konnte.
„Natürlich sind sie das“, lenkte Fallender Stern ein. „Doch nur aus diesem Grund sind wir alle damals aufgebrochen!“
Badger blickte auf und konnte nun sogar etwas von seinem breiten und fiesen Grinsen zeigen, da er ihm ohne Frage recht geben musste. Er durfte nicht nur an seine Gefühle denken, sondern sollte sich statt dessen für Igelarsch und Pearl Bracelet freuen können, die nun ehrenvoll zu ihren lange vor ihnen gegangenen Ahnen gehen durften.

*

Immer weiter führte sie ihr Weg durch ein neues und fremdes Gebiet. Zwischen all den hohen und uralten Bäumen dieser unbekannten waldreichen Gegend, begann sich Badger, sichtlich unwohler zu fühlen. Ihm fehlte der freie und offene Blick über die Weite der Grasebene. Kurze Zeit später verstand Fallender Stern, dem dies nicht so viel ausmachte, da auch der Wald sein früheres zu Hause war, was sein Bruder meinte.

Wie aus dem Nichts tauchten im morgendlichen Nebel vor ihnen die schemenhaften Umrisse von Reitern auf, die, als ob sie auf sie gewartet hätten, geradewegs auf sie zukamen. Badger blickte besorgt zur Seite und sah sich nach hinten um.
„Was ist Onkel Dachs?“, fragte der Junge, der noch nichts von ihren Besuchern bemerkt hatte.
„Wir sind nicht mehr alleine! Und bete zu deinem Gott, dass dies Santee auf einem Jagdausflug sind.“
„Es war ein Fehler, die überflüssigen Mustangs wieder frei zu lassen“, bemerkte Fallender Stern, der soeben zu Badger aufgeschlossen war.
Bevor Badger jedoch etwas erwidern konnte, befanden sie sich bereits in greifbarer Nähe vor dem Häuptling eines größeren Arikarakriegstrupps. Ruhig und besonnen ritt er ihnen mit erhobener rechter Hand entgegen, bis sein Mustang vor ihnen stehen blieb. „Ich bin Viele Ponys und grüße die Lakota, die sich offenbar in unseren Jagdgründen verirrt haben?“
„Ich bin Badger von den Oglala und grüße Viele Ponys und kann ihm sagen, dass wir uns nicht verirrt haben. Wir durchqueren dieses Land nur auf unserer Reise.“
Abwechselnd musterte Viele Ponys Arthur und die alten Lakota. Er nickte kaum wahrnehmbar, fast so, als könne man eine gewisse Spur von Anerkennung in seinem Minenspiel vermuten. „Ihr habt noch etwas, dass uns gehört!“, und deutete mit einem Blick auf die verbliebenen an den Zügeln geführten Arikaramustangs.
Badger sah den Häuptling grienend an. „Diese Ponys da? Die haben wir herrenlos vor einigen Tagen gefunden. Das ist alles.“
„So, so – gefunden habt ihr sie also?“
Langes Schweigen und Abschätzen auf beiden Seiten, sodass die eingetretene Stille einem in den Ohren weh tun konnte. Dann drehte sich Viele Ponys zu seinen Kriegern um. „Pahh, die alten Lakota ziehen nicht mehr in den Kampf, sie rauben statt dessen kleine weiße Jungen, weil sie zu nichts anderem

mehr taugen!“ Er lachte künstlich los und seine Krieger erwiderten im Chor mit dreckigem und beleidigendem Lachen. Es ging in Ordnung, sie waren Feinde.
„... und stehlen Mustangs der Arikara und töten einen unserer Krieger!“, fuhr Viele Ponys schreiend fort.
Nun waren die Lakota natürlich froh, den Großteil der Arikaraponys freigelassen zu haben und vielleicht konnte man sich noch herauswinden und alles als reinen Zufall erklären. Niemand ließ herrenlose Tiere zurück.
„Dachtet ihr tatsächlich wir sind so dumm und glaubten, die beiden Alten in der Hütte wären alleine und Grauwolf hätte sich selbst die Kehle durchschnitten? – He?“
Die Augen von Fallender Stern und Badger zogen sich hasserfüllt für die zuvor erhaltenen Schmähungen zusammen. Nur zu gerne hätten sie Viele Ponys mitgenommen auf einer letzten Reise. Doch die Gedanken der Brüder an Wiegendes Gras und Arthur hielten sie zurück.
„Wir wissen nicht, wovon du redest – ich sagte dir, wir haben die Mustangs vor einiger Zeit gefunden!“
„Sicher doch! – und was habt ihr mit dem Jungen vor?“
„Ihn?“ Fallender Stern deutete fragend auf Arthur.
„Nein, den der dort in den Bäumen sitzt!“ Viele Ponys zeigte wütend nach oben. „Verkauft uns nicht für dumm, Lakota!“
„Wir bringen ihn zu seinen Eltern, ins Land der himmelblauen Wasser“, mischte sich Wiegendes Gras ein, da sie sich nicht länger zurückzuhalten gedachte und den aufkeimenden Zorn ihres Mannes spürte. „Und dies alles nur, weil eure Brüder, diese Pawnee, seine Verwandten erschlagen haben!“, fügte sie hinzu.
„Pawnee kämpfen gut!“, freute sich Viele Ponys, „aber seit welcher Zeit dürfen alte Lakotaweiber ihr Wort erheben?“, schnarrte er Wiegendes Gras an.

„Seit der Zeit, da der Schöpfer allen Lebens feststellte, dass die wahren und tapferen Krieger auf den Plains nur vom Schoß einer Cheyenne oder Lakota geboren werden können!“
Wütend zeigte Viele Ponys seine Zähne. „Höre Weib, du magst eine alte Frau sein, doch zügel deine vorlaute Zunge, sonst ...!“
„Sonst was?“, fauchte ihn Badger an und griff bereits nach seinem Dolch. Fallender Stern tat es ihm gleich, da er vermutete, dass er in Kürze seine Morning Song wiedersehen würde. Um Arthur und seinem ungewissen Schicksal tat es ihm leid, doch wie sollten sie aus dieser sich weiter verschärfenden Situation jemals wieder herauskommen? Er sah auf. „Bitte wartet – es gibt keinen Grund für einen Streit!“
Alle blickten verwundert zu Fallender Stern. „Viele Ponys hat recht, doch diese Lakota waren es nicht, die Grauwolf töteten! – Es war ein harter aber ehrlicher Kampf! – Er unterlag, aber wir wissen ja alle, dass es schon immer, seien es nun Pawnee oder Arikara, stets mehrerer junger Krieger bedurfte, um selbst einen greisen Shoshone zu besiegen“, konnte es Fallender Stern nicht unterlassen, den Arikara zu verspotten. „Lasst die Drei weiterziehen, sie haben nichts mit all dem zu tun, ich aber werde mit euch reiten!“
„Reiten? – Reiten?“, kreischte fast schon der Arikara Häuptling. „Ihr alle werdet laufen!“, schrie er in die empörten Rufe seiner Krieger hinein. „Los, bindet sie!“
„Du bist ein Narr“, flüsterte Badger Fallender Stern zu.
„Dann kämpfen wir?“, sah dieser ihn fragend von der Seite an. Noch war Zeit, denn die Arikara näherten sich ihnen sehr langsam, mit einem herablassenden Lächeln, da sie wussten, dass ihnen die Lakota nicht mehr entkommen konnten.
„Es tut mir leid, kleiner Bärenjäger!“ Badger sah betroffen auf Arthur, „ich wünschte mir nur, ich könnte mein Versprechen einhalten!“
„Ich weiß, Onkel Dachs.“ Arthur bleib erstaunlich ruhig und gefasst. Im selben Moment stürzten sich die beiden Brüder auf

den vorderen der Arikarakrieger und rammten ihm ihren Dolch gleichzeitig in den Leib. Sogleich begriffen die restlichen Arikara, dass sich der Lakota und sein Bruder, der Shoshone – wie das auch immer zusammenhängen mochte, nicht ergeben würden und stimmten ihren Kriegsruf auf den Lippen auf die beiden los. Diese erwiderten jeder nach Art seines Volkes.

Doch was war das? Ein fremdartiger Kriegsruf, ähnlich dem der Lakota, ließ die Handlungen aller Beteiligten gefrieren. Lauernd, wie wilde Raubtiere standen sich die Arikara und ihre beiden Feinde gegenüber, bevor sie den Kampf, nur eine Sekunde später, wieder fortsetzen würden.

Badger lag bereits binnen weniger Augenblicke auf dem Boden kämpfend und über sich einen jungen athletischen Arikara, dem er zwar nicht an Gewandtheit, aber an ausdauernder Kraft hoffnungslos unterlegen war. Fallender Stern erging es nicht viel besser. Auch er unterlag, da er sich gegen zwei Angreifer zur Wehr setzen musste. Die übrigen Arikara schrien und grölten und erst als der wiederholte fremde und zuvor vernommene Kriegsruf erneut zu vernehmen war, hielten alle inne und lauschten.

Die Geräusche brechender Zweige des noch kahlen Unterholzes und fremde, nicht zu deutende Kriegsrufe, stürmten aus allen Richtungen kommend, auf sie zu und verwirrten nicht nur die Arikara. „Schlangen!“ – Das Wort der Ojibwa für Feinde oder auch Sioux. Viele Ponys organisierte sofort seine Männer und stürmte dem neuen, offensichtlich zahlenmäßig überlegenen Feind mit all seinen Männern in westlicher Richtung entgegen.

Arthur und Wiegendes Gras sprangen schnell von ihren Tieren und stürzten sich besorgt auf die am Boden keuchenden Männer.

„Verstehst du das?“, fragte der nach Luft japsende Fallender Stern.

Doch auch Badger hatte im Moment noch keine Erklärung und erhob sich mit zerschundener Bekleidung. Mühsam hielt er Fallender Stern seinen Arm hin und half ihm auf.
„Großväter, es ist alles in Ordnung! Unsere Krieger jagen die Maisfresser in ihre stinkenden Dörfer zurück!"
Verwundert blickten die alten Männer und ihre zwei Begleiter auf einen sich nähernden Krieger, in fremdartiger und doch vertrauter Kleidung. Seine Haare fielen ihm unter einer Art Turban aus Fell offen über seine Schultern herab. Die Kriegsbemalung verhinderte einen Schluss auf sein Alter, doch die Stimme war die eines noch sehr jungen Mannes. Badger hatte es sofort, nachdem der junge Krieger das Wort an sie richtete, begriffen. Er gehörte dem Volk seiner Verwandten an, was auch an der Dialektik zu erkennen war. Sie benutzten statt des L ein D in ihrer Sprache.
„Ich bin Yellow Bullshirt, ein Dakota von den Mdewakanton und grüße euch. Geht es euch gut, Großväter und seid ihr unverletzt?"
„Wir danken dir, Yellow Bullshirt, ihr kamt keinen Augenblick zu spät!"
Der junge Mann lächelte, was ihn samt seiner Bemalung eher wie einen Heyoka, einem schelmenhaften Clown, aussehen ließ.
„Darf ich fragen, was euch so fernab von eurer Heimat hierher verschlagen hat?"
Badger nickte und wollte gerade berichten, als noch einige weitere Krieger zu ihnen stießen. Mit einem leichten Anflug eines Lächelns sonderte sich aus deren Mitte ein recht hochgewachsener Mann mit einer aus Federn und Fellstreifen zusammengenähten Kopfbedeckung ab, an deren Seiten kleine spitz zugefeilte Büffelhörner herausragten und kam direkt auf sie zu. „Ich bin „Seine Leute Sind Rot" von den Mdewakanton, wie mein junger Vetter, aber verratet mir Großväter, was nur trieb euch aus euren warmen Tipis, so weit von zu Hause fort?"

Endlich konnte Badger berichten und erzählte von ihrer langen Wanderung.
„Das ist sehr gut“, antwortete Ta Oyate Duta, wie er in der Sprache seines Volkes genannt wurde, und lächelte dem fremden weißen Jungen zu, der offen die Freundlichkeit erwiderte.
Seine Leute Sind Rot war ein überaus freundlicher und zugänglicher Mann, was auch seine Kriegsbemalung nicht zu verbergen vermochte. Nur seine Bekleidung glich eher der eines Wasicun. Er trug eine dicke gefütterte lange Jacke mit langen Ärmeln und blinkenden Messingknöpfen. Ohne Scheu ging er nun auf den kleinen Arthur zu und hielt ihm die Hand zum Gruß hin. „Eine seltsame Sitte deiner Väter, aber wir werden voneinander noch viel lernen.“ Er drehte sich wieder um und kam nun zu den Lakota zurück. „Ihr hattet großes Glück, so fernab unserer neuen Heimat waren wir noch nie. Aber wir dachten uns, wir sehen uns einmal um, was unsere neuen Nachbarn alles so treiben.“ Seine Krieger lachten fast schon vergnügt und vollkommen ungezwungen bei der letzten Bemerkung ihres Häuptlings.
„Eure neuen Nachbarn?“ Badger war neugierig geworden.
Ta Oyate Duta nickte. „An seine Väter und Brüder“, er warf einen kurzen Blick zu Arthur, „haben alle Santee einen großen Teil ihrer Heimat abgetreten. Es ist reichlich Land für uns alle da, unsere Wälder sind gewaltig und unendlich weit sind die Grasebenen. Warum also nicht teilen, wo sie so arm und unwissend sind? Wir rücken nur ein wenig zusammen und bekommen als Ausgleich Nahrung und andere nützliche Dinge.“
Badger sah Ta Oyate Duta fast misstrauisch an. „Du willst mir damit sagen, dass ihr in Frieden mit den Wasicun lebt?“
„Ja, es sind unsere Freunde und unsere Brüder!“
Erschrocken taumelte Badger ein paar Schritte rückwärts.
„Großvater, was ist mit dir, hast du einen Geist gesehen?“

Doch Badger blickte nur voller Schmerz und Hilfe suchend auf Fallender Stern, der sehr genau verstand, was Badger wusste, aber nicht in Worte zu fassen vermochte.

5. Kapitel

Langsam im ruhigen Tempo begleiteten die Lakota die zwei Jägergruppen der Santee auf ihrem Weg zurück in ihre neue Heimat. Badger saß ein riesiger Kloß im Hals, als er die unbekümmerten Gesichter der jungen Männer sah. So voller Zuversicht und glücklich, mit den weißen Nachbarn in Frieden zusammen zu leben.

Nur wenige Tage vergingen, bis man sich von Ta Oyate Duta und seinen Männern trennte, die ihrerseits ihren Familien in ihrer neuen Heimat entgegen ritten.

„Wir werden euch bis zu der Siedlung unserer weißen Brüder bringen, dort wird man euch sicher weiterhelfen und ihr könnt euer Versprechen einlösen“, versprach ihnen Weißer Flügel, der Anführer der zweiten Gruppe, welche sie begleiteten. Zuvor jedoch durften sie die Gastfreundschaft des Santee Häuptlings nicht ablehnen und hatten so, seit langer Zeit, endlich einmal wieder die Gelegenheit, in einem Tipidorf zu wohnen. Gerade kamen sie hinter einer Biegung des Weges auf eine Lichtung, als sich ihnen ein ungewöhnlicher Anblick darbot. Weit voneinander entfernt standen die Tipis verstreut auf der weiten Ebene. Im Hintergrund schlängelte sich ein breiter Fluss entlang. Doch der Grund für die Verwunderung waren die vielen kleinen Hütten aus Holz, wie jene, in welcher Badger und die Seinen den Winter verbracht hatten und welche, die aus rotem Stein, sorgsam aus rechteckigen Stücken aufgeschichtet worden waren.

Dies, so verkündete Weißer Flügel stolz, sei ein Geschenk ihrer weißen Brüder. Sie würden zwar weiterhin in ihren Tipis wohnen und nicht, wie angedacht in den Häusern, aber als Scheunen oder Lagerräume seien diese vortrefflich geeignet. Fallender Stern und Badger verschlug es die Sprache. Soweit war es also schon vorangeschritten, dass wovor Badger sein eigenes Volk zu bewahren wünschte. Doch dem Volk von Weißer Flügel schien es in der Tat gut zu gehen. Überall blickte man auf geschäftiges Treiben und die Frauen begannen bereits mit fröhlich lachenden Gesichtern damit, die ersten Felder vorzubereiten.
Badger und Fallender Stern begannen sich sehr bald schon, in dieser andersartigen Umgebung unwohl zu fühlen und konnten unter dem Vorwand, den kleinen Arthur Friedrich Bishop nach Hause zu bringen, die Santee und ihre liebenswürdige Gastfreundschaft am zweiten Tage nach ihrer Ankunft wieder hinter sich lassen. Weißer Flügel begleitete die Lakota sogar selbst, da sie sich in dieser Gegend nicht auskannten. Der Santeehäuptling war den Lakota ein sehr angenehmer Begleiter, da er nie viele Worte zu machen pflegte.
Nur hin und wieder deutete er auf einen See, welcher malerisch von Bäumen umgeben war oder auch auf einen besonders schönen Flusslauf, an dessen Oberfläche sich dann der strahlend blaue Himmel widerspiegelte und welchen das brechende Sonnenlicht ihn wie einen Fluss aus unzähligen dahineilenden Diamanten funkeln ließ. Das Land der vielen tausend, oder himmelblauen Wasser, die Heimat der Santee Nation, war ein von Gott gesegnetes Stückchen Erde, so entschied Arthur und war mehr als nur glücklich, dass hier sein neues zu Hause sein sollte. Doch dann nahm er seine Finger zur Hilfe und begann, zu zählen. Was hatte der andere ältere Santeehäuptling gesagt? Neun von zehn Teilen ihres Landes gaben sie fort? Wie viel war denn das, rechnete der Junge und stellte entsetzt fest, dass von zehn aufrecht stehenden Fingern,

ihm nur sein rechter kleiner Finger geblieben war. Nein, sicher hatte er sich verhört.
„Verzeiht mir meine Neugierde, aber könnte ich wohl bitte den ganzen Namen des Jungen erfahren?“
Arthur wurde aus seinen Gedanken gerissen. „Hä?“, er sah um sich, was wollte wer von ihm?
„Bishop, er heißt Arthur Friedrich Bishop!“, erwiderte Badger, der den verträumten Jungen belächelte. „Nur wer träumt, gelangt zur Weisheit!“
Arthur lächelte zurück. „Oh, ja! Aber das erkläre bitte mal meiner Mutter, sie meint immer: Arthur, träum nicht schon wieder!“
Der Dakota wartete geduldig, bis Arthur und Badger ihre, seiner Meinung nach überflüssigen Gespräche beendet hatten, und fragte höflich noch einmal nach. „Bishop ist sein Name?“
Die beiden bejahten.
„Oh, dann ist er bald daheim, einen Mann mit diesem Namen kenne ich sehr gut! Seht dort!“ Weißer Flügel deutete mit der ausgestreckten Hand auf ein großes weißes und in der Sonne leuchtendes Dreieck, welches in recht naher Entfernung weit hinauf in den Himmel ragte.
Badger und Fallender Stern, wie auch Wiegendes Gras hielten erschrocken ihre Mustangs an und starrten wie gebannt auf das seltsame eckige und kantige Tipi, was sich über und zwischen den Wipfeln der Bäume erhob.
„Weißer Flügel, sage uns bitte, was ist das für ein Tipi? Wer kann so etwas machen?“
Der Dakota lächelte. „Ich staunte genau wie ihr, als ich es das erste Mal sah, da es sich fast über Nacht aus dem Boden erhoben hatte. Die Wasicun gehen dort hinein, wenn sie zu ihrem Gott beten!“
Sie setzten sich staunend und nicht verstehend wieder in Bewegung und standen bald schon vor der zuvor bewunderten Kirche, am Rande des wachsenden Neu Ulm. Die Lakota

wunderten sich zusehends. Überall war man dabei, ähnliche viereckige Tipis, gleich dem, in welchem sie fast den gesamten Winter zubrachten, zu errichten. So merkten sie nicht sofort, wie weißer Flügel von seinem Pony abstieg und mit einigen der hier neuen Bewohner redete. „Seht nur, wie vertraut sie miteinander umgehen!“, bemerkte jetzt selbst schon Wiegendes Gras. „Es sind alles meine Landsleute“, frohlockte Arthur. Es sind alles Deutsche, hört doch nur ihre Sprache, genau genommen sind es Schwaben!“

Fragend sahen sich seine drei älteren Begleiter an. „Halte uns bitte nicht für dumm, es gibt dann also bei euch auch verschiedene Völker?“

„Völker? ... Ja! Natürlich!“

Die Indianer schwiegen und mussten erst einmal ihre Gedanken sammeln, bis Weißer Flügel, der in Begleitung eines fremden Mannes kam, sie aus ihren vertieften Überlegungen riss. „Bitte, dies hier ist Bishop Samuel Tiberius Shumaker! Er ist sicher ein Verwandter des Jungen!“, verkündete er stolz. Arthur machte ein betrübtes Gesicht und verneinte nur mit einem Kopfschütteln. „Es gibt keinen Grund, sich zu sorgen“, begann der fremde Mann mit ruhigem und sanftem Tonfall. „Mein Name ist Samuel Tiberius Shumaker und ich bin Bischof der Episkopalkirche, aber leider keiner der Bishops und sicher nur in Gottes Augen ein direkter Verwandter des Jungen. Aber wenn ihr ein paar Meilen die Straße über die freie Ebene immer gerade aus entlang reitet, dann seht ihr auf der linken Seite eine Baumgruppe stehen und dort am Rande eine Farm. Dort wohnen die Bishops! Es ist nicht sehr weit.“

Die Augen des Jungen begannen vor freudiger Erwartung zu leuchten, da die plötzliche Nachricht, seinen so lange vermissten Eltern so nahe zu sein, ungeduldig auf seinem Pony herumzappeln ließ.

„Du hast Glück, mein Junge, da ich heute schon wieder zurückreisen muss, aber sicher hättest du deine Angehörigen auch ohne meine Hilfe gefunden. Hier kennt fast jeder jeden.“
„Wir danken dir Bishop Samuel Tiberius Shumaker“, bemerkte Weißer Flügel, der das vorherige Missverständnis nun doch noch zu seinen Gunsten auslegte.
Jetzt in wesentlich schnellerem Tempo, eilten sie quer durch die gerade entstehende Stadt, dem noch nicht als Hauptstraße zu erkennenden Weg entlang. Niemand der Bewohner nahm von den Lakota sonderliche Notiz, da ihre Gegenwart zwar mit gemischten Gefühlen, aber nicht mit unbedingter Abneigung betrachtet wurde.
Die Nachmittagssonne stand im Westen schon kurz über den Wipfeln der Douglasien, welche in dem vom Frühling gezeichneten Waldstück durch ihre tief dunkle Farbe besonders auffielen. Die übrigen Bäume zeigten aber bereits ihr frisches und freundliches Grün. Genau davor befanden sich zwei kleinere und ein größeres Blockhaus, deren mit Brettern und zum besseren Halt auch Steinen abgedeckten Dächer, von der absteigenden Sonne goldgelb beschienen wurden.
Zwischen zwei dünnen Kiefernstämmen hatte man eine Art Leine gespannt, auf der eine Frau gerade ein paar frisch gewaschene, wenn auch an dem Hinterteil bereits durchlöcherte Unterhosen zum Trocknen aufhängte. Spielerisch steckte sie Zeigefinger und Daumen durch eines der Löcher. „Carl, dass du mir in Zukunft die Finger von den Bohnen lässt! Hörst du?“, rief sie zwar scherzhaft, aber mit verweinten Augen, zu dem in der ersten Blockhütte mit einer Heugabel hantierenden Mann, die im Moment noch als Scheune herhalten musste. Beiläufig, beim Bücken und dem Greifen nach einem neuen Stück sauberer Wäsche, sah sie die fünf Reiter, welche soeben von der mehr gedachten Straße abbogen und auf ihre kleine Farm zuhielten. Die Unterhose fest in ihren Händen haltend, sah sie den Besuchern ein wenig misstrauisch entgegen. Immer noch

schwebten ihr die grauenhaften Geschichten, welche man ihnen über die Wilden vor ein paar Monaten berichtet hatte, durch den Kopf. Bei einem dieser Indianerüberfälle auf einen Wagentreck kamen auch ihr Schwager und Sohn ums Leben. Doch hier war man in Minnesota, weit entfernt von diesem furchtbaren und gefährlichen Ort. Hier gab es nur friedliche Wilde? „Carl!"

Der Mann reagierte nicht. „Carl?"

„Mhm?"

„Ja nun! So komm doch mal!"

„Was ist denn schon wieder, willst du mir nur wieder ein paar neue Löcher in meinen Unterhosen zeigen?"

„Carl, so komm doch mal, wir kriegen Besuch!"

„Besuch? Von wem denn?"

„Indianer!"

Obwohl es im Prinzip nichts zu befürchten gab, stach Carl Bishop die Heugabel schwungvoll in den umgeschichteten Haufen Stroh des Vorjahres und nahm seine stets griffbereite Waffe vom Haken des vorderen Dachträgers herunter. Mit beiden Händen trug er die Waffe, deutlich für alle sichtbar, quer vor sich her und ging zu dem Trockenplatz, auf dem Alma, ihre Finger in die morsche Unterhose verkrampfend, die Ankommenden musterte. Als sich aus der Gruppe der mit Abstand kleinste Reiter löste und wie wild auf sie zugestürmt kam, verfestigte sich der umklammernde Griff von Carl um seine Waffe. Doch nur für einen kurzen und flüchtigen Moment. Carl und Alma, beide glaubten ihn zu kennen, der da auf einem Indianerpony auf sie zugerast kam, doch war es absolut unmöglich und vollkommen ausgeschlossen. Immer dichter kam Arthur mit seinen strohblonden, nun inzwischen viel längeren und im Wind wehenden Haaren. Die offene Jacke des Jungen gab den Eltern den Blick auf die Bärenkette frei. Beide standen vollkommen bewegungsunfähig da und waren nicht mehr in der Lage, sich zu rühren. Der Griff von Carl um sein Gewehr löste sich und es rutschte ihm mit dem Kolben voran, durch die schweißnassen Finger zu Boden. Fassungslos starrte er auf seinen Jungen, war aber nicht fähig zu sprechen oder wenigstens mit den Augenlidern zu blinzeln. Mit verschwommenem Blick vernahm er eher unterbewusst den lauten Gefühlsausbruch seiner Frau, als diese im Anschluss laut schluchzend auf ihren Sohn mit offenen Armen zulief. Die saubere Unterhose von Carl blieb achtlos in den Hühnerdreck geworfen zurück.

„Mutter!“

Badger und Fallender Stern zogen, unangenehm berührt, ihre Augenbrauen hoch, doch letztendlich konnten sich die im Alter ebenfalls milder gewordenen Krieger eines kleinen ansteckenden Freudenzaubers, welcher augenblicklich in der Luft lag, ebenfalls nicht völlig entziehen.

„Bruder ...“ Badger sah mit dem gewohnten Grinsen, was er lange schon nicht mehr aufgelegt hatte, Fallender Stern und dann auch Wiegendes Gras an. „Ich habe mein Versprechen gehalten. Nun bin ich wieder frei! ... Hört ihr?“

Weißer Flügel nickte dem strahlenden Lakota anerkennend zu. Badger sah sich von der großen Last auf seinen Schultern endlich befreit und fühlte sich leicht und unbeschwert, wie lange schon nicht mehr. Ihm war fast so, als wehe der Wind mit einem Male zarter, der Duft des in der Luft liegenden Harzes der Nadelbäume schien kräftiger geworden zu sein, selbst die Vögel sangen lieblicher und auch Wiegendes Gras schien jünger auszusehen. Glücklich sah er zu Vater Himmel und dankte ihm in einem Gebet, da er ihm beigestanden hatte und Wakan Tanka, der ihm die körperliche Kraft und innere Stärke verliehen hatte, nicht zu versagen. Aber er freute sich auch für Arthur Friedrich, den er, nicht nur weil er ihm das Leben gerettet hatte, lieb gewonnen hatte.

Er lachte kurz auf, als er an den Namen dachte, welcher ihm zu Beginn ihrer langen Wanderung von Igelarsch verliehen wurde.

„Weinerliches Weißfleisch“ hatte er ihn genannt. Nun war dieser Junge weit von dem entfernt, was er einmal gewesen war, die paar Freudentränen durfte man ihm da gerne zugestehen. Die lange vermisste muntere Körperhaltung des alten Lakotahäuptlings fiel allen auf, doch um sich weitere Gedanken darüber zu machen, dafür blieb keine Zeit.

Carl, der seine sonst gefasste und ehrbare Haltung zurückerlangte, nachdem er ebenfalls seinen Sohn schluchzend umarmt hatte, kniete neben seiner Frau vor seinem Jungen und betrachtete ihn, immer noch nicht begreifend, dass man ihm seinen Sprössling zurückgegeben hatte. „Aber bei Gott, wie ist das nur möglich ... wir dachten du seist ... hätten wir doch bloß geahnt, dann hätten wir dich gesucht!“

Alma streichelte ihrem Arthur über seine wild gewachsenen und vom Wind zerzausten Haare. „Wie nur kommst du hierher, ganz alleine, den ganzen weiten ... und Kind, wie du nur ausschaust, ganz schmal bist du gewor...“

Weiter kam sie nicht, denn Arthur sprang auf und lief zu Wiegendes Gras und hielt ihr seine Hand hin, da sie vom Mustang steigen sollte.

„Hier, das ist meine Tante Wiese!“ Er musste sie fast schon ein wenig vor sich herschieben, da sich Wiegendes Gras schüchtern zurückhielt. „Und das ist mein Onkel Dachs.“ Badger folgte, wenn auch ebenfalls peinlich berührt und etwas widerwillig. „Dies ist mein Onkel Sternschnuppe!“, den er ebenfalls zu seinen Eltern führte. „Und das ist unser Freund, Weißer Flügel, er half uns den Weg nach Hause zu finden!“, verkündete Arthur mit stolzer Brust und stellte „seine eigenen Indianer“ begeistert vor.

„Ich verstehe nicht, haben sie dich etwa den ganzen Weg hierher gebracht?“

„Sie haben die Pawnee besiegt, die uns überfallen hatten und mich dann, nach ein paar tollen Abenteuern“, fügte er hinzu, „nach Hause begleitet.“

„Das musst du uns nachher alles ganz genau erzählen“, staunte fast ein wenig ungläubig Carl Bishop, erhob sich noch etwas zögerlich und ging zu jedem einzelnen der Sioux, um ihm seine Hand zu reichen. „Ich weiß nicht, wie ich euch jemals angemessen danken soll, für das, was ihr für uns getan habt. Nie werde ich diese Schuld abtragen können. Nie!“ Es überkam ihn ein neuerlicher Anschwall eines Gefühlsausbruches und konnte ein Schluchzen nicht mehr zurückhalten.
„Es gibt nichts zu danken. Es ist gut so!“, erwiderte Badger, der Carl gegenüberstand.
„Ihr sprecht unsere Sprache?“
Badger grinste und nickte.
„Bitte, kommt doch mit in unser Haus!“ Carl streckte seine offene Hand in Richtung der Haustür. „Bitte!“
„Gerne!“
Badger ging voran, gefolgt von Arthur mit Tante Wiese an der einen und seiner Mutter an der anderen Hand. Carl wartete, bis auch die anderen Krieger seiner Einladung folge leisten würden. „Bitte!“, wiederholte er noch einmal und folgte dann den beiden Kriegern in seine Blockhütte.
Etwas befangen standen die Sioux in dem großen geräumigen Hauptraum des Gebäudes. Es war anders als erwartet, aufgeräumt und sauber und duftete angenehm nach einer Mischung aus Rauch und Kiefernholz. In der Mitte befand sich ein großer schwerer Tisch und mehrere Stühle standen um ihn herum. Einige einfach gezimmerte Bänke befanden sich an den Wänden und zwei Schränke. Doch etwas faszinierte den alten Lakota. Ein langer hölzerner Kasten mit einer eingearbeiteten Glasplatte in der Mitte, hinter der sich ein langer Stab, gleichmäßig klickende Geräusche machend, hin und her bewegte. Über der großen Scheibe war eine kleinere runde eingearbeitet, hinter der sich geheimnisvolle Symbole befanden. „Eine Uhr!“, sprach Carl den staunenden Lakota freundlich von der Seite an. „Nach dem Essen will ich es dir gerne erklären!“

Badger nickte. Doch zuvor begab sich Carl Bishop zur Wand, gegenüber des Kamins, faltete seine Hände vor einem hölzernen Kreuz und betete. Wenig später war er bereits fertig, nickte den Gästen freundlich zu und bat sie zu Tisch, während Alma den Selbigen deckte.
Respektvoll und ein wenig zögerlich, begab sich Badger zuvor noch zu der Wand mit dem Holzkreuz und betrachtete es in Gedanken versunken, was Carl veranlasste, sich neben ihn zu stellen.
„Du hast hier zu deinem Gott gebetet?“, fragte ihn Badger leise.
„Ja, zu unserem, es gibt nur den Einen!“
„Wir beten zu Wakan Tanka!“
Carl nickte. „Das ist auch gut so.“ Dann sah er auf und lächelte. „Arthur nennt dich Onkel Dachs, wir nennen dich Badger, und dein Volk nennt dich wie?“
„Hoká“, antwortete Badger.
„Siehst du, und doch bist du trotz anders klingender Namen immer derselbe! Und so gibt es auch keinen Grund für uns, sich über Religion zu streiten!“
Der Häuptling sah Carl offen an. „Der Vater unseres kleinen Neffen scheint ein sehr weiser Mann zu sein!“
„Oh ha!“ Carl lachte. „Das lass aber nicht meine liebe Frau hören, sie sieht das nämlich ganz anders!“
„Carl, was lästerst du schon wieder?“, hörten beide vom Tisch her.
Badger grinste still in sich hinein, irgendwie mochte er den Wasicun und seine Frau.
„So, und nun lasst uns essen und dann möchten wir unbedingt alles erfahren, wie ihr unseren Arthur getroffen habt.“
Anfänglich noch etwas ungeschickt, rutschten die Sioux auf der ungewohnten und harten Sitzgelegenheit herum, doch hatten sie bald schon festgestellt, dass dies keine sehr unangenehme Art des Ausruhens war.

Bis spät in die Nacht hinein lauschten die Bishops und auch Weißer Flügel, den Erzählungen ihrer Gäste, und hatten nichts, womit sie sich für die Rettung ihres Sohnes bedanken konnten, was Carl sehr zu schaffen machte. Er war ein rechtschaffender Mann und war bisher noch niemandem etwas schuldig geblieben.
Lange noch saßen er und Badger vor dem lodernden Kamin, während all die anderen und auch Weißer Flügel bereits schliefen. Alma in ihrem warmen kuscheligen Daunenbett. Arthur jedoch bei Fallender Stern, den Sioux und ihren Mustangs unter dem freien Sternenhimmel. Die Eltern ließen ihren Sohn gewähren, kam es ihnen auch ungewöhnlich vor. Doch all die letzten Monate schienen ihm nicht geschadet zu haben, also was machte da eine Nacht mehr oder weniger unter freiem Himmel schon aus.
„Und - wo gedenkt ihr jetzt hinzugehen?“, fragte ihn Carl ganz beiläufig. Badger erschrak innerlich, da weder er, noch sein Bruder oder Wiegendes Gras bisher darüber gesprochen hatten. Ihr einziger und letzter Lebensinhalt bestand darin, Arthur nach Hause zu bringen und das seinem sterbenden Onkel gegebene Versprechen einzulösen.
„Badger, wo gedenkt ihr jetzt hinzugehen?“, wiederholte Carl seine Frage, der nicht wusste, was er ihm antworten sollte. Er schüttelte nur mit dem Kopf. Er wusste es nicht. Zu den Wolkenschildern war ausgeschlossen, zu den Santee, auch wenn es möglich wäre, kam nicht in Frage, da sie ihnen nicht zur Last fallen wollten, denn Badger wusste, was früher oder später kommen musste.
„Wir stehen tief in eurer Schuld, Arthur liebt euch wie seine eigene Familie, warum bleibt ihr nicht, wenigstens für eine Weile? – Denkt darüber nach. Platz haben wir reichlich und auch sonst gäbe es hier für euch genügend zu tun, wenn ihr denn wollt. Wir würden uns freuen. Und jetzt Häuptling, eine gute Nacht!“

Carl erhob sich und wollte sich in den Nebenraum begeben zu seiner Frau. „Und du bist dir ganz sicher, dass du nicht lieber im Haus schlafen möchtest?“
Badger nickte nur und begab sich zu Wiegendes Gras, seinem Bruder und Weißer Flügel, welche bereits tief und fest schliefen. Er lag bald schon ausgestreckt auf dem Rücken und betrachtete die vorbeiziehenden Sternenbilder, auch dann noch, als sie bereits in der Morgendämmerung zu verblassen begannen. Er musste eine Entscheidung treffen und war mit seinen Gedanken immer noch nicht zu einem Entschluss gekommen. Auch nicht, als alle wieder gemeinsam an dem zum Frühstück auf die Wiese gestellten Tisch saßen und sich Weißer Flügel wenig später von ihnen verabschiedete.
So vergingen mehrere Sonnen und Monde und Badger überlegte immer noch, obwohl sie zwischenzeitlich eng mit den Bishops verbunden waren und bereits im darauf folgenden Winter den Anbau bezogen hatten, nachdem sie gemeinsam mit Carl die neue Scheune errichtet hatten und es seit ihrer Anwesenheit auch immer ein gutes Stück Fleisch auf dem Teller gab.

6. Kapitel

Auf fast vier friedliche Sommer blickte auch Adlerträne zurück, der jetzt zum Lager von Kleiner Donner gehörte, dem Anführer seines neuen Familienverbandes.
Die abgeschlossenen Verträge mit dem Großen Weißen Vater, so schien es, sollten tatsächlich eingehalten werden. Nur in einem waren sich alle Plainsvölker einig, wenn es dazu kam, dass sie sich wie fast jedes Jahr im Frühsommer auf den weiten Ebenen trafen, dass die versprochenen Zuwendungen nicht einmal das Papier wert waren, auf dem die Vereinbarungen

unterzeichnet wurden. Meist blieben sie gänzlich aus. Doch das störte niemanden sonderlich, da nicht nur den Lakota alles, was sie zum Leben brauchten, von der Natur gegeben wurde.
Voller Sorge betrachteten Rotfalke, Adlerträne und all die anderen Krieger den nicht abreißenden Strom der Wagentrecks, die stets und ständig ihre Jagdgründe durchquerten und mit den Rädern ihrer Wagen, tiefe Narben in den Schoß von Mutter Erde pflügten. Immer näher kamen sie ihrem Sommerlager am Blue Water River. Auch wurden diese immer dreister und immer öfter lagen nun verwesende Körper, sinnlos abgeschlachteter Bisons auf den Plains. Nur wegen ihrer begehrten Zungen wurden sie gedankenlos hingemordet und dann wurde der Rest achtlos der Verwesung preisgegeben. Ein Festschmaus für die Kojoten und andere Aasfresser, welche dieser Tage immer fetter und fetter wurden und an Zahl drastisch zunahmen. Doch man hatte versprochen, den Frieden zu wahren und sah, über diese schändlichen Frevel mit ungutem Gefühl hinweg.

*

Vor drei Tagen waren Adlerträne und der ihn fast täglich begleitende und zum treuen Freund gewordener Krieger Rotfalke aufgebrochen, um nach frei laufenden Mustangs Ausschau zu halten, mit denen sie ihre Herde aufzufrischen gedachten. Neues starkes Blut sollte in die Linien ihrer Mustangs eingekreuzt werden.
Doch nun kehrten sie, ohne sichtlich Erfolg gehabt zu haben, wieder heim. Aber bereits aus großer Entfernung sahen sie auf halbem Wege etwas sehr seltsames auf sich zukommen.
Fast gleichzeitig hielten sie ihre Ponys an, um sich aufmerksamer darum kümmern zu können. Beide legten zum Schutz der blendenden Sonne ihre Hände an die Stirn.
„Was ist das?“ Adlerträne sah Rotfalke fragend an.

„Ein Wolf? – Aber was ist das andere, das Bucklige? – Zieht er etwa seine noch lebendige Beute hinter sich her?“
„Sieh nur, jetzt steht es auf!“
„Wen oder was führt der Wolf da mit sich?“
Langsam näherten sie sich dem Wolf, der etwas undefinierbares hinter sich herzog. Ohne Scheu hielt das Tier allerdings unbeirrt auf die beiden Lakota zu. Es schien an Menschen gewöhnt zu sein.
„Das ist doch ...“ Beide erkannten im selben Moment Schneesturm, der sich zum ersten Mal eine Art Leine hatte anlegen lassen, an deren anderem Ende Spricht Nicht Viel torkelnd und immer wieder auf die Knie fallend, angebunden hing.
Sofort eilten die beiden dem Jungen und Schneesturm entgegen. Vor Schreck blieben sie jedoch wie versteinert, auf ihren Mustangs sitzend, vor ihnen stehen. Schneesturm wedelte winselnd leicht mit dem Schwanz, bevor er sich erschöpft neben Spricht Nicht Viel niederfallen ließ.
Das Tier war von Wunden mehr als nur überdeckt, kaum noch konnte man unter all der Blut- und Schmutzkruste, das strahlend weiße Fell vermuten. Der Junge hingegen kroch noch ein paar Atemzüge auf allen Vieren weiter und steckte dann witternd wie ein Coyote, seine Nase in den Wind. „Ist da jemand?“ Schneesturm kroch zu ihm heran und leckte ihm freudig die Wunden in seinem Gesicht.
Die Männer konnten immer noch nichts sagen, da sie nicht in der Lage waren, das Gesehene in ihrem Gedankenschema einzuordnen.
Adlerträne stieg vom Anblick wie traumatisiert mit krauser Stirn und verkniffenem Blick von seinem Mustang und sah dem Jungen nun direkt in sein verbranntes und verkrustetes Gesicht. Ruß und Staub hatten mit Blut seine Augen regelrecht verklebt und er konnte nicht sagen, ob er sie überhaupt noch besaß. Seine Haare waren fast bis zur Hälfte des Schädels abgesengt. Adlerträne wollte und musste auch etwas zu dem Jungen sagen,

wollte etwas fragen, doch wie und was? „Wir sind es, Adlerträne und Rotfalke. Du bist nun in Sicherheit. Aber sag uns, kleiner Bruder, was ist geschehen? Ein Präriebrand?“
Für Adlerträne und Rotfalke kam nur dieser eine, alles erklärende Gedanke in den Sinn, doch weit und breit deutete kein Anzeichen darauf hin.
Spricht Nicht Viel, machte seinem Namen zum ersten Mal in seinem Leben wirklich alle Ehre. Schweigend verharrte er in seiner Stellung, ohne etwas sagen zu können.
Erst nach einer ganzen Weile: „Lasst uns zu den Tipis von Kleiner Donner zurückkehren, aber bitte, haltet nach allem, was sich bewegt, Ausschau. Hört ihr? – Wirklich nach allem!“, wiederholte er.
Rotfalke stieg als Erster, mit einem nicht verstehenden fragenden Blick auf Adlerträne gerichtet, wieder auf seinen Mustang und Adlerträne hob dann behutsam den vor Schmerz winselnden Schneesturm zu ihm hinauf. Dann half er dem Jungen auf die Beine, der vor ihm auf den Mustang Platz nahm. Rotfalke und Adlerträne sprachen kein Wort mehr. Beiden war nicht mehr nach Reden zumute und so beeilten sie sich einfach nur noch, ihr Dorf zu erreichen. Am Abend machten sie notgedrungen an einem Bach Rast und wollten auch dort einen Teil der Nacht verbringen. Es machte überhaupt keinen Sinn, die Mustangs zu Tode zu hetzen, da sie dann in Kürze alle zu Fuß gehen würden. Vorsichtig versuchte Adlerträne, das verkrustete Gesicht des Jungen zu reinigen. Er war kein Wicasa Wakan und wusste nicht, ob er die verbrannten und verklebten Augen des Jungen reinigen sollte, oder besser nicht. Aber wenn er nicht schon sein Augenlicht verloren hatte, dann könnte dies, durch eine sich anbahnende Entzündung, sicher geschehen. „Was soll ich nur machen? Versuchen wir, ihm die Augen zu reinigen?“
Rotfalke schien gar nicht mehr anwesend zu sein.
„Was?“

Adlerträne fragte erneut, doch ohne eine Antwort seines sonst so redseligen Freundes zu erhalten und wandte sich dann an Spricht Nicht Viel.
„Schlimmer kann es nicht werden. Komm, ich werde dir helfen.“
Das kühle klare Wasser tat Spricht Nicht Viel im ersten Moment sehr wohl. Doch als sich die Schmutzkruste in seinem Gesicht aufweichte und stellenweise löste, begann es sofort wieder entsetzlich zu brennen und er verlor vor Schmerzen fast das Bewusstsein.
„Lege dich hin“, forderte Adlerträne ihn auf. Dann legte er ihm immer wieder mit Wasser getränkte Lederstreifen über die Augen. „Vielleicht können wir es soweit aufweichen, dass du deine Augen wieder öffnen kannst, und wir sie ausspülen können?“
„Ich werde sie nie mehr öffnen können – und ehrlich gesagt, ich weiß nicht, ob ich das auch jemals wieder möchte – nie mehr möchte ich so etwas sehen und hören“, antwortete der Junge schmerzhaft und versank vor Erschöpfung erneut in einem von Albträumen geplagten Schlaf.
„... ich werde euch immer wiederfinden, egal wo ihr euch versteckt und dann ...“ Weiter kam er nicht, als er das einem der ihn festhaltenden Soldaten direkt ins Gesicht geschrien hatte, der ihm darauf hin, einen brennenden Holzscheit aus der Feuerstelle mitten ins Gesicht, vor seine Augen schlug. Der Schmerz in seinen verbrannten Augen und ein weiterer Schlag nahmen ihm die Besinnung.
Erst als sich Schneesturm erholt hatte, den man vereint niederprügelte, als er seinem jungen Herren helfen wollte, und ihm seine Wunden leckte, kam er wieder zu sich.
Kein Laut mehr war aus der Umgebung des Jungen zu vernehmen, in der ihn umgebenen Schwärze. Nur das Zirpen der Grillen und der Gesang der Spottdrossel drangen beruhigend zu ihm hindurch.

Und da, da war er wieder, dieser entsetzliche Schmerzensschrei in seinen Ohren, der ihn kurzzeitig aus seiner Ohnmacht erwachen ließ. Wer von den Mädchen oder Frauen ihn ausgestoßen hatte, vermochte er nicht zu sagen. Bevor er seine Gedanken ordnen konnte und zu erraten versuchte, wer so jämmerlich geschrien hatte, folgte ein zweiter Schrei. Er versuchte sich aufzurichten, zu lauschen, aber ein dumpfer Schlag auf seinen Schädel mit einem Gewehrkolben ließ ihn erneut wieder in ein großes und schwarzes Nichts hinabsinken.
Nicht mehr brauchte er die Schreie der jungen Frauen zu hören, als sich die ruhmreiche Kavallerie über die mit dem Tode ringenden Frauen hermachten, sie von hinten nahmen, oder ihnen die Brüste abschnitten, um sich neue Tabaksbeutel aus ihnen zu machen. Nicht mehr hörte er die vereinzelten Schreie einiger verwundeter Krieger, die sich gegen ihre Misshandlungen nicht mehr wehren konnten. Nicht hörte er die schmerzhaften Rufe der Ponys, die man einfach am Hals anstach und die Rufe der jubelnden Soldaten, als die Tiere ausblutend zusammenbrachen. –
Es war zu viel, Spricht Nicht Viel sprang laut schreiend aus dem Schlaf auf, doch behutsam wurde er zeitgleich von vier starken Armen gehalten. „Ist ja gut kleiner Bruder, wir sind ja bei dir.“
Rotfalke blickte verstört auf Adlerträne. „Was ist dort nur geschehen? Warum sagt er nichts?“
Adlerträne schüttelte fast schon verzweifelt mit seinem Kopf. „Ich weiß es nicht, noch nicht! Er wird uns nichts sagen können. Wir müssen warten, bis die Mustangs sich erholt haben, sonst kommen wir nie zum Lager!“ Auch Adlerträne wurde nun immer unruhiger. Die Sorge um Krächzende Elster und seine neuen Angehörigen raubte ihm fast den Verstand und er wachte so gemeinsam mit Rotfalke die ganze Nacht hindurch, da an Schlaf nicht zu denken war. Mit feuchten Augen sahen sich die beiden Krieger an, die über den unruhigen und

von Schmerzen gequälten Schlaf von Spricht Nicht Viel wachten, und ihn mehr als nur einmal in der Nacht zu beruhigen hatten. Als am anderen Morgen der Sonnenbote erwachte, kümmerten sie sich zuerst um den Jungen und natürlich um den tapferen Schneesturm. Endlich konnte Spricht Nicht Viel seine verklebten Augenlieder wieder ein wenig bewegen, denn öffnen konnte man das nicht nennen, doch reichte es aus, um ihm seine Augen ein wenig ausspülen zu können. Ihm aber in die kaum geöffneten Augen zu sehen, trauten sie sich nicht. Spricht Nicht Viel sollte selber entscheiden, wann der richtige Zeitpunkt dafür gekommen wäre, also stiegen sie bald wieder auf ihre ausgeruhten Ponys. Schneesturm ließ sich bereitwillig wieder auf den Mustang heben, da ihm jeder Schritt Schmerzen bereitete, doch seine tapfere Seele ließ nur hin und wieder, wenn es über einen breiteren Graben ging, ein leises Winseln zu. Als sei eine gewaltige durchgehende Büffelherde hinter ihnen her, eilten sie ihren Tipis entgegen. Schon weit aus der Ferne erkannten sie den kreisenden großen Schwarm der Aasfresser und das hinuntergewürgte ungute Gefühl in ihrer Magengegend, ließ auch ihre Herzen im Takt zum rasenden Galopp ihrer Mustangs schneller schlagen.
Als sie sich den verkohlten Überresten ihres Dorfes näherten, wurden sie langsamer, bis ihre Mustangs kaum noch einen Schritt vor den anderen taten.
Kein Hund kam ihnen bellend entgegen gelaufen. Kein Gekreische von Kindern oder andere Geräusche eines geschäftigen Treibens waren zu vernehmen. Lediglich das leichte Flattern ihrer Adlerfedern war zu hören, welches sich mit den Resten verkohlter Zeltbahnen, die im Wind flatterten, mischte. Ansonsten Stille, unendlich erdrückende Stille.
Kaum wagten sich die jungen Krieger umzusehen. Nur flüchtig konnten sie auf ihre umher liegenden toten Angehörigen schauen, sollte ihnen nicht das Herz vor lauter Schmerz stehen bleiben.

Unfähig, etwas zu sagen, verjagten sie wie in Trance ein paar hungrige Coyoten, welche sich um die herausgerissenen Gedärme von Pferdegeist balgten.
Die Schwiegermutter von Adlerträne lag direkt neben ihrem Mann, doch was die jungen Männer sahen – dafür kannten sie bisher keine Worte in ihrer Muttersprache.
Spricht Nicht Viel saß nun alleine auf dem Mustang und wollte sich nicht mehr rühren. Behutsam hob ihn Adlerträne aber herunter und half ihm, sich niederzusetzen. Fast beneidete er seinen jüngeren Schwager, der noch nicht gewillt war, seine Augen zu öffnen. Zumindest ihm blieb dieser Anblick erspart, welcher sich den beiden jungen Männern tief und unvergesslich in ihre Seelen brannte.
Vielleicht war es einfach besser, in Zukunft nur noch zu hören und nicht mehr zu sehen, sagte sich der Junge, da die Schreie der getöteten Angehörigen in seinen Ohren ihn immer noch verfolgten und es sicher nie aufhören würde. Wie erst würde es sein, wenn er das auch sehen konnte?
Fast ziellos irrten die jungen Krieger, mit der Hoffnung auf irgendein Lebenszeichen, unter und zwischen den verkohlten Zeltstangen umher, stolperten mit vom Entsetzen aufgerissenen Augen durch angesengte Zeltbahnen und fielen über umgekippte Trockengestelle. Zwischen in ihrem eigenen Blut verendeten Mustangs und ihren zweibeinigen Brüdern lagen die Kinder, grausam entstellt und verstümmelt. Die Frauen wagten sie nicht mehr anzusehen, denn diese grotesk geschändeten Körper konnten unmöglich aus dieser Welt stammen.
Immer verzweifelter suchten die beiden Krieger ihre Angehörigen, aber noch hatte Adlerträne seine Krächzende Elster nicht finden können. Immer tiefer verhärtete sich der Wunsch, dass sie rechtzeitig vor all dem hier entfliehen konnte.
„Bruder – dies ist ein böser Traum. – Lass uns fort reiten und aufwachen! – Ich bitte dich!“ Flehend sah Rotfalke zu seinem

Freund hinüber, der seine Angehörigen zwar fand, aber nie mehr darüber ein Wort verlieren sollte.
„Sie ist nicht hier! – Sie ist nicht hier!“, schrie es Adlerträne hinaus. Immer wieder versuchte er, zwischen den undefinierbaren Fleischmassen seine Krächzende Elster zu entdecken.
Rotfalke trat leise zu ihm heran. Auch er hatte sich verändert. Adlerträne erschrak und drehte sich um, als er eine ihm vollkommen fremde Stimme hörte. „Wir finden sie, sie hat sich sicherlich versteckt!“
Dann drehte sich Rotfalke um und ging mit Tränen in den Augen zurück zu den Ponys, da er nicht die Kraft fand, sich um seine hingeschlachteten Angehörigen zu kümmern. Adlerträne folgte ihm langsam. Immer wieder versuchte er, unter den Toten seine Frau zu finden. Dann hätte er wenigstens Gewissheit. Doch die Frage, was aus ihr geworden war, wollte er im schlimmsten Fall nicht beantwortet wissen. Ihm würde reichen, zu wissen, dass sie es überstanden hatte. Genau wie all seine Stammesmitglieder, die er nur für sehr kurze Zeit hatte kennen dürfen. Wer allerdings hierfür verantwortlich war, diese Frage erübrigte sich. Kein Pawnee, Crow oder Shoshone konnte zu so etwas fähig sein. Alle waren sie Feinde, aber unterlagen dennoch einem ungeschriebenen Gesetz von Ehre und Achtung vor anderem Leben.
Nur Wesen, die mit Eisen beschlagene Mustangs ritten, hatten keinen Gott, dies verrieten ihnen die blutigen Hufspuren, die sich in den Weiten der Plains verloren.
Doch die entscheidende Frage um das „Warum“ konnten sie nicht für sich beantworten.
Etwas Übernatürliches musste dahinter stecken und in den aus Trauer mit Ruß geschwärzten Gesichtern der beiden Krieger machte sich große Ratlosigkeit breit.
Ein Stöhnen ließ die beiden Männer aufhorchen, als sie sich kurz niedergesetzt hatten, und ließ sie sich beide umdrehen. „Rainbow!“, riefen beide den Namen des Kriegers wie aus

einem Mund heraus. Der ältere Krieger, der wie all die anderen Angehörigen auch, über und über von Blut verkrustet war, hatte überlebt. Leicht hob der an einer angekohlten Tipistange Lehnende seinen Kopf, als er seinen Namen hörte.
Beide eilten sofort zu dem verletzten Krieger und knieten sich bei ihm nieder.
Entsetzt wich Adlerträne in Gedanken einen Schritt zurück. Nicht die Wunden oberhalb von Rainbows Brust, ließen ihn innerlich erzittern. Vielmehr die Wunde an seinem Unterleib ließ ihn fast den Verstand verlieren. Doch er musste sich zusammenreißen und durfte Rainbow seine Unsicherheit und Angst nicht spüren lassen.
Rotfalke erhob sich langsam und holte eine saubere Decke von seinem Mustang, während Adlerträne Rainbow etwas zu trinken reichte.
Behutsam legten sie die Decke über ihn und bedeckten so die grausame Wunde.
„Ihr seid die letzten Krieger?“, hauchte Rainbow die Frage mehr, als das er sie stellte, „ihr müsst ihnen nacheilen, sie haben einige der Unseren mit sich fort genommen. Handelt schnell, bevor sie alle das gleiche Schicksal wie eure gegangenen Schwestern und Mütter erleiden müssen!“
„Das werden wir Onkel! Wir versprechen es dir! Aber bitte, sage uns, was hier geschehen ist – und warum!“
„Es kamen viele, sehr viele Soldaten und machten Jagd auf uns. Aber es war doch Frieden, wir haben einen Vertrag. Den haben wir doch?“ Bei einem verzweifelten Versuch, seine Schmerzen zu unterdrücken, entglitt Rainbow dennoch ein kurzes Stöhnen. „Sie stellten uns, da wir mit den vielen Frauen, Alten und Kindern nicht fliehen konnten und verlangten, wir sollten die Mörder des Grattan Massakers herausgeben. Keiner wusste, was sie wollten. Niemand verstand es.“
Rainbow machte eine Pause, um neue Kraft zu schöpfen, bevor er weitersprach. „Sie nahmen Little Thunder gefangen, be-

drohten uns, er konnte sich befreien und wir flohen erneut, wir versuchten es wenigstens. Es begann, als wir das Lager für die Nacht errichteten, das gnadenlose Schlachten, als sie uns dann doch wieder einholten."
Adlerträne und Rotfalke hatten genug gehört, um zu wissen, was passiert war, aber das Warum, konnten sie nicht beantworten.
Der Blick des älteren Kriegers ging ins Leere, dann begann er damit, seinen letzten Gesang anzustimmen. Die jungen Männer traten respektvoll zurück und warteten, bis der Gesang Rainbows für immer verstummen sollte.
„Wogegen sollen wir hier kämpfen? Ich begreife es nicht." Rotfalke sah seinen Freund mit fast wirrem Blick an.
Nur mit großer Mühe konnte Adlerträne Rotfalke davon abhalten, sich selber Wunden des Schmerzes beizubringen, um seinen Gefühlen auch körperlich Ausdruck zu verleihen, so wie es seit Generationen Brauch ist.
„Noch nicht mein Freund!" Adlerträne hielt bittend den Arm seines Freundes fest, als der sich mit seinem Messer die Wunden beibringen wollte. „Ich brauche dich mit all deiner Stärke. Trauern können wir gemeinsam, nachdem wir Krächzende Elster und die Anderen gefunden haben!"
Rotfalke nickte und steckte einwilligend, ohne ein weiteres Wort, sein Messer wieder ein.
Geistesabwesend verfolgte Adlerträne, wie aus einer Eingebung heraus, den blutigen Weg, auf dem sich Rainbow bis zu den Zeltstangen geschleppt haben musste. Etwas erregte seine Aufmerksamkeit und er erhob sich langsam und folgte mit aufgerissenen Augen und krauser Stirn langsam der Spur, welche in einer größeren, bereits getrockneten Blutlache endete. Angewidert musste er sich abwenden und sich eilig die Hand vor den Mund halten, um sich nicht zu übergeben, als er das fand, wovon er gehofft hatte, dass es das nicht sein würde. Rotfalke kam zu ihm herüber, aber sein Magen war nicht so stark

wie der seines Freundes. Als sich Rotfalke etwas erholt hatte, meinte er nur: „Ich hoffe für Rainbow, das er nicht bei Bewusstsein war."
Adlerträne nickte kaum merklich und hob es auf. Dann ging er zu Rainbow und legte es ihm an seinen Platz unter die Decke. „Er war ein guter Mann und ein sehr tapferer Krieger – in seinem Tipi gab es nie Hunger ..." Er begann zu schluchzen, da er all das nicht zu verkraften imstande war. „Er war doch kein Hengst, der zur Zucht nicht taugt! – Dafür werden sie sterben!", schrie er es aus vollem Hals hinaus.
„Und - wie geht es nun weiter?"
Doch antworten konnte Adlerträne nicht mehr, denn aus dem angrenzenden dicht bewachsenen Weiher schleppten sich drei Gestalten, gegenseitig stützend, auf sie zu.
Sie liefen ihnen entgegen und erkannten beim Näherkommen, das es sich um Lachender Wolf, Mondtänzer und Geht Allein handelte. Sie waren verletzt, schienen aber nicht so verletzt worden zu sein, wie Rainbow.
Adlerträne und Rotfalke nahmen Lachender Wolf in ihre Mitte und außen stützten sich die beiden anderen Krieger beim Gehen auf sie. Nicht ein Wort wurde gesprochen, da es nichts mehr zu sagen gab. Einzig die Freude, drei ihrer Gefährten, wenn auch nicht unversehrt, wiedergetroffen zu haben, gab den beiden Männern neuen Mut, dass es vielleicht noch andere Angehörige geschafft hatten, dem Massaker zu entfliehen.
Man ließ sich bei den Mustangs niederfallen und kümmerte sich um die verwundeten Krieger. Die ganze Zeit über, hatte Spricht Nicht Viel bei den Mustangs ausgeharrt und auf die Rückkehr der Krieger gewartet. Nun, da er hörte, dass es weitere Überlebende gab, keimte auch in ihm die Hoffnung auf, dass es weitaus mehr seiner Leute geschafft haben könnten, als er es anfänglich befürchtet hatte.

Geschwächt, mit Wunden, blauen Flecken und Beulen versehen, aber nicht lebensbedrohlich verletzt, blickten die drei Krieger mit glanzlosen Augen auf Adlerträne.
„Könnt ihr reiten?“
Mondtänzer nickte. „Sicher besser als zu Fuß gehen. Aber uns fehlte bisher noch die Kraft, ein paar der wenigen Mustangs die fliehen konnten wieder einzufangen. Viele haben es nicht geschafft.“ Mondtänzer wurde von unsagbarer Trauer übermannt, als er an seine Familie dachte, hatte aber auch, ohne sich seiner Gefühle zu schämen, eine Träne für seinen Mustang übrig.
„In Ordnung, ich werde euch Ponys besorgen und ihr, außer Mondtänzer, er soll sich erholen, werdet, wenn ihr könnt, alles an brauchbaren Waffen zusammentragen, falls sich überhaupt noch welche finden lassen.“
„Etwa die unserer gegangenen Väter und Brüder?“, fragte Geht Allein ungläubig.
„Gerade die! Ich denke, unsere Verwandten wären damit einverstanden und sehr stolz und dankbar, wenn mit ihren Pfeilen und Bögen Rache geübt werden würde. Wir werden sie dringend brauchen!“
Adlerträne wandte sich ab, sprach aber weiter. „Sehr, wirklich, sehr bald schon!“
Rotfalke erhob sich und Lachender Wolf und Geht Allein humpelten ebenfalls los, um sich Köcher, Pfeile, Bögen und was es sonst noch brauchbares gab, zusammen zu suchen, da ihre eigenen Waffen im Laufe des Kampfes verloren gegangen waren. Während sie suchten, bedeckten sie ihre gefallenen Angehörigen mit umherliegenden Decken, Zeltbahnen und anderem, was ihnen geeignet schien. Alle zu bestatten, war ihnen nicht möglich.
Mondtänzer und Spricht Nicht Viel, der nun mit seinen vierzehn Sommern sehr schnell erwachsen werden musste, saßen schweigend beieinander und warteten auf die Rückkehr von

Adlerträne, der mit hoffentlich genügend Ponys, bald wieder auftauchen würde.
Die übrigen drei Krieger kamen mit mehreren vollen Köchern und jeder mit einem guten Bogen zurück und setzten sich zu ihnen.
Gegen Abend hörten sie dann endlich das erhoffte, sich nähernde Hufgetrappel, worauf hin Rotfalke sofort aufsprang und nachsehen ging, ob es auch wirklich Adlerträne war und nicht einige der Soldaten, die nach Überlebenden suchen wollten.
Sichtlich beruhigt, kehrte er zurück. Er lächelte, auch wenn er lieber geweint hätte. „Niemand braucht zu laufen." Dann ging er seinem Freund und den Mustangs langsamen Schrittes entgegen.

*

Unsichtbaren Spuren in Richtung Westen folgend, nicht zu entdecken für die Wasicun, aber sichtbar für die Kinder des Großen Weltgeistes, die jeden geknickten Halm im Vorbeigehen bemerken, folgten sie im gestreckten Galopp der breiten Fährte in Richtung Fort Laramie. Schweigend ritt Spricht Nicht Viel, seinen Hund quer auf seinem Schoß haltend, auf dem Mustang von Adlerträne und lauschte dem traurigen Gesang des Windes, der die Seelen seiner Ahnen auf dem Weg ins Land der vielen Zelte begleitete.
Adlerträne hatte ihm seinen Mustang überlassen und sich selber ein ausgeruhtes Tier unter den eingefangenen ausgesucht, als er sich aufmachte, um Hilfe aus dem Lager von Wolkenschild zu erbitten. Lange hatte er sich dagegen gewehrt, nicht selbst die Soldaten, und somit Krächzende Elster verfolgen zu können, aber die Krieger würden eine nur für ihn sichtbare Fährte legen und in ausreichendem Abstand über die Soldaten und die gefangenen Lakotafrauen und Kinder wachen. Er selber konnte

unter seinen ehemaligen Stammesangehörigen am besten um Hilfe bitten, auch wenn diese Rotfalke oder einem anderen, der überlebenden Krieger, ebenfalls zugestanden worden wäre.
Wie auf geisterhaften Schwingen eilte Adlerträne über die Plains, immer auf der Hut vor Entdeckungen durch patrouillierende Soldaten. Kaum das sich sein Mustang erholt hatte, forderte er dem Tier erneut Höchstleistungen ab. Ihm war unwohl zumute, je weiter er sich von seinen Männern und somit auch Krächzende Elster entfernte. Endlich fand er jedoch die so sehnlichst erhofften Zeichen, welche auf ein Lager in der Nähe der angestammten Gründe der Wolkenschilder hindeuteten.
Fast versagten die Kräfte seines Ponys, als er bereits von entgegenkommenden Reitern des in Sichtweite gerückten Tipidorfes begrüßt wurde.
Fragende Blicke trafen Adlerträne, als ihm Schwarzer Wolf und Der Dem Wind Folgt ins Lager der Wolkenschilder geleiteten. Es musste etwas sehr ernsthaftes vorgefallen sein, das sagten sich auch die beiden älteren Krieger, von denen Schwarzer Wolf durch sein langes krauses Haar und die schwarze Gesichtsfarbe besonders jedem Betrachter ins Auge fiel. Jegliches Leuchten und der Glanz in den Augen von Adlerträne waren erloschen. Statt dessen trug er jetzt dunkle Augenränder vor Übermüdung und wirkte abgespannt und kraftlos, wie sein ausgezerrter Mustang.
Wie ein Lauffeuer sprach es sich im Dorf herum, dass Besuch zu erwarten sei, vor allem, da es sich um den Enkel Badgers und damit dem Sohn von Adlerstimme handelte. Freudig drängten sich seine ehemaligen Gefährten Der Die Frauen Verführt und Nachtfalter als Erste ihres Bundes nach vorne, um Adlerträne, ihren Freund aus Kindheit, Jugend und Erwachsenwerden zu begrüßen.
Adlerträne stieg vom Mustang und begrüßte Wolkenschild, dann seinen Vater und all die anderen. Doch statt freudiger

Worte und eines Lächelns auf den Lippen hatte Adlerträne seine Stimme eingebüßt. Ein Kloß steckte tief in seinem Hals fest und wollte sich nicht lösen. „Meine Väter, ... Brüder ...“, weiter kam er nicht, der immer wieder hinabgewürgte Schmerz kämpfte erbarmungslos gegen das tapfere Herz des Kriegers an und gewann letztendlich den unfairen Kampf. Der Die Frauen Verführt kam seinem alten Freund zu Hilfe und nahm ihn in den Arm, der nun seine Tränen nicht mehr zurückhalten konnte.
„Komm, wir gehen in mein Tipi!“ Der Die Frauen Verführt warf Wolkenschild und Adlerstimme einen Blick zu, ihnen zu folgen.
So schnell, wie die nicht zu bewältigenden Gefühle über Adlerträne hereinbrachen, so schnell hatte er sie allerdings auch wieder unter Kontrolle. „Bitte, verzeiht mir meine Tränen, - ich wünschte, es wären Tränen der Wiedersehensfreude gewesen, doch dem ist leider nicht so.“
Der Die Frauen Verführt gab seinem alten Gefährten einen freundschaftlichen Klaps auf die Schulter. „He, es gibt nichts zu verzeihen, es waren Tränen, - die kostbaren Tränen eines Adlers! – Beruhige dich, wir haben Zeit. Wenn du bereit bist, dann hören wir dir zu!“
Adlerstimme und Wolkenschild hielten sich bedeckt zurück. Der Die Frauen Verführt war zwar, was seine ungebändigte Manneskraft anging, ein riesengroßes Schlitzohr, aber ging es darum, einem Freund beizustehen, der wohl feinfühligste Krieger in ihrer gesamten Gruppe.
Langsam kam Adlerträne zu sich und beruhigte sich wieder etwas und blickte dann dankbar in die Runde. Sein Vater, wie auch sein Onkel, der Wicasa Wakan, nickten ihm wohlwollend zu, als Zeichen, dass er sich Zeit lassen sollte, bis er zum Sprechen in der Lage war. Nun erst sah er Der Die Frauen Verführt direkt ins Gesicht. Adlerträne erwachte wieder ein kleines Stück mehr. „Was ist das?“, er deutete auf eine kurze,

aber auffällig frische Narbe im Gesicht seines Freundes. Der Die Frauen Verführt lächelte verschmitzt, „eine Miniconjou, was für ein Bild von einer Frau – und sie war so sanft." Er grinste schwärmerisch.
„Ich verstehe nicht, sie war also sanft? Wieso hat sie das da denn getan?"
„Nein, doch nicht sie, ihr eifersüchtiger Ehemann!" Der Die Frauen Verführt musste das befreiende Lachen von Adlerträne erwidern.
Dann folgte wieder Schweigen, zu ernst war die Geschichte, die es zu berichten gab. Adlerträne ordnete seine Gedanken. „Nun gut, dann werde ich jetzt erzählen, was sich ereignet hat ... und wir haben keine Erklärung für den Vertragsbruch durch die Wasicun."
Betroffen und tief erschüttert, nahmen es die Männer auf und wieder folgte langes Schweigen.
Dann begann Wolkenschild und er nickte verstehend. „Was geschehen ist, ist unfassbar und wir werden unverzüglich den Rat einberufen, doch zuvor will auch ich dir etwas erzählen. Die Ursachen liegen etwa einen Sommer zurück. Aus einem Missverständnis heraus, begleitet vom Übereifer eines weißen Emporkömmlings, genannt Grattan, in dunkler Uniform und dem Durst eines unfähigen Übersetzers nach Mini Wakan, kam es nach dem so verzweifelten Versuch, den Frieden zu bewahren, zu einer sehr ernsten Auseinandersetzung. Wir alle hatten inzwischen gehofft, dass der Friede wieder hergestellt worden sei. Doch dem ist offensichtlich nicht so.
Du erinnerst dich doch noch an Erobernder Bär? Er lagerte vor vier Sommern am Pferdebach, zwischen den Wolkenschildern und dem Lager von Kleiner Donner?"
Adlerträne nickte.
„Das Lager von Erobernder Bär befand sich, wie erwähnt, friedlich gelegen in einer Senke, nahe Fort Laramie ...

Erobernder Bär war mit seinen Leuten gekommen, um die vereinbarten Rationen in Empfang zu nehmen. Sie warteten und warteten, aber nichts geschah. – Einige von uns denken, die Wasicun wollten sich vor der Verteilung der Güter drücken, nur so war es überhaupt möglich, dass das Folgende geschehen konnte. - Die Späher von Erobernder Bär kamen aber dann doch mit der Nachricht, dass sich ein Wagentreck empfindlich nahe in Richtung ihres Lagers bewegen würde. Dies mussten die erhofften Lieferungen sein, dachten die meisten von ihnen. Wenig später folgte die zweite Nachricht, dass es sich um einen Wagentreck von Siedlern handelte, obwohl ausdrücklich vom „Großen Weißen Vater" versichert worden war, dass dieses nie geschehen würde, da jener direkt auf ihr Dorf zuhielt.
Man wartete, band die Hunde an, schickte die Kinder zu ihren Müttern in die Tipis und verhielt sich ruhig, um jede Konfrontation zu vermeiden. Doch unfassbar, der Treck zog weiter, ohne Achtung und Respekt vor dem Lager der Sichangu. Eine Kuh, eine einfache dumme Kuh folgte nicht ihrem Besitzer, sonder ging durch und das quer durch das Dorf. Es gab sogar Verletzte bei dem Versuch, sie einzufangen. Auch richtete sie großen Schaden an einigen Tipis an. Ein Miniconjou und Gast von Erobernder Bär fing die Kuh wieder ein, als sein Tipi über ihr zusammenbrach. Man wollte keinen Streit und eilte den Siedlern nach, um das Tier zu übergeben. Doch diese flohen und wollten die dumme Kuh nicht wiederhaben.
Kurze Zeit darauf erschien ein Lieutenant Grattan mit vielen Soldaten und dem zuvor genannten Dolmetscher. Es kam zu keiner Verständigung. Wie denn auch? Erobernder Bär sollte seinen Gast ausliefern und die Kuh zurückgeben. Doch das ging nicht. Man liefert keinen Gast aus. Die Kuh selbst war längst geschlachtet, da die Wasicun sie ja nicht mehr wollten und das Fleisch, es soll wie das südliche Ende eines Stachel-

schweins geschmeckt haben, an die betroffenen Familien, welche zu Schaden durch die Kuh gekommen waren, verteilt.
Man bot statt dessen als freundschaftliche Geste wertvolle Mustangs als Entschädigung an. Viele gute und kräftige Mustangs. Aber es wurde lieber aus zwei großen Haubitzen das Feuer auf die Leute von Erobernder Bär eröffnet. Erobernder Bär fiel neben seinen Brüdern. Das Einzige, was unsere Verwandten dann noch tun konnten, war sich ihrer Haut zu wehren und ihre Frauen und Kinder zu beschützen, bevor noch mehr von ihnen abgeschlachtet würden. Man führte schließlich einen Gegenangriff und machte die Soldaten nieder. Am Ende lagen viele Herzen im Staub.
Und mein Enkel – wir sind Lakota, und verstehen es, uns zu wehren, damit hatte dieser junge dumme Lieutenant nicht gerechnet. Doch welch ein hoher Preis musste für das Wissen bezahlt werden, den Wasicun nicht zu trauen. –
Dieser Wasicun Lieutenant handelte ohne Befugnis, doch das interessiert in solch einer Situation niemanden und so macht man die Lakota für all das verantwortlich. Und jetzt traf es deine neue Familie. Es tut mir sehr leid, was dir und deinen Leuten wiederfahren ist."
Adlerträne starrte durch die Flammen hindurch auf den Grund der Feuerstelle und sah dann jeden einzelnen der drei Männer lange an. „Nun verstehe ich – es wird also keinen dauerhaften Frieden geben - doch worum ich euch jetzt, hier und heute bitten möchte, ist nur eine Hand voll Krieger, die uns fünf helfen, unsere Frauen und Kinder zu befreien – und wie ich hoffe – auch Krächzende Elster."
Adlerstimme erhob sich. „Niemand, mein Sohn, wird dir seine Hilfe verweigern, doch werden wir die weisen Männer und verdienten Krieger nun erst bitten, sich mit uns zur Beratung zusammenzusetzen. Es muss schnell eine Entscheidung getroffen werden, die keinen Aufschub duldet, bevor noch mehr geschieht. Denn dies, so denke ich, ist der Anfang von etwas,

worauf man nicht mehr mit Worten allein reagieren darf. Aber ich denke auch, dass ich für Wolkenschild und Der Die Frauen Verführt spreche, viel hängt von unserem kommenden Handeln ab, wie sich die Dinge entwickeln.“

*

Alle Männer folgten umgehend der Einladung zur Ratsversammlung. Man besprach alle Möglichkeiten und deren Folgen, doch konnte man es drehen und wenden, wie man wollte. Es waren Lakota, denen man unermessliches Leid zugefügt hatte, welche man schändete, ohne dass sie es selber heraufbeschworen hatten und es waren Lakota, welche wie Vieh gefesselt und fortgeführt wurden. Wakan Tanka allein wusste, wo man sie hinbrachte.

Alles war man bereit zu verzeihen, zu tolerieren, aber nun war es genug, so entschieden selbst die Alten und Weisen des Stammes, die im fortgeschrittenen Alter lieber Pfeife rauchend auf den Fellen lagen, anstatt sich über die Kriegszüge ihrer jungen Männer den Kopf zerbrechen zu wollen.

Das Lager der Wolkenschilder wurde alsbald abgebrochen und unter dem Schutz der flankierenden Präriedachse würde man weiter gen Westen, in Richtung der Paha Sapa ziehen, näher heran an ihre Oglala Verwandten. Eines aber war ihnen allen klar, der Friede, sollte er je wieder einkehren, wäre nicht von Dauer.

Mit sorgenvollen Blicken wurden die ausreitenden Krieger, die Adlerträne begleiten würden, von ihren Angehörigen verabschiedet, bis sie der ebenfalls zum Aufbruch bereiten Gruppe aus den Augen verschwanden.

Wolkenschild, auf seinem Mustang, hob vor den Angehörigen seiner Gruppe seine Lanze, zum Zeichen, das er sprechen wollte.

„Hört ihr Väter, ihr Brüder und Onkel – ihr Mütter, ihr Schwestern und Tanten, ihr Söhne und Töchter, - heute sind unsere Krieger ausgeritten, denkt an sie, betet für sie und vergesst nicht ihre Namen. Es sind Schwarzer Wolf ... Bogenmacher ... Gute Lanze ... Der Dem Wind Folgt ...Der Die Frauen verführt ... Nachtfalter ... Weicht Nie Zurück ... Adlersonne – und ein Sohn unserer Gemeinschaft, Adlerträne. Die heute für ihr Volk in den Kampf ziehen, um unsere Verwandten zu retten!“ Er senkte traurig seinen Kopf und fügte leise hinzu: „Betet zu Wakan Tanka, dass er sie beschützen möge.“
Das Herz war dem Wicasa Wakan schwer geworden, als er sich an der Spitze seiner Gruppe in Bewegung setzte. Zu viele seiner guten und treuen Freunde hatten sich aufgemacht, um für ihr Volk zu kämpfen. Doch ihre Weisheit und Erfahrung würden die jüngeren Krieger vor unvorsichtigen Taten schützen, was ihn wieder etwas beruhigte. Er hoffte, er würde sie alle wiedersehen, wusste aber, dass dies sicher nicht so vorherbestimmt war. Ein Gedanke keimte in ihm auf und er näherte sich langsam Graues Haar. Einem der Gefährten, welche ihm vor mehr als dreißig Wintern, während des Feldzuges gegen die Crow, die Treue geschworen hatten. „Alter Freund, ich mache mir sehr große Sorgen.“
„Das sehe ich, aber Schwarzer Wolf, Bogenmacher und auch Gute Lanze sind bei ihnen. Sie werden wissen, was zu tun ist.“
„Aber selbst der stärkste Bär kann, wenn es genügend Wölfe sind, nichts ausrichten.“
Graues Haar nickte verstehend. „Wir wissen nicht, wie viele Wasicun Soldaten es sind ... das ist es?“
„Ich hätte gerne alle unsere Krieger ausgesandt, um den Little Thunder Leuten zu helfen, doch wer schützt dann unsere Frauen und Kinder?“
„Wir ziehen weiter in Richtung des Sonnenunterganges, in die Nähe unserer Oglala Verwandten, deren Krieger sich sehr gerne unseren Männern anschließen werden. Doch bis wir auf

sie treffen, können noch viele Sonnen vergehen. Es sei denn ..."
Wolkenschild atmete erleichtert auf, endlich schien Graues Haar die richtige Spur in seinen Gedankengängen gefunden zu haben. „Es sei denn", fuhr Graues Haar fort, „wir ziehen zusammen mit den Leuten von Iron Shell, sie lagern ganz in unserer Nähe, zu den Paha Sapa, dann könnten wir sofort weitere Krieger aussenden."
„Ein schlauer Plan!", lobte Wolkenschild die Gedanken des Kriegers, welche eigentlich die Seinen waren. Aber aus Furcht, man könne hinter der besonders großen Sorge nur übertriebenes Mitgefühl für Adlerträne vermuten, musste dies ein anderer vortragen.

*

Wie so oft, wenn erfahrene und weise Krieger angestrengt beratschlagen, was in brenzligen Situationen zu tun sei, hatten selbst das Gras und die Bäume Ohren und natürlich schnappten so die „jungen Männer" alles an Wortfetzen auf, was ihnen der Wind zurief. Kaum das sie der Muttermilch entwöhnt und dem Knabenalter entwachsen waren, glaubten sie, alle Geschöpfe der Plains würden sich bereitwillig ihrem eisernen und kampferprobten Willen beugen. Alle Feinde schienen nur auf die Jünglinge der Lakota zu warten, um sich bereitwillig unter ihre Skalpmesser zu legen. Nichts schien für diese jungen Burschen unerreichbar, keine Anforderung war ihnen zu hoch und kein Ziel erschien ihnen zu weit entfernt, denn ihre Köpfe waren jung und ausgeruht und somit waren sie bereits um vieles schlauer, als die erfahrensten Krieger ihres Volkes. Waren sie dann erst in der Gruppe zusammen, von vielleicht drei oder vier Jünglingen, gab es kein Halten mehr und ihre Feinde hatten sich schwer vor ihnen zu hüten.
„Was ist mit dir? Du brütest doch schon wieder etwas aus!"

Der angesprochene Sleeping Rabbit, gerade mal, dass er seinen dreizehnten Sommer sah, grinste seinen Cousin schelmisch von der Seite an. „Was meinst du, Flammendes Schild, wir umreiten unsere Krieger in weitem Bogen und kommen unseren Verwandten, bevor unsere Krieger bei ihnen eintreffen, zur Hilfe und werden die Soldaten der Wasicun ganz einfach alleine verjagen und so die Leute von Little Thunder befreien!"
Flammendes Schild lachte Sleeping Rabbit an. „Oh ... und wie soll das gehen, willst du sie mit deiner noch kahlen Männlichkeit erschrecken?"
„Ach, hör doch auf, herumzualbern! Wir fragen auch Langes Bein und Wiesel, sicher werden sie sehr dankbar sein, wenn sie uns begleiten dürfen!"
„Und, hast du auch schon einen Plan?"
„Ähm ... nicht direkt, aber wir werden uns natürlich untereinander noch beraten müssen ... und stell dir nur vor", begann er schwärmerisch seine Ausführungen fortzusetzen, „was meinst du wohl, wie werden es die alten Krieger später bereuen, dass sie uns nicht mitnahmen, da man nur über uns und unsere Heldentaten an den langen Winterabenden Lieder singen wird."
Sleeping Rabbit, der Sohn des Wicasa Wakans Wolkenschild, schien sich durch nichts mehr bremsen zu lassen, als auch Wiesel und Langes Bein von seiner Idee mehr als nur fasziniert waren, endlich ihren ersten gemeinsamen Kriegszug zu unternehmen. „Also, dann holt eure Sachen, wir treffen uns nacheinander auf der Prärie. Niemand soll Verdacht schöpfen und so können sie auch später, wenn wir siegreich heimkehren, nicht sagen, wir hätten uns bei Nacht und Nebel aus dem Lager gestohlen!"
„Willst du unseren Wicasa Wakan nicht um seinen Segen bitten?"
Sleeping Rabbit sah ihn entgeistert an. „Spinnst du, Wiesel? Damit er es uns verbietet? Dann wäre es eine Ungehorsamkeit,

so aber können wir sagen ... es hat sich eben nun mal so ergeben!“

Jetzt wurde auch Flammendes Schild, der Sohn von Feuer In Seinen Augen von Zweifeln geplagt. „Ohne den Segen des Wicasa Wakans zieht man nicht in den Krieg!“

Sleeping Rabbit lachte seine drei Gefährten aus. „Seid ihr etwa Angsthasen? Dann bleibt hier und ich kehre alleine als ruhmreicher jüngster und tapferster Krieger heim!“

„Nein, natürlich kommen wir alle mit!“, warf Langes Bein schnell in die Runde, da er auf keinen Fall als Feigling gelten wollte.

„Recht so Bruder, es ist genug Ehre und Ruhm für uns alle da!“

Flammendes Schild und Wiesel sahen sich an. „Also gut, wir treffen uns dort hinten, bei den Felsen, in Ordnung?“ Er deutete auf eine nicht all zu weit entfernt liegende Felsengruppe, die zu den letzten Ausläufern der Berghänge der Paha Sapa gehörte. Alle waren einverstanden und so zogen, zeitlich versetzt, die vier Halbstarken in alle Richtungen davon, um sich wenig später an der vereinbarten Stelle wieder zu treffen. Niemand der älteren Lakota schöpfte Verdacht, was sich ihre Sprösslinge ausgeheckt hatten. Ihr Plan schien also sehr gut zu sein. Sleeping Rabbit, als ihr Anführer, war natürlich als Erster an dem Treffpunkt angelangt, ihm folgte Wiesel und aus zwei Richtungen kommend und zur selben Zeit eintreffend, erschienen Flammendes Schild und Langes Bein.

„So und jetzt?“, wollte Flammendes Schild wissen, wie sie nun weiter vorgehen wollten. „Na, was wohl? Jetzt legen wir erst einmal Kriegsbemalung auf. Das ist sehr wichtig!“

„Genau, Wiesel hat recht!“

Und so ritten die vier Jungen erst einmal zwischen die umherliegenden und sie vor ungewollter Entdeckung schützenden Felsen, ließen ihre Mustangs in deren Mitte stehen und fingen an, sich die Gesichter zu bemalen. Hierbei ließen sie sich ausgiebig Zeit und gingen natürlich mit größter Sorgfalt vor.

Voller Hingabe sahen sie einander, nach vollendeter Arbeit an und waren kaum mehr von erwachsenen Kriegern zu unterscheiden, mal abgesehen von ihren schmächtigen Schultern und dem noch recht unzureichenden Wuchs.
Die Sonne schien indessen erbarmungslos auf sie herab und heizte die Felsen derart auf, dass es jetzt, um die Mittagszeit ein paar Klapperschlangen vorzogen, sich statt im Gras, lieber auf den schönen warmen Felsen zu sonnen. Geschickt schlängelten sie sich über kleinere hinderliche Steine und an den scharfkantigen Felsen empor, bis sie an ihrem Lieblingsplatz, welchen sie bereits seit Langem benutzten, ankamen. Doch was war das? Diese dreisten Zweibeiner hatten sich an ihrem Sonnenplatz breitgemacht. Da half nur eines. Ein vereintes Zischen und Rasseln umgab plötzlich die vier furchtlosen und tapferen Krieger, die vor Schreck alles, was sie in den Händen hielten, fallen ließen. Ihre Mustangs hatten sich genauso erschrocken und bäumten sich tänzelnd auf, bis einer nach dem anderen in panikartiger Flucht vor den Schlangen in Richtung ihres Lagers davon stürmte. Die vier Jungen brachten sich schnell aus dem Gefahrenbereich der giftigen Reptilien und riefen schleunigst ihre Mustangs herbei, doch diese waren schon auf dem halben Wege zu ihren Artgenossen. Mit verkniffenem Gesichtsausdruck sahen sich die vier bemalten Gestalten einander an, schimpften und fluchten, da niemand von ihnen es vorausgesehen, oder wenigstens auf die Mustangs geachtet hatte.
„Und jetzt?“ Flammendes Schild war wütend auf sich selbst.
„Was und jetzt?“, auch Sleeping Rabbit grämte sich, da alle ihre Waffen zusammen mit den Mustangs verloren gegangen waren, jedenfalls für diesen Tag. Wiesel und Langes Bein wollten ihre Gefährten aufmuntern, doch ernteten sie nur einen unliebsamen Blick. „Könnt ihr euch vorstellen, was passiert, wenn rauskommt, dass uns unsere Ponys samt unserer Waffen einfach fortgelaufen sind?“

„Na ja“, schlug Wiesel vor. „Wir warten einfach, bis es dunkel ist, und schleichen uns dann in unser Lager zurück.“
„Genau!“, auch Langes Bein schien das richtig gut zu finden.
„... und vorher holen wir uns aus der Herde unsere Waffen von den Mustangs, so bekommt keiner etwas mit und niemand wird darüber lachen können!“
„Falls nicht alle die vier Tiere ins Dorf haben kommen sehen!“ Flammendes Schild schien von dem Plan nicht so begeistert zu sein, aber ihnen blieb keine andere Wahl, wollten sie nicht schon am helllichten Tag ausgelacht werden.
Endlich begann die Dämmerung und es fing an, dunkler zu werden und die Nacht ließ nun auch nicht mehr lange auf sich warten. Den vier tapferen Kriegern kroch neben dem Hunger inzwischen aber auch das schlechte Gewissen in die Mägen. Mit ungutem Gefühl schlichen sie wie Pferdediebe, ohne einen Laut von sich zu geben, an den Tieren vorbei, zu den lange vor ihnen heimgekehrten Mustangs.
„He, da vorne!“, flüsterte Flammendes Schild seinen Kampfgefährten zu, als er in der Dunkelheit als Erster die vier beieinander stehenden Mustangs bemerkte. Alles schien ruhig und so schlich man weiter an die Tiere heran. Sleeping Rabbit löste bereits vorsichtig seine an dem Mustang befestigten Sachen, als ihm und seinen Gefährten ein unerwarteter fast tödlicher Schreck in die Glieder fahren sollte.
„Ho Bruder! Schieß du zuerst, du hast die Pferdediebe zuerst bemerkt!“
„In Ordnung, ich habe einen von ihnen genau vor meinem Bogen!“
„Nein, nein nicht! Halt, bitte wartet, wir sind es doch!“, riefen die nun wieder kleinen und zu Tode erschrockenen Jungen zu den Wachen der Herde herüber.
„Oh, wie peinlich“, entglitt es Flammendes Schild, denn es war nicht einer der Wachen, welchen er an den unverkennbaren und vertrauten Konturen vor sich erkannte. Gedemütigt sahen die

vier Helden zu Boden, als sich wie aus dem Nichts vor ihnen Wolkenschild erhob und Feuer In Seinen Augen, der ebenfalls die heimkehrenden Helden begrüßen wollte, es ihm, in ihrem Rücken gleich tat. Sie hatten sie die ganze Zeit verfolgt, während sie auf den Knien zwischen dampfenden Pferdeäpfeln herumgekrochen waren und nichts davon bemerkt. Sie schämten sich und keiner der vier Knaben wagte es auch nur aufzusehen.

Wolkenschild und Feuer In Seinen Augen stellten sich vor die vier Jungen hin und blickten mit finsterer Mine auf ihren Nachwuchs herab. „Seid ihr der neue Kriegerbund, Die Vom Mustang Gefallenen?“, fragte der Wicasa Wakan sie mit spürbarem Groll in seiner Stimme.

Keine Antwort.

„Geht mir aus den Augen und wascht euch die Farben aus den Gesichtern! Dann kommt ihr in mein Tipi! Sofort!“, schrie Wolkenschild die vier Jünglinge fast schon an, die augenblicklich ihre Beine in die Hand nahmen.

„Oh Mist, wie konnten wir nur vergessen, uns die Bemalung abzuwischen!“

„Hättest du nicht daran denken können? Es war doch schließlich deine Idee!“

„Mein Vater, oh man, ich bekomme jetzt richtig bösen Ärger!“

Wolkenschild und Feuer In Seinen Augen, mit finsterer und grimmiger Mine, vernahmen die sich im Winde verlierenden Gesprächsfetzen der Jungen, die zum Fluss rannten, um sich zu waschen, bis sie außer Hörweite waren. „Hast du das schon mal gesehen? Von wem haben sie das?“ Wolkenschild konnte nicht länger diesen grimmigen Gesichtsausdruck beibehalten.

„Ja, hab ich!“ Feuer In Seinen Augen sackte auf die Knie und biss sich vor Lachen auf die Lippen. Wolkenschild setzte sich ebenfalls nieder. „Du, guck mal“, er hob seine rechte Hand und äffte die Jungen nach: „Ho, ihr tapferen Krieger der Lakota, ich habe mir vor Angst soeben fürchterlich in die Leggins geschissen!“

Für Feuer In Seinen Augen gab es kaum noch ein Halten. „Psst, ruhig Bruder, sie dürfen das nicht merken!“

„Aber ... aber ... es macht doch solchen Spaß!“

Bevor die vier Knaben schweigend und ordentlich gewaschen zurückkamen, wischten sich Feuer In Seinen Augen und Wolkenschild schnell noch die Lachtränen aus den Augen, um dann wieder ihre finstere Mine aufzulegen.

„Das Donnerwetter, welches über euch beide hereinbrechen wird, wenn eure Väter, die für uns in den Kampf gezogen sind, davon erfahren, könnt ihr euch ausmalen?“ Wolkenschild blickte abwechselnd auf Langes Bein und Wiesel, die Söhne von Nachtfalter und Adlersonne. Beide nickten eifrig mit gesenkten Häuptern.

„Was habt ihr euch bloß dabei gedacht?“ Feuer In Seinen Augen versetzte jedem der Knaben einen eisigen und grimmigen Blick.

„Vater, wir wollten doch nur helfen!“ Sleeping Rabbit hatte aufgesehen und blickte Wolkenschild mit traurigem Gesichtsausdruck an. Jeden Moment fürchtete der Vater, würde sein Sohn Tränen vergießen müssen und lenkte ein. „Wer von euch hatte denn diesen wunderbaren Einfall, im Alleingang die Soldaten zu vertreiben und unsere Leute zu befreien?“

„Ich war das!“, wieder Sleeping Rabbit.

„Nein, das ist nicht wahr, es war auch meine Schuld!“ Flammendes Schild stand seinem Cousin bei.

„Nein, wir alle!“

„Ja, wir haben alle zusammen diesen Plan ausgearbeitet!“

Alle vier Jungen sahen nun den beiden wichtigsten Männern ihres Volkes direkt und offen ins Gesicht.

„So, so, ihr alle zusammen also, habt diesen wunderbaren Plan, wie, ausgearbeitet?“

Die Jungen nickten vereint und die Männer sahen sich darauf hin übereinstimmend an. „Dann arbeitet euch jetzt mal eure Schlafstellen aus und dass ihr uns das nicht noch einmal versucht!“

Lange schon hatten sich die vier tapferen Helden mit knurrenden Bäuchen zur Nachtruhe begeben, eine kleine Strafe musste sein, fanden die Männer und schlenderten ihre entzündeten Pfeifen im Mund haltend, noch eine Weile durch das ruhende Lager. „Weißt du, Wolkenschild, woran mich das heute erinnerte?“

„Na?“

„An unseren ersten Bären ... und es ist alles so lange her, dass es mir fast nur noch wie ein längst vergangener Traum vorkommt. Und jetzt, sieh auf unsere Söhne, alles wiederholt sich. Nur die Pawnee, Shoshone oder Crow, entführten sie ein Kind, nahmen sie es auf, und behandeln es wie ihr eigenes. Es schmerzt, aber man weiß es lebt weiter. Rauben die Wasicun eines unserer Kinder, dann töten sie es. Die Zeiten ändern sich und ich denke, wir sollten öfter mal ein Auge auf die jungen Krieger werfen.“

*

Schon wenige Tage später, nachdem Graues Haar den hilfreichen Einfall allen Lakota vorgetragen hatte, war eine große Kriegerschar, von Iron Shell persönlich angeführt, da er seinem alten und langjährigen Freund Wolkenschild, ohnehin nichts ausschlagen konnte, ihren vorausgeeilten Kriegern bereits dicht auf den Fersen. Die beiden Familienverbände der Sichangu zogen nun unter dem Schutz einer immer noch stattlichen Anzahl von Kriegern beider Gruppen in das Gebiet ihrer Oglalaverwandten. Viele wunderten sich allerdings auf der Wanderung über die vier immer zusammen hockenden und sich etwas seltsam verhaltenden Jungen aus dem Lager der Wolkenschilder, welche sich, Kraft ihres schlechten Gewissens, sehr um die Gunst der Älteren bemühten und ihnen bald schon auf lästige Weise stets und ständig helfend zur Hand gehen wollten. Wolkenschild konnte nichts anderes mehr tun, als nur noch grinsend über den Nachwuchs den Kopf zu schütteln. Aber recht bald flammten seine Sorgen, da nun auch sein Bruder, der Vater von Flammendes Schild ausgezogen war, wieder auf.

7. Kapitel

„Los, bewegt euch mal ein wenig schneller, ihr dreckigen heidnischen Huren!"

Erneut zuckten die Frauen bei den laut, mit bösartigem Klang gerufenen Worten zusammen und zogen ihre verängstigten Kinder, von denen einige leise zu weinen begannen, näher zu sich heran.

Viele von ihnen hatten bereits mit allem abgeschlossen, denn eine Zukunft würde es für niemanden von ihnen mehr geben, da die Vergangenheit sie stets und ständig überall hin, selbst bis in den Tod, verfolgen würde. Sehnsüchtig starrten die Überlebenden zu Vater Himmel und suchten ein Zeichen des großen Weltgeistes, welches ihnen, wenn auch nicht Schutz geben, so doch wenigstens Trost spenden könnte. Ein Tag verlief wie der andere. Vorwärts getrieben, bis an den Rand der Erschöpfung, kaum Nahrung, zu wenig Wasser, scheinbar ohne eigentliches Ziel. Gnadenlos brannte die Sonne und ihre zerschundenen und verwundeten Körper verlangten verzweifelt mit ihrer inneren Stimme nach Wasser, aber niemand bettelte, bettelte bei diesen ... So kamen sie, wenn die Soldaten Glück hatten, an einem guten Tag nur 20 Meilen voran. Gerüchte wurden unter den Frauen und Alten laut. „Sie bringen uns nach Fort Laramie!"

„Sie wollen uns dort sicher einsperren und verhungern lassen!"
„Vielleicht aber haben sich die Soldaten auch nur verlaufen?"
Alle möglichen Varianten wurden bedacht, auch die Eine, die ihnen eine letzte Hoffnung gab. Sollten sie sich tatsächlich verlaufen haben, würden sie sicher bald auf eine starke Kriegergruppe der Sichangu oder Oglala stoßen, die ihnen beistehen würden, da sicher alle schon wussten, was vorgefallen war. Vielleicht auch wollten sie noch ein weiteres Lager niedermetzeln, um noch mehr Gefangene zu machen?
Doch die gefangenen und zu Tode erschöpften Lakota würden dies nicht mehr erleben. Täglich blieben mehr erschöpfte, verwundete, alte und kranke Menschen zurück. Die Soldaten ließen sie achtlos liegen und überließen sie den Coyoten. Versuchten ihre Angehörigen ihnen wieder aufzuhelfen, schlugen die Soldaten gnadenlos mit der stumpfen Seite ihrer Säbel oder ihren Gewehrkolben dazwischen. Wohin der Weg führte, wusste keine der Frauen. Die im Kampf mit den Lakota verwundeten Mörder ihrer Angehörigen, wurden bis auf wenige Ausnahmen, grölend und freudig von frischen und ausgeruhten Soldaten begrüßt und abgelöst. Ein Name machte aber immer wieder die Runde: „Brigadegeneral W.S. Harney".
Alle würden sich diesen Namen merken wollen. Sie hatten ihn gesehen und nie mehr würden sie dieses erbarmungslose und eiskalte Funkeln in seinen Augen vergessen können, als er Kleine Blume mit einem Schuss aus seiner Waffe in den Rücken, niederstreckte und das Geschoss, als es aus Kleine Blume wieder austrat, auch das neugeborene Kind auf ihrem Arm verwundete.
„Haben sie das gesehen?", frohlockte er voller Stolz, „haben sie das gesehen, Gentlemen? Das, meine Herren, nenne ich eine absolut effektive und profitable Auslastung des uns anvertrauten Kriegsmaterials! Ha, ha."
Das darauf folgende menschenverachtende Lachen würde kein Lakota je wieder vergessen können. Doch das Kind von Kleine

Blume war noch nicht zu Wakan Tanka gegangen. Es war zäh und tapfer, ein Kind, in dessen Brust das Herz der Sioux schlug. Es wimmerte kaum wahrnehmbar und nur ganz leise unter seiner Mutter vor sich hin. Harney wandte sich um. „Oh hopsala, na was für ein peinliches Missgeschick, aber sie haben begriffen, meine Herren, worauf es ankommt. Nicht wahr? - Den Rest ...“, er hob seinen Fuß und trat brutal auf den Kopf des Kindes, was sofort nach einem leichten Knacken verstummte. „... den Rest zerquetschen wir einfach wie stinkende, lästige Läuse!“ Zufrieden mit sich selbst, wollte Harney gerade wieder sein großes und glatt gestriegeltes lackschwarzes Armeepferd besteigen, ohne Mutter oder Kind eines letzten Blickes zu würdigen. Doch er hielt noch einmal inne und verzog angewidert sein Gesicht „Oh man, bei Gott, was ist denn das hier für eine verfluchte Sauerei?“, und wischte sich im hohen Präriegras die blutige Hirnmasse des Säuglings von seinem Stiefel.

*

Alle Lakota waren sehr froh, so man das in solch einer Situation überhaupt sein konnte, als Harney nur zwei Tage nach dem Überfall mit einer Gruppe Soldaten in Richtung Westen davongeritten war. Alle hofften, dass er nie zurückkehren würde.

Eine noch recht junge Frau unter ihnen kümmerte sich hingegen besonders liebevoll um die Waisenkinder, da sie selber noch keine eigenen Kinder zu behüten brauchte und so nur auf sich selbst achtzugeben hatte. Noch bis vor wenigen Tagen wurde sie immer zurückhaltend belächelt, da sich niemand der Kinder so recht traute, sie ihrer rauchigen Stimme wegen anzusprechen. Sei es aus Scham oder Verlegenheit, dies alles spielte keine Rolle mehr. Immer öfter hörte man ihren neuen Namen, den ihr die kleinen Kinder gaben, „Ina“. Nichts anderes als

Mutter, welche sie dringend brauchten und die sie erst im Land der vielen Zelte wiedersehen durften.
Auch ihre wenigen noch gebliebenen Freundinnen nannten sie, wenn auch erst seit wenigen Tagen, bei ihrem neuen Namen und Krächzende Elster begann sich langsam, sogar selber daran zu gewöhnen.
Doch nun wurde es Abend. Wieder einmal. Und wieder bangten die jungen Frauen, die mit den anderen Angehörigen wie Vieh in der Mitte des Soldatenlagers zusammengetrieben und gebunden wurden, um ihre Sicherheit. Jeden Abend hofften sie, dass die Soldaten, welche sie bewachten, sich nicht aufs Neue an ihnen vergehen würden, doch in der Regel sollte dies nur ein Wunschdenken bleiben.
Ohne einen Laut, ohne ein Wort kehrten fast jeden Abend die gedemütigten und geschändeten Frauen zurück. Erst tief in der Nacht, wenn fast alle Soldaten schliefen, zeigten sie ihre Tränen, die kein Soldat je zu sehen bekommen würde.
Ein Soldat kam mit einem seiner Kameraden geradewegs auf Krächzende Elster zu und blieb breitbeinig, mit einem schmutzigen Grinsen, vor ihr stehen, wodurch die Zahnlücke zwischen seinen gelben Zähnen sichtbar wurde und sein stinkender, alkoholisierter Mundgeruch ihr die Luft zum Atmen nahm. Wandte sich dann aber wieder von ihr ab, da er ein paar Schritte weiter die junge und erst dreizehn Sommer zählende Mondstern bemerkte. Gierig nach körperlicher Liebe, funkelten seine glasigen Augen über dem unrasierten Gesicht im aufkommenden Mondlicht und die gespenstisch wirkenden tanzenden Schatten, von den vielen kleinen Lagerfeuern verursacht, ließen alle Hoffnung auf ein Wunder, dieser Situation entfliehen zu können, verpuffen. „He Squaw! Du da! Komm hier her!“
Brutal zog er das junge Mädchen am Arm aus der Gruppe der anderen Frauen heraus, um ihr die Fesseln zu entfernen.

„Hiya!, - Nein, sie ist doch noch ein Kind! Nimm gefälligst deine dreckigen Hände von ihr, du hässliches, widerliches, stinkendes Stachelschwein!“ Krächzende Elster warf sich mutig dazwischen und versuchte den harten Griff des Soldaten am Arm von Mondstern zu lösen. Doch der ebenfalls angetrunkene Byron, ein Freund des Soldaten, schlug ihr ohne lange zu überlegen, aus der Situation heraus, mit dem rechten Handrücken quer ins Gesicht und setzte mit seiner linken mit einem weit ausholenden Faustschlag nach. Ein grell aufflackernder Blitz vor ihren Augen und die Wucht, mit der sie getroffen wurde, ließ sie sofort ihr Gleichgewicht verlieren und so fiel sie rückwärts zwischen die anderen Frauen, welche versuchten, sie in ihrem Sturz aufzufangen.
Doch so schnell, wie all das geschah, passierte das Folgende eher wie in Zeitlupe. Der Soldat, welcher Mondstern am Arm hielt, verharrte noch einen kurzen Augenblick und dann verkrampfte er sich immer weiter in seinem Griff, und begann zu torkeln. Mondsterns gequetschter Arm begann stark zu schmerzen, als sie bereits das Weiße an den Fingernägeln und den Knöcheln der Soldatenhand bemerkte.
Insgeheim aber hoffte sie, dass er vom vorherigen Genuss des Brandys gerade in diesem Moment übermannt wurde und ihn dessen Wirkung nun voll erwischte.
Tatsächlich fiel er nur Sekunden später kerzengerade vorn über und riss die leichte und zierliche Mondstern wie einen Grashalm, der im Sturm knickt, mit sich herunter. „He, Aaron, was ist los?” Der andere Soldat, namens Byron, wartete noch eine kurze Weile. „Du dummes Arschloch, zum Hurenstechen zu besoffen, oder was?“ Er bückte sich lächelnd und rüttelte seinen Gefährten, der tief und fest zu schlafen schien. Mondstern aber gelang es inzwischen, mit Hilfe von einer Freundin, ihren Arm aus der festen Umklammerung von Aaron zu befreien. Krächzende Elster war noch immer nicht wieder zu sich

gekommen. Der brutale Fausthieb hatte sie regelrecht bewusstlos geschlagen.
„He Mann, komm steh jetzt endlich au...“ Erneut wollte er Aaron auf die Füße zerren, hielt aber in der Bewegung inne. Mit aufgerissenen Augen fiel Byron plötzlich wie ein nasser schwerer Ledersack über seinen am Boden liegenden Kameraden.
Die Frauen sahen sich grienend an. „Solche Schwächlinge - vertragen ihr eigenes Mini Wakan nicht!“
„Nein, so wartet doch! Seht nur!“ Mondstern bemerkte es als Erste. Ihre Augen begannen im Mondlicht fast zu strahlen und Tränen rannen an ihren Wangen hinab. „Ina, Ina! Sieh doch nur!“ Krächzende Elster kam gerade mit blutender Nase wieder ein wenig zu sich. Von dem Faustschlag noch benommen, blickte sie sich fragend um. Doch das, worauf Mondstern deutete, ließ sie schlagartig wieder erwachen. „Unsere Krieger kommen!“
„Seht doch nur die Farben!“ Der Pfeilschaft im Rücken von Aaron sagte ihnen, dass es ein Pfeil von Rainbow war, aber wie war das möglich? Sie alle sahen nur zu deutlich, was sie ihm antaten. Der andere im Genick von Byron, war ein Pfeil aus der Hand von Rotfalke.
Die Freude, nicht vergessen worden zu sein, ließ die Herzen der Gefangenen höher schlagen, und der Lebenswille kehrte zu ihnen zurück. Doch woher die Hilfe kam – aus dieser Welt, oder von den Geistern ihrer Ahnen – wer konnte das in diesem Moment sagen?
Die Erregung und sichtliche Unruhe der Frauen und Kinder blieb den wachhabenden Soldaten nicht verborgen, da sie äußerst angespannt mit Übergriffen feindlicher Lakotaverbände rechneten.
Tagelang herrschte absolute Ruhe unter den Gefangenen. Kein Laut drang über ihre Lippen. Doch jetzt, irgendetwas stimmte da nicht. Noch ein oder zwei Tage, dann hätten sie Fort

Laramie erreicht und könnten das Rote Pack in die Reservation sperren, doch diese aufkommende Bewegung unter ihnen – das bereitete ihnen Unbehagen. „He, ihr da!“, rief einer der Posten zu den anderen Soldaten herüber. „Aufpassen, irgendwas stimmt hier nicht bei den Roten!“

„Geht klar, Sergeant!“ Die Wachhabenden pflanzten ihre Bajonette auf. Vorsichtig näherten sich Sergeant Frank Mueller und Soldat Andrew Perkins, da sie am dichtesten bei den Gefangenen standen, dem Unruheherd.

„Scheint doch alles in Ordnung zu sein, Frank, sie schnattern nur. Sind eben nur dumme Wilde.“

„He! Ihr da! Schnauze halten, dreckiges rotes Pack!“

„Ach Frank, lass doch ab, diese unzivilisierten Schweine verstehen sowieso kein einziges menschliches Wort“, versuchte Andrew seinen Vorgesetzten mit einem zurückhaltenden Grinsen zu beruhigen.

Gerade wollten sie nach Beendigung der Postenkontrolle und der Umrundung des Gefangenenlagers zurückgehen, als Sergeant Mueller abrupt stehen blieb. „Verfluchte, gottverdammte Scheiße! Sieh nur!“ Frank griff unwillkürlich nach der Hand seines Untergebenen und zeigte mit der Waffe in der anderen Hand auf die beiden getöteten Kameraden. Doch statt der beiden Gefallenen sah dieser im ersten Moment nur die hervorquellenden Augen von Frank, der nur den Bruchteil einer Sekunde später seine Waffe fallen ließ, und mit einem heiseren Röcheln nach seinem, von einem Pfeil durchbohrten, Hals griff.

„Scheißdreck“, hauchte Andrew, bevor er die Situation voll erfasste. „Alarm! Indianer! Indianer! India...“, schrie Andrew. Er sah nicht mehr, wie seine schlafenden Kameraden aufsprangen und sich ihre griffbereiten Waffen nahmen, noch hörte er die Schüsse, die über die Köpfe der im Gras verborgenen Krieger hinwegpeitschten.

„Diese Idioten!“, freute sich Rotfalke und lächelte Mondtänzer zu, der gerade einen neuen Pfeil auf die Sehne seines Bogens

legte. Beide warteten geduldig auf den Moment, in dem die Soldaten nachladen mussten, um sich dann kurz aufzusetzen und zwei erneute gezielte Pfeile gegen die Schatten, die sich deutlich vom Feuerschein in ihrem Rücken abzeichneten, zu versenden.
Sofort nachdem auch die beiden zweiten Pfeile ihr Ziel trafen, schmiegten sich die beiden Krieger wieder eng an den vom Tau feucht gewordenen Boden der Plains.
Völlig orientierungslos rannten einige der Soldaten schreiend, Anweisungen rufend und gestikulierend ein Stück auf die schwarze unbeleuchtete Grasebene hinaus. Luden, feuerten, luden nach und feuerten erneut, doch ohne einen der Krieger ernsthaft zu gefährden.
Lachender Wolf hatte sich inzwischen mit Geht allein an der Pferdeherde zu schaffen gemacht.
Nachdem der Kriegsruf der Lakota von ihren Gefährten vom gegenüberliegenden Ende des Lagers zu ihnen herüberhallte, setzten sich Rotfalke und Mondtänzer fast belustigt auf und konnten erneut mit den Pfeilen ihrer Ahnen Rache nehmen. Alle Soldaten hatten ihnen den Rücken zugedreht und starrten wie gebannt und die Situation nicht begreifend, auf die nächtlichen Schatten ihrer fliehenden Pferde. „Fast ist es zu einfach – das gefällt mir nicht.“ Mondtänzer sah seinen Freund fragend an. Rotfalke nickte. „Gut, ziehen wir uns zurück, fürs Erste! Wichtig ist es erst einmal, die Soldaten solange, wie es uns möglich ist, hier festzuhalten oder wenigstens so lange zu behindern, bis Adlerträne mit seinen Kriegern zu uns stößt.“
Den gesamten darauf folgenden Tag verbrachten die gefangenen Frauen und Kinder damit, den Soldaten zuzusehen, wie sie verzweifelt und höchst ungeschickt versuchten, ihre Pferde wieder einzufangen. Allerdings zeigte keiner der gefesselten Lakota auch nur das geringste Anzeichen einer Schadenfreude oder des versteckten Grinsens. Zu groß war die Angst vor erneuten Übergriffen. Ihre Herzen aber zersprangen

vor Freude, als sie die zwölf getöteten Soldaten, die unter ihren Decken verborgen, etwas abseits liegen sahen.
Aber sie ahnten auch, dass es nur ein paar Krieger gewesen sein konnten, denn sonst hätten sie mit Sicherheit einen Versuch unternommen, ihre Frauen und Kinder zu befreien. Wer nur mochte sich hinter den angreifenden Lakota verbergen, fragten sich die Frauen. Die einzigen Krieger ihres Volkes, die nicht dem Massaker von Harney zum Opfer fielen, waren Rotfalke und der Mann von Krächzende Elster, Adlerträne.
Es dämmerte bereits wieder und bis zum Abend hatten die Soldaten fast alle ihre Tiere wieder einfangen können. Mit hasserfüllten Gesichtern begegneten ihnen diese, denen sie nichts getan hatten, außer das sie lebten und atmeten.
Doch selbst das wollte man den Lakota verwehren. Ja, was fiel dieser dreckigen Roten Brut überhaupt ein, lange vor ihnen hier auf den Plains gewesen zu sein?
Ohne sich dessen bewusst zu sein, hatten die vier Krieger ihren Angehörigen eine dringend notwendige Verschnaufpause verschafft, ohne die bis zu diesem Abend wieder ein paar Seelen gegangen wären.
„Und, was denkt ihr – wann kommt Adlerträne zurück?“
Rotfalke sah Mondtänzer fragend an.
„Ich denke – heute – oder vielleicht auch erst morgen?“
„Mein Schwager kommt sicher heute mit den Kriegern zurück, er muss heute zurück kommen, denn sonst wäre es wohl zu spät, da wir dann bereits zu nahe an Fort Laramie wären“, mischte sich Spricht Nicht Viel mit klarer fester Stimme ein.
„Ho, ho. Es geht dir wieder etwas besser?
„Mhm!“
„Und“, fragte Geht Allein vorsichtig, „kannst du sehen?“
„Weiß nicht - ich weiß nicht, ob ich das will, und habe auch ein wenig Angst, es herauszufinden.“
Schneesturm schien instinktiv zu spüren, dass es seinem Herren wieder etwas besser ging, dass er, als sein vierbeiniger Bruder

vielleicht sogar gefordert war, oder aber, er wollte auch einfach nur mit Spricht Nicht Viel herumtollen.
Wer konnte sagen, was in dem Kopf eines Hundes vorging. Er kroch jedenfalls ein wenig zurück und setzte sich in einiger Entfernung von Spricht nicht Viel aufrecht hin.
Ein leises spielerisches Knurren, gefolgt von einem zaghaften Ansetzen eines jaulenden Bellens. Dies wiederholte er einige Male, doch Spricht Nicht Viel reagierte einfach nicht. Die Männer lächelten und sahen gespannt auf den Hund, der sich ebenfalls wieder besser zu fühlen schien. Die täglichen Spielereien der Beiden waren überfällig und es galt, diese jetzt wohl dringend nachzuholen.
Schneesturm ließ sich wie so oft, zuerst auf seine Vorderpfoten nieder und streckte sein Hinterteil schwanzwedelnd in die Höhe. Als Spricht Nicht Viel immer noch nicht reagierte, reichte es dem treuen Hund und er machte einen großen Satz und sprang dem Jungen voll gegen seine Brust. Spricht Nicht Viel, der den Aufprall nicht erwartet hatte, verlor sein Gleichgewicht, stürzte hinten über und riss vor Schreck während des Fallens seine Augen auf. Ein kurzer Schmerzenslaut ließ den Hund sofort inne halten und so leckte er ihm erst einmal vorsichtig die Hände, die er sich vor seine schmerzenden Augen hielt.
„Es blendet und schmerzt.“
„Wenn es blendet, dann kannst du nicht blind sein!“, rief Mondtänzer freudig.
„Genau! Gehe es vorsichtig an, du musst dich erst wieder an das Licht gewöhnen.“
Behutsam öffnete er ein wenig die Hände vor seinen Augen. Immer wieder aufs Neue, bis er sie ganz fortnehmen konnte. Blinzelnd und seine Augen immer wieder auf- und zukneifend, musterte er jeden einzelnen der vier Krieger.
Trotz der zunehmenden Dämmerung kam es dem Jungen so vor, als sei es erst gerade helllichter Mittag.

Er lächelte. „Es geht, ich kann sehen. Es geht wirklich. Es ist zwar alles noch etwas verschwommen, aber ich erkenne schon wieder, dass ihr immer noch, genau wie früher, fürchterlich hässlich seid!"
Spricht Nicht Viel wurde fast übermütig, da er fest geglaubt hatte, nie mehr Bilder erkennen zu können.
„Oh, wie schön kleiner Bruder! Dann beweg dich rasch an den Fluss und hole Wasser!", scherzte Lachender Wolf.
„Mach ich, mach ich sehr gerne!" Spricht Nicht Viel sprang auf und rannte mit den Blasen los. „Aber pass auf! Lauf nicht den Soldaten in die Arme!", rief ihm Mondtänzer noch hinterher.
Unbeschwert, fast wie ein junges Fohlen, kehrte Spricht Nicht Viel alsbald mit den gefüllten Wasserblasen zu den Kriegern zurück. „Bitte sehr ihr tapferen Krieger – euer ‚Wasserträger' hat euch Wasser geholt", scherzte der Junge, doch dann verkrampfte sich sein Gesichtsausdruck und er wandte sich von ihnen ab.
„Was ist mit dir?", fragte Geht Allein, während er ihm folgte.
„Fast hätte ich aus lauter Freude, da ich wieder sehen kann, vergessen, weshalb wir überhaupt hier sind. – Jetzt schäme ich mich dafür."
„Du brauchst dich nicht zu schämen", erwiderte Geht Allein. „Es ist immer gut, sehen zu können! Nicht nur mit den Augen, sondern auch hier", und legte ihm seine Hand an sein Herz. „Nun komm, es ist schon dunkel und wir müssen beraten, wie wir in dieser Nacht vorgehen wollen!"
Spricht Nicht Viel setzte sich kerzengerade hin und fragte ohne Worte, indem er mit dem Zeigefinger auf sich selber zeigte.
„Ja, du auch! Wir brauchen jeden Krieger!"
Voller Stolz setzte sich Spricht Nicht Viel zu den anderen Männern nieder. Zu tief saß das brennende Verlangen auf Rache.
„Also, was wollen wir tun, um sie weiter hier festzuhalten?" Rotfalke blickte fragend in die Runde.

„Ein Präriebrand?“
Alle sahen verschmitzt zu Spricht Nicht Viel, der eigentlich vom Feuer die Nase voll haben sollte.
„Ein guter Gedanke“, warf Mondtänzer ein. „Zwei Krieger legen ein Feuer, zwei weitere Krieger werden wieder auf die Soldaten schießen, um sie abzulenken und ein weiterer von uns, versucht sich zu den Frauen und Kindern zu schleichen, und bringt ihnen ein Messer, damit sie im rechten Moment ihre Fesseln zerschneiden können.“
„Das ist wohl vorerst das Einzige, was wir tun können.“ Lachender Wolf nickte zum Einverständnis. „Es sind einfach noch viel zu viele Soldaten, um mit ihnen zu kämpfen, das nützt unseren Leuten nicht viel und auf ihre Mustangs, auch wenn mich der Gedanke wirklich sehr reizt, werden sie sicher mehr als auf ihren Brandy achten.“
Rotfalke wandte sich nun mit ernstem Blick an Spricht Nicht Viel. „Bist du soweit wieder bei Kräften, dass du dich ins Lager zu den Frauen schleichen kannst?“ Bewusst hatte er die Frage vermieden: Traust du es dir zu? – Denn dann hätte es passieren können, das Spricht Nicht Viel versuchen würde, mehr als nur seinen Mut unter Beweis zu stellen. Unter normalen Umständen hätten sich so die Krieger gegenseitig zu wahren Zauberkunststückchen in feindlichen Lagern angespornt. Doch aus einem feindlichen Lager konnte man fliehen, wenn man niemanden zurücklassen musste. Diese Situation, Angehörige ihres Stammes unter und aus solchen Umständen zu befreien, erforderte vollkommen neue Handlungs- und Denkweisen.
„Natürlich werde ich es schaffen, ins Lager zu schleichen!“, verkündete Spricht Nicht Viel mit hervorgeschobener Brust. Wäre die Sache nicht so ernst gewesen, hätten sicher alle über den fast komischen Anblick gelacht, wie der junge Mann, so mit halb abgesengten Haaren und Augenbrauen seine Brust anschwellen ließ.

„Ist es in Ordnung für dich, wenn ich dich ein wenig herrichte?“, fragte Rotfalke ihren jüngsten – nun Krieger.
„Nur zu! Aber bitte verlangt bloß nicht von mir, ein albernes Kleid zu tragen!“
Alle blickten begeistert und sprachlos zu dem Jungen hinüber.
„Unser jüngster Bruder scheint wohl auch der weiseste Krieger unter uns werden zu wollen?“, fragte Lachender Wolf im ernsten Tonfall.
„Oh nein, das ist ein Scherz? Ihr macht nur einen Spaß, oder?“
„Höre kleiner Bruder, dein Einfall kann dir unter Umständen das Leben retten, wenn du dich zwischen den Frauen, Kindern und Alten verstecken musst. – Nur deshalb hast du ihn doch auch vorgetragen, da er eines Kriegers würdig war, stimmt`s?“ Geht Allein hatte ihn eiskalt erwischt.
„Natürlich!“, antwortete der Jüngere mit verkniffenem Gesichtsausdruck, „Ich wollte mir nur sicher sein, dass dies auch ein guter Einfall war!“ Spricht Nicht Viel hasste sich in diesem Moment selber. Aber in diese Zwickmühle hatte er sich ganz alleine gebracht. Vielleicht aber war es doch ein gar nicht so schlechter Einfall. Den vier Kriegern schien er jedenfalls zu gefallen.
Mit wachsendem Entsetzen sah er, wie die Männer damit begannen, aus Kleidungsstücken und anderen ledernen Sachen ein Kleid für ihn herzustellen. Er konnte es nicht fassen. Vielleicht sollte er sich ja auch noch einen Kranz aus Wiesenblumen auf den Kopf setzen. Er biss sich aber auf die Lippen, bevor er den Gedanken aussprechen konnte. Sicher würden die Krieger auch diesen Einfall lobend in die Tat umsetzen wollen. Sei es im Ernst oder aus Schabernack.
Doch dann kam es wieder in ihm hoch. Es ging doch hier um seine Leute, um ihre Rettung, und er begann, sich erneut zu schämen, dass er sich innerlich dagegen wehrte, nur ein albernes Kleid zu tragen. Obendrein, nach erfolgreicher Mission, würde es mit Sicherheit einen mehr als nur abenteuer-

lichen und lustigen Gesprächsstoff für alle zukünftigen Generationen an den abendlichen Lagerfeuern abgeben.
Er schüttelte mit hochgezogenen Augenbrauen, oder mit dem, was davon noch übrig war, schmunzelnd seinen Kopf. Jedoch zog ihn Rotfalke beiseite, bevor er weiter darüber nachdenken konnte. „Nun lass dich einmal anschauen."
Er nahm den Kopf des Jungen in seine Hände und drehte ihn einige Male hin und her. „Nun gut."
Rotfalke nahm sein Messer und kürzte seine langen offenen Haare. „Sie wachsen wieder nach, außerdem konntest du ohnehin nicht länger so herumlaufen." Immer wieder besah er sich den Jungen. Hier ein Schnitt, da noch ein Stück, bis es kaum noch auffiel, dass die Hälfte seines Haares abgesengt worden war. Sie waren recht kurz und fielen ihm gerade mal bis auf seine Schultern, aber auch die anderen Krieger gaben Rotfalke recht, dass er eine gute Arbeit geleistet hatte.
„Etwas fehlt noch." Lachender Wolf steckte seinen Zeigefinger in den Mund und befeuchtete mit ihm die Stellen, an denen die Augenbrauen einst bei dem Jungen gesessen hatten. Dann zeichnete er mit Rus und einer kleinen Feder die Augenbrauen nach. Die beiden Krieger besahen sich ihr Werk mit äußerster Zufriedenheit.
„Nun sind wir dann wohl an der Reihe?" Mondtänzer und Geht Allein hielten ein – ja, was war das denn? – in den Händen. Mit weit aufgerissenen Augen betrachtete Spricht Nicht Viel das vor ihm gehaltene Kunstwerk.
„Na, was ist?"
„Mhm?"
„Na los, zieh deine Sachen aus!" Geht Allein war zwar nicht nach Lachen zumute, aber er musste sich dennoch von innen her auf seine Wangen beißen, bis er Blut schmeckte.
Zögerlich entledigte sich Spricht Nicht Viel seiner Kleidung und streifte sich das „Etwas" über.

Schneesturm setzte sich aufrecht hin und spitzte seine Ohren. Immer wieder neigte er den Kopf von einer auf die andere Seite und ließ sein spielerisches Knurren hören. Wäre er nicht angebunden gewesen, hätte er sich sicher auf Spricht Nicht Viel gestürzt, um ihm das komische Ding wieder herunterzureißen.
Benommen stand Spricht Nicht Viel mit gesenktem Blick vor den Männern. „Und? Nun sagt schon was!"
„Was sollen wir sagen?" Die Männer schauten sich alle mit blutigem Geschmack im Mund und Schmerzen in ihren Wangen an. Sie durften nicht lachen, das wussten sie, denn sie konnten sich nur zu gut vorstellen, was das für Spricht Nicht Viel bedeutete.
„Es zieht!"
„Wie?"
„Es zieht!"
Die Männer sahen sich an. „Ist es etwa zu eng?"
„Nein – es zieht – es ist kalt."
Sie verstanden nicht.
„Na, da – da unten!" Er machte eine klärende Handbewegung.
Nun gab es kein Halten mehr und alle guten Vorsätze waren im Nu dahin. Aber auch Spricht Nicht Viel musste mitlachen, da auch er von den Lachtränen seiner Gefährten mit angesteckt wurde. Aber Freud und Leid lagen dieser Tage einfach zu dicht beieinander und jeder Krieger nutzte insgeheim die Chance, die sich ihm bot, auch ein Paar Tränen des Leids zu vergießen.
Kurz darauf hatten sich alle wieder unter Kontrolle und ein jeder wischte sich seine Augen mit dem Handrücken trocken. Sie sahen einander an – und verstanden. Es gab nichts, wofür man sich zu schämen brauchte. Hätte Wakan Tanka gewollt, das Krieger nicht weinen, dann hätte er ihnen keine Tränen geschenkt.
Alle fünf Krieger standen nun im Kreis und jeder fasste seinem rechten Nebenmann auf die Schulter.

„Wir wissen nicht, was Wakan Tanka für uns vorgesehen hat, aber niemand unserer Ahnen soll sich für uns schämen müssen. Seid stark, Brüder!“
Geht Allein und Mondtänzer wandten sich um und verschwanden im Dunkel der Nacht.
Spricht Nicht Viel erhielt von Rotfalke mehrere Messer, die er in den eingenähten Taschen seines Kleides versteckte. Dann nickten sie sich einander zum Abschied zu und Rotfalke und Lachender Wolf verschwanden ebenfalls aus den Augen des nun jungen Kriegers.
Er war allein. Über sich nur das Sternenzelt. Der Mond war noch nicht aufgegangen und er schickte ein schnelles kurzes Gebet an Wakan Tanka und bat um den nötigen Mut, den er dringend brauchte. Er streichelte den angebundenen Schneesturm über seinen Kopf, der sofort die Hand seines Herren lecken wollte. „Du bleibst hier! Hörst du?“
Der Hund winselte und legte sich traurig nieder, während sich Spricht Nicht Viel von ihm entfernte.
Langsam näherte er sich, im Schutz der Nacht, dem Lager der Soldaten und verbarg sich in der Nähe seiner Leute im hohen Büffelgras. Nun musste er warten, bis die vier Krieger damit begannen, die Soldaten herauszufordern.
Mondtänzer und Geht Allein hatten im Dauerlauf ihr Ziel erreicht. Schnell entzündeten sie in einer Senke, vor den Augen der Soldaten verborgen, ihre gefertigten Fackeln, die sie, wenn sie erst einmal entzündet waren, nur im trockenen Gras hinter sich herzuziehen brauchten.
Rotfalke und Lachender Wolf lagen in der Nähe des Lagers, unweit des Platzes, an dem sie in der vorherigen Nacht im Verborgenen schon einmal gewartet hatten.
Spricht Nicht Viel kroch, eng seinen Körper an den von Mutter Erde geschmiegt, ebenfalls auf das Lager der gefangenen Lakota zu. Auch er wartete.

Endlich machte sich eine erste Unruhe unter den Soldaten breit. Aufgeregt sprangen nun, nachdem die Wachen sie geweckt hatten, die ersten verschlafenen Gestalten unter ihren warmen Decken hervor. Von Rotfalke und Lachender Wolf aus, zeichnete sich am gegenüber liegenden westlichen Horizont ein leichter orange- und graufarbener Streifen am nächtlichen Himmel ab. Der Wind trieb die Flammen, die sich noch nicht in Sichtweite, in einer Senke befanden, direkt auf das Lager zu und es begann bereits, nach verbranntem Gras zu riechen. Alle Soldaten waren nun hellwach und blickten bis auf wenige Ausnahmen in Richtung des schmutzig orange leuchtenden Horizonts.

In aller Ruhe spannten Lachender Wolf und Rotfalke ihre Bögen und ließen die Pfeile von ihrer Sehne schnellen. In dem aufgeregten Haufen der Soldaten, welche vom leuchtenden Farbenschauspiel am Himmel regelrecht gefangen genommen wurden, achtete niemand auf die zwei Kameraden, die sich in ihrem Todeskampf an die Kehle griffen, als ihre Hälse von den Geschossen durchschlagen wurden. Erst als zwei weitere Soldaten, einer mit einem Schmerzensschrei, getroffen zusammenbrachen, wurden die anderen aufmerksam.

„Dies ist wieder ein Hinterhalt dieser dreckigen roten Bastarde! Tut, was wir abgesprochen haben!“, rief ein junger Lieutenant seinen aufgeregten Männern zu.

Augenblicklich formierte sich ein Teil der Soldaten keilförmig, die Spitze von Lachender Wolf und Rotfalke abgewandt, in breiter Formation. Ihnen gegenüber befanden sich die lauernden Krieger. Ohne eine Ahnung vom Plan der Soldaten zu haben, saßen sie, mit ihren Pfeilen auf den Sehnen, bereit, erneut loszuschlagen. Irgendetwas war aber anders als in der vorherigen Nacht, das spürten auch die beiden im Dunkeln verborgenen Krieger. Rotfalke und Lachender Wolf wollten sich zurückziehen, zogen es aber vor, vorerst im Verborgenen am Boden liegen zu bleiben.

Eine weitere Einheit der Soldaten umkreiste das Lager der Frauen, Alten und Kinder, ebenfalls bereit, jeden Moment die Abzüge ihrer Waffen zu drücken.
„He, was willst du denn hier? Du dumme Schlampe wolltest wohl türmen oder was?“ Ein Fähnrich riss das vermeintliche Mädchen, was genau zwischen den gerade angerückten und schussbereiten Soldaten lag, vom Boden her auf seine Füße. Kurz sah er sie an, doch dann verging ihm die Lust. „Mein Gott, du bist noch so jung, aber schon so unsagbar hässlich!“, und beförderte das junge Mädchen mit einem Tritt wieder zu den anderen Gefangenen.
„Peal, dafür werden sie sich zu verantworten haben! Na los! Antreten! Nehmen sie Haltung an!“, schrie der wütende kommandierende Lieutenant McAllister, „und binden sie sie wieder an, aber dieses Mal so, das dieses Miststück nicht wieder abhauen kann! Geben sie mir solange ihre Waffe! – Na los, Bewegung!“, schrie er erneut, bevor sich Soldat Peal in Bewegung setzte.
Der junge Soldat gehorchte und band das Mädchen wieder an den langen Strick, an dem auch die anderen Lakota gefesselt waren. Ihre Waden schnürte er besonders fest ein, sodass fast kein Blut mehr zirkulieren konnte. „Ich schwöre dir, dafür wirst du bezahlen, du kleine Indianer-Hexe. Du magst zwar hässlich sein, aber dennoch jung und knackig genug!“ Mit einem hämischen Grinsen ließ er die junge Frau bei den anderen zurück und nahm seine Waffe wieder in Empfang.
Das Herz von Spricht Nicht Viel schlug schneller und lauter, als die Hufe eines alten tonnenschweren Büffels auf der Flucht. Kaum das er wagte, sich zu bewegen. Genauso die Kinder und Frauen um ihn herum, die ihn aus den Augenwinkeln heraus nicht verstehend musterten. Die Blicke der Frauen gingen zu den Alten. Doch auch diese zuckten nicht wissend mit den Schultern.

Mondstern kroch zu dem fremden Mädchen heran. „Sag, wer bist du und aus welchem Lager kommst du?“
Spricht Nicht Viel schämte sich, da man ihn ertappt hatte, aber – sollte er sich nicht unter die Frauen mischen?
Sein idiotischer Einfall mit dem Frauenkleid hatte ihn vor dem Schlimmsten bewahrt. Langsam antwortete er. „Ich gehöre zur Familie von Kleiner Donner. Ich bin ... ich bin Spricht Nicht Viel!“
Ein sanftes staunendes Raunen ging durch die gefesselten Reihen der Menschen. Plötzlich sah er sich Krächzende Elster gegenüber, die ihren kleinen Bruder weinend in ihre Arme schloss. „Ich dachte sie hätten dich auch ...“
„Wir dachten, alle Krieger sind gegangen?“, fügte Mondstern mit hinzu.
Spricht Nicht Viel spürte trotz des Kleides den Stolz in seiner Brust – er war ab sofort kein Junge mehr. „Nein – außer mir sind noch Mondtänzer, Lachender Wolf, Geht Allein, Rotfalke und Adlerträne bei euch. Adlerträne wird bald mit den Kriegern aus dem Lager seines Vaters hier sein.“
„Was flüstert ihr denn da? Gibt es was wichtiges, ja? Dummes Zeug?“ Peal wurde immer wütender. Legte an und feuerte ziellos in die Menge der wehrlosen Frauen und Kinder.
„Bist du total irre oder was?“ Der junge Lieutenant McAllister schrie den Soldaten völlig aufgebracht an und schlug ihm mit der flachen Hand ins Gesicht.
„Was, wenn nun einer deiner Kameraden die Fesseln dieser Schweine kontrolliert hätte, hä? Und du ihn getroffen hättest, was? Los abtreten, zurück ins Glied zu den anderen!“ McAllister schüttelte den Kopf, „was für ein selten dummer Idiot.“
Dass irgend jemand von Peal getroffen worden sein könnte, kam dem Lieutenant gar nicht erst in den Sinn.
Die Lakota sahen einander an. Nur einer blickte nicht mehr auf. Grünes Gras lag in den Armen seiner Mutter. Ganz friedlich,

so, als ob er schlafen würde. Long Calf Woman hatte keine Tränen mehr. Nicht verstehend sah sie ihre Freundinnen, Schwestern, Tanten und Mütter an. Ihr Sohn war alles, was ihr noch geblieben war und nun war auch er gegangen. Inzwischen hatte eines der Messer, was Spricht Nicht Viel mitbrachte, auch die Runde bis zu Long Calf Woman gemacht. Langsam erhob sie sich, von ihren Fesseln befreit, mit ihrem vierjährigen Sohn auf den Armen und durchschritt die unsichtbare Abgrenzung, hinter der die anderen Stammesangehörigen gefangen waren.
„Zurück du Prärieschlampe!"
Dann folgte sie eiligen Schrittes ihrem Sohn, der bereits auf dem Geisterpfad auf sie wartete, um bald wieder mit allen anderen Angehörigen ihrer Familie vereint zu sein.
McAllister geriet vollkommen aus der Fassung. „Los, durchsucht diese Bande! Die müssen Messer oder irgend so einen Scheiß haben, oder ..." Sein Blick fiel erneut auf Peal.
Doch in diesem Moment, da sich der Lieutenant an ihm auszutoben gedachte, wurde seine Anwesenheit an einem anderen Ort verlangt.
Die Männer der anderen Abteilung rückten nun langsam vor, immer noch die Waffen ziellos, auf die beiden im Schutze der Nacht verborgenen Lakota gerichtet. Zu allem Übel kam die sich allmählich nähernde Feuerwand nun zum Stehen, da der Wind sich gedreht hatte und es nicht weiter vorankommen ließ. Doch reichte es aus, um im fahlen Schein des entfernten und sich bald selbst verzehrenden Feuers, vage Schatten vor sich erkennen zu können.
„Los, schießen wir auf ihre Flanken, dass verwirrt sie!", schlug Lachender Wolf vor. „Nein, sie entdecken uns, sobald wir uns aufrichten. Es ist noch zu hell!"
Zum Fliehen war es bereits zu spät. Mit dem Erlöschen des Feuers war vorher nicht zu rechnen gewesen. Langsam, die Soldaten immer im Blick behaltend, zogen sich die beiden

Krieger kriechend zurück, doch geschah dies langsamer, als ihre Feinde vorrückten.
Immer näher kamen die Soldaten und nahmen sie regelrecht in die Zange.
Zu Tode erschrocken fasste Rotfalke seinen Freund plötzlich am Arm. „Sieh nur!“ Nun sah auch er im spärlich erhellten Dunkel, was die Armee vor hatte. Eine Abteilung rückte offen und die Aufmerksamkeit auf sich ziehend, in breiter Front von hinten auf sie zu. Die zwei weiteren Abteilungen der Keilformation waren in der Zwischenzeit von beiden Flanken aus gegen sie vorgerückt. Diese jedoch durften nicht schießen, um ihre gegenüberliegenden Kameraden nicht zu gefährden. Aber das mussten sie auch gar nicht.
Rotfalke griff nach der Hand von Lachender Wolf. „Es tut mir leid, mein Bruder. Gern hätte ich die Aufgabe übernommen, alle unsere Alten, Frauen und Kinder zu versorgen, aber dies wird mir nun verwehrt bleiben.“
Lachender Wolf dachte ähnlich. „Dann lass uns aufrecht wie Krieger, noch ein paar von diesen sabbernden Hunden mitnehmen!“
Noch ein letztes Mal blickten sie nach hinten und sahen, wie sich die Zange der beiden seitlichen Einheiten, nun mit der von hinten anrückenden Einheit zu verbinden begann. Sie waren in einem Triangel gefangen, aus dem es kein Entrinnen mehr geben sollte.
Beide Krieger sahen sich an.
„Mein Bruder, bist du bereit?“
Rotfalke nickte.
Den Kriegsruf der Lakota ausstoßend, sprangen beide aus ihrer Deckung auf und rannten todesmutig, ihre Pfeile nach Möglichkeit gezielt verschießend, auf die vor ihnen Stellung beziehenden Soldaten los. Das Echo ihrer Kriegsrufe hallte über die nächtlichen Plains und vereinigte sich mit dem Knallen der Soldaten-Büchsen und das Pfeifen der an ihnen

bisher, nur um Haaresbreite vorbeifliegenden Kugeln. Jeden Moment musste es soweit sein und Rotfalke und Lachender Wolf würden ihren Ahnen begegnen. Nicht nur diese Gewissheit unterschied sie von den weißen Soldaten, welche stets Deckung zu suchen pflegten und den ehrlichen ehrenvollen Kampf mieden, wie die Wildkatze das Wasser.
Ihre Ahnen jedoch standen ihnen bei und ließen das sie verratende Feuer am gegenüberliegenden Horizont endlich erlöschen und von allen Seiten, auch hinter den sie flankierenden Soldaten ihre Kriegsrufe wie ein Echo widerhallen.
Die Soldaten an den Flanken, welche sie im Prinzip umzingelt hatten, begannen nun ebenfalls ihre Büchsen abzufeuern, was die beiden Krieger vollends verwirrte. Kurz hielten sie inne, um zu lauschen. Immer noch hörten sie die gellenden Kriegsrufe der Lakota.
„Es sind Mondtänzer und Geht Allein. Oh nein! Sie wollen sich für uns opfern!“ Rotfalke sah seinen Freund erschrocken an.
„Nein! – Die sind doch weit vor uns! – Höre doch!“
„Wer ist denn ...“
Beide sahen sich, einander verstehend an.
„Adlerträne ist mit den Kriegern der Wolkenschilder zurück!“
Erneut sprangen die Krieger auf und kämpften sich, ihre Pfeile in die nun wieder schwarze Nacht verschießend, vorwärts.
Der Hornist der Truppe blies, sich im Ton vergreifend, zum Rückzug und alle flankierenden Schatten, auch die vor ihnen befindlichen, eilten ungeachtet der sich überschlagenden Noten, eher stolpernd, zurück ins Lager und bezogen dort Abwehrstellung.
Die weiter zusammengetriebenen gefangenen Lakota verzogen keinerlei Mine. Trübe war nach wie vor der Glanz in ihren Augen, doch das nur für Lakota sichtbare Funkeln in ihnen sprach Bände. Alle hatten mitbekommen, dass es nun nicht mehr nur vier Krieger waren, die ihnen zur Seite standen, doch

wie viele von ihnen mussten noch auf dem Geisterpfad gehen, bevor dieser Albtraum ein Ende hatte. –
Spricht Nicht Viel wäre am liebsten vor Freude aufgesprungen und hätte sich auf den ihn am nächsten stehenden Soldaten geworfen, besann sich dann aber im letzten Moment eines besseren. Aber wie nannte der Häuptling der Wasicun ihn? Wenn er ihn immer wieder aufs Neue zurecht wies? Peal? ... Ab sofort hatte Spricht Nicht Viel einen ganz besonderen persönlichen Freund und sich in Gedanken bereits den ersten Skalp, den er erbeutet, beim Trocknen vorgestellt. Auch wenn er jetzt eher aussah, wie ein Winkte, aber das Feuer des nie verzeihenden Kriegers war in ihm entfacht worden und die Zeit seiner Kindheit und Jugend, so unendlich weit fort gerückt, sollte nun der Vergangenheit angehören.
Während dessen tasteten sich Rotfalke und Lachender Wolf im Dunklen vorwärts. Alles war wieder ruhig. Selbst der Mond schien zu schlafen, der sich hinter einer Wolkendecke verborgen hielt, um nur von Zeit zu Zeit den Kindern Wakan Tankas Hoffnung zu zuzwinkern.
„Geht es euch gut?"
Erschrocken fuhren die erschöpften Krieger Rotfalke und Lachender Wolf zusammen, als man sie ohne Vorwarnung von der Seite her ansprach. Wie aus dem Nichts standen plötzlich Adlerträne und einige weitere seiner Krieger vor ihnen.
„Lila Wopila Tanka! – Brüder, ihr kamt wahrlich zur rechten Zeit!" Beide ließen sich ausgepumpt im Gras nieder und blickten sich lächelnd an, da sie nun noch ein paar weitere geschenkte Tage auf dieser Welt erhielten, an denen sie die Möglichkeit bekamen, ihren Leuten zu helfen.
„Geht es Spricht Nicht Viel wieder besser? Und wo sind Mondtänzer und Geht Allein?" Adlerträne rechnete mit dem Schlimmsten. Doch die für ihn wichtigste Frage wagte er nicht, zu stellen.

„Hier natürlich! Aber wir denken, dass sich Krächzende Elster im Lager befindet.“
Adlerträne entspannte sich wieder etwas. Dann blickten die zur Hilfe gekommenen Krieger, wie abgesprochen zur Seite. „Eigentlich hätten wir euch schon gegen den Wind riechen müssen.“ Es folgte ein kurzes Auflachen. „Nun gut - Also ihr wart das, die hier mit dem Feuer gespielt haben?“
Mondtänzer blickte betroffen zum Boden. „Vater Tate –Wind, dachte sich wohl, er müsse seinem Sohn aus dem Osten etwas beibringen.“
„Es ging ja noch einmal gut und nun lasst uns unsere Mustangs holen und zu eurem Lager gehen. Spricht Nicht Viel passt auf eure Ponys auf?“ Mit ernstem Blick musterte Adlerträne, auf die Antwort wartend, seine Freunde.
„Nun – Schneesturm gab ihm sein Augenlicht wieder“, bemerkte Lachender Wolf fast beiläufig.
„Was uns alle nun wirklich sehr freute!“, fügte Mondtänzer schnell mit hinzu.
„Da wir ja jeden Krieger dringend brauchten“, kam von Geht Allein.
„Genau – und deshalb läuft er jetzt mit kalten Knollen Wärme suchend umher, fast wie ein Winkte!“
Alle vier Krieger begannen, da sich die Anspannung des Kampfes von ihnen löste, wie kleine Knaben zu kichern.
„Wie jetzt? – Das muss ich aber nun nicht verstehen, oder doch?“ Adlerträne sah, während sie in doppelter Reihe, in Richtung ihres Lagers liefen zu jedem einzelnen der vier Krieger.
Am darauf folgenden Morgen trieb man die gebundenen Lakota erneut gnadenlos und auf menschenverachtende Weise zur Eile an. Doch diese hatten Hoffnung geschöpft. Man hatte sie nicht vergessen und die Krieger ihres Volkes würden kommen, zur rechten Zeit.

In nicht allzu langer Dreier-Reihe marschierten die letzten Überlebenden der Little Thunder Gruppe in Richtung, des ihnen inzwischen allen verhassten, Fort Laramie. Genau dort hin, wo vor vier Sommern das Unheil seinen Anfang nahm.
Die Menschen hatten keinen Grund mehr zur Freude an ihrem Dasein, doch jedes Mal, wenn sie einen Blick auf ihre neue Freundin, die stattlich gebaute Spricht Nicht Viel und ihrem bereits gut zu erkennendem Adamsapfel warfen, konnten sie sich eines verborgenen Lächelns nicht erwehren.
Sie, die sich aus heiterem Himmel begann, grotesk zu bewegen und in ihren viel zu eng sitzenden Fesseln herumzuhüpfen, ließ die Kinder wieder lachen und all ihre Ängste vergessen.
Spricht Nicht Viel hatte immer vom Dasein eines „Großen Kriegers" geträumt, spürte aber zum ersten Mal in seinem Leben die wichtige Aufgabe eines Heyokas, den er zuvor immer verspottet hatte.
„Thin Lucky Woman" – nie würde er den Anblick des Mannes vergessen, der den Kindern der Little Thunder Gruppe ihre Kinderzeit versüßt und nun mit all den Anderen den Geisterpfad gefunden hatte.
Er schüttelte den aufkeimenden Gedanken wieder von sich ab – er war kein Winkte oder ein Clown – aber die Kinder, und sei es auch nur für wenige gestohlene Momente, auf andere Gedanken zu bringen, erfüllte sein Herz mit Freude.
Noch wehrte er sich dagegen. Aber alle wussten es bereits, ohne das sie es in Worte fassen mussten. Er, der immer schon, selbst als Knabe, großes vollbringen wollte, war zu weitaus höherem geboren, er schenkte ihnen ein kostbares Lachen und das war mehr wert, als zehn geschenkte Büffelfelle eines erfolgreichen Jägers.
Spricht Nicht Viel sah an sich herunter ..., sah seine Füße und den verschnittenen Saum, des schnell zusammengenähten Kleides.
Was geschah hier mit ihm?

In all der Aufruhr der vergangenen Nacht, hatte man doch tatsächlich vergessen, die Lakota nach Messern und ähnlichem zu durchsuchen und so dachte niemand mehr an dieses, sicher Erfolg versprechende Vorhaben.
Nur noch wenige Meilen trennten sie in der Mittagszeit vom Fort Laramie. Was würden die Krieger unternehmen, fragten sich die Kleiner Donner Leute.
Spricht Nicht Viel war hingegen bereit. Er hatte alle Messer, bis auf eines verteilt und wartete nun auf den Moment der Flucht. In den frühen Abendstunden erreichten sie dann endlich Fort Laramie und zum Entsetzen der Lakota, stand auch plötzlich wieder Brigadegeneral Harney vor ihnen. Die kleinen Kinder begannen bei seinem Anblick zu weinen, größere konnten ihr Wasser nicht halten und nässten vor lauter Angst unter sich. Die Erwachsenen hingegen begannen, nur zu zittern.
„So, so – da seid ihr ja endlich! Haben es eure letzten paar verhungerten Gestalten von Kriegern also doch nicht geschafft, euch zu befreien?“ Er lachte gekünstelt auf.
„Aber, na ja – das dachte ich mir, dachte ich mir“, wiederholte er sich selber.
„Ihr braucht euch nicht einzubilden, dass ihr hier jetzt fett und faul in der Sonne liegen und vor euch hinstinken könnt und wir euch euer Fressen, was ihr sowieso nicht verdient habt, täglich zweimal frei Haus servieren! Oh nein, meine Freunde, so funktioniert das nicht!“
Er dachte aber mit Sicherheit etwas vollkommen anderes, als das Wort: Freunde.
„Morgen werdet ihr aufbrechen, in eure neue Heimat, nach Oklahoma!“
Im Hintergrund hörte man das schadenfrohe Lachen der Landvermesser und Soldaten, welche selbige begleitet hatten, um im eigens für sie eingerichteten und als wertlos erachteten Siedlungsgebiet der Lakota, Steine und Staubkörner zu zählen.

Irgendwann gaben sie auf, da sie feststellten, dass dies das geeignete Land für die Lakota war.
„Auch wenn ich das für unsinnige Verschwendung von Staatseigentum halte“, fuhr Harney nach einer Weile fort, „aber auf mich will ja niemand mehr hören! Wie dem auch sei, macht keinen Ärger, dann bleibt ihr zumindest am Leben, wenigstens für eine Weile!“
Die Nacht verbrachten sie strenger bewacht, als in den Tagen und Nächten zuvor, vor den Toren des Forts.
Niemand kam bisher auf den Gedanken, dass es sich für einen Lakota gehörte, zumindest jeden Morgen, egal ob Sommer oder Winter, ein erfrischendes und reinigendes Bad zu nehmen, wahrscheinlich, weil ihnen selber dieser Brauch nicht sonderlich behagte, schließlich gab es Puder. Und so kamen nicht nur die Offiziersfrauen und Kinder am darauf folgenden Morgen vor die Palisaden des Forts und rümpften provokatorisch ihre Nasen mit lang gezogenen Gesichtern.
Hier lagerten sie also, diejenigen, nach Exkrementen stinkend und vollkommen verwahrlost, die tatsächlich die Frechheit besaßen, all das schöne Ackerland, welches man doch verkaufen konnte, für sich selber, brach liegend, zu beanspruchen. Die Verwandten der letzten Little Thunder Krieger, die es gewagt hatten, aufzubegehren.
Das konnte doch nur ein schlechter Witz sein, fragten sich die Leute.
Keine Frage – sie hatten nichts anderes verdient. Sie gehörten einfach ausgerottet, standen sie doch nicht nur dem Fortschritt, sondern auch dem „American Way of Death“ im Wege.
Adlerträne, Rotfalke und all die anderen Krieger waren vorerst ratlos. Aus sicherer Entfernung beobachteten sie, wie die Soldaten sich neu formierten. Es waren frisch ausgeruhte und kampfbereite Truppen, gewaschen und rasiert, in sauberen Uniformen, auf ausgeruhten Pferden sitzend. Gegen eine Handvoll verbliebener Frauen und Kinder. Selbst einer der älteren

Krieger unter ihnen, Schwarzer Wolf, der die treuen Gefährten Bogenmacher und Gute Lanze an seiner Seite hatte, verstand es nicht. Warum nur machten sie so viel Aufhebens wegen der paar erschöpften und halb verhungerten Lakota?
Aus greifbarer, dennoch sicherer Entfernung, beobachteten sie das Treiben im Lager ihrer Angehörigen vor dem Fort. Aber noch, für den jetzigen Moment zumindest, waren ihnen die Hände gebunden.

8. Kapitel

Wie all die anderen Tage zuvor, änderte sich nichts an der groben Verhaltensweise der Soldaten gegenüber ihren Gefangenen. Ständig waren die Lakota auf ihrer unfreiwilligen Wanderung in das sogenannte Indian Territory allen denkbaren Repressalien und der Willkür ihrer Peiniger schutzlos ausgeliefert.
Indian Territory – noch konnten sie sich nicht sehr viel darunter vorstellen und setzten das mit Eingesperrtsein und Tod gleich, was den Nagel ungewollt auf den Kopf traf.
Nun war es bereits drei Tage her, seit ihrem Aufbruch von Fort Laramie und Spricht Nicht Viel wunderte sich zunehmend, dass von den Kriegern weit und breit nichts zu sehen war. Aber er wusste, dass sie nie als einen Pfeilschuss weit von ihnen entfernt sein konnten und jeden Schritt und alles Vorgehen beobachteten, nur um auf den rechten Moment zu warten, etwas unternehmen zu können. Wieder brach eine Nacht herein und alle jungen Frauen mussten wieder mit Übergriffen rechnen. In der Nacht bei Fort Laramie und in den zwei vergangenen Nächten, hatte sich niemand an ihnen vergangen, sicher war den Soldaten die kurze Distanz zum Fort nicht so ganz geheuer. Doch wie aus dem Nichts stand plötzlich zu Beginn der dritten

Nacht ihres Aufbruchs seit Laramie, Peal mit verschränkten Armen vor Spricht Nicht Viel. „Nun, du hässliche kleine Kröte, ich habe dir ja etwas versprochen! ... Na, dann komm mal schön mit!“

Spricht Nicht Viel lief es sofort eiskalt den Rücken hinab. Verunsichert und Hilfe suchend blickte er um sich. Doch die Frauen konnten sich nur verstohlene und fast grinsende Blicke zuwerfen. Spricht nicht Viel jedoch, war nicht nach Grinsen zumute. Die Frauen dachten nicht an die Folgen für den jungen Mann, sondern viel mehr an das dumme Gesicht von Peal, wenn er den Irrtum bemerken würde. Krächzende Elster konnte nichts weiter tun als für ihn zu beten und sah voller Sorge zu ihrem jüngeren Bruder hinüber.

Langsam erhob er sich und wurde unsanft am Arm gepackt.

Man löste seine Fesseln und führte ihn fort.

Soldat Burnett und Creed standen kopfschüttelnd etwas abseits unter einer weit ausladenden Ulme, einem der wenigen Laubbäume an ihrem Lagerplatz und sahen Peal, wie er das Mädchen aus ihrem Gesichtsfeld führte. „Man, hast du gesehen, wie die aussah?“ Creed runzelte die Stirn. „Ist doch egal, es ist ja schon fast dunkel!“ Er lachte kurz auf.

„Und sicher ist sie gerade deshalb sehr dankbar!“, fügte Burnett grinsend hinzu.

Beide sahen sich schmunzelnd an und kümmerten sich dann nicht weiter darum. Peal hingegen zog Spricht Nicht Viel immer weiter vom Lager fort, da er wohl nicht mehr mit den letzten überlebenden Kriegern oder weiteren Übergriffen rechnete.

„So, meine Hübsche – da wären wir also, na ja ...“ Peal musste über seine letzte Bemerkung selber ein wenig lachen, „nun komm und setz dich einmal zu mir!“

Peal ließ sich ins Gras fallen. Spricht Nicht Viel fingerte indessen panisch, aber vorsichtig genug, um sich nicht zu verraten, an seinem Kleid herum und versuchte, an die verborgene

Tasche mit dem eingenähten Messer zu gelangen. Die anderen hatte er ja den Frauen und Kindern gegeben, um sich im gegebenen Augenblick befreien zu können. Doch dieses war viel zu hoch, an einer sehr ungünstigen Stelle vernäht worden.
Gleich würde etwas geschehen. Spricht Nicht Viel begann, trotz der kühlenden Nachtluft zu schwitzen. Doch was passieren und wie es ausgehen würde, konnte er im Vorfeld nicht abschätzen. Er hasste diesen Peal und sein Skalp sollte der Erste sein, den er in seinem Leben nahm, das hatte er sich geschworen, aber nicht bei so einem merkwürdigen Abenteuer.
Peal stand nun wieder vom Boden auf und griff jetzt fester zu. Er versuchte, Spricht Nicht Viel zu umarmen und packte dabei mit der einen Hand seine rechte hintere Backe. Mit wirrem Blick zog er ihn enger zu sich heran und begann, dem jungen Mann an seinem Hals herumzusabbern und weiter an ihm herum zu fummeln. Spricht Nicht Viel versuchte, sich angewidert zu wehren, da er aber nur eine Hand frei hatte und immer noch an das Messer zu gelangen versuchte, fiel ihm das sehr schwer.
„Nun zier dich nicht so gekünstelt, he, du willst es doch auch, du kleine Schlampe!"
Nun endlich, während des Gerangels, konnte er die Nähte der Tasche unter seinem Kleid öffnen und hatte das Messer nun glücklicher Weise griffbereit.
„Bei Gott, du bist nicht nur unsagbar hässlich, du bist ja auch so was von mager, kein einziges Gramm Fett an den Titten! – Nun wollen wir doch mal sehen, was du noch so alles für den guten Peal hast! Na ja, oder eben nicht hast. - Aber egal, besser als Nichts."
Und wieder machte er sich nach einer kurzen Pause an Spricht Nicht Viel zu schaffen. Spricht Nicht Viel hatte jetzt genug. Es reichte ihm, er hatte endlich sein Messer fest in der Hand liegen und war bereit, dieser abstoßenden und ekelhaften Sauerei ein schnelles Ende zu machen. Gerade in dem Moment,

als Peal ihm in den Schritt griff und entsetzt bemerkte, dass er kein Mädchen vor sich hatte, da er etwas fand, was seiner Meinung nach, da unter keinen Umständen hin gehörte, jedenfalls nicht bei einem Mädchen, schnellte Spricht Nicht Viel nach vorne.

Er nutzte den Moment des Begreifens und stieß ihm seinen Dolch mit aller Kraft, von unten her, in den Unterleib. Peal riss, ohne einen Laut, nur mit einem tiefen Atemzug den Mund auf. Dann setzte unmittelbar nach dem Schock der Schmerz ein. Er schrie auf und in einer Mischung aus Schmerzensschrei und jammernden Worten: „Du Schwein, du dreckige Schlampe! Aua, was bist du bloß ...?“Er hatte voll begriffen, was geschehen war und blickte auf seine blutigen Hände, die selbst in der Dunkelheit auf eine grässliche Wunde schließen ließen. Seine Waffe zu ziehen, daran dachte er nicht und es war auch bereits zu spät.

„Wer ich bin?“, schrie Spricht Nicht Viel mit sich entladender Wut und viel zu lange heruntergekämpftem Schmerz. „Ich bin der Krieger, der dir deine Männlichkeit nimmt, und sie dir ins Maul stopft!“

Er trat Peal mit Wucht in den Magen, der sich stöhnend krümmte, und schlug ihn dann von oben nieder. Ein lang gezogener kreischender Schmerz, nur wenig später, hallte über die nächtliche Prärie und ließ auch die entfernt wachhabenden Soldaten aufmerken. Fragend sahen sie sich an. „Creed, war das etwa diese hässliche Squaw? - Bei Gott, was für ein Tier!“

Burnett blickte ungläubig drein. „So einen Großen hat der kurze Peal nun auch wieder nicht!“

Auch Creed wurde jetzt etwas unsicher und konnte nicht mehr über den dreckigen Scherz lachen. „Irgendetwas stimmt da wohl wirklich nicht.“

Auch ein paar ihrer Kameraden, die nicht abgelenkt und plaudernd am Feuer saßen, waren zu ihnen gekommen. Burnett sah in die Runde. „Los, kommt mit! Schnell!“

„Wartet!“ Creed holte schnell zwei brennende Holzscheite und gab einen davon seinem Nebenmann.
Im leichten Dauerlauf liefen sie in Richtung aus der sie den Schrei vernommen hatten. Es war inzwischen finstere Nacht geworden, doch konnten sie auch mit ihren behelfsmäßigen Fackeln nichts entdecken. „Haltet an!“ Creed lauschte. Ein leises wimmerndes Jammern drang seitlich von hinten her zu ihnen durch. „Peal, bist du das?“
Die Männer hoben ihre als Fackeln benutzten Holzscheite und versuchten langsam vorwärts gehend, etwas zu erkennen. „Peal! Steckst du hier irgendwo?“
Das Jammern wurde stärker und endete in einem fast erstickenden Husten. „Da vorne!“ Die Männer hatten zwischen ein paar Sträuchern etwas entdeckt. Creed hielt die Fackel näher an den vermeintlichen Peal heran, ließ sie aber erschrocken über den Anblick gleich wieder sinken.
„Mein Gott Peal, was hat dir die Schlampe nur angetan?“
Peal verlor vor Schmerzen und dem bereits hohen Blutverlust fast schon die Besinnung. „Es ... es war ein Krieger!“
Die Männer, die voller Mitleid auf den unter Peals Händen verborgenen blutigen Schritt und den rosaroten fleischigen haarlosen Schädel blickten, verstanden nicht sofort. „Wie, es war ein Krieger? Hier ist weit und breit keiner mehr zu sehen!“
„Das Mädchen, es war ein Mann!“ Dann sackte der Kopf von Peal mit brechenden Augen zur Seite.
Vorsichtig rutschte Burnett auf den Knien näher an die Leiche Peals heran und nahm ihm die verkrampften Hände aus dem Schritt. Was er im fahlen Licht des fast verlöschenden Holzscheites sah, reichte aus, um ihm den Magen restlos umzukrempeln. Als er dann noch sah, was Peal wieder ausgespuckt hatte, da ihm Spricht Nicht Viel, wie versprochen etwas in den Mund gestopft hatte, beförderte Burnett sein Abendbrot unter laut würgenden Geräuschen wieder hervor. Kniend wischte er sich mit dem Handrücken die Reste seines vorherigen Abend-

mahles aus dem Oberlippenbart. „... Tod! Wir schlagen sie alle tot! Diese ganze von Gott verdammte stinkende Brut!“ Burnett sprang wieder auf die Füße. „Los weg hier, schnell, sofort zurück ins Lager! Denen zeigen wir es!“

Rotfalke und Lachender Wolf hatten den Soldaten genügend Zeit eingeräumt, ihren sterbenden Gefährten zu finden. Nun aber sollte es genug sein. Die verlöschenden Holzscheite boten den an die Dunkelheit gewöhnten Kriegern immer noch hervorragende Sicht auf ihre Feinde. Fast gleichzeitig erhoben sich auch die anderen im Büffelgras und hinter den wenigen Büschen und Bäumen verborgenen Lakotakrieger und legten in Ruhe auf die eilig ins Lager zurücklaufenden Soldaten an. Fast hätte Spricht Nicht Viel Burnett am Arm packen und ihn einfach umreißen können, so dicht lief er an ihm vorüber.

Stolz blickte er, sich seiner ersten Skalp-Trophäe bewusst, zu dem älteren und größer gewachsenen Der Die Frauen Verführt hinauf, dem wohl ungewöhnlichsten Krieger unter ihnen, dessen sonderbarer Ruf ihm stets vorauszueilen pflegte. Spricht Nicht Viel brauchte es nicht zu sehen, da es in der Dunkelheit ohnehin nicht möglich war. Doch spürte er instinktiv die Lachfalten des Kriegers, die sich in seinen Mundwinkeln abzuzeichnen begannen. „Was ist denn?“, flüsterte Spricht Nicht Viel fast ein wenig gereizt, denn noch hatte er keine Gelegenheit gehabt, seine Kleidung zu wechseln.

„Was soll schon sein?“ An dem Klang der Stimme hörte der Jüngere jedoch sehr genau heraus, dass dem Krieger etwas sehr erheiterndes auf dem Herzen lag. „Du kannst dich doch kaum noch zusammenreißen, stimmt´s?“

„Keine Angst, kleiner Bruder, ich werde nicht versuchen, dich zu verführen. Du magst ein sehr guter Krieger werden, aber als Frau bist du wirklich so was von hässlich und ich habe gesehen, was du mit dem da“, er deutete nur mit einem Kopfnicken in die Richtung von Peal, „... gerade gemacht hast. Das schreckt selbst mich ab!“

„Na, dann bin ich ja beruhigt!“
Trotz der angespannten Situation schien der ältere Krieger die Ruhe selbst zu sein, da ihm offensichtlich ganz andere, wohl eher lustigere Dinge durch den Kopf gingen. Ohne sich nun weiter um Spricht Nicht Viel zu kümmern, legte Der Die Frauen Verführt, auf welches unsichtbare Zeichen auch immer er gewartet hatte, auf seine Feinde an. Doch noch wartete er, denn die Lakota wollten ihre Rache voll auskosten.
Ein singendes Rauschen erfüllte wenig später die Luft, gefolgt von mehreren Schmerzenslauten. Und wieder vernahm man das Singen der Pfeile und wieder im Anschluss die Schreie der verwundeten Soldaten. Creed und einige andere schossen ohne Orientierung in blanker Panik wild um sich. Und wieder ein Schrei aus Richtung ihres Lagers. „Hört auf zu ballern, ihr Idioten! Wir sind es!“
Durch den Lärm aufmerksam geworden, kamen nun auch einige andere Kameraden, den unter Beschuss geratenen und verwundeten Soldaten zur Hilfe. Ein entscheidender Fehler, gestand sich jetzt McAllister ein, nachdem ihm die Kugel von Creed in sein Schulterblatt gefahren war.
Wie auf Kommando hallte den Soldaten nun der Kriegsruf der Lakota von allen Seiten entgegen und ein Hagel aus Pfeilen ging unter weiteren Schmerzenslauten auf die bereits Verwundeten und ihnen zur Hilfe eilenden Kameraden nieder.
Schnell verrichteten die Krieger, nun jedoch mit etwas mehr Präzision, ihre Arbeit und zogen sich dann, als weitere Soldaten schießend und schreiend aus dem Lager stürzten und auf sie zurannten, in den Schutz der nächtlichen und rabenschwarzen Prärie zurück.
Es war wieder ruhig. „Sie sind abgezogen!“, ließ der vor sich hin jammernde McAllister verlauten. „Los, schnell zurück ins Lager!“

Einige Soldaten stellten sich dennoch schützend vor ihre Kameraden, als diese sich um die Toten und Verwundeten kümmerten.
„So eine verdammte Sauerei!“ McAllister hielt sich vor Schmerzen krümmend, seine linke Schulter. „Habt ihr wenigstens gesehen, wie viele es waren?“
„Es müssen Dutzende gewesen sein, wenn nicht sogar Hundert, sie kamen von allen Seiten!“

*

Dies war der Moment, auf den Adlerträne und die drei bei ihm gebliebenen Krieger, Schwarzer Wolf, Nachtfalter und Mondtänzer gewartet hatten. Wie Schlangen glitten die vier Krieger zwischen den dreieckigen weißen Zelten der Soldaten hindurch und vorbei an den Wachposten, bis zu dem äußeren Ring der Gefangenen, bis sie endlich unter ihnen verschwanden. Alle Aufmerksamkeit der Soldaten richtete sich nur noch in Richtung des Kampfgeschehens und immer mehr von ihnen griffen sich inzwischen ihre Waffen und folgten dem vor einiger Zeit vorausgeeilten McAllister, um ihren Kameraden zu helfen. Nur eine Handvoll blieb bei den gefangenen Lakota, von denen sie nichts zu befürchten hatten.
Die Frauen, Alten und Kinder hatten bereits damit begonnen, eilig ihre schon gelockerten Fesseln zu zerschneiden. Suchend kroch Adlerträne unter den letzten Leuten seines Volkes umher und gab ihnen, genau wie es seine drei Krieger taten, Anweisungen wohin und in welche Richtung sie fliehen sollten. Er wurde langsam etwas unsicher. Nirgends konnte er seine Krächzende Elster unter ihnen entdecken. Ihm wurde übel. War sie etwa gar nicht mehr da? Zu viel musste der junge Krieger in den zurückliegenden Sonnen erdulden und der Klos in seinem Hals, der ihm dieser Tage schon zu oft die Luft zum Atmen nahm, begann wieder zu wachsen. Verzweifelt suchte er in der

Dunkelheit unter den am Boden sitzenden und liegenden Lakota den Menschen, der ihm am liebsten war und mit bereits verschleiertem Blick ergriff fast die Panik von ihm Besitz. „Hier!“ Er horchte auf. „Hier bin ich!“
Diese wunderbare, unverkennbare und „liebliche“ Stimme. Er blickte zur Seite und sah endlich seine Frau, nur wenige Meter von sich entfernt gerade aufrecht hinsetzend. Beide krochen langsam aufeinander zu und nahmen sich ohne Worte zu verlieren, fest in die Arme. Nie mehr wollten sie einander loslassen.
„He, pssst! ... vorsichtig ... da vorne!“, flüsterte Mondstern den beiden zu und deutete auf ein paar Soldaten, die auf die zunehmende Unruhe unter ihnen aufmerksam geworden waren. Misstrauisch warfen sie sich einander Blicke zu und kamen den Gefangenen nun immer näher.
„Wie weit seid ihr?“ Während Adlerträne seine Leute fragte, sah er sich nach den anderen Kriegern um. Kaum, dass sie zwischen den Frauen, Alten und Kindern auffielen.
„Wir sind alle bereit!“ Kam es fast nicht wahrnehmbar von allen Seiten. Seine drei Krieger nickten ihm aus dem Verborgenen zu, da sich auch alle anderen Lakota von ihren Fesseln befreit hatten und bereit waren, zu fliehen.
Jetzt war es an Adlerträne. Er hatte Angst, zum ersten Mal in seinem Leben, richtige Angst. Er wusste, dass es schwer werden würde. Würden es auch alle schaffen? Würde es Krächzende Elster schaffen? All die Alten, die Kinder? Fragen, die ihn fast unfähig machten, zu denken und zu handeln. Weder er noch einer seiner Krieger konnten einen von ihnen tragen, da sie zurückbleiben würden, um die verbliebenen Soldaten aufzuhalten. Er blickte zu Vater Himmel und sandte ihm ein kurzes Gebet zu. Sah dann auf seine wunderschöne Frau und fuhr ihr liebevoll und dankbar, sie lebend noch einmal getroffen zu haben, übers Haar. Ein letztes Mal sah er in die Runde auf seine Leute, dem kläglichen Rest des Volkes von

Häuptling Little Thunder. Er hoffte, sie alle in Kürze in dieser Welt wiederzutreffen, doch lag es jetzt nicht mehr in seiner Hand.
Er erhob sich langsam, spannte seinen Bogen und wartete. Schwarzer Wolf, Nachtfalter und Mondtänzer taten es ihm gleich.
Die Soldaten waren den Gefangenen nun bereits mit einiger Verstärkung näher gerückt und bemerkten, dass etwas an deren Verhalten anders war als in den Nächten zuvor. Sergeant Leach sah nur wenige Schritte entfernt, die Silhouette eines sich erhebenden Kriegers, da er mit Entsetzen die aufrecht stehenden Adlerfedern wahr genommen hatte. Er sah die Silhouette auf ihn anlegen, konnte das Gesehene aber erst voll erfassen, als ihm ein schneidender Schmerz mit Wucht in die Brust fuhr. Während er zu Boden fiel, hörte er noch die Schreie, der auf die Soldaten zustürmenden verzweifelten Lakota, in welche sich unzählige Schüsse seiner Kameraden mischten. Dann wurde es still um ihn.
Erneute Schreie, denen Schüsse folgten, dieses Mal allerdings aus Richtung ihres eigenen Lagers, ließen die Soldaten, welche sich um den verstümmelten Peal, um Creed, Burnett und die anderen Gefallenen und Verwundeten kümmerten, sichtlich erschrocken in die Höhe fahren.
„Es müssen mehr sein, als wir dachten, sie kommen von allen Seiten! Gott verfluchte Scheiße!“
Rotfalke, Der Die Frauen Verführt und die anderen Krieger hatten sich zurück gezogen und seitlich das Lager umrundet.
Nun hatten sie in der Dunkelheit auf den Kriegsruf Adlertränes gewartet, um in den Kampf mit einzugreifen.
Adlerträne hatte seinen Pfeil auf Sergeant Leach gerade abgeschossen, als er bereits den nächsten auf dessen Nebenmann anlegte und verschoss. Schwarzer Wolf, Nachtfalter und Mondtänzer folgten Adlertränes Beispiel und schossen ohne Rücksicht auf ihre eigene Sicherheit immer in die vorderste Reihe,

welche im Begriff war, auf sie anzulegen. Mit der Kraft der Verzweiflung stürzten sich die Frauen, welche eines der Messer besaßen, zusammen mit den vier Kriegern auf die anlegenden Soldaten. Von der Wucht der Geschosse zurück geworfen, brachen einige von ihnen zusammen, doch bereits, während sie fielen, wurden ihnen die Messer von ihren Verwandten entrissen, die ihren Platz einnahmen. Zum erneuten Nachladen blieb den Soldaten keine Zeit mehr, da die Lakota schreiend über sie herfielen. Die Krieger kämpften verbissen für das Überleben ihres Volkes, doch den Frauen war dies nicht Grund genug. Diejenigen unter ihnen, welche keinerlei Waffe besaßen, kämpften mit den Zähnen und ihren Fingernägeln. Die markerschütternden Schreie der Soldaten, welche sich der Übermacht der rachsüchtigen und von Hass erfüllten Frauen nicht erwehren konnten, starben unter qualvollen Schmerzen, da viele der Frauen genau wussten, welche Körperteile der Soldaten sie geschändet und gedemütigt hatten. Mit Steinen und lodernden Knüppeln erschlagen, beiläufig angestochen, bevor die Messer weitergereicht wurden. Adlerträne und die anderen Krieger hatte ihre liebe Not, die vollkommen außer Kontrolle geratenen Frauen zurückzuhalten und sich der Welle, der ihren Kameraden zu Hilfe eilenden Gruppe von Soldaten nicht entgegenzuwerfen, da dies ihr sicheres Ende gewesen wäre. „Schnell, jetzt kommt und flieht!“, riefen ihnen die Krieger immer wieder zu und endlich folgten die Frauen den Weisungen der Männer. Ihr Ziel hatten sie erreicht. Die meisten von ihnen konnten fliehen, ohne dass die Soldaten ihnen in den Rücken schießend, nacheilen konnten. Aber nun wurde es höchste Zeit, sich zurückzuziehen, da der Überraschungsmoment verpufft und sie der kommenden Übermacht vollkommen unterlegen waren.

Immer wieder warfen sich die vier zurückbleibenden Krieger zu Boden, um an anderer Stelle erneut wieder aufzutauchen und hofften so, den Soldaten kein sicheres anvisierbares Ziel zu bieten. Aber nicht jeder Soldat, der nachgeladen hatte und anlegte, wurde, bevor er zielen konnte, unschädlich gemacht. Es waren auf die Dauer zu viele für die vier Krieger und es kamen immer mehr Soldaten hinzu. Adlerträne und seine Krieger versuchten verzweifelt, ihren Angehörigen, welche so tapfer gegen die Armee gekämpft hatten, auf der Flucht den Rücken frei zu halten.

Die ihnen bereits vorausgeeilten Frauen, Kinder und Alten stützten und halfen sich gegenseitig und rannten in wilder Flucht zwischen den sie inzwischen flankierenden Kriegern unter Rotfalke, in die offene und schwarze Prärie hinaus. Immer mehr Soldaten konzentrierten nun ihr Feuer in Richtung der fliehenden Lakota. Es waren immer noch zu viele, dass man so gewiss gute Chancen hatte, welche von ihnen zu töten. Adlerträne und seine Männer nutzten inzwischen jede Möglichkeit einer Deckung und versuchten, sich hinter ihren Leuten langsam zurück zu kämpfen. Doch die Soldaten, entschlossener als jemals zuvor, rückten ihnen verbissen nach.

Die Kriegsrufe von Rotfalke und den anderen Kriegern kamen nun immer näher an Adlerträne heran, da sie in entgegengesetzter Richtung, als die Flüchtenden, ihren vier Gefährten zu Hilfe eilten.

Immer wieder stießen sie dabei auf gefallene und verwundete Angehörige, die der Reichweite der ziellos abgeschossenen Kugeln nicht rechtzeitig entfliehen konnten.

Doch endlich, als sie in eine Senke kamen, war keiner von ihren Leuten mehr in Reichweite der Soldatenkugeln, und die Nacht half ihnen und hielt sie verborgen. Aus dem Schutz der Dunkelheit heraus, versandten die, im Verhältnis zu der Armee, zu wenigen Lakotakrieger, in jetzt breit gezogener Reihe ihre Pfeile, immer mit der Hoffnung verbunden, dass man ihnen und ihren flüchtenden Verwandten nicht sofort nacheilen würde. Hätten die Soldaten gewusst, wie viele Krieger ihnen tatsächlich gegenüberstehen, wären sie ihnen mit Sicherheit anders

entgegengetreten. Doch waren sie unfähig zu lernen und hielten immer noch ihre Lagerfeuer recht emsig am Brennen, was den wenigen Kriegern wenigstens einen kleinen Vorteil bescherte.
Die Krieger, Spricht Nicht Viel eingerechnet, rückten nun dichter zusammen. Eng lagen sie an den Leib von Mutter Erde gepresst und verfolgten das Geschehen bei den Soldaten, die immer noch ihre Gewehre anlegten und in ihre Richtung schossen. Jedoch behielt die Armee ihre inzwischen bezogene Stellung bei, da sie nicht in einen Hinterhalt geraten wollten und so wagten sie es bei Dunkelheit nicht mehr, sich weiter auf die Prärie hinaus zu bewegen.
Die Krieger sahen sich vorerst noch abwartend, untereinander an. „Wo ist Schwarzer Wolf?"
Als letzter Krieger zu ihrer linken, lag Mondtänzer: „Weicht Nie Zurück?", rief er flüsternd die Frage in Richtung der anderen Krieger. Keine Antwort. Adlerträne richtete sich ein wenig auf. Konnte aber in der Dunkelheit kaum etwas erkennen. „Schwarzer Wolf?", er wartete, „Weicht Nie Zurück?" Keine Antwort. Er holte tief Luft. „Hier, pass darauf auf, oder ... benutze es, wenn du kannst!"
Er gab Spricht Nicht Viel seinen Bogen und den Köcher mit den restlichen Pfeilen. Nur das Messer in der Hand und seine Kriegskeule im Gürtel sollten ihm genügen. Keiner der anderen Krieger konnte noch etwas erwidern, da Adlerträne schon in der Dunkelheit verschwunden war. „Geht zu den Frauen und Kindern!", hörten sie ihn noch aus einiger Entfernung leise rufen, dann war es still, denn die Soldaten hatten ebenfalls aufgehört, zu schießen.

*

„Verdammte rote Brut!" Schimpfte McAllister, als ihn auf seinem Krankenlager, mit verbundener Schulter, den Arm in einer Schlaufe liegend, die Meldung erreichte, dass ein Groß-

teil seiner Männer wenn nicht gefallen, dann aber in der Regel ziemlich schwer verwundet war. Einige unter ihnen wiesen bisher noch nie da gewesene Verletzungen auf und der Feldarzt war mit seiner Kunst am Ende und nicht in der Lage zu sagen, wie man ihnen, ohne ein paar kurze aber rettende Schnitte und Nadelstiche helfen konnte. Die Frauen, welche sich ihnen an der Seite der Krieger entgegen gestellt hatten, hatten auf ihre ganz persönliche Weise Rache genommen.
Dass die Lakota alle samt, bis auf die im Kampf und auf der Flucht getöteten, fort waren, brauchte man ihm nicht erst zu erzählen. Aber eines setzte den Lieutenant in regelrechtes Erstaunen, fast schon schien er fasziniert und machte sich mit schmerzverzerrtem Gesicht auf, dieses Exemplar eines besonders dreckigen Wilden in Augenschein zu nehmen, von dem man ihm soeben berichtet hatte. Man hatte den schwer verwundeten Krieger aufrecht stehend, an einen der wenigen Bäume in der Mitte ihres Lagers angebunden. Der Feldarzt, der ihn nur aus der Entfernung betrachten durfte, zweifelte daran, dass er auf Grund seiner Schussverletzung die Nacht überleben würde. McAllister baute sich, begleitet von zwei Soldaten, welche ihre Bajonette noch aufgepflanzt hatten, vor ihm auf. „Bringt mir eine Fackel, na los!“, kreischte er regelrecht nach hinten zu seinen Männern. Ein junger Rekrut sprang sofort auf und brachte seinem Vorgesetzten das Gewünschte. Ohne den jungen Mann eines weiteren Blickes zu würdigen, riss er ihm unsanft die Fackel aus der Hand und hielt sie dem gebundenen Krieger fast direkt in sein Gesicht. Die brennende Hitze des Feuers ließ den sterbenden Krieger kurz wieder zu sich kommen.
Schwarzer Wolf hob den Kopf und sah dem Wasicun mit hasserfülltem Blick direkt in die Augen. Der Lieutenant erschrak fast ein wenig, als ihm das Weiße aus dessen Augen traf, und wich einen Schritt zurück, so als befürchtete er, der Krieger könne seine Fesseln zerreißen und sich auf ihn werfen. „Ich

werd verrückt!", staunte McAllister. „In der Tat, das darf doch wohl nicht wahr sein, ein waschechter und wahrhaftiger Prärienigger!" Er lächelte, machte eine kurze Pause und sah überlegend zu Boden. Dann gab er ein leises, kaum hörbares: „Aufhängen!", von sich. „Sir, wie meinen bitte?", fragte, die ungezügelten Wutausbrüche McAllisters sehr wohl kennend, einer der Soldaten. „Hängt das Schwein auf! Na los! Hoch mit ihm!"
Die Soldaten nickten einander zu, warfen ein Seil über einen starken Ast des Baumes und legten Schwarzer Wolf die Schlinge um den Hals. Dann erst begannen sie, seine Fesseln vom Baum zu lösen. McAllister war bereits im Begriff, sich wieder abzuwenden, um das Schauspiel von seiner Pritsche aus zu genießen, hielt aber plötzlich inne. „Nein, halt, halt, halt! Wartet! Bindet ihn wieder fest!" Er grinste gehässig aus Freude über seinen Einfall.
„Sir?"
„Festbinden! ... Na, wieder an den Baum mit ihm, na los!"
Die Soldaten sahen sich fragend und nicht verstehend an. „Sir, dann also nicht hängen?"
„Was heißt hier nicht hängen? Natürlich! Zieht dran, hängt euch selber ans andere Ende, mein Gott, oder bindet das Seil an einen eurer verdammten Gäule, nur macht endlich hin! Ich will zu Bett! – Na los, wird's bald!"
Widerwillig gehorchten die Soldaten und holten ein Pferd zu Hilfe und banden die Schlaufe des freien Endes sorgsam am Sattelknauf fest. Der Feldarzt wandte sich angewidert ab und zog sich zu den Verwundeten zurück. Selbst einem Feind, der ohnehin starb, konnte dieser McAllister kein Erbarmen in seinen letzten Minuten entgegenbringen, damit wollte er nichts zu tun haben.
Fast alle Armeeangehörigen waren herbeigekommen, da selbst sie nicht glauben konnten, was der Lieutenant da gerade vor hatte. Sicher, ohne Frage hatte es dieser Wilde verdient, auf-

gehängt zu werden, doch dies hier stieß bei einigen unter ihnen doch auf Ablehnung.
Selbstgefällig saß McAllister auf seiner Pritsche und winkte mit der Hand seines freien Armes nach oben. „Und ab mit ihm!“
Die Soldaten nickten und wollten das Pferd gerade antreiben, als ein kurzes Pfeifen durch die Luft glitt. Der dunkelhäutige Krieger zuckte kurz zusammen, als ihn das Messer in die Brust traf. Dann sackte er lächelnd in die ihn haltenden Fesseln.
Adlerträne verbarg sich im hohen Gras hinter dem Zelt des Anführers der Wasicun und vergrub seinen Kopf tief in den Schoß von Mutter Erde. Sein Gewissen lastete schwer auf seinen Schultern und drückte ihn, ohne atmen zu können, zu Boden und er war nicht mehr in der Lage, sich zu rühren. Es zerriss ihn innerlich, was er da soeben getan hatte, aber er konnte nicht zulassen, dass man Schwarzer Wolf einfach den Kopf abriss.
Jeden Moment rechnete er damit, dass die schreienden und auf ihn losrennenden Soldaten ihn entdecken und ebenfalls greifen würden. Eilig rannten sie jedoch an seinem Versteck vorbei und schossen ihre Waffen in Richtung, aus der er das Messer geworfen hatte, auf die offene Prärie ab.
„Lasst ab!“, schrie McAllister die Soldaten an. „Hört endlich auf, wie wild in der Gegend herumzuballern! Diese verfluchten Bastarde sind längst schon wieder fort und nun spart eure Munition, ihr werdet sie noch brauchen, wenn wir sie bei Tagesanbruch verfolgen werden!“
„Aber Sir ... unsere Verwundeten ...“
„... werden mit einer kleinen Begleitmannschaft ins Fort zurück gehen!“, unterbrach er den Feldarzt.
Die vergangenen Ereignisse nahmen Adlerträne jegliches Zeitgefühl und erst, als es bereits fast zu dämmern begann, erwachte er aus seiner Bewegungsunfähigkeit. Vorsichtig hob er den Kopf und lauschte. Alles war ruhig. Nur hin und wieder

hörte er das Schnauben eines der Soldatenpferde, welches sich mit dem Gesang der erwachenden Singvögel beruhigend auf sein Gemüt legte. Vorsichtig schlich er zurück auf die sichere Prärie. Plötzlich aber hielt er inne. Er sah an sich herunter und sah dann zum erwachenden Vater Himmel. Er überlegte und kämpfte mit sich selber. Adlerträne schüttelte den Kopf. „Oh nein!“, rief seine innere Stimme ihm zu, immer und immer wieder, dass was er dachte, durfte er nicht tun. Auf keinem Fall durfte er das Glück herausfordern. Seine Vernunft gebot ihm Einhalt und kämpfte verzweifelt gegen das Herz des Kriegers, welches die Vernunft verlieren ließ.
Wieder kroch er zurück in Richtung des Soldatenlagers. Er lauschte, immer noch war alles ruhig. Die Wachposten waren dumm genug, sich offen im beginnenden Dämmerlicht zu zeigen und so glitt er unbemerkt wieder bis an das Zelt von McAllister heran. Seine Hand umklammerte mit festem Griff seine Kriegskeule, während er wie ein Raubtier nach allen Seiten Ausschau hielt. Er wartete, nichts rührte sich. Durch die dünne Zeltleinwand vernahm er die gleichmäßigen fast schnarchenden Atemzüge des Lieutenants. Nun blickte er mit üblem Gefühl in seiner Magengegend, auf den immer noch in seinen Fesseln zusammengesunkenen Schwarzer Wolf. Wie in Trance bewegte er sich lautlos weiter in dessen Richtung. Endlich hatte er ihn erreicht. „Onkel, bitte verzeih mir, aber ich konnte nicht zulassen, was sie dir hier antun wollten. Ich wünsche dir eine gute Reise!“ Mit einem ihm durch alle Glieder fahrenden Geräusch zog er Schwarzer Wolf sein Messer aus dem Herz und eilte sich auf den Boden schlängelnd zurück in Richtung des Zeltes von McAllister. Er erschrak innerlich, als er es erreichte. Sorgsam hatte der Lieutenant die Schlaufen an seinem Zelteingang miteinander verknüpft. Wieder hielt Adlerträne inne und horchte. Von Augenblick zu Augenblick wurde es obendrein heller und er strafte sich selber für seine Leichtsinnigkeit, doch ein Zurück gab es für ihn jetzt

nicht mehr. Nur mit einem leisen, fast reißenden Geräusch, fuhr die Klinge des Messers in das obere Ende der hinteren Zeltleinwand. Langsam zog er den fast lautlosen Schnitt nach unten. Immer noch drangen die gleichmäßigen und unangenehmen Geräusche des Schnarchenden zu ihm hindurch.
Adlerträne schloss für einen kurzen Moment seine Augen und sammelte seine Gedanken, dann schlüpfte er durch die hineingeschnittene Öffnung in das Innere und wartete geduldig ab, bis sich seine Augen an die dunklere Umgebung gewöhnt hatten.
Er überlegte und setzte sein Messer an, um im rechten Augenblick zustoßen zu können. Aber das wäre zu einfach gewesen. Mit der anderen Hand drückte er dem Lieutenant ruckartig den Mund mit aller Kraft zu. McAllister erwachte sofort, riss seine Augen auf und zappelte unter dem eisernen Griff des entschlossenen Kriegers, wie ein Fisch, der ins Trockene geworfen wird. Er hatte begriffen, was geschehen würde. Mehr wollte der Krieger nicht und rammte ihm das Messer in sein Herz. Die Bewegungen und die Gegenwehr des Lieutenants wurden schwächer, bis sie gänzlich erschlafften und sein freier Arm leblos an der Seite seiner Pritsche baumelnd herunter fiel. Adlerträne überkam das Gefühl der Erleichterung und der Genugtuung und nahm, bevor er sich zurückzog, den Skalp zum Beweis seiner Tat. Warum auch immer, jedenfalls erinnerte er sich genau in dieser Sekunde an eine der alten Winterzählungen, in denen man von den Taten Badgers und seines Blutsbruders berichtete. Wakan Tanka selbst musste ihm soeben diese Eingebung indianischer List und Kriegskunst gesandt haben. Dieses war ein Meisterstück gewesen, auch wenn es unter anderen Umständen und vor vielen Generationen vollbracht wurde. Der Gedanke, seinen Ahnen nachzueifern, reizte ihn zusehends und er vergaß all seine, ihn immer noch in den Knochen steckende, Furcht vor Entdeckung.

Die beiden Wachposten am Südende des Lagers, wo sich auch die angepflockten Pferde befanden, bemerkten die aufkommende Bewegung in der Mitte des Lagers und salutierten ordnungsgemäß dem Lieutenant, der sie wie gewohnt ignorierte und sich nicht herabließ und somit wieder einmal nicht zurückgrüßte.
„Altes Arschloch! Findest wohl keinen Schlaf“, schimpfte Sergeant Bower, und wandte sich um, hatte er doch kein sonderliches Verlangen auf ein Gespräch mit McAllister, der sich trotz seines verbundenen Armes wohl ein Pferd aus der Herde zu holen gedachte.
„Der gibt erst Ruhe, wenn alle Roten und wir auch ins Gras gebissen haben!“, bemerkte Soldat Kasprowski in gebrochenem Englisch.
„Reißen sie sich zusammen Mann, dass will ich nicht gehört haben!“
„Jawohl Serg. Bitte um Verzeihung.“
Bower ging nicht weiter darauf ein und verfolgte mit einem seitlichen Blick aus den Augenwinkeln heraus, den Lieutenant. McAllister führte mit dem gesunden Arm zwei Tiere an den Zügeln aus der Herde fort. Doch der hohe Respekt, welcher fast schon einer Art von Furcht gleichkam, veranlasste die Posten, sich nicht zu bewegen und nur zu beobachten, was ihr verhasster Lieutenant da unten im Lager so fragwürdiges trieb. Der nebenbei bemerkt, auf der Beliebtheitsskala tiefer stand, als Brigadegeneral Harney, welcher zumindest die eigenen Männer respektierte, und sei es auch nur als Mittel zum Zweck.
„Was um alles in der Welt treibt der da unten?“
Nicht verstehend, sahen sie, wie ihr Lieutenant dem Prärienigger die Fesseln zerschnitt. Als dieser wie eine gefällte Eiche vorn über fiel, glaubten sie ihren Augen nicht zu trauen. McAllister zog den Arm seiner verwundeten Schulter aus der Schlinge und warf den schwarzen Lakota auf das zweite Pferd. Schnell legte er eine Schlinge um die Handgelenke des Toten

und kroch unter dem Bauch des Tieres hindurch, um sie mit den Fußgelenken des Toten zu verbinden.
„Scheiße Mann! Das ist nicht McAllister!““
„Alarm! Alarm!“, schrie Bower aus voller Kehle, und legte die Waffe auf den vermeintlichen McAllister an, da er nun erst so richtig begriffen hatte, was da soeben unter seinen wachsamen Augen vor sich gegangen war. Sofort war nach seinen Rufen und dem nicht gut gezielten Schuss, welchen er zu voreilig abgab, die gesamte noch verfügbare Mannschaft auf den Beinen. Selbst die letzten Soldaten, die noch schlaftrunken aus den Zelten krochen, waren im Nu hellwach, da sie ihren Lieutenant, ein zweites Pferd an den Zügeln haltend, auf dem festgebunden der tote schwarze Indianer lag, gellende Kriegsrufe ausstoßend, aus ihrem Lager jagen sahen.
Eng an den Hals des Pferdes gepresst, erreichte Adlerträne, das andere Pferd mit sich führend, die Weite der ihn rettenden morgendlichen Prärie.
Die Soldaten hatten lange schon aufgehört, ihn mit ihren Schüssen zu verfolgen, da sie ihn damit jetzt nicht mehr erreichen konnten.
Bower und Kasprowski hatten ihren Posten inzwischen auch verlassen und begaben sich in das Zentrum des Lagers. Der Feldarzt kam gerade kopfschüttelnd aus dem Zelt des Lieutenants und bahnte sich einen Weg durch die umstehenden Armeeangehörigen. Eine eingehende Untersuchung hatte sich erübrigt, da es nur noch den Tod festzustellen gab.
„Dachte ich mir bereits“, gab Bower leise zu verstehen. „Auch wenn ich die Roten genauso wenig leiden kann wie eine schmerzende Warze an meinem Arsch, Respekt macht das jedenfalls schon sehr!“
„Ja, Sergeant, das tut es. Das tut es. Wissen sie Serg., diese Roten hier, das sind verflucht tapfere Hunde, erinnern mich schon sehr an daheim, an unsere Kosaken, ganz tapfere Hunde Serg., ein Jammer, das alles hier.“ Kasprowski wandte sich um,

und da ihre Wache ohnehin beendet war, schlich er sich in sein Zelt, um sich vor ihrem Aufbruch wenigstens eine kleine Mütze voll Schlaf zu gönnen.

*

Eine Gruppe von Erdhörnchen, die vorsichtig das erste morgendliche Leuchten begrüßen wollten, zogen sich, als Adlerträne an ihnen vorbeipreschte, schnell in ihre Höhlen zurück. Doch neugierig, wie sie nun mal waren, schoben sie kurze Zeit danach wieder ihre zierlichen Köpfe, mit den schwarzen Knopfaugen, über den Rand ihrer Behausungen und blickten Adlerträne hinterher. Doch der Schrei eines Habichts über ihren Köpfen, der nur die aufgehende Sonne begrüßte, ließ sie sofort wieder verschwinden.
Der Krieger machte einen weiten Bogen, da er hoffte, die ihn mit Sicherheit verfolgenden Soldaten, so in die Irre führen zu können und folgte dann seinen Leuten in Richtung der Paha Sapa. Die zu erkennende Spur seiner flüchtenden Verwandten hatte er sehr bald schon gefunden, die sich nur zu deutlich abzeichnete und selbst für die Soldaten ohne Probleme leicht zu entdecken sein würde.
Etwas unmittelbar vor ihm, erregte seine Aufmerksamkeit. Es war ganz offensichtlich ein Krieger, welcher sich wankend im Gras aus seiner Deckung erhob. Er versuchte, seinen Bogen zu spannen, brach dann aber zusammen. Adlerträne verstand sofort, denn er trug immer noch die Uniform des Lieutenants, die er noch nicht ausgezogen hatte. Er strafte sich selbst seiner Unvorsichtigkeit wegen, rief dem Krieger aber schnell ein paar klärende Worte zu, der sich jedoch noch nicht wieder erhoben hatte. Endlich war er bei ihm, sprang vom Pferd und drehte ihn behutsam um.
„Weicht Nie Zurück, mein Bruder, ich bin es!“

Der Angesprochene öffnete ein wenig seine Augen und lächelte schmerzverzerrt, als er erkannte, wer sich da in der Soldatenuniform befand. Adlerträne versuchte, Weicht Nie Zurück zu stützen. „Sag, hat es dich sehr schlimm erwischt, kannst du reiten?“

„Ich werde sehr bald schon meinen Ahnen begegnen, lass mich bitte zurück.“ Sein Blick fiel auf Schwarzer Wolf. „Sieh, er wartet auch bereits auf mich. Sage mir bitte, sind noch mehr unserer Brüder gegangen?“, hauchte der schwer verwundete Krieger.

„Ich hoffe nicht! Nun komm, ich helfe dir auf!“ Adlerträne sah erst jetzt die Schussverletzung in der Nierengegend seines alten Freundes. Es stimmte, was Weicht Nie Zurück gesagt hatte. Er würde sehr bald schon auf dem Geisterpfad gehen müssen, doch zuvor, so entschied Adlerträne, sollte er sein Volk, für welches er sein Leben gab, noch einmal sehen dürfen. Er setzte sich hinter dem verwundeten Krieger auf das Pferd und hielt ihn, so gut er es konnte, fest.

Um die Qualen seines Freundes nicht noch weiter zu verschlimmern, ritt er nun jedoch langsamer, als zuvor. Weicht Nie Zurück verfiel immer wieder in eine Art Bewusstlosigkeit und sein Kopf hing ihm tief über seiner Brust, doch er war noch am Leben. Als in der frühen Mittagszeit am Horizont ein berittener Krieger grüßend seinen Bogen schwenkte, rüttelte er ihn vorsichtig wach. „Bruder, wir haben es geschafft. Du hast es geschafft und wirst unser Volk noch einmal sehen!“

Adlerträne war erleichtert, da er seine Leute eingeholt hatte. Der Die Frauen Verführt und Bogenmacher kamen ihnen entgegen und nahmen tief betroffen zur Kenntnis, dass nun zwei ihrer Gefährten nie mehr an ihrer Seite mit ihnen den Büffel jagen würden.

Schnell hatten sie den Zug der Frauen und Kinder erreicht, welcher sofort anhielt und den zurückkehrenden Adlerträne und Weicht Nie Zurück begrüßte. Adlerträne stieg von dem großen

Soldatenpferd ab, riss sich zuerst die verfluchte Uniform vom Leib und ging langsam auf Krächzende Elster zu, die ihm, mit Freudentränen in den Augen und umringt von einer Schar Waisenkinder bereits vollkommen aufgelöst entgegenstürzte. Sie hatte schon mit dem Schlimmsten gerechnet, da Adlerträne, Schwarzer Wolf und auch Weicht Nie Zurück zu lange Zeit überfällig waren.
Der Krieger selber konnte für einen Moment sogar alles um sich herum vergessen, als er seine Frau, frei und gesund, endlich wieder in den Armen halten durfte. Doch sah er wenig später schweren Herzens, wie man sich um den tödlich verletzten Weicht Nie Zurück kümmerte und auch Schwarzer Wolf vom Pferd hob. Es lastete auf seiner Seele, was er getan hatte, tun musste, doch war kein Weiser Mann in der Nähe, dem er sich in seinem Schmerz anvertrauen konnte. Weicht Nie Zurück wurde auf eines der wenigen Felle gebettet, die Ihnen geblieben waren. Er war wieder bei Bewusstsein und sah nun in die Runde auf sein Volk, auch wenn sie einer anderen Gruppe als der Wolkenschilder angehörten, spielte es keine wesentliche Rolle. Ein kleines Mädchen, welches auch seine Eltern verloren hatte, erhob sich und brachte Weicht Nie Zurück etwas zu trinken. Kraftlos streichelte seine Hand über ihr seidenweiches und glänzend schwarzes Haar. Er lächelte ihr zu, doch dann fiel sein Arm einfach herunter. Weicht Nie Zurück war gegangen und begleitete nun Schwarzer Wolf auf dem Geisterpfad.
Die Frauen begannen zu weinen und wie es Brauch war, ihren Trauergesang anzustimmen.
Den jahrelangen Gefährten des verstorbenen Kriegers schnitt es die Luft ab. Zu viel schon mussten sie schon erdulden, war es denn nicht langsam genug und was würde noch alles auf sie zukommen, da sie immer noch nicht in Sicherheit waren.
In der Nähe eines kleinen friedlich gelegenen Weihers bestattete man eiliger, als man es sonst tat, die toten Krieger, denn man musste umgehend wieder aufbrechen.

Großvater Looking Owl, dessen Name durch seinen Enkelsohn weiterleben würde, setzte sich abseits ins Gras und winkte seinen Verwandten zu. Diese erschraken, da sie ahnten, was er vor hatte. „Oh nein, Großvater, wir tragen dich!“
„Meine Kinder, meine Zeit ist gekommen, ich spüre es nur zu deutlich. Ich wäre euch eine zu große Last auf eurem Wege, außerdem verlangt es mich zu sehr nach meinem Weib. Zu viele Tage, seit dem Überfall war ich nun ohne sie und ich möchte sie gerne wiedersehen. All die ganze Zeit fragte ich mich, warum ich überlebet habe, wo so viele junge Verwandte sterben mussten. Ich verstehe den dahinter verborgenen Sinn nicht und schäme mich dafür, euch auf der Flucht nur behindert zu haben. Bitte seid gehorsame Kinder und gewährt einem alten Mann seinen letzten Wunsch.“
„Großvater, du hast uns nicht behindert, ohne dich wären wir nie so weit gekommen. Ist es wirklich dein allerletztes Wort?“
Der Alte nickte. Schweren Herzens trennten sich die Angehörigen von Großvater Looking Owl, nachdem sie auch für ihn ein Bestattungsgestell errichtet hatten, der sich nun lächelnd an der Seite der beiden gefallenen Krieger niederließ. Der Die Frauen Verführt und Nachtfalter nickten dem tapferen alten Mann zum Abschied zu, und gaben ihm, für seine letzte Reise, eines der wenigen erbeuteten Gewehre mit.
„Großvater, gehe sparsam mit der Munition um. Es ist nur ein Schuss übrig.“
Looking Owl verstand sehr wohl, was ihm die beiden Männer mit einer versteckten Andeutung vorschlagen wollten. „Ein wunderbarer Plan, ihr guten und jungen Krieger, so bin ich zum Schluss meinem Volk doch noch zu etwas nütze. Ich danke euch von Herzen für euer Vertrauen, gebt ihr mir nicht nur meinen Stolz und meine Ehre zurück. Und nun geht bitte, unser Volk braucht euch.“
Beide Krieger legten dem greisen weißhaarigen Mann nacheinander die Hand auf die Schulter, dessen Augen vor Freude

jugendlich leuchteten, da er die Möglichkeit erhalten hatte, auf sehr ehrenvolle Art zu seinen Ahnen zu gelangen.

9. Kapitel

Zu langsam kam der Zug der flüchtenden Lakota seit dem vergangenen Nachmittag vorwärts. Ständig rechneten die Krieger mit dem Auftauchen der Soldaten. Zu erschöpft und ausgehungert, um schneller laufen zu können, brachen viele der Älteren aber auch Jüngeren immer wieder zusammen und so musste immer wieder eine Pause eingelegt werden. Sie besaßen gerade einmal zwölf Mustangs und die zwei erbeuteten Armeepferde, auf denen sich die Schwächsten und kleinsten Kinder abwechselten. Zwei Krieger waren auf ihren Ponys ständig unterwegs und versuchten, etwas Wild zu erlegen, was nie ausreichte, um alle satt zu bekommen, aber es reichte wenigstens aus, um sie am Leben zu erhalten.
Hin und wieder wurde selbst Schneesturm ein hungriger Blick zugeworfen. Aber es würde trotzdem niemand wagen, Hand an den treuen Vierbeiner zu legen. Die Kinder aber machten sich laufend einen Spaß daraus, den gutmütigen Schneesturm, wenn sie ihn schon nicht essen durften, wenigstens ein kleinwenig zu necken.
Sie riefen ihn mit zuckersüßer Stimme herbei und lockten ihn, als er dann schwanzwedelnd, mit angelegten Ohren, fast unterwürfig zu ihnen kam, leckten sie sich genüsslich den Mund und rieben sich ihre hungrigen Bäuche. Der Hund hielt sofort inne jaulte kurz auf und lief eilig mit eingeklemmten Schwanz, Schutz suchend, zu Spricht Nicht Viel. „Mein Guter, lass dich doch nicht ärgern, sie machen sich doch bloß einen Spaß mit dir, das Einzige, was ihnen geblieben ist. Na komm und spiele mit, niemand wird dich essen!“

Trotzdem hielt der Hund nun ein wenig mehr Abstand zu den lachenden Kindern, für's Erste, bevor er doch noch im Kochtopf landen würde. Jedoch nach einigen Minuten, hatte er es wieder vergessen und das ganze Spiel begann von vorne.
Man wollte sich gerade wieder zum Aufbruch fertig machen, als ein Schuss aus der Ferne sie aufschrecken ließ. Dann folgten einige Weitere.

*

Kurz nachdem man sich vom morgendlichen Schrecken und der rasanten Jagd von Adlerträne quer durch ihr noch schlafendes Armeelager wieder gefangen hatte, tauchte Brigadegeneral Harney mit einer berittenen Begleitmannschaft auf, um die vorausgezogene Truppe und die Gefangenen bis zum Übergabepunkt zu begleiten. Auf keinem Fall wollte er es sich nehmen lassen, seine Gefangenen persönlich abzuliefern und auf den weiteren Weg in das sogenannte Indian Territory zu schicken. Schon aus der Entfernung hatte er die katastrophale Situation mit einem Blick erfasst.
„Sergeant Bower, was ist das hier für eine gottverdammte Sauerei?“, schrie er den schlotternden Untergebenen an.
„Und wo steckt zum Teufel noch mal dieser Lieutenant McAllister, ich erwarte seinen Bericht!“
„Sir, Lieutenant McAllister ist tot, Sir!“
„Was sagen Sie da? Tot? Naja“, er beruhigte sich wieder etwas, „vielleicht sogar besser für ihn!“
Sergeant Bower stand immer noch stramm. „Wenn ich mir die Sauerei hier so ansehe, wüsste ich zu gern, was denn nun genau vorgefallen ist, obwohl ich es mir lebhaft vorstellen kann. Na los Bower, stehen sie bequem und dann raus mit der Sprache.“
Bower entspannte sich etwas, da sich der Tonfall von Harney wieder auf den Grad der Normalität zu bewegen schien. Langsam, jedes Details aufzählend, berichtete er seinem Vor-

gesetzten. „... und wenn Sie noch gestatten Sir, ich vermute, es waren mindestens einhundert Krieger!“
Harney blickte kopfschüttelnd auf seine staubigen Stiefel.
„Mein Gott, Bower, wissen sie es denn jetzt?“
„Sir? Bitte wissen was, Sir?“
„Warum sie niemals einen höheren Rang, als den des Sergeants bekleiden werden?“, sprach Harney nun schon fast mit durchklingendem Mitleid in seiner Stimme.
„Sir, ich verstehe nicht?“
Harney mochte ein mustergültiges Paradebeispiel für das unmenschlichste Verhalten sein, welches man den Ureinwohnern entgegenzubringen imstande war, jedoch war er auch ein begnadeter Stratege. „Mensch Bower, wären es nur eine Handvoll mehr, als nur ein dreckiges Dutzend gewesen, stünden Sie jetzt nicht, so, so vollkommen unversehrt vor mir. Ach was, Bower, verschwinden Sie und lassen Sie alles zum Abmarsch fertig machen!“
„Jawohl, Sir!“
Bower fühlte sich unwohl in der Gegenwart von Harney und hoffte, dass man ihm das Kommando über die Begleitmannschaft übertragen würde, welche die Toten und Verwundeten zum Fort geleiten würde. Aber dem sollte nicht so sein.
Kurze Zeit später entfernte sich in entgegengesetzter Richtung die Truppe, welche ins Fort zurück kommandiert wurde von der übrigen Gruppe unter Harneys Kommando.
„Aufsitzen!“, brüllte Harney und die gesamte Kompanie bestieg folgsam, wenn auch widerwillig, ihre Pferde.
Stunde um Stunde folgten sie der unübersehbaren Spur der flüchtenden Lakota. Sogar in der brütenden Mittagshitze, welche selbst in den Spätsommertagen unerträglich sein konnte, gönnte Harney seinen Männern keine noch so kleine Pause. Müde trabten die Pferde mit hängenden Köpfen immer weiter und weiter, bis es endlich Nachmittag und dann am

frühen Abend wieder milder wurde, und Harney endlich seine rechte Hand hob. „Haaaaalt!"
Sergeant Bower schloss zu seinem Vorgesetzten auf. „Sir, soll ich den Jungs ‚Absitzen' befehlen?"
Brigadegeneral Harney nickte zum Zeichen des Einverständnisses. „Sie Bower, nehmen sich zwei Mann und sehen nach, was das da vorne ist!" Er deutete mit ausgestrecktem Arm auf einen Weiher, vor dem sich deutlich drei, der für die Plains typischen Bestattungsgestelle abhoben. „Wenn alles in Ordnung ist, dann sollen die Männer erst ihre Pferde tränken und versorgen, bevor sie sich selber die Bäuche vollschlagen."
„Jawohl, Sir!" Bower salutierte nach militärischer Vorschrift, dann drehte er sich um. „Kasprowski! Larsen! Aufsitzen, mir folgen!"
Vorsichtig, sich nach allen Seiten umsehend, näherten sich die drei Soldaten dem Weiher. „Der Alte sieht schon Gespenster, ist doch alles in Ordnung! Die paar armen Gestalten da oben", Kasprowski deutete auf die Bestattungsgestelle, „können doch ohnehin keinem mehr etwas antun."
„Kasprowski, ich hab es dir schon mal gesagt, mehr Respekt und Maul hal...", weiter kam Sergeant Bower nicht, denn ein plötzlicher Schuss zerriss den Frieden in der abendliche Stille. Erschrocken sahen sich Kasprowski und Larsen an. „Scheiße Serg., wo kam das her?"
Bower saß steif auf seinem Pferd, ohne sich zu rühren. Dann rutschte er seitlich mit blutender Wunde in seiner Stirn aus dem Sattel und fiel in das Gras.
„Hoka hey! Heute ist ein guter Tag zum Sterben!", hörten sie die laut gerufenen Worte in Lakota und sahen den aufrecht sitzenden greisen Indianer, die Waffe hoch über seinen Kopf schwenkend.
„Na los! Knallen sie das Schwein schon endlich ab!", hörten sie von hinten Harneys Rufe. Schnell rückten bereits einige ihrer Kameraden im Galopp auf ihren Pferden herbei und

nahmen den greisen Looking Owl in ihr Visier. Auch Kasprowski und Larsen nahmen, als sie sich vom Schreck erholt hatten, ihre Waffen hoch und feuerten auf den zugleich von mehreren Schüssen getroffenen Looking Owl. Er zuckte immer wieder zusammen, wenn ihn eine Kugel traf, ließ den Arm mit seinem Gewehr letztendlich sinken und seine letzten Gedanken sein Volk begleiten, bevor er auf perlenbesetzten Mokassins seiner Frau und seinen Angehörigen nachfolgen durfte.

*

„Sie sind bald hier!“, rief Adlerträne seinem Volk zu, als er, wie all die Anderen auch, die Schüsse aus der Ferne registrierte. „Los beeilt euch, wir müssen weiter!“
„Was macht das jetzt noch für einen Sinn, wir können ihnen auf Dauer nicht entkommen! Keiner von den Alten oder Kindern kann mehr weiter. Sie alle sind am Ende, sie sind hungrig und müde. Es ist vorbei!“ Mondtänzer war ebenfalls am Ende seiner körperlichen und geistigen Kraft angelangt.
„Es ist nicht zu Ende!“ Adlerträne legte seinem Freund den Arm um die Schultern. „Wenn wir aufgeben, dann sind alle verloren!“
„Sieh dich doch um, wo sollen wir hin? Weit und breit ist nichts als offene Prärie!“
„Zurück!“
„Wie zurück?“
„Es ist bald dunkel. In der Nacht werden sie uns nicht verfolgen. Sie fürchten sich!“ Adlerträne grinste. „Wir werden auf dem gleichen Weg zurückgehen, auf dem wir hierher gekommen sind. Und wenn wir kurz vor ihrem Lager sind, dann dürfen wir keinerlei Spuren hinterlassen und werden uns an ihnen vorbei, einfach hinter die Wasicun begeben.“

„Und was ist Morgen? Irgendwann werden sie es bemerken. Keiner von unseren Leuten schafft mehr als nur zwei weitere Schritte.“ Selbst Lachender Wolf schien alle Hoffnung aufgegeben zu haben.
„Morgen ist ein neuer Tag, und bis sie es merken, dass wir sie in die Irre geführt haben und den selben Weg dann zweimal machen mussten, haben sich alle unsere Leute ausgeruht, während die Soldaten eine Pause machen müssen, und so Wakan Tanka es will, wird er uns morgen neue Wege offenbaren und jeder von uns wird mehr als nur zwei Schritte schaffen. Brüder - wir sind Lakota!“
Adlertränes unbeschreibliche Zuversicht, wer immer sie auch nähren mochte, war nicht nachzuvollziehen. Aber auch die übrigen Krieger unter ihnen erklärten sich einverstanden, auch wenn sie die Hoffnung bereits aufgegeben hatten, dass ihrem Volk noch ein wenig Kraft für die bevorstehende Wanderung verliehen würde.
Adlersonne und Der Dem Wind Folgt ritten voraus, um ihre Angehörigen vor unliebsamen Überraschungen warnen zu können. Alle übrigen Lakota setzten sich nur noch mit der Kraft der Verzweiflung in entgegengesetzter Richtung, wie am Tage zuvor, in Marsch. Die Nacht war bereits sehr weit voran geschritten, als unmittelbar vor ihnen an der Spitze des Zuges Adlersonne auftauchte. „Sie lagern nicht weit von uns. Es ist jetzt an der Zeit, sich im Bogen an ihnen vorbei zu stehlen.“
Nun tauchte auch Der Dem Wind Folgt auf. „Orientiert euch an ihren Lagerfeuern, ihr könnt sie bald, wenn ihr die nächste Anhöhe erreicht habt, deutlich erkennen. Wir sind immer in eurer Nähe.“ Sofort waren die beiden Krieger wieder in der Dunkelheit verschwunden.
Adlerträne sah die anderen Männer an und auf die wartenden Frauen und Kinder. Fast alle saßen inzwischen wieder erschöpft im vom Tau feucht gewordenen Gras.

Die Männer halfen den Schwächsten unter ihnen auf die Mustangs und diejenigen, die sich auf der Wanderung ein wenig auf den Rücken der Tiere erholt hatten, machten den Platz für sie frei. Weiter ging es im weiten Bogen um das Armeelager herum. So wie es Der Dem Wind Folgt gesagt hatte, traf es auch ein. Von der nächsten Anhöhe aus sahen sie deutlich die Feuerstellen der Soldaten in der Dunkelheit flackern. Hin und wieder drangen durch die beruhigende Stille der Nacht sogar ein paar abgehackte Wortfetzen zu ihnen durch. Kein Laut kam den Lakota mehr über ihre Lippen. Selbst die Kleinsten unter ihnen, wenn sie nicht gerade auf den Rücken der Älteren getragen wurden, oder auf den Mustangs saßen und selber laufen mussten, trappelten mit ihren kurzen Beinchen, ohne ein Wort oder nur den geringsten Schnaufer verlauten zu lassen, den anderen hinterher. Man bewegte sich so schnell man es vermochte vorwärts, und als man das Lager umrundet hatte und die Feuerstellen sich bereits weit hinter ihnen befanden und aus der Entfernung schon fast verblassten, gönnten sich die Lakota endlich wieder eine Pause. Die Meisten schliefen sofort, so wie sie sich auf den Boden gelegt hatten ein. Als die Krieger sie beim ersten zu erahnenden Dämmerlicht des neuen Tages wieder weckten, fühlten sie sich sogar ein wenig erfrischt, doch der Hunger und die tagelangen Entbehrungen und der Schlafentzug hatten ihre deutlichen Spuren hinterlassen und ließen sich nicht durch eine kurze Rast wieder ausgleichen.
Langsam und schwerfällig erhoben sie sich und folgten ihrer eigenen Fährte zurück, bis sie fast den Punkt erreicht hatten, an dem sie aus dem Lager der Armee geflohen waren. „Nur noch ein kurzes Stück!“, riefen ihnen die Männer aufmunternd zu, „nicht einmal ein halber Tagesmarsch, dann haben wir die Ufer des Cheyenne River erreicht, dort können wir erst einmal ausruhen, jagen und fischen!“

Niemand, der nur noch wie in Trance vorwärts getriebenen Lakota, hatte registriert, als die Krieger an der Spitze ihres Zuges endlich halten ließen. Es war bereits Nachmittag und während fast alle zu Boden sanken, machten sich die ebenso ausgezehrten Krieger auf, um Nahrung zu beschaffen. Einige der Kinder begaben sich wie im Halbschlaf an das Ufer des Flusses und warfen schnell ihre selbst gefertigten Angeln aus, bevor auch sie sich niederließen.
Gegen Abend begann es dann angenehm zu riechen, als man die zwar spärliche, aber vorerst ausreichende Jagdausbeute zubereitete. Endlich, seit vielen Tagen, konnten die Lakota wieder etwas warmes zu sich nehmen und begannen sich, ohne den nagenden Hunger in ihren Mägen, auch sogleich wieder etwas besser zu fühlen. Doch die Ungewissheit, was der kommende oder der darauf folgende Tag bringen würde, machte allen zu schaffen.
Bogenmacher kehrte mitten in der Nacht zurück und berichtete, dass ihr Plan vorerst aufgegangen war und die Armee immer noch in die falsche Richtung lief. Kurze Zeit später ereilte sie dann jedoch durch Nachtfalter die beunruhigende Mitteilung, dass die Soldaten nach einer kurzen Rast, aufgebrochen waren, um der zurückführenden Fährte der Geflüchteten nachzueilen. Die Krieger beschlossen vorerst ihre Angehörigen noch schlafen zu lassen und erst bei Tagesanbruch eine Stelle gesucht werden müsse, um den Fluss in nördlicher Richtung zu durchqueren. Das bot zwar keinen wirksamen Schutz, doch zumindest ein Gefühl einer kleinen Sicherheit. Die Nachricht der ihnen erneut nachrückenden Soldaten würden sie noch für sich behalten, da sie niemanden unnötig in Angst versetzen wollten. Noch hatten sie genügend Zeit und selbst die Soldaten mussten irgendwann eine Ruhepause einlegen, und so rechneten die Krieger auch nicht vor Mitte des kommenden Tages mit deren Erscheinen. Doch es sah nicht sehr gut aus, das wussten die Krieger nur zu genau. Sie konnten immer

wieder versuchen, zu fliehen und der Armee durch Tricks zu entkommen, aber nur mit den wenigen Mustangs, den vielen Frauen, Alten und Kindern bräuchten sie mehr, als nur den Willen zu überleben.
Noch funkelten die unzählbaren Sterne friedlich und beruhigend über ihnen und auch alle Krieger gönnten sich, nachdem sie die gleichmäßigen Atemzüge der schlafenden Lakota hörten, auf dem Rücken liegend und noch eine Weile träumend in den Himmel blickend, die wohl verdiente Ruhe. Noch brauchten sie nichts zu befürchten und erwachten gestärkt und ausgeruht, als sie am anderen Tag durch den morgendlichen Gesang der Singvögel geweckt wurden.
Die Sonne wärmte bereits die noch von der kühlen Nachtluft fröstelnden Kinder, die dennoch, fast vergnügt, als gäbe es keinerlei weitere Gefahren zu überstehen, in den Fluss sprangen und badeten. Auch alle anderen Lakota taten es ihnen gleich und konnten so den lästigen Staub und Schmutz der zurückliegenden traumatischen Tage einfach von sich abwaschen. Doch während sie so vergnügt im Wasser umhertollten, fiel ihr Blick eher beiläufig auf ihre jetzt dreizehn Krieger, einschließlich von Spricht Nicht Viel, die bereit für einen letzten Kampf in Kriegsbemalung aufrecht auf ihren Mustangs saßen und sie beobachteten. Die Menschen erschraken. Einige der Frauen hielten sich, um vor Schreck nicht schreien zu müssen, ihre Hände vor den Mund. Ihre Krieger wussten bereits etwas, was nur für sie bestimmt war und hatten ihre Angehörigen, um ihnen ein paar entspannende Momente zu gönnen, nichts von der anrückenden Truppe gesagt. Die Menschen beendeten ihr Bad und kamen alle ans Ufer. „Ihr müsst euch fertig machen, es wird nun Zeit, wieder aufzubrechen. Unweit hinter der nächsten Biegung könnt ihr den Fluss ohne Gefahr, selbst mit den kleinen Kindern gut überqueren!“

Krächzende Elster kam auf Adlerträne zu und weinte. „Es ist also immer noch nicht vorbei?“
Er lächelte. „Für euch wird es das sehr bald schon, wir werden die Soldaten fort locken und so Wakan Tanka will, euch in wenigen Sonnen einholen!“
Die Krieger nickten ihren Leuten lächelnd zum Abschied zu, dann begaben sie sich zur nächsten Anhöhe, von wo aus sie ungehinderte Sicht über die unendlichen Weiten der Plains und ihre, den Fluss überquerenden Verwandten hatten. Mehrere Bodenwellen boten ihnen vorerst ausreichende Deckung und so entzogen sie sich, den am frühen Nachmittag suchenden Blicken, der näher rückenden Armee.
Dann war es soweit und die Krieger begannen damit, die Soldaten aus der Ferne herauszufordern und mit dem Versuch, sie vom Fluss fort zu locken.
Immer jeweils zwei Krieger stürmten, hinter den Soldaten, an deren Flanken und auch vor ihnen mit gellenden Kriegsrufen vorbei. So hatten sie keine Ahnung, wie viele Lakota ihnen tatsächlich gegenüber standen, da diese kurz danach und immer außer der Reichweite ihrer Gewehre, sofort wieder hinter der nächsten Bodenwelle verschwanden.
Die ersten Soldaten, der in einer langer Doppelreihe reitenden Truppe begannen schon, nervös zu werden und waren schon der Versuchung nahe, sich aus der Formation zu entfernen. „Bleiben Sie in Position! Keiner verlässt die Truppe! Los, weiter!“ Brüllte Harney seinen Männern nach hinten zu. Widerwillig gehorchten diese und reihten ihre Tiere wieder ein. Unbeirrt von den immer wieder auftauchenden und schreienden Kriegern, ritten sie in Richtung des letzten Lagerplatzes der Lakota.
Außer Sichtweite der Soldaten, in einer Senke, trafen sich die Krieger. „Was können wir jetzt noch tun?“ Adlerträne fiel nichts mehr ein. Der Plan, die Soldaten würden ausschwärmen und sie in alle Himmelsrichtungen verfolgen, und somit, je

mehr Zeit sie dabei gewannen, den Abstand zu ihren fliehenden Verwandten vergrößern, schien nicht aufzugehen.
„Dann Brüder müssen wir uns ihnen stellen! Auch wenn sie uns mit ihren vierzig Wasicun Kriegern zahlenmäßig weit überlegen sind.“ Bogenmacher sah fragend in die Runde. Niemand hatte einen besseren Plan griffbereit. „Dann bleibt nur zu hoffen, dass sie dann endlich genug haben und unser Volk nicht weiter verfolgen werden!“ Spricht Nicht Viel war die innerliche Angst bei den letzten Worten anzumerken.
„Kleiner Bruder, du solltest zurück bleiben und sehen, was geschieht und dich dann“, Der Die Frauen Verführt machte eine kurze Pause, „... dann, wenn es vorbei ist, um unser Volk kümmern. Suche für unsere Leute eine neue Heimat, eine Gruppe, wo sie bleiben können, denn ohne Krieger werden sie den nächsten Winter nicht überstehen!“
Spricht Nicht Viel schämte sich ein wenig. „Bitte lasst mich bei euch bleiben, wir werden sie in die Flucht schlagen und dann unsere Gruppe einholen!“
„Dein letztes Wort?“ Adlerträne sah seinen Schwager prüfend an.
„Mein letztes Wort!“
Spricht Nicht Viel war innerlich hin und her gerissen, doch die Schande, auch wenn ihn die älteren Krieger davon soeben frei sprachen, wäre für ihn unerträglich gewesen.
„Um eines aber möchte ich euch bitten.“
Die Krieger nickten.
„Bitte, wenn etwas geschehen sollte, diejenigen, die heimkehren, müssen versprechen, auf Schneesturm zu achten. Niemand soll ihn essen!“
„Natürlich!“, die Männer lachten fast schon bei der Bemerkung, da sie alle mit etwas ganz anderem gerechnet hatten. Dann waren sie bereit und formierten sich in einer breiten Front. Langsam wurden die dreizehn Krieger für die bereits am Fluss befindlichen Soldaten sichtbar, als sie sich auf der letzten

Anhöhe in unmittelbarer Reichweite ihrer Gewehre befanden. Die ersten Soldaten zogen nervös ihre geladenen Gewehre aus den Futteralen heraus und wollten schon anlegen. „Wartet noch!“, rief ihnen Harney zu. „In Zweierreihe aufstellen! Vordere Reihe kniet nieder! Lasst sie erst noch ein wenig dichter kommen! Alles hört auf mein Kommando!“
Die Krieger ritten in langsamer Schrittgeschwindigkeit die Anhöhe hinab. Dann hielten sie an, für die Soldaten vollkommen unverständlich, da sie ihnen so ein perfektes Ziel boten. „Was tun die da?“ Larsen sah Kasprowski von der Seite an. „Sie kämpfen anders als wir. Für sie ist die Ehre im Kampf wichtiger, als alles andere!“
Jeden Moment konnte sich bei den unruhiger werdenden Soldaten der erste Schuss lösen. Harneys Augenlider vibrierten vor Aufregung, jetzt, da er die verdammte Brut endlich dort hatte, wo er sie haben wollte, genau vor den Mündungen seiner Gewehre. Er stand kurz davor, dass er bereit war, der vorderen Reihe den Befehl zum Schießen zu erteilen. Er rechnete nicht im Entferntesten damit, dass es auch nur einem der Krieger gelingen würde, ihre Reihen überhaupt zu erreichen, oder die zweite Reihe noch schießen musste. „Meine Herren, was habe ich Ihnen gesagt? Nur eine Hand voll dreckiger Bastarde. Nun, wo sind denn ihre über einhundert Krieger meine Herren?“ Selbstgefällig trat er an die linke Flanke der Mannschaft, bereit, jeden Moment den vernichtenden Befehl zu erteilen. Doch wollte er seine Überlegenheit noch einen Moment länger auskosten. „Und davor haben sie sich gefürchtet!“
„Sir!“
Harney reagierte nicht auf das flüchtige „Sir“ seines Untergebenen.
„Sir!“, jetzt lauter, so das Harney seinem Corporal schon einen bösen Blick zuwerfen wollte, aber dann zuvor noch die Linie verfolgte, die der ausgestreckte Finger von Soldat Kasprowski beschrieb, der wie der Corporal sichtlich erschrocken wirkte.

„Das darf doch wohl nicht ... Gott verflucht!“
Gebannt starrten alle in Richtung der dreizehn, auf ihren Mustangs sitzenden Krieger und warteten auf den Befehl von Harney, der für den Moment noch zögerte. „Waffen runter!“
Die vordere Reihe, gefolgt von ihren stehenden Kameraden in der zweiten Reihe senkten ihre Gewehre.
Adlerträne und die anderen Krieger verstanden nicht. Was hatte das zu bedeuten? Von der Seite, ohne die Soldaten aus ihren Augen zu lassen, sahen sie einander fragend an. „Seht doch nur Brüder!“
Für einen kurzen flüchtigen Augenblick folgten sie der Aufforderung von Adlersonne.
Hinter ihnen kam in breit gezogener Reihe eine übermächtige Schar Lakotakrieger ohne Eile die Anhöhe hinabgeritten. Es mochten ihrer mindestens fünfzig sein. Nun teilten sie sich und reihten sich eine Gruppe links, die andere rechts von ihnen ein.
„Ich grüße den Neffen meines alten Freundes von den Wolkenschildern!“
Adlerträne sah an seiner Seite in das vertraute Gesicht von Iron Shell, der ihnen im rechten Moment zur Hilfe kam. Auf der anderen Seite seiner Gruppe sah er die bekannten Gesichter von über zwanzig Kriegern aus dem Lager seiner Väter und Brüder, welches er vor so unendlich langer Zeit aus Liebe zu Krächzende Elster verlassen hatte. Sein Onkel Feuer In Seinen Augen lächelte ihm gefolgt von den anderen Wolkenschildern zu.
„Nun ist den Wasicun das Kämpfen wohl vergangen?“ Iron Shell grinste hämisch, sich seiner Überlegenheit voll und ganz bewusst. Sekunden wurden zur Ewigkeit und Harney sah sich in einer schier ausweglosen Situation gefangen. Auch wenn seine Männer alle Feuerwaffen abfeuern würden. Bis sie nachgeladen hätten, wäre es um sie geschehen gewesen. Wut und Verzweiflung mischten sich mit seinem ungezügeltem Hass auf die Rothäute und fast war es seinen Männern, als ob giftige

Funken aus seinen Augen hervorsprühten. Die Soldaten wurden unsicher und die Angst saß ihnen im Nacken. Was würde geschehen, würde sich ihr Brigadegeneral richtig entscheiden, oder würden sie allesamt noch heute ihr Leben verlieren? Die Soldaten begannen, vor Angst zu schwitzen.
„Gehen wir hin?“ Iron Shell sah Adlerträne an, da er zu dem Wasicun General wollte. Adlerträne war unwohl bei dem Gedanken, aber diese Situation war auf Dauer nicht haltbar. „Also gehen wir!“
Beide übergaben symbolisch und weithin sichtbar, ihre Bögen an ihre Nebenmänner und bewegten sich mit erhobener rechter Hand auf die Soldaten zu.
„Corporal, sie übernehmen! Kasprowski, sie kommen mit mir!“
In der Mitte der sich gegenseitig belauernden Gruppen traf man sich. Jeder fixierte sein Gegenüber mit den wachsamen Augen eines Raubtiers. Nur keine vorschnelle und unüberlegte Handlung machen, ging den vier Männern gemeinsam durch den Kopf, doch war es auch das Einzige, was sie verband.
Iron Shell durchbrach die an den Nerven zerrende Schweigsamkeit. „Ihr habt euch weit von eurem Fort entfernt, habt ihr euch verlaufen?“
Harneys Blick durchbohrte Iron Shell mit tödlicher Verachtung. „Wir verfolgen eine Bande verbrecherischer Wilder!“
Bei der Bemerkung: Wilder, griff Iron Shell unwillkürlich an den Schaft seines Dolches, besann sich aber dann doch eines besseren.
„Es gibt hier weit und breit keine Menschen, die man verfolgen kann!“, erwiderte Iron Shell und wartete ab, wie sich die Situation weiter entwickeln würde.
„Die Leute aus dem Lager von Chief Little Thunder, die gibt es!“
„Dieses Lager wurde von euch vernichtet, diese Leute gibt es nicht mehr. Es gibt jetzt nur noch Menschen, die zum Lager von Iron Shell und den Wolkenschildern gehören!“

„Was soll das? Wir müssen sie ihrer gerechten Strafe zuführen!"
„Gerecht? Aus deinem Mund? Dann handle auch so! Es liegt an dir! Es liegen genug Herzen im Staub, von unseren und von deinem Volk. Sollte es jetzt nicht genug sein?"
Harney zögerte. Sein grenzenloser Hass auf alle Rothäute kämpfte gegen seine Vernunft. Doch war es gegen seine Natur, einfach klein bei zu geben. Wie würde er vor seinen Leuten da stehen? „Du meinst also, wir sollen zurückreiten und die Little Thunder Leute ungeschoren davon kommen lassen, nachdem sie die Hälfte meiner Männer auf dem Gewissen haben und nur Gott weiß, wie viele sich von ihren Verletzungen wieder erholen werden, nur weil sie sich ihrer gerechten Strafe widersetzten?"
„Ich sagte dir, es gibt nur noch Leute aus dem Lager Iron Shells und Wolkenschilds, mehr nicht. Du entscheidest, ob ihr heimkehrt, oder alle hier und heute sterben werdet!"
„Was? Du drohst mir?", schrie Harney Iron Shell an.
„Ich sage dir nur, was geschehen wird. Niemand von deinen Soldaten wird auch nur eine einzige Kugel auf unsere Frauen und Kinder mehr verschießen! Nur dies und mehr nicht!"
Iron Shell wandte sich um und gefolgt von Adlerträne, drehte er seinem Feind offen den Rücken zu. Alleine dafür, für diese Frechheit, verachtete Harney diesen roten Bastard um so mehr.
„Kasprowski, wenn sie auch nur ein einziges Wort von dem hier weiter erzählen, stelle ich sie vor ein Kriegsgericht!"
„Wovon, Sir?"
„Ach halten sie einfach nur ihr Maul!"
„Corporal, aufsitzen und abrücken. Wir haben die falschen Roten verfolgt, diese hier gehören zu einer anderen Gruppe!", versuchte Harney die Situation am Ende doch noch für sich zu entscheiden. Den Soldaten war dies mehr als recht, und es war ihnen im Prinzip egal, welche Gründe es sein sollten, die ihnen

das Leben retten. Hauptsache nur, sie kehrten heil nach Fort Laramie zurück.
Die beiden Krieger kehrten zu den Anderen zurück und reihten sich wieder ein und beobachteten, wie die Soldaten ihre Pferde bestiegen und nach Süden in Richtung des verhassten Forts zurückkehrten.
Sie selber aber eilten über den Cheyenne River, den gehetzten Verwandten hinterher, um sie in ihre Familien aufzunehmen.

10. Kapitel

Auf ihre alten Tage genossen Fallender Stern, Badger und Wiegendes Gras das Leben im Kreis ihrer neuen Familie zusehends und lernten die Vorzüge zu schätzen, welche eine Blockhütte besaß, die den Naturgewalten stand hielt. Arthur entwickelte sich prächtig, da er praktisch eine vielseitige Erziehung genoss und nicht nur das Handwerk des Farmers erlernte. Gemeinsam mit seinem Schützling saß Badger oft an dem großen Tisch und kritzelte die Zeichen der Wasicun auf weißes Papier, die ihnen Alma diktierte. Auch konnte man kaum noch die drei alten Lakota von den Santee unterscheiden, die bald alle ausnahmslos die Kleidung der Wasicun trugen. Doch die innerliche Unruhe, da Badger um die Zukunft der Santee wusste, bereitete ihm oft schlaflose Nächte.
Als freie, weit umherziehende Nomaden geboren, überkam es die Brüder immer wieder und so mussten sie ihrem Drang nach Freiheit selbst im Alter nachgeben und nutzten jede Gelegenheit, sich für oft längere Zeit an die Feuer der verschiedenen Völker der Santee zu gesellen, da diese viele Meilen voneinander entfernt lagen. Doch stets kehrten sie zurück und freuten sich auf ihr zu Hause. Der Übergang vom Gast zum fast

schon Familienmitglied der Bishops geschah so sanft und unbemerkt, dass niemand von ihnen das richtig registrierte.
Neu Ulm hingegen entwickelte sich zu einem sehr ansehnlichen und florierenden Städtchen und die vorwiegend deutschstämmigen Anwohner bemühten sich um ein friedliches Zusammenleben mit ihren Roten Nachbarn. Sie liebten sie nicht unbedingt, aber ein gewisser Respekt und die Achtung voreinander, unterschied sie deutlich von anderen Neuankömmlingen.
Aber dieses Neu Ulm, mit seinen so sorgsam errichteten Häusern, zum großen Teil alle in weiß gestrichen, mit ihren kleinen, fast verspielten Zäunen vor den Häusern und den liebevoll gepflegten Gärten und nicht zu vergessen, den bunten Blumenkästen, vor den stets blank geputzten Fenstern, forderte den Santee Respekt ab.
Dieses saubere und gepflegte Bild einer Ansiedlung unterschied sich nur zu deutlich von anderen Städten, die sie kannten. Mit ein wenig Trauer im Herzen sahen die Santee jedoch, wie der dunkle und weitreichende Wald ihrer ehemaligen Heimat immer weiter gerodet wurde, um Baumaterial zum einen und fruchtbare Felder zum anderen zu erhalten. Das Wild zog sich in die entfernter liegenden Wälder zurück und auf den Feldern vermissten sie das Pfeifen der Präriehunde. Jetzt war es endgültig nicht mehr ihre Heimat.
Aber man gewöhnte sich auf beiden Seiten an die fremden Menschen und lebte in einer Art friedlichen Koexistenz nicht gerade miteinander, zumindest aber nebeneinander ohne Probleme.
Sehr oft kamen Wiegendes Gras mit Alma in die wachsende Stadt, um Waren zu kaufen und zu tauschen. Auch für Badger und Fallender Stern war es nichts ungewöhnliches mehr, ihren Fuß in die Selbige zu setzen.

Eines Abends erzählte Carl, dass sie alle gemeinsam am kommenden Tage in die Stadt reiten, bzw. die Frauen in dem zweispännigen Wagen fahren würden.
„Morgen feiern wir alle ein Fest und von unseren Nachbarn, euren Brüdern, den Dakota, werden auch viele kommen.“
Erstaunt sahen sich die Lakota an. „Du meinst sie feiern zusammen?“
„Warum denn nicht?“, lachte Carl vergnügt und ließ sich von Alma seinen verstaubten grau und braun gestreiften Anzug ausbürsten.
Badger und Fallender Stern sahen an sich und ihren Wasicun Klamotten hinunter und Carl verstand, was in ihnen vorging.
„Ich an eurer Stelle würde den Santee gerne zeigen, welch hervorragende Stammeskleidung ihr einst getragen habt. Aber entscheiden müsst ihr das natürlich selber.“
Herausgeputzt in ihren besten Bekleidungen, die sie zum letzten Male während ihres stürmischen Ausritts vor so unendlich langer Zeit aus dem großen Lager aller Stämme bei Fort Laramie trugen, standen ihre drei indianischen Besucher am nächsten Tag bereit und warteten auf Carl, Alma und Arthur. Die einst so bezaubernde Schönheit von Wiegendes Gras ließ sich in ihrer traditionellen Kleidung mehr als nur erahnen. Beeindruckt ging Alma auf sie zu und bestaunte ihr Festtagsgewand. „Darf ich?“, fragte sie vorsichtig, da sie es zu berühren wünschte. Wiegendes Gras nickte ein wenig verlegen zum Zeichen ihres Einverständnisses.
„Würdest du es sehr vermessen finden, wenn ich dich einmal darum bitte, mir zu zeigen, wie man so etwas wunderschönes macht? Mir schwebt da nämlich etwas vor!“
„Sehr gerne.“
Schon seit einiger Zeit hatte Wiegendes Gras sich über Alma gewundert, da sich ihre anfängliche, tagelang andauernde Appetitlosigkeit urplötzlich in blanker Esslust entlud. Immer wieder beobachtete sie, wie Alma mit einem zurückhaltenden

Lächeln sich an den Bauch fasste und ihn liebvoll streichelte. Sie hatte verstanden. „Weiß es Carl schon?“
Alma erschrak und lächelte dann aber verschmitzt. „Nein, bitte sage ihm noch nichts, ich warte auf den rechten Moment.“
Von nun an sah man die beiden Frauen unaufhörlich und geheimnisvoll miteinander tuscheln.
Badger, der bei den Mustangs wartete, da man nach Neu Ulm aufbrechen wollte, schüttelte nicht verstehend seinen Kopf. „Weiberkram, was sonst wohl kann es so wichtiges geben.“
„Genau!“ Carl lachte. „Und? ... sind wir alle so weit?“
Carl auf seinem Pferd, gefolgt von Badger, Fallender Stern und Arthur auf den Mustangs sitzend und der Wagen mit den beiden Frauen, welcher ihnen folgte, setzten sich in Bewegung. Das recht eigenartige Gefühl, welches Badger und Fallender Stern überkam, blieb Carl nicht verborgen. „Seid ohne Sorge, es wird toll und euch sicherlich großen Spaß bereiten.“
Als sie die Stadt erreichten, merkten sie auf Grund des auffälligen geschäftigen Treibens, dass hier wirklich etwas Besonderes vor sich ging.
Quer über die Straße hatte man von den Häusern auf der einen Seite zu den gegenüberliegenden, Bänder mit kleinen daran befestigten bunten Fähnchen gespannt. Alles war festlich geschmückt. Überall standen lange Tische mit weißen Decken darauf, um die Bänke oder Stühle gestellt worden waren. Ernst Bormann, einer der wenigen und deshalb zu langsamen Wohlstand gelangenden Gastwirte, stand vor seinem Wirtshaus und winkte den Ankommenden freundlich, seinen gläsernen Bierkrug schwenkend, zu, wobei einige Tropfen des edlen Gerstensaftes auf den Boden schwappten und er sich über seine eigene Ungeschicktheit freute. „Hallo Carl, muss doch sehen, ob das Bier noch gut und nicht schon schal ist! Komm nachher vorbei und bring auch deine Freunde mit!“
„Alles klar Ernst, also dann, bis später!“

Nur ein paar Meter weiter stand ein großer von Hand gedrehter Bratspieß mit einem fast schon knusprig gebratenen Spanferkel, von welchem schon jetzt ein bezaubernder Duft ausging. Auch diese Leute winkten ihnen, wie allen anderen ankommenden Gästen, freundlich zu.
„Was nur geschieht hier?“, wandte sich Badger leise flüsternd an seinen Bruder. Doch auch Fallender Stern hatte nicht erwartet, dass diese Wasicun sie so frei und ungezwungen auf dem Fest empfangen würden.
„Dort, seht! Da bringen wir unsere Pferde hin und stellen auch den Wagen ab!“, rief ihnen Carl nach hinten zu.
Wenig später schlenderten sie an Ständen vorbei, wo süßes Zuckerzeug und allerlei andere Leckereien angeboten wurden. Stets begegnete man den herausgeputzten drei Sioux, für welchen sie auch Fallender Stern hielten, mit zurückhaltender Achtung und grüßend nickten sie sich einander zu. Badger begann sich, wie so oft in der letzten Zeit, unwohl zu fühlen, da er diesen Menschen hier, seien sie auch nur Wasicun, nicht das zutrauen konnte, was ihm vor etlichen Generationen von Rabbit anvertraut wurde. Die Aufmerksamkeit der Gäste wurde nun allerdings auf den freien Platz gelenkt, wo eine Art Tribüne aufgebaut war und ein paar Musiker damit begannen, ihre Blechblasinstrumente zu stimmen. Erschrocken sahen sich die Krieger an, denn das klang einfach nur furchtbar in ihren Ohren. „Nein, nein, sie versuchen nur, den Klang ihrer Instrumente aufeinander abzustimmen!“, beruhigte sie Carl. Nun sahen sie endlich die ersten Santee, welche an einem Stand zusammen mit ihren weißen Nachbarn ihre Schießkünste demonstrierten. Dann näherten sich weitere, sogar Frauen und Kinder, alle in ihrer ordentlichen und beeindruckenden traditionellen Festtagsbekleidung. Ein Grund zu staunender Bewunderung für diejenigen, welche sich zu sehr an deren „neue“ Bekleidung gewöhnt hatten. Doch plötzlich wurde es wie auf Kommando still und der Bürgermeister hielt von der

Tribüne aus eine kurze Ansprache, dem unmittelbar darauf wildes Dakota-Kriegsgeschrei folgte. Dann stürmte eine ganze Horde, begleitet von einer Trommelgruppe, die sich vor der Tribüne platzierten, heran und begannen sofort, einige Tänze aufzuführen. Statt Beifall ernteten sie am Ende eines jeden dargebotenen Tanzes nur die stille und schweigende Zurückhaltung der Gastgeber. Manch einem der Neu Ulmer begann es allerdings gleich zu Anfang gewaltig unter seinem Hut zu kribbeln, konnten sie sich doch nur zu gut vorstellen, was geschehen könnte, sollte man mit den Dakota einmal in Streit geraten. Zu gern hätten die Meisten von ihnen gewusst, was gerade, während des Ausstoßens ihrer Kriegsrufe, in den Köpfen ihrer Gäste vorging.
Badger, Fallender Stern und Wiegendes Gras hingegen, wie auch den nicht an den Tänzen teilnehmenden Dakota aber, machte es große Freude. Voller Stolz standen sie aufrecht, mit einem innerlichen Lächeln und nur ihre im Takt der Trommeln wippenden Füße, verrieten überhaupt eine Art von Gefühlsregung.
Endlich waren die Tänze beendet und die Dakotakrieger zogen sich in langer Reihe vom Zentrum des Festplatzes zurück. Beklemmendes langatmiges Schweigen, doch da durchbrach Carl mit einem lauten: "Bravo!“ und heftigem Klatschen die lähmende Stille. Langsam setzten auch andere der Bewohner mit ein und folgten dem Beispiel von Carl Bishop. So erhielten nach einer Weile die Tänzer doch noch den verdienten Beifall, den sie jedoch nicht für sich beanspruchten.
„Ich grüße euch!“
Badger sah zur Seite und blickte in das bemalte Gesicht von Weißer Flügel, der von den Tänzen noch immer ganz außer Atem war. So wie er, mischten sich alle Krieger unter ihre Leute und die Bewohner der Stadt.

Nun zog unmittelbar darauf die Blaskapelle von der Tribüne aus die Straße hoch, wendete und kam mit schmetternder Musik auf dem gleichen Weg wieder zurück.
Mit ernsten Gesichtern beobachteten die Dakota dieses für sie unverständlichen und fremden Treiben.
Nach einer längeren entspannenden Pause, in der man sich den Genüssen der vielseitigen und reichlich angebotenen Speisen hingab, folgten die Darbietungen des Männergesangvereins, was den meisten Dakota ein sehr wohlwollendes Lächeln entlockte. Nun, so war es also gewiss, auch die Wasicun waren Menschen, die ihre Lieder hatten.
Fast grenzte es schon an ein Wunder, aber man saß speisend und erzählend in größeren und kleineren Runden zusammen, ohne dass es auch nur die geringste Auseinandersetzung gab. Zwar gaben sich einige Krieger der Versuchung hin, und probierten auch bei dem gutmütigen Ernst Bormann, den so angepriesenen Gerstensaft, welcher so herrlich im Mund zu kribbeln pflegte. Doch der Geschmack, der durchaus nicht als unangenehm zu bezeichnen wäre, schien dennoch ein wenig gewöhnungsbedürftig.
Wiegendes Gras und Alma kamen zu späterer Stunde auch wieder zu ihren Männern, die vergnüglich mit Ernst Bormann unter einer viel zu weit aufgedrehten, zwar hell leuchtenden, aber dafür räuchernden Petroleumlaterne saßen. Der Schein der Laterne fiel auf den großen geflochtenen Weidenkorb Almas, der mit allerlei Dingen gefüllt sein musste, die sich unter einem karierten Tuch dem Betrachter verbargen. Selbst unter den Armen von Wiegendes Gras befanden sich ein paar kleine Rollen verschiedenartiger und farbiger Stoffe. Was immer daraus entstehen sollte.
„Darf ich den Damen vielleicht etwas bringen?“ Ernst erhob sich und zog sich verbeugend zurück. Die Männer verstummten und sahen vor den Toren der Stadt die aufgeschlagenen Tipis der Dakota, welche durch den flackernden Schein vieler kleiner

Feuer einladend beleuchtet wurden. Dieser Anblick, gemeinsam mit der Wirkung des ersten Bieres in seinem Leben, riefen in Badger eine sehr wehmütige Stimmung hervor.
In sich versunken, sah er träumend zum Lager der Santee. „Wer kann mir sagen, wo ich hin gehöre? Ich selber weiß es nicht mehr. Ich weiß es wirklich nicht mehr. Kann es sein, dass ich bereits zu lange auf dieser Welt bin und daher den Halt verliere?"
„Mein alter Freund, du gehörst zu allem!" Carl legte Badger die Hand auf die Schulter. „Sieh mal, die Zeiten ändern sich, so wie die Lebensweisen. Ihr, für euch ist es schwer, da ihr beide Welten kennengelernt habt. Die Alte und die Neue. Ihr seit aber auch ein Bindeglied und ich kann auch für meine Alma sprechen, ihr gehört nun zu uns! – Aber auch dorthin!" Carl deutete mit seinem Blick auf das fast romantisch anmutende Tipilager. Doch da kam Bormann zurück und vertrieb mit seiner gewinnenden Art die trübsinnigen Gedanken des Häuptlings und stellte den beiden Frauen ein Glas Limonade auf den Tisch. „Meine Damen, das geht auf Kosten des Hauses! Wohl bekomms!"
Auf dem Heimweg musste sich Badger ein wenig über Carl wundern, da er sein Pferd hinten am Wagen anband und es sich auf dem hinteren Teil des Wagens mit einem weiteren Glas Bier recht bequem machte, dann aber über sich selber schimpfte, als ihm ein wenig des kostbaren Getränks während der Fahrt auf seine Hose schwappte.
Nach dem Genuss des Gerstensaftes war er sehr unbeschwert geworden und pfiff gut gelaunt, ohne jedoch die Töne richtig halten zu können, ein Liedchen vor sich hin. Badger hatte es allerdings bei dem einen, aus Höflichkeit angenommenen Glas Bier belassen, ebenso sein Bruder.
Am nächsten Morgen machte Carl einen durchaus zerknitterten Eindruck, allerdings ließ er seinen Kater an niemanden aus. Alma und Wiegendes Gras saßen in der Sonne vor dem Haus

auf der bequemen Bank und schnitten und schneiderten bereits ihre am Vortag gekauften Stoffe zurecht. Carl wurde aufmerksam und betrachtete das vertiefte Treiben der beiden Frauen.
„Weib, was um alles in der Welt treibst du da, du tust ja gerade so, als müsstest du uns alle neu einkleiden!“
Verschwörerisch sahen sich die beiden Frauen in die Augen.
„Und Wiegendes Gras, was meinst du, wollen wir dem alten griesgrämigen Trunkenbold reinen Wein einschenken?“
Alma hielt ihm ein paar kleine, vorerst nur grob zusammengeheftete Schühchen entgegen. Ungläubig starrte er auf die winzigen Teile in der Hand seiner Frau. Es vergingen ein paar Sekunden, dann hatte er es begriffen und stürzte auf Alma los, um sie hochzuheben und in den Arm zu nehmen. Sein Kater schien vergessen.

*

Ein paar Monde später, ohne dass sich zwischenzeitlich etwas bemerkenswertes ereignen sollte, vernahm man das Schreien eines kleinen Jungen, welches aus einem weiteren neu errichteten Anbau des Hauses nach außen drang. Wiegendes Gras, welche schon vielen Babys, allerdings noch nie einem Wasicun auf die Welt geholfen hatte, stellte die eigens aus Neu Ulm herbei gerufene Hebamme Johanna fast ein wenig in den Schatten.
Carl war außer sich vor Freude und spendierte als erste Amtshandlung des jetzt zweifachen Vaters den beiden Kriegern eine prachtvolle Zigarre. Gemeinsam saßen sie glücklich paffend bei den Pferden und teilten Carls väterliche Freuden. Bei Badger rief es allerdings wieder alte Erinnerungen wach, doch Carls ausgelassene Stimmung lenkte ihn bald schon wieder ab.
„Wenn es nicht nur den ganzen Tag schon so schwül und drückend wäre, wäre dies ein wunderbarer und herrlicher Tag“, murmelte Carl vor sich hin und blickte mit ungutem Gefühl

zum dunkelgrauen, sich ständig weiter zuziehendem Himmel. „Ich hoffe nur, das Wetter hält sich noch eine Weile, bis ich Johanna in die Stadt zurückbringe und auch mit dem Wagen wieder hier bin. Habe keine Lust, bis auf die Knochen durchnässt zu werden, oder gar im Schlamm stecken zu bleiben."
„Ich denke nicht, dass es heute regnen wird, obwohl es Mutter Erde gut tun würde, wir werden dich aber trotzdem gerne begleiten."
„Sehr schön, na, dann woll´n wir mal!", freute sich Carl, der schon des Öfteren den Wagen, in der nach einem Wolkenbruch aufgeweichten Straße, stehen lassen musste.
Johanna band sich ihr Kopftuch ein wenig fester, als sie ins Freie vor die Blockhütte kam und den bereits angespannten Wagen bestieg. Der aufkommende Wind, der zunehmend heftiger wurde, beunruhigte Carl immer mehr. Richtige Böen erfassten wenig später das Gefährt, welche es, wäre es nur ein wenig leichter gewesen, zum Umkippen hätten bringen können. Zu allem Übel, kurz nachdem sie aufgebrochen waren, begann es leicht am Himmel zu grummeln. Doch nur wenige Momente später donnerte es fast unaufhörlich und ließ die Pferde des Wagens scheuen. Über ihnen zuckten nun pausenlos Hunderte von Blitzen, und wieder folgte das beängstigende Donnern. Aber noch entledigte sich der Himmel nicht seiner gesammelten Wassermassen und so gelangten sie trocken nach Neu Ulm. Carl brachte Johanna noch bis vor die Haustür, bedankte sich eilig mit einem Kuss auf die Wange und gab ihr einen Weidenkorb mit ein paar Geschenken aus Dankbarkeit für ihre angebotene Hilfe. Fast wäre er dabei vom Wind umgeworfen worden. Viele der farbenprächtigen Petunien aus Johannas Blumenkästen hatten während der letzten Stunden bereits ihre Blüten in dem starken Wind eingebüßt. Viele dunkelviolette, rosafarbene, weiße und andere Farbtupfer wirbelten dafür nun auf der fast menschenleeren Straße, in einer kleinen Windhose im Kreis herum. „Wenn ich euch an-

bieten würde, hier bei mir das Unwetter abzuwarten, wäre das sicher sinnlos?“, rief Johanna dem bereits wieder auf dem Wagen sitzenden Carl nach. „Ja, vielen Dank, aber das wäre es. Wir müssen nach Hause!“
Wieder blitzte es, nun fast genau über ihnen. Der unmittelbar darauf folgende kraftvolle Einschlag machte sie fast für einen Moment taub und ließ den Boden unter ihren Füßen erzittern, sagte ihnen aber, dass es ganz in ihrer Nähe passiert sein musste. Badger wendete seinen Mustang und deutete auf den, durch die Rodung in der Ferne liegenden Waldrand. Erschrocken erkannten sie, wie eine große, alle anderen Bäume an Höhe überragende alte Eiche, vom Blitz getroffen und mit lodernden Flammen in ihrer Krone, sich langsam neigte und brennend auf den Boden niederfiel. Das dumpfe Krachen, als sie auf die Erde schlug, konnten sie aus dieser Entfernung nur erahnen. Sie hatte man auf Grund ihres gewaltigen Umfanges und der Größe wegen stehen lassen, was nicht unbedingt etwas mit Respekt vor der Natur zu tun hatte. Alle durch den lauten Krach des einschlagenden Blitzes in ihrer Nähe ins Freie getretenen Bewohner wussten, auch wenn sie es aus dieser Entfernung fast nur erraten konnten, das es sich um den besagten Baum handeln musste.
Eine Böe blies kräftig in die niedergestürzte brennende Krone der Eiche und entfachte das dürre und ausgedorrte Präriegras des Hochsommers. Mehrere flackernde Feuer tauchten durch den Wind angetrieben, in der Umgebung der gestürzten Eiche auf. Doch nur wenige Momente später standen sie einer immer weiter anwachsenden gewaltigen Feuerwand gegenüber, als sich die kleinen Feuer zu einem großen vereinigt hatten. Schockiert und mit dem Schrecken in den Gliedern, sahen sich die Bewohner, unfähig etwas zu unternehmen, der auf sie zurasenden und laut donnernden Feuerwand hilflos ausgeliefert. Nichts konnte diese ungebändigte Naturgewalt aufhalten und allen war klar, dass in nicht all zu langer Zeit, von ihrem

schönen Neu Ulm nichts weiter als ein Haufen glühender Asche übrig bleiben würde. In Panik geraten, rannten die Menschen wild gestikulierend und unkoordiniert hin und her, um sich aus ihren Behausungen schnell das Nötigste zu greifen und auch nicht noch ihr Leben in den Flammen zu verlieren, die sich ihnen gnadenlos und unaufhaltsam näherten.
Das Grollen, der immer höher werdenden Feuerwand mischte sich in das stetige Donnern des Himmels und die dazu kommenden zuckenden Blitze gaben den Neu Ulmern einen kleinen Vorgeschmack auf das tatsächliche Aussehen der Hölle.
Die ohnehin hereinbrechende Dämmerung und der gespenstisch anmutende dunkle Himmel, von dem sich in der Ferne die Feuerwand abhob, ließ die Frauen und Kinder in Tränen ausbrechen. „Schnell, sucht das Wichtigste zusammen und lasst uns eilig die Stadt verlassen. Wir können sie an einem anderen Ort wieder aufbauen!“, rief Ernst Bormann den Leuten zu, in deren Mitte wie gelähmt, der mit der neuen Situation vollkommen überforderte Bürgermeister stand.
Badger und Fallender Stern, auf ihren im Angesicht der auf sie zukommenden Gefahr, nervös werdenden Mustangs und dem auf seinem Gespann stehenden Carl Bishop, der seine Tiere nur mit großer Mühe zurückhalten konnte, da sie fliehen wollten, entdeckten fast gleichzeitig, die sich vielen bewegenden dunklen Punkte. Trotz des beängstigenden über sie hereinbrechenden Dämmerlichtes zeichneten sich, von der dahinter liegenden Feuerwand erhellt, am Horizont viele Reiter auf ihren wild und in Panik dahin stürmenden Mustangs ab.
Badger und Fallender Stern sahen sich an. Sie hatten verstanden, was dort vor sich ging.
„Was geschieht dort, wer um alles in der Welt ist das?“
„Sieh genauer hin, es ist Weißer Flügel und seine Krieger!“

„Aber was tun sie denn da? Geht es ihnen etwa nicht schnell genug, bis das Feuer uns erreicht hat?“ Carl Bishop war vollkommen fassungslos und entsetzt.
Die beiden Brüder merkten, dass Carl es tatsächlich nicht besser wusste. Badger ritt auf seinem unruhigen Mustang näher zu ihm heran. „Sieh, die vielen kleinen Feuer! Sie flackern auf und verlöschen wieder!“
„Ja und?“
Badger lächelte. „Weißer Flügel und seine Krieger retten eure Stadt! Sie zünden Gegenfeuer an! Trifft die Feuerwand auf bereits verbrannte Erde, wird sie sich selbst verzehren!“
Carl riss den Mund vor Staunen sperrangelweit auf, musste aber sofort husten, da er unbeabsichtigt eine Rauchschwade tief eingesogen hatte. „Halte die Zügel! Bitte!“, rief er immer noch hustend. Schnell sprang er vom Wagen herunter und rannte zu den Leuten der Stadt, von denen viele zwischenzeitlich auf das sonderbare Treiben, welches ihnen die Dakota darboten, aufmerksam geworden waren.
„Ernst, schnell! Hole alle Männer und folgt mir, wir müssen den Dakota helfen. Seht doch nur, sie retten unsere Stadt!“
Schlagartig hatten auch die Anderen begriffen, dass die Santee ihnen zu Hilfe geeilt waren und nicht, wie sie in ihrer Verzweiflung zuerst annahmen, das Feuer weiter schüren wollten.
Überall flackerten nun schon in sehr bedrohlicher Nähe kurz die Flammen neuer Feuer auf, um wenig später wieder zu verlöschen. Dann zogen sich die Dakota mit Brandverletzungen und versengten Haaren, über und über mit Ruß bedeckt, keuchend und hustend, aus der lebensbedrohlichen Gefahr in die Stadt zurück und folgten den Wasicun, die es nicht so lange in der Nähe der immer schneller auf sie zurasenden Flammenwand ausgehalten hatten. Beißender Rauch erfüllte die Luft und ein Regen aus Asche begrub unter sich die letzten bunten Blüten von Johannas Petunien. Die laut grollende Feuerwand rückte unter den entsetzten Augen der Neu Ulmer unaufhaltsam

weiter auf sie zu, kaum das sie in dem dicken und schweren Rauch, der herüber getragen wurde, noch atmen konnten. Gebannt sahen die Bewohner, wie das gewaltig Feuer auf die ersten verbrannten Stellen traf und in der Tat etwas langsamer wurde und an Zerstörungskraft verlor. Wenig später blieb die Feuerwand einfach auf der Stelle stehen und nur noch rot glühende Funken wurden von dem Wind aus deren Spitzen fort getragen. Dann, wie von fremder und unsichtbarer Hand, ebbte es ab und brach einfach in sich zusammen. Vereinzelte durchgebrochene kleine Flammenfelder wurden schnell mit Decken und anderem, was sich in der Eile greifen ließ, ausgeschlagen. Dann war Stille. Dünne Rauchsäulen, welche an manchen noch glimmenden Stellen hervorkamen, sollten bald, als ihre Nahrung aufgebraucht war, versiegen. Die Neu Ulmer sahen sich an, ohne ein Wort verlauten zu lassen und auf ihre stummen, einfach nur bescheiden da stehenden Retter. Wie auf Zuruf entlud sich die aufgestaute Spannung in einem Freudengeheul und Hurrarufen für die Dakota, denen sie alles zu verdanken hatten. Peinlich berührt ließ der Häuptling die Ansprache über ewig andauernde Freundschaft der beiden Völker über sich ergehen, wünschte aber nichts sehnlicher, als dieser Verlegenheit schnell wieder zu entkommen. Er handelte mit seinen Kriegern ohne jegliche Hintergedanken, da seine Nachbarn ihre Hilfe dringend nötig hatten, mehr Grund brauchte es für ihn nicht. Man schüttelte noch viele zerschundene Kriegerhände an diesem Abend und reich mit Geschenken beladen, die voller aufrichtiger Dankbarkeit übergeben wurden, verließen die Dakota bald wieder Neu Ulm, um sich in Zukunft nur noch mit den Wasicun als Freunde zu begegnen.

„Es ist schon eine wahre, absonderliche Ironie des Schicksals, dass sie Neu Ulm sehr bald schon wieder besuchen werden, dieses Mal jedoch nicht, um die Bewohner zu retten.“

„Was?“ Carl hatte nicht die viel zu leisen Worte verstanden und sah zu dem über und über mit Ruß und Asche bedeckten Badger.
„Ach nichts, verzeih einem alten Mann. Ich träumte nur laut!“
„Badger, Fallender Stern?“
Beide sahen Carl an, der sehr verlegen zu Boden blickte und sich nicht getraute, die älteren Krieger direkt und ohne Scheu anzublicken.
„Ja?“
„Könnt ihr einem törichten Narren verzeihen?“
Beide sahen sich an – dann verstanden sie aber, was Carl bewegen mochte und hätten über diesen Vorfall, den sie bereits abgehakt hatten, nie ein Wort verloren.
„Unser junger Freund hatte recht, es sah am Anfang wirklich sehr merkwürdig aus, für jemanden, der so etwas nicht kennt!“
Somit war alles gesagt worden und Carl nickte dankbar für die akzeptierte Entschuldigung. Doch eine kleine Spur eines schlechten Gewissens blieb bei ihm zurück. Er schämte sich noch recht lange, für seine misstrauischen Gedankengänge.

11.Kapitel

Die wenigen Überlebenden, aus der einstmals so stolzen und viele Seelen zählenden Gruppe des Häuptlings Kleiner Donner, erreichten nur mit letzter körperlicher Anstrengung das andere Ufer des Flusses. Die meisten von ihnen, die es erreichten, brachen erschöpft und am Ende ihrer Kräfte zusammen. Willenlos, sich ihrem Schicksal ergebend, waren sie bereit, sich dem Unvermeidlichen zu fügen. Die Wenigen unter ihnen, welche noch klar denken konnten, zogen ihre Angehörigen mit vereinten Kräften vom Ufer fort, in das nur einige Schritte entfernt beginnende Büffelgras hinein. Auch wenn sie wussten, dass ihnen dies keinen Schutz bieten würde, gab es ihnen dennoch ein gewisses Gefühl der Geborgenheit, denn die langen hellgrünen und gelben, fast verdörrten Halme hatten irgendetwas Vertrautes an sich. Die Ungewissheit, was geschehen würde, sollten die wenigen ihnen gebliebenen Krieger und deren Brüder aus dem Volk der Wolkenschilder, der kräftemäßig überlegenen Truppe der Soldaten nicht entkommen können und sich einem aussichtslosen Kampf stellen müssen, ließ die, den Lakota eigenen mit in ihre Wiege gelegten unerschütterlichen Hoffnung, wie den Morgenstern, wenn er auf die Sonne trifft, verblassen.

„Ich bitte euch meine Schwestern, meine Tanten und Onkel ... und auch euch, ihr, die ihr nur noch uns habt und in deren Schoß die Zukunft und die Hoffnung unseres Volkes liegt“, wandte sie sich selbst an die Kleinsten unter ihnen, „bitte erhebt euch und folgt mir und sei es auch nur, um aufrecht und nicht gebeugt, in das Land der vielen Zelte zu gehen!“

Alle sahen zu Krächzende Elster, deren unangenehme Stimme sie für einen Augenblick ins Leben zurückholte.

„Aber wir können nicht weiter, die letzten Tage, auch wenn wir eine kurze Pause hatten, um uns auszuruhen, die Kinder spielen konnten und die Alten schlafen, und wir alle, wenn auch nur für kurze Zeit, all das Schreckliche vergessen durften, forderten unseren Leuten mehr ab, als ihnen von Wakan Tanka für ein Leben gegeben wurde!“

„Mondstern, du redest Unsinn! Sterbt und geht zu den Ahnen, aber wenn es denn sein muss, dann geht zu ihnen als Lakota und nicht als jammernde Crowhunde! Gedenkt derer, die ihr Leben ließen, damit wir leben können! ... Was glaubt ihr, warum Wakan Tanka euch als Lakota in diese Welt schickte und nicht als Arikara oder Crow?“

Die Worte von Krächzende Elster verhallten nicht ohne Wirkung. Doch was sie sah, ließ sie all das Schreckliche und

zuvor Erlebte, gegen das, was sie jetzt zu Gesicht bekam, fast gering erscheinen.
Kleine Rote Feder, ein nur vierjähriger Waisenknabe, zerrte seine dreijährige Schwester hinter sich her, die weinend protestierte und nicht mehr weiter wollte. Er selber, der keine Kraft mehr hatte, kroch auf allen Vieren zu ihr hin und bei dem Versuch, sie erneut zum Laufen zu bewegen, löste sich sein Griff von ihrem Arm und er landete auf seinem kleinen Po. Er blickte sich um, zu Krächzende Elster und lächelte sie an, so als wolle er sagen: „Keine Angst Ina, wir gehen ja schon!“ Dann stapfte er barfuß, wie er war, mit seinen wund gelaufenen Füßen wieder zu Winonah hin, und schaffte es, sie endlich auf die Beine zu stellen. Andere kleine und größere Jungen, von seinem Beispiel ermutigt, versuchten, ihm zu folgen. All die kleinen Kinder, von denen doch nur so wenige geblieben waren, tappelten auf ihren kleinen Füßen oder robbten auf ihren Knien der weiten und offenen Prärie entgegen und erfüllten die Herzen ihrer Eltern, die jetzt aus einer anderen Welt auf sie herabsahen voller Stolz. Die älteren Kinder begannen, sich zu schämen und erhoben sich ebenfalls und nahmen die kleinsten von ihnen, auch wenn sie selber keine Kraft mehr besaßen, auf den Arm. Ohne sich noch einmal umzusehen. So zogen neunzehn halbwüchsige Waisen, der einstmals so reichlichen Kinderschar, den Erwachsenen voran, die nun all ihre Kraft und ihren Willen zum Überleben zusammenrafften und Krächzende Elster, welche ihren Schützlingen mit Junger Morgen auf dem Arm folgte, nachzueilen. Jeder Schritt, jeder Stein und Felsbrocken, jeder Hügel eines Erdhörnchens, wurde zu einer neuen Herausforderung. Mütter, die keine eigenen Kinder mehr hatten, holten die Kleinen bald ein und nahmen sie auf den Arm. Großmütter halfen ihren neuen Töchtern und Großväter trugen die hilflos gewordenen Verwandten, die nicht mehr laufen konnten. Stunde um Stunde schleppten sich die Lakota voran, bis sie am Ende des menschlich Möglichen angelangt

waren. Nichts ging mehr, und sie ließen sich in einer tieferen Bodenwelle in das weiche, sie völlig umgebene, Gras fallen.
Krächzende Elster wollte erneut die tapferen Kinder vorantreiben, um die Älteren zum Nachfolgen zu bewegen, doch die zerschundenen kleinen Füßchen, die blutigen Knie und die dunklen Augenränder in den ausgemergelten Gesichtern der Jüngsten, sagten ihr, dass es egal wäre, ob sie der Tod, wenn die Soldaten sie finden würden, hier, oder weitere fünf Meilen entfernt, ereilen würde. Zusammengekauert lagen die Menschen beieinander und warteten. Ihre wenigen Krieger, die ausgezogen waren, konnten nicht zurückkehren, aber lebend würden sie den Wasicun Soldaten nicht ein zweites Mal in die Hände fallen. Regen Der Nur Nachts Fällt erhob sich und bat ihre Tochter Mondstern, sie zu begleiten. Auch sie erhob sich und sonderte sich zusammen mit ihrer Mutter, mit einem der wenigen Messer, von der bewegungslos daliegenden Gruppe ab. Nur wenige stolpernde Schritte von den Ihren entfernt, hörten sie das plötzlich hereinbrechende Donnern von hunderten von Pferdehufen, die im rasenden Lauf hart auf den Prärieboden schlugen.
Angst, Verzweiflung und hilflose Ohnmacht spiegelte sich in allen Blicken wieder. „Wasicun“, „Wasicun“, „Wasicun“ aus vielen Mündern gerufen, im Angesicht ihres eigenen Todes. Kleine Kinder, die keine Kraft mehr zum Weinen hatten, oder jene, die all ihre Tränen bereits vergossen hatten, saßen nur noch schweigend und still da und warteten demütig auf die näher kommende Woge der vielen Soldaten, welche sie erbarmungslos niederreiten, oder ihnen mit Ihren „Langen Messern“ den Leib aufschlitzen würden. Doch dann waren sie frei und konnten wieder zu Mama und Papa, die im Land der vielen Zelte auf sie warteten. Krächzende Elster schloss ihre Augen, im Gedenken an ihren Mann Adlerträne und den anderen Kriegern, welche ihnen bereits vorausgeeilt waren.

Regen Der Nur Nachts Fällt, welche ihren dreißigsten Sommer sah, nahm aus Angst vor erneuter Schändung das Messer und schnitt sich ihre Arme der Länge nach auf. Tief und sicher waren ihre Schnitte, welche nur einen Bruchteil dessen an Schmerzen verursachten, was die Soldaten ihr in vielen, nie enden wollenden Nächten angetan hatten. Dennoch lächelte sie ihrer Tochter Mondstern zu. „Mein liebes Kind, bitte verzeih mir meine Schwäche, aber deine Mutter ist am Ende ihrer Reise angelangt.“ Sie strich mit ihrer Hand Mondstern ein letztes Mal liebevoll über die Wange, bevor sie sich das Messer selber bis ans Heft in ihr Herz stieß. Mit brechenden Augen sank sie nieder, glücklich in ihren letzten Gedanken, erneuter Demütigung und Schändung entkommen zu sein. Mondstern hatte nicht mehr die Kraft besessen, ihre Mutter abzuhalten, da sie den tiefen Schmerz, den sie in sich trug, wie ihren eigenen, spüren konnte. Leise begann sie, das Klagelied für ihre Mutter anzustimmen, bevor sie selber bereit war, ihr nachzueilen.
Doch sie musste sich beeilen, denn das immer näher kommende Geräusch der anstürmenden Pferdehufe wurde immer lauter und rückte gnadenlos näher. Aber in ihrem Trauergesang hörte sie nicht das entfernte Schreien ihrer Angehörigen, die unter den blutbeschmierten Säbeln und Bajonetten starben. Irgendetwas schien an der Geräuschkulisse anders als erwartet zu sein. Vorsichtig erhob sich Mondstern und sah trotz ihrer Angst über die kleine Kuppe hinweg, welche sie vor den Blicken der Soldaten bewahrte. „Nein!“ ... denn sie sah über sechzig aufrecht auf ihren Mustangs sitzende Krieger ihres Volkes. Sie sah es, aber sie glaubte es nicht. Vor ihren Augen brachen ihre erschöpften Angehörigen weinend und schreiend zusammen und endlich konnten sie sich ihrer heruntergekämpften Verzweiflung und dem Schmerz hemmungslos hingeben. Es dauerte eine Weile, bis Mondstern begriffen hatte, dass sie nicht von einem Trugbild heimgesucht wurde. Sie sah in der Hand das blutige Messer, welches ihre Mutter benutzt hatte.

Sie sah auf ihre Mutter und erneut auf die vielen zu ihrer Rettung gekommenen Krieger.
Der ungezügelte Schrei, welcher ihr entglitt und nicht von einem menschlichen Wesen stammen konnte, ließ alle Krieger auf ihren Mustangs erstarren, denn in diesem Moment hatte Mondstern erst die gesamte Tragweite erfassen können. Die Welt begann, sich um sie zu drehen und sie fiel, ohne dass sie es noch spürte, in ein dunkles tiefschwarzes Loch, das sie gnädig auffing.
Die Krieger waren entsetzt, wie nur sollten sie einen Feind bekämpfen und besiegen, der fähig war, so etwas anzurichten. Die verstörten und vollkommen verängstigten Blicke in den Augen der Menschen ließ sie fast an allem zweifeln, was sie zu kennen glaubten.
Behutsam führten die Krieger, und immer zu zweit jeweils einen der Little Thunder Leute zu den Mustangs und setzten ihn hinauf. Wie nur konnte es soweit kommen, es waren viel zu viele Ponys für die wenigen Lakota.
Iron Shell trat an Feuer in seinen Augen heran und verneinte seine eigenen Worte nur mit einem Kopfschütteln. Das freie Reden war ihm an diesem Tage nicht mehr gegeben. „Mein Freund“, sprach er leise und mit fremder erstickender Stimme, begleitet von fast vibrierenden Atemzügen, „Wir sagten zu Harney es gibt sie nicht mehr ... es sollte doch nur eine List sein, ... ein Wink, wie auch immer ... ich hätte nie geglaubt, ihn nicht angelogen zu haben. Bei Wakan Tanka, wir müssen diese Wasicun auslöschen, bevor sie es mit uns tun!“
„Nie hätte ich geahnt, wie schlimm es wirklich ist, von dem man uns berichtete, nun sieh sie dir an. Wakan Tanka alleine weiß, wer von ihnen sich wieder erholen wird.“
„Was wollen wir nun tun?“ Iron Shell war unschlüssig über ihr weiteres Vorgehen.
„Auf keinen Fall können wir die Familien auseinander reißen, die zusammen mehr durchmachen mussten, als zu ertragen sie

imstande waren. Mehr können wir niemandem von ihnen zumuten!“
Nachdenklich ging Iron Shell nach Adlertränes Worten in die Hocke. „... und das bedeutet?“
„Zur Zeit da ich noch ein sehr junger Mann war, mussten viele unserer Verwandten auf dem Geisterpfad gehen. Andere schlossen sich Wolkenschild an und stärkten unsere Familie. Nun mein Freund, ist es an uns, sich ihrer anzunehmen.“
„Ganz sicher?“
„Ganz sicher.“
„Dann mein Freund, solltet ihr Hilfe brauchen, auf der Jagd, oder Beistand im Kampf, lass es Iron Shell wissen, er wird mit seinen Kriegern an deiner Seite sein, denn es wird sehr hart für euch werden, all die Frauen, Kinder und Alten im kommenden Winter zu versorgen.“
„Mag es auch hart werden, unsere Krieger sind es ebenfalls, denn wir sind Lakota und werden es gemeinsam als eine Familie schaffen!“
„Gut, dann lass uns aufbrechen, sobald alle auf den Mustangs sitzen.“
Die Krieger führten in langer Reihe ihre Mustangs am Zügel durch die Furt des Flusses, mit den wenigen neuen Wolkenschilder auf deren Rücken. Oft saßen zwei von ihnen auf einem Tier, sodass sich die im gleichmäßigen Dauerlauf nebenher laufenden Männer einander auf den von Kriegern besetzten Ponys abwechseln konnten. Auf diese Art kamen sie den Umständen entsprechend schnell voran, da der gleichmäßige Dauerlauf für die Krieger eine ganz normale Art der Fortbewegung war und sie dieses Tempo stundenlang ohne Probleme durchhalten konnten. Mondstern befand sich gemeinsam mit Krächzende Elster auf dem Mustang von Adlerträne und wurde von ihr gehalten. Geistesabwesend sah sie durch alles und jeden hindurch. „Ihre Seele hat ihren Körper verlassen“, gab sie besorgt an Adlerträne weiter.

„Wenn genügend Zeit vergangen ist, wird sie zurückkehren wollen!“, rief er ihr vom Kopfende seines Ponys zu.
„Was wird nun aus ihnen, aus uns?“
„Wir ziehen zu Wolkenschild, dort werden wir von vorne beginnen können!“
Tag um Tag näherten sie sich Meile um Meile, dem gemeinsamen Lager Wolkenschilds und Iron Shells, welches im Schutze der Paha Sapa an deren Südhängen errichtet worden war. Doch nicht alle die gerettet wurden, schafften auch noch den weiten Heimweg, aber man durfte nicht zu lange warten, da beide zusammenliegenden Gruppen ihre besten und tapfersten Krieger ausgesandt hatten, um den vorausgeeilten Kriegern der Wolkenschilder zu helfen.
„Onkel?“
„Mhm.“
„Wieso seid ihr uns gefolgt?“
„Ihr seid zwar mutig, aber auch dumm genug, um in den Tod zu reiten. Was wir gesehen haben, verdient große Achtung und der Respekt aller Krieger sei euch versichert, doch schlau, mein Junge, war das nicht gerade. Ihr hattet eine Verantwortung. Was nur wäre aus ihnen geworden, wenn ihr gefallen wäret?“ Prüfend musterte Feuer In Seinen Augen seinen Neffen.
„Wir wussten nicht mehr weiter ...“
„Deshalb sind wir gekommen. Es konnte nicht gut gehen. Ihr wart viel zu wenige!“
Auch wenn immer wieder Bestattungsgestelle an ihrenm Weg errichtet werden mussten, kam doch irgendwann der Tag, an dem in der Ferne das große Lager beider Familienverbände am Horizont vor ihren Augen erschien. Das große Glücksgefühl endlich wieder zu Hause zu sein, zeichnete sich vor allem in den Gesichtern der Neuankömmlinge ab. Trotz aller sie überkommender Freude, drängten sie sich schüchtern und zurückhaltend zusammen, fast wie verängstigtes und in die Enge ge-

triebenes Wild. Während die Leute aus dem Dorf ihnen entgegen eilten, um sie zu begrüßen, begannen einige zu weinen, da es jetzt vorbei sein sollte. Ein langer, nie enden wollender Marsch aus Trauer und Schmerz sollte nun zu Ende gehen. Manch einer fiel von den Gefühlen, welche ihn überkamen weinend in die ihn auffangenden Arme der Wolkenschilder oder einem Angehörigen von der Gruppe Iron Shells.
Doch nicht alle konnten dieses befreiende Glücksgefühl teilen. Eulenfrau, eine Mutter, Herbstlaub und Julitau, zwei wartende Ehefrauen, standen in der Mitte ihrer Leute und suchten vergeblich die Blicke ihre Männer oder den des Sohnes zu finden. Adlerträne schnürte es die Luft ab, da es an ihm war den hinterbliebenen von Schwarzer Wolf und Weicht Nie Zurück, die grausame Nachricht mitzuteilen. Doch noch etwas anderes war da, was gesagt werden musste, wollte er nicht von der Last seines Gewissens erdrückt werden.
Nachdem die erste Aufregung gegen Abend verflogen war, wurden die in ihrer Trauer aufgelösten drei Hinterbliebenen, Eulenfrau, Julitau und Herbstlaub von Wolkenschild gebeten in sein Tipi zu kommen. Mit geröteten Augen traten die weinenden Frauen ein. Die Achtung und der Respekt vor dem Wicasa Wakan ließ sie sich beruhigen, während Wolkenschild und sein Neffe Adlerträne, welcher mit gebeugtem Haupt an seiner Seite saß, geduldig warteten, bis man sprechen konnte. Endlich hatten sich die drei Frauen soweit im Griff, dass der Mann der Geheimnisse sich an sie wenden konnte. Weit holte er aus und seine abschließenden Worte über Tapferkeit, Standhaftigkeit, die große Liebe zu ihrem Volk, welche die beiden gefallenen Krieger erfüllte und sie deshalb ihr Leben für die Schwächsten und Hilflosesten unter ihnen, in deren größten Not hingaben, ließ die Frauen trotz ihres unbeschreiblichen Verlustes, den Stolz einer Mutter und einer Ehefrau spüren, die einen wahrhaft großen und tapferen Krieger zu betrauern hatten. „Aber nun möchte auch mein junger Neffe, Adlerträne

etwas berichten, was ihn seit vielen Sonnen keinen Schlaf mehr finden lässt. Seine Seele zerreißt und ich bitte dich ... Herbstlaub, sehr genau zuzuhören.“

Mit geschlossenen Augen nickte Wolkenschild Adlerträne zu, zum Zeichen das er noch einmal über Schwarzer Wolf sprechen sollte. Auch Wolkenschild verspürte den großen Schmerz des Verlustes, da er einen viele Jahre an seiner Seite lebenden Freund verloren hatte, doch konnte er Adlerträne, seiner Tat wegen nicht verdammen. Adlerträne begann, berichtete und schilderte alle Einzelheiten über das Ende von Schwarzer Wolf. Fast war ihm als stünde jemand mit einem gewaltigen Tomahawk hinter ihm, um ihn seines Vergehens wegen zu erschlagen. „... aber ich konnte nicht anders handeln und würde es immer wieder tun, da Schwarzer Wolf nicht nur ein Freund für uns alle war und es nicht verdient hatte, das man ihm mit einer Schlinge um seinen Hals, den Kopf von den Schultern reißen würde. Ich werde nie damit leben können, da mich sein letzter Blick immer verfolgen wird. Doch dich Herbstlaub, kann ich nur um Vergebung bitten, da ich es war, der dir deinen Mann genommen hat.“

Herbstlaub senkte ihren Blick und vertiefte sich in ihre Gedanken. Lange Zeit verging und Adlerträne rechnete inzwischen mit allem, bis sie dann endlich doch wieder aufsehen sollte. „Adlerträne, du bist zwar ein noch junger Krieger, hast aber wie ein weiser alter Mann gehandelt. Ich möchte dir auch in seinem Namen danken, da du ihm in allerhöchster Not der beste Freund warst, den sich ein Krieger wünschen kann. Dich trifft keine Schuld und es gibt nichts, was man vergeben muss. Auch wenn es mir schwer fällt, all das zu begreifen, ich bin froh, dass du da warst und ihm das würdige Ende eines Kriegers gewährtest.“

Adlerträne sah auf, als ihn die Frau des Mannes, welchen er getötet hatte, von seiner Schuld frei sprach. Nicht verstehend suchte er fragenden Blickes bei Wolkenschild um Bestätigung,

dass er sich nicht verhört hatte. War Herbstlaub wirklich fähig, ihn von der quälenden Last zu befreien?
Wolkenschilds gütiger Blick ließ ihn sich endlich entspannen. „Die Worte Herbstlaubs waren die Worte einer Witwe eines großen und tapferen Kriegers, auch ich kann mich ihr nur anschließen und bin nicht in der Lage zu sagen, ob ich die nötige Stärke in diesem Moment besessen hätte, wie sie Adlerträne gegeben war. So soll es gut sein und wir wollen die Namen der Krieger nicht mehr aussprechen, um ihren Frieden im Land der vielen Zelte nicht zu stören!"

12. Kapitel

Schnell sprach sich nach dem Präriebrand das Verhalten der Santee herum und fast überall, auch anderen Ortes, veränderte sich das immer noch vorhandene Misstrauen zusehends und es stärkte im Laufe der Jahre das Vertrauen und den Glauben an eine durchaus mögliche gemeinsame und friedliche Zukunft.
Arthur war herangewachsen und glich, außer da es ihm noch an dem reichlichen Bartwuchs mangelte, von Tag zu Tag mehr seinem Vater. Ernst, der bereits ohne dabei ständig auf die Nase zu fallen, laufen konnte, kam den beiden alternden Kriegern immer freudig entgegengestürmt, wenn sie von der Jagd, zu der sie sich immer weiter entfernen mussten, erfolgreich heimkehrten, oder wenn sie von einem ihrer lieb gewonnenen Besuche bei den Santee heim kehrten.
Fallender Stern befestigte gerade einen erlegten Rehbock mit den Hinterläufen an einem Haken an der Außenwand der Scheune, um ihm die Decke abzuziehen. Badger brachte die Mustangs in die Umzäunung und gesellte sich, Carl im Vorbeigehen zuwinkend, der kaum den Gruß erwiderte, anschließend

zu seinem Bruder. „Was ist mit ihm, haben wir etwas Falsches getan?“
„Ich weiß es nicht!“
Da kam Carl auch schon auf sie zu. „Hallo, meine Freunde“, begrüßte er sie in ungewohnt ernstem Tonfall. „Es ist gut, euch wieder hier zu haben, könnt ihr bitte mit reinkommen, vielleicht könnt ihr etwas bei Arthur bewirken?“ Carl drehte sich um und ging wieder zurück ins Haus. Die Brüder sahen sich fragend an. Fallender Stern wusch sich schnell seine Hände und folgte Badger, der bereits das Haus betreten hatte. Es war ungewöhnlich still. Wiegendes Gras saß mit gesenktem Kopf auf der Bank, während Alma mit verweinten Augen den kleinen Ernst auf dem Schoß sitzen hatte. Carl stand mit verschränkten Armen vor dem alten hölzernen Kreuz. Dann fiel ihr Blick auf Arthur, welcher, am Tisch sitzend, mit trotzigem Gesichtsausdruck, kaum die beiden Brüder begrüßte.
Lange saßen Badger und Fallender Stern schweigend mit an dem großen, und ohne den sonst darauf stehenden Blumen, recht kühl wirkenden Tisch. Niemand sprach bisher ein Wort, bis Carl sich endlich aus seiner Starre löste. Langsam kam er an den Tisch und warf, während er sich auf den noch freien Stuhl fallen ließ, beiläufig eines der „Sprechenden Papiere“, welches die Wasicun Zeitung nannten, in seine Mitte. Carl nickte Badger zu, der zwar nie recht das Schreiben, aber das Lesen erlernt hatte. Behutsam faltete Badger es auseinander. „Krieg! … Die Wasicun führen Krieg gegeneinander!“
Badger ließ sich mit großen Augen gegen die Stuhllehne fallen, da er zu genau wusste, dass dies der Anfang von etwas war, wovon keiner der Bishops bisher eine Ahnung hatte. Ein Grund auch mit dafür, das er sich vor Jahren entschlossen hatte, zu bleiben, um vielleicht helfen zu können, wenn es eintreffen sollte. Er sah auf die Zeitung, dann auf Arthur, schlagartig begriff der alternde, aber an Scharfsinnigkeit noch nicht verlierende Häuptling, was Sache war. Die Zeitung mit der Nach-

richt des ausgebrochenen Krieges, der wohl nach wenigen Tagen, wollte man den Zeilen Glauben schenken, vorüber sein sollte. Die erschrockene und unsichere Reaktion der Eltern und auf der anderen Seite Arthur, jung und hitzköpfig, wie ein junger Krieger, dem es nach Ruhm und Anerkennung im Kampf verlangt und sich einen Namen zu machen wünscht. Nur mit viel Geschick konnte man ihn an zu Hause binden. Er kannte das Gefühl. Es gab fast nichts, was einen Krieger, welcher den Kampf wünscht, halten konnte.
„Ich weiß, mein Junge, egal welche Worte man auch immer dir sagen wird, deine Ohren werden verschlossen bleiben! Das verstehe ich, denn auch mir erging es vor sehr langer Zeit so, wie dir jetzt.“ Die ruhige Art, wie der Lakota in seiner tiefen und rauchigen Stimme sprach, ließ Arthur sich umdrehen. „Oh, dann Onkel Dachs, rede du mit ihnen, bevor der Krieg vorüber ist und ich mich schämen muss, nicht dabei gewesen zu sein!“
„Das werde ich mein Junge, das werde ich, doch zuvor setze dich zu uns.“
Carl sah erschrocken auf Badger, da er bis vor einen Augenblick noch gehofft hatte, er würde sich gegen Arthurs Vorhaben aussprechen. „Wir kennen uns schon sehr lange, nicht wahr?“, fuhr Badger fort. „Ich denke, wir vertrauen einander und daher möchte ich dich von Krieger zu Krieger bitten, noch ein Stück weiter zu gehen. Bitte frage mich nicht, warum und woher ich das Wissen habe, höre einfach nur zu!“
Bereitwillig nickte Arthur, da er Badger auf seiner Seite zu wissen glaubte. Carl war neugierig geworden und sperrte seinen Mund auf und auch die Frauen blickten nun voller Erwartung auf den alten Häuptling, der nun weiter sprach. „Dieser Krieg ist der Anfang von etwas, wovon ich hoffte, dass es niemals eintreten wird. Er wird viele Jahre andauern und das ganze Land und alle Menschen werden sich verändern. Folge deinem Drang nach Ruhm und Ehre, es ist gut so!“

Arthur lächelte Badger dankbar an und Carl war schon im Begriff, einzuschreiten.
„Aber junger Krieger, wundere dich nicht, solltest du heimkehren, wenn du weder dein Heim noch deine Eltern, deinen Bruder oder uns mehr vorfindest. Mit der Schuld, sie und auch uns im Stich gelassen zu haben, wirst du alleine leben müssen. Ich bete für dich, dass diese Last dich nicht in einen tiefen Zwiespalt bringt!“
„Ich verstehe nicht – was soll das heißen?“
„Ein Krieger mehr oder weniger kann in der Schlacht über Untergang oder Leben des ganzen Stammes entscheiden. Dein Kopf ist schon fast so schlau wie der deines Vaters, denke gefälligst selber nach! Denke über die Folgen eines Krieges nach, Junge!“
„Aber Onkel Dachs, der ist doch so weit fort und kommt niemals hier her!“
Badger erhob sich, da ihm innerlich die Hoffnung genommen wurde, dass es sich bei Rabbits Warnungen um einen Irrtum gehandelt hatte. Verzweiflung machte sich in ihm breit. „Was tut ein Krieg? Er kostet viel von eurem Geld und wer wird bezahlen und wem wird man es stehlen und verweigern? Deinen Nachbarn! Den Santee! Ihre Alten, Frauen und Kinder werden vor Hunger und Kälte sterben. Es wird Krieg geben, einen furchtbaren Krieg, gegen den der Krieg der Wasicun verblassen wird. Hier!“ Badger rannte zur Tür hinaus, aber ohne sich umzusehen, niemand sollte die Tränen eines alten Mannes bemerken. „Und darum musst du hier bleiben!“, rief er von draußen herein.
Mit kreidebleichen Gesichtern starrten sich die Bishops an. Carl sah zu Fallender Stern. „Was war das denn eben, woher will er das denn wissen?“
Langsam erhob sich der Krieger, um zu seinem Bruder zu gehen. „Er liebt euch, als wäret ihr seine eigene Familie. Ihr könnt ihm vertrauen. Er weiß es!“ Fallender Stern verließ eben-

falls das Haus. Arthur sah durch die Tischplatte hindurch ins Nichts und rührte sich nicht mehr. Fragenden Blickes sahen die Eltern und Ernst zu Wiegendes Gras. „Ich sage euch, er hat recht, fragt ihn aber nie, woher er es weiß! Bitte!"
Carl nickte, hatte aber kaum etwas von dem, was da soeben vor sich gegangen war, verstanden.
Badger hatte sich inzwischen mit dem Abziehen des Rehbocks beschäftigt und kaum bemerkt, wie sich Fallender Stern zu ihm gesellt hatte.
„Es ist also so weit?"
Badger hielt in der Bewegung inne. „Ja, mein Bruder, das ist es!"
Nun kam Carl heraus und näherte sich langsam den beiden Brüdern. „Badger, ich werde nicht fragen, warum und woher, ich möchte dir nur danken, Arthur wird bleiben!"
„Das ist gut! Verspreche nur, dass ihr euch nach Möglichkeit aus allem, was da kommen wird, raushalten werdet!"
„Natürlich, ich verstehe es zwar nicht, aber ich verspreche es."
Die etwas angespannte Situation im Haus der Bishops beruhigte sich wieder, da Arthur aus irgendeinem Grund den Worten Badgers Glauben schenkte.
Der Sommer verging wie im Fluge und auch der Herbst hatte bereits begonnen, als sich das Laub an den Bäumen in leuchtenden roten und goldgelben Tönen zeigte, doch so, wie man es vorher in den Zeitungen gesagt hatte, sollte es nicht geschehen.
Carl legte, nachdem er fertig war, wie so oft die Zeitung auf den Tisch und sinnierte laut über die geschriebenen Worte. Woher konnte der Lakotahäuptling das voraussehen? „Der Krieg unter den Wasicun des Nordens und denen des Südens wird immer heftiger und ein Ende, so wie Badger es uns prophezeite, ist lange noch nicht in Sicht. Sie haben sich regelrecht ineinander verbissen ... du hattest recht." Carl sah sehr betrübt aus.

„Ich wünschte, ich hätte es nicht!“, auch Badger hätte sich liebend gern geirrt und wurde ständig unruhiger. Laufend hatte er das Gefühl, etwas unternehmen zu müssen, weshalb er Fallender Stern bat, ihn zu begleiten.
„Darf ich euch begleiten?“
„Nur zu!“
Die beiden Brüder und selbst Carl genossen die Stille und das Umherziehen über die Grasebenen, in den herbstlich geschmückten Wäldern, weit ab von anderen Menschen, wo ihre Gedanken noch frei waren und so kamen sie, nach einem sehr bewusst ausgedehnten Tagesritt zum Dorf von Weißer Flügel, der sie wie immer freundlich zu begrüßen pflegte. Ta Oyate Duta befand sich zur Zeit ebenfalls im Lager seines Freundes, um sich mit seinem Nachbarn über die sich nähernde bedrohliche Situation auszutauschen. Noch war es Herbst, aber der Winter und der damit einhergehende Hunger kamen immer näher. Man musste nicht sehr genau hinsehen und ein guter Beobachter sein, um zu erkennen, dass die ersten Auswirkungen des Bürgerkrieges und die zunehmend ausbleibenden Lieferungen diejenigen getroffen hatten, die am allerwenigsten etwas dafür konnten und nichts mit ihm zu tun hatten. Erschrocken bemerkte Carl bei vielen der Menschen, die er von ihnen kannte, den sichtbar werdenden Hunger. Ihre Wangenknochen waren bereits deutlich unter der dünn gewordenen Haut hervorgetreten, da sie selber, wie er richtig vermutete, auf das Wenige, was sie seit langen Monden zur Verfügung hatten, verzichteten und es den Kindern gaben. Schweigend folgte er mit Badger und Fallender Stern der Einladung der Häuptlinge und lauschte ihren Ausführungen.
„Ich fürchte mich für mein Volk, denke ich an den kommenden Winter“, begann Ta Oyate Duta die zwanglose Unterredung mit den Freunden.
„Weißer Flügel geht es ebenso. Auch wir warten auf die uns zustehenden und ausbleibenden Lieferungen an Waren,

Lebensmittel und der Gelder. Ohne sie wird mein Volk den Winter nicht überstehen können."
„Es schmerzt mich, denn man macht mir, Ta Oyate Duta Vorwürfe, da ich einwilligte, neun von zehn Teilen unseres Landes fortgegeben zu haben und es nun nicht vermag, den Preis einzufordern. Unser verbliebenes Land verfügt nicht mehr über genügend Wild, von dem man alle Santee ernähren kann. Immer seltener bringt einer meiner Krieger etwas von der Jagd mit heim und die bittenden Worte an den Agenten gerichtet, verfliegen wie kalter Rauch im Wind."
Weißer Flügel nickte beipflichtend. „Viele unserer Männer unterschreiben Papiere, die Händler nennen das Kredit, dass sie die Waren bezahlen dürfen, wenn die Mittel für uns eingetroffen sind. Doch ich verstehe es nicht, denn das, was dann eintrifft, reicht niemals aus, um den Kredit und neue Waren zu bezahlen."
„Verzeiht mir bitte", mischte sich Carl ein und wartete, ob man ihn sprechen lassen würde. Wohlwollend sahen die Häuptlinge auf ihren Gast, der etwas zu sagen wünschte. „Ihr dürft diese Papiere nicht bei den Händlern unterzeichnen, die euch nur einen zu hohen Kredit gewähren", begann er. „Sie fordern Zinsen und Zinseszinsen!" Er wartete und erklärte es dann anders, da ihn niemand verstand. „Für einen Sack Mehl, den ihr euch borgt, will er zwei zurück. Wenn ihr nicht rechtzeitig bezahlt, sind es schon drei! Daher reichen die Mittel, wenn ihr sie dann bekommt, bald nur noch, um die Zinsen der Zinsen zu bezahlen!"
Die Häuptlinge sahen sich an, da sie endlich zu begreifen schienen, wie das System der Händler funktionierte.
„Ach nein, dies hört sich ja fast so an, als ob man uns absichtlich in Schwierigkeiten bringt!" Weißer Flügel lachte ungläubig."
„Gerne gebe ich euch ein weiteres Beispiel, auch wenn es mich nichts angeht und es auch unwichtig ist, da es nichts mit den

Lebensmitteln zu tun hat, aber ich kaufte neulich Tabak bei einem Händler namens Myrik, welcher aus Regierungsbeständen für die Santee geschickt wurde und auch bestimmt war. Ich kann doch wohl noch lesen. Doch dies sage ich nur, weil man euch sagte, euer Tabak sei noch nicht eingetroffen! Er ist eingetroffen! ... Was ich sagen will, passt bitte auf, dass man euch nicht übers Ohr haut!“ Carl bis sich auf die Zunge, da er wie er annahm, schon zu viel gesagt hatte und rutschte ein wenig zurück, da er vorläufig seinen Mund zu halten gedachte. Die Worte wurden schwerfällig von den Santee aufgenommen und verarbeitet, die erst langsam zu begreifen schienen, dass hier etwas nicht mit rechten Dingen vor sich ging. Der Gedanke, dass man sie in der Tat betrügen wollte, kam ihnen erst am Schluss der Unterredung.
Lange wollten sich Carl und die Brüder nicht im Dorf von Weißer Flügel aufhalten, da sie ihnen nicht das Wenige an Nahrung, das sie besaßen, wegessen wollten, konnten sich aber dem Gesetz der Gastfreundschaft nicht entziehen und waren sehr glücklich, dass die Frauen ihnen mehr als genügend Vorräte mitgegeben hatten, die sie nun beisteuern und verteilen konnten.
Yellow Bull Shirt, den sie seit Längerem kannten, kehrte soeben mit einigen Kriegern gerade von der Agentur zurück. Der niedergeschlagene Blick und sein Kopfschütteln verrieten mehr, als es Worte hätten tun können. Weißer Flügel hatte verstanden. „Also wieder nichts! Jedes Mal halten sie uns hin und vertrösten uns.“
„Man sagte, wir sollen warten, da eine Kolonne mit Verpflegung bereits zu uns und unseren Verwandten unterwegs sei“, erwiderte Yellow Bull Shirt, „doch das sagen sie jedes Mal und es geschieht nichts.“
Resigniert ließ sich Yellow Bull Shirt beim Häuptling und dessen Gästen nieder.

Am anderen Morgen des darauf folgenden Tages kehrte Ta Oyate Duta in sein Dorf zurück, aber gegen Mittag traf dann die erhoffte Kunde ein, dass sich ein berittener Trupp Wasicun Soldaten, gefolgt von einer Kolonne Planwagen der Armee, der Ansiedlung der Mdewakanton näherte.
Augenblicklich geriet das fast schlafwandelnde Lager und seine Menschen in Bewegung. Die Kinder rannten, gefolgt von der Meute der Dorfhunde, den Ankommenden entgegen und die Erleichterung stand vor allem den Älteren ins Gesicht geschrieben, die eher bereitwillig sterben würden, als ihren eigenen Kindern beim Verhungern zuzusehen.
Badger und Fallender Stern hielten sich bedeckt zurück und ließen dem Häuptling und seinen Männern den Vortritt. Carl jedoch versteckte sich im Tipi von Weißer Flügel und beobachtete voller Neugierde von dort das kommende Geschehen.
„Haaaalt!", ertönte es von der Spitze der Soldatenkolonne, die darauf hin absaßen, sich links und rechts positionierten und so eine Art Gasse zu den nachrückenden Planwagen bildeten. Endlich kamen auch diese zum Halten.
Colonel Sibley, einer der unangenehmsten Wasicun überhaupt, wollte man den Santee Glauben schenken, schritt herablassend auf Weißer Flügel zu und begann, gönnerhaft seine Ansprache.
„Der Große Weiße Vater in Washington hat seine Roten Kinder, die Santee, keinesfalls vergessen, wie ihr seht! Hier bringe ich euch die Waren und soll dir, Weißer Flügel, seine besten Wünsche überbringen!"
Der Häuptling grüßte zwar zurück und begann dann, aber provokatorisch mit dem Finger die Transportwagen zu zählen.
„Ihr könnt die Wagen an das andere Ende des Dorfes fahren und dann die restlichen holen! Alles, was uns zusteht!"
Der Kopf von Sibley lief augenblicklich rot an vor Wut.
„Wilder, was erlaubst du dir? Ich gebe dir gleich, was dir zusteht!"

„So? Na dann fahr die Wagen bei Seite und hole die noch Fehlenden!“
Sibley griff, fast seine Beherrschung verlierend, nach dem Sitz seiner Waffe, woraufhin Weißer Flügel, gefolgt von allen seinen sie umringenden Kriegern, ein jeder bereit war, sich auf die Soldaten zu werfen.
Sibley besann sich. „Der Weg von Washington bis zu den Santee ist ein sehr weiter, ich bin sicher, die anderen Wagen werden bald folgen!?“
Die beiden Lakota beobachteten gespannt, was nun folgen würde, doch Weißer Flügel deutete mit der Hand auf die Wagen, zum Zeichen, dass die Verteilung der Waren endlich beginnen sollte.
„Na, seht ihr!“ Sibley gab Befehl und die weißen Segeltücher der Planwagen wurden von den Soldaten hochgeschlagen oder auch ganz heruntergezogen. Doch statt sechs voller Wagenladungen mit Lebensmitteln befanden sich auf zwei von ihnen Angestellte der Agentur, die soeben Tische Bänke und Stühle abluden und in langer Reihe vor den Planwagen aufstellten. Die Dakota beobachteten mit wachsendem Misstrauen das merkwürdige Treiben. Was ging da vor sich? Auch Weißer Flügel, der Badger und Fallender Stern zu sich bat, hatte keine Erklärung zu dem Geschehen. Nun wurden Kisten, Kartons, Ordner und allerhand unsinniger, die Dakota nicht interessierender Kram abgeladen und auf den Tischen verteilt, hinter denen gespielt freundlich grinsende Beamte Platz genommen hatten.
„Wir beginnen mit der Auszahlung der Gelder!“, rief einer der Beamten, woraufhin sich je zwei Soldaten an einen Tisch aufstellten. Die Beamten entnahmen den Kisten gebundene Säckchen mit Hartgeldstücken und stapelten sie sorgsam vor sich auf, denn jeder Dakota sollte nach Abzug der Steuergelder, was kaum nachzuvollziehen war, fünfundzwanzig Dollar erhalten.

Während dessen, es mussten Händler sein, wurden in Reihe viele Decken ab der Außenkante des letzten Tisches ausgebreitet und allerlei verschiedener Waren darauf ausgelegt. Da die Dakota durch den Korridor der Soldaten und Tische hindurch gehen mussten, wurden sie so zwangsläufig zu den Händlern gedrängt, die bereits mit gierig funkelnden Augen auf sie warteten.
Doch nun wurden die ersten Namen der Dakota aufgerufen, sie mussten zum Tisch an der Spitze der langen Reihe gehen und ihr Zeichen auf ein Stück Papier malen. Dann erhielt jeder von ihnen die abgezählten Gold- und Silberstücke im Wert von fünfundzwanzig Dollar. Doch händigte man es ihnen nicht wie erwartet aus, denn nun begann etwas, was selbst Carl Bishops schlauer Kopf nicht auf Anhieb durchschauen konnte. Der Beamte nahm in der Regel fast die Hälfte der Münzen und übergab sie einem weiteren Beamten, der neben einem stellvertretenden Krämer saß und der im Gegenzug kleine Zettel hochhielt und vor aller Augen zerriss. Dies bedeutete nichts anderes als getilgte Schuldscheine, für nie gewährte Darlehen bei den umliegenden Händlern. Wieder wurde quittiert.
Ein weiterer Beamter, der inzwischen neben dem Lakota stand, nahm treuhänderisch, mit wohlwollendem und beruhigendem Gehabe das restliche Geld wieder in seinem Namen in Empfang. Am Nachbartisch legte er es dann wieder hin, zählte es sorgfältig vor, quittierte erneut und erhielt wieder einen Tisch weiter im Ausgleich für die Münzen einen kleinen Stapel mit Warengutscheinen, die er freundlich dem Dakota in die Hand legte. „So bitte, und dort bei unseren Händlern kannst du für dich die nötigen Waren einkaufen!“
Diese Warengutscheine jedoch waren nur nützlich, um hier und jetzt bei den auch anwesenden Händlern Waren einzutauschen. Anderen Ortes waren diese ungültig. Genauso wertlos, wie die angebotenen Waren.

„Aber, sage mir bitte, was soll ich mit den Waren machen, die ich nicht will? Wir wollen Nahrung, Mehl, Fleisch, Salz, Zucker und warme Decken!“
„Ja, Ja, Ja ... immer nur ich will, ich will, ich will, und nun tausche deine Waren und mach Platz für die Nächsten, wir haben nicht den ganzen Tag Zeit!“
Eingeschüchtert, wie ein kleines Kind, stand der große und stattliche Krieger mit dem etwas eigenartigen Namen Dem Die Hose Kneift am Rande hinter den ausgebreiteten Decken und besah die Papierfetzen in seiner Hand und die Waren, die er nicht gebrauchen konnte. Mit Stirnrunzeln und fragenden Augen sah er verzweifelt zu Weißer Flügel. Im Häuptling begann es unaufhörlich zu brodeln, doch noch hielt er sich zurück und reagierte nicht. Immer größer wurde die Gruppe der Dakota, welche sich zu Dem Die Hose Kneift gesellte. Dem Die Hose Kneift war einer der wenigen Krieger, die ihre ursprüngliche Kleidung am Leibe trugen, sein Name erübrigte jede weitere Erklärung um das Weshalb.
Badger betrachtete Weißer Flügel, der tief und schwer durchatmete. Seine Fäuste ballten sich und seine Knöchel begannen sich, von der Anstrengung weiß abzuzeichnen. Doch er hatte sich immer noch in der Gewalt. Auf ein Zeichen Badgers hin, zog sich Fallender Stern zurück und erschien Augenblicke später wieder bei seinem Bruder und übergab ihm unauffällig dessen Waffen. Für Badger war es nur eine Frage von Sekunden, wann der Geduldsfaden des Häuptlings reißen würde. Im Stillen bewunderte er diesen Dakota, der so lange seine Beherrschtheit wahren konnte, was ihm, selbst als alter Mann, nicht gelungen wäre. Doch Weißer Flügel wartete geduldig ab, wartete, bis sein Name aufgerufen wurde. Carl Bishop sah mit einem sehr unangenehmen Kribbeln im Bauch wie Badger, Fallender Stern und einige andere Männer der Dakota ihre Waffen auffällig in den Händen hielten. Als der Häuptling vortrat. Die Beamten und Händler warfen sich hämische und

verstohlene Blicke zu, was dem wachsamen Häuptling, der Gleichgültigkeit vorspielte, nicht entgangen war. Endlich stand er am Tisch, auf dem sich die aufgestapelten Münzen befanden. Der Regierungsangestellte hielt ihm den Federkiel hin, den er vorher in ein Tintenfass getaucht hatte, sodass Weißer Flügel nur noch sein Zeichen auf das Papier zu machen brauchte. Der Beamte stützte sich mit der rechten Hand auf den Tisch und deutete mit dem Zeigefinger seiner linken auf die Stelle des Blattes, wo der Häuptling quittieren sollte. Doch Weißer Flügel bewegte sich nicht. Nur das kraftvolle Heben und Senken seines Brustkorbs sagte seinen Leuten, dass das Leben noch in ihm war.
„Na, los! Wird's bald!“ Der Beamte wurde ungeduldig. Und schlug zur Untermauerung seiner Worte mit der flachen Hand auf den Tisch, dass die Stapel mit den Münzen umfielen und klimpernd durcheinander gerieten, was dem Beamten am Tisch veranlasste, seinem Vorgesetzten die Pest an den Hals zu wünschen. Mit mürrischem Gesichtsausdruck begann er erneut, die Münzen aufzustapeln. Weißer Flügel aber hatte den inneren Kampf noch nicht beendet. „Wirst du jetzt endlich unterzeichnen?“
Weißer Flügel stellte sich aufrecht hin und betrachtete den Federkiel, den er nun mit der ganzen Hand umfasste.
„Hast du dummer Heide nicht gesehen, wie man das verfluchte Ding benutzt?“
Weißer Flügel sah dem Beamten freundlich an. „Doch!“, gab er in freundlichem Tonfall zu verstehen.
„Na, also!“, man muss euch nur mal richtig Dampf machen, dann klappt das schon!“
Im selben Moment näherte sich ihnen Sibley auf Tuchfühlung. „Probleme, Harding?“
„Danke Sir, alles im Griff. Habe dem dreckigen Wil... aaah!“
Alles geschah in so rasanter Geschwindigkeit, dass selbst die Dakota kaum mitbekommen hatten, was da soeben direkt vor

ihren Augen passiert war. Weißer Flügel hatte seine Hand mit dem umfassten Federkiel erhoben, aber nicht zum Unterzeichnen. Mit wütender Entschlossenheit hatte er Harding die Spitze der Schreibfeder in seinen rechten Handrücken gerammt, da er sich immer noch auf dem Tisch abstützte. Erneut flogen die Münzen durch die Luft, höher und weiter als beim ersten Mal. Der von Weißer Flügel wütend angehobene und nach hinten fortgeschleuderte Tisch hatte den Münzen stapelnden Beamten samt Stuhl ebenfalls umgeworfen. Dann packte er sein Messer, sprang auf Sibley los, und hielt ihm den Dolch direkt an die Kehle.

Sofort legten alle im Umkreis stehenden Soldaten auf Weißer Flügel an. Alle übrigen hatten ihre Waffen schussbereit erhoben und standen sich Auge in Auge mit den Kriegern der Dakota gegenüber, die ebenfalls ihre Waffen auf die Soldaten angelegt hatten. Carl Bishop konnte immer noch nicht glauben, was er da sah und fragte sich, zu wem er halten sollte, würde es zum Kampf kommen. Er war ratlos, da sich die Lage immer weiter zu verschärfen drohte.

Doch jeder der rund vierzig Soldaten hatte nur einen Schuss, die Agenturbeamten trugen keine Waffen bei sich. Lediglich ein paar Händler hatten ebenfalls ihre Gewehre in Anschlag gebracht. Ihnen gegenüber standen über einhundert Krieger, von denen die Hälfte nach der ersten abgegebenen Salve, sie gnadenlos niedermachen würde.

Sibley zitterte unter dem eisernen Griff des Häuptlings und aus Angst vor dem jeden Moment erwarteten Schmerz der scharfen Klinge, die an seiner Kehle ruhte.

„Ist es das, was ihr wollt?“, sprach weißer Flügel nun wieder ganz ruhig. „Dass wir uns gegenseitig töten? Nur weil wir uns nicht betrügen lassen wollen? Unsere Kinder hungern und es ist allein eure Schuld! Wir haben euch vertraut! Gebt uns, was uns zusteht!“

Der Häuptling löste seinen umklammernden Griff am Hals des Colonels und ließ im Interesse des Friedens das Messer wieder sinken. Sibley atmete tief durch und trat mit schlotternden Knien einen Schritt zurück. „Sergeant, legen sie diesen Verbrecher in Ketten! Sofort!“, schrie er in die Runde. Der Häuptling wiedersetzte sich nicht, gab seinen Kriegern ein Zeichen sich ruhig zu verhalten und ließ die ihn in Gewahrsam nehmenden Soldaten gewähren. Beide Seiten senkten ihre Waffen, während Weißer Flügel unter den Augen seines Volkes fort geführt wurde.
Die Auszahlung und der Verkauf der Waren gerieten ins Stocken. Die Soldaten zogen sich vorerst in den Hintergrund zurück und berieten mit den Agenturbeamten und Händlern, wie man weiter verfahren sollte. Sibley war außer sich, doch war er sich der Verantwortung bewusst, welche Folgen eine Eskalation haben könnte.
Ähnlich taten es die Krieger der Dakota, die sich darüber einig waren, dass man sie betrogen hatte und Weißer Flügel zu Unrecht in deren Mitte festhielten. Aber auch sie wollten nur, was ihnen zustand und keine Auseinandersetzung.
Langsamen Schrittes begab sich Carl Bishop, in seiner zivilisierten und ordentlichen Bekleidung, zum Lagerplatz der Soldaten. Gleich am Rande stellten sich ihm zwei der Wachposten in den Weg. „Was wollen sie, Sir?“, fragte ihn einer der beiden in barschem Tonfall. „Mit ihrem Colonel reden, Sir, solange noch Zeit ist und jetzt lassen sie mich gefälligst durch, Mann!“
Sibley war auf den gepflegt wirkenden weißen Mann aufmerksam geworden und winkte ihn herbei. Die beiden Wachen traten bei Seite und Carl ging mit freundlichem Gesichtsausdruck auf den Colonel zu. Ohne lange Umschweife hielt er ihm seine Hand hin. „Guten Tag, Sir, können wir uns unterhalten?“
Sibley, nicht nur von der ruhigen und gepflegten Art des Mannes überrascht und nicht weniger verwundert, über dessen

plötzliches Auftauchen, bot Carl einen Platz neben sich an. „Eine dumme Geschichte, was da eben passierte, nicht wahr, Colonel? Möchte wirklich nicht in ihrer Haut stecken!“
„Ja, aber wir führen nur unsere Anweisungen und Befehle aus, denen haben sich auch die Santee nicht zu wiedersetzen!“
„Sagen ihre Anweisungen auch aus, dass man die Dakota bis aufs Blut reizen und ihre Kinder hungern lassen soll, wo sie Ihnen doch ewige Treue zugesichert haben? Betrügen sie sie nicht, Colonel, denn niemand anderes als diese Krieger unter Weißer Flügel waren es, die ihr Neu Ulm vor dem Untergang gerettet haben! Wollen sie ihnen so, in dem sie ihren Häuptling in Ketten legen, ihre Freundschaft vergelten?“
„Wer sind sie eigentlich und wo kommen sie überhaupt her?“
„Oh Verzeihung!“ Bishop erhob sich und machte eine angedeutete Verbeugung, mehr schien der Colonel in seinen Augen nicht wert zu sein. „Gestatten, Bishop, Sir, alles weitere steht in meinem Bericht, den sie mit Sicherheit in Abschrift aus Washington erhalten werden.“
Colonel Sibley lachte unverschämt. „Washington? Bericht? Sie sind mir ein rechter Witzbold, Mann!“
„Oh, das mag sein, das warf mir bereits meine liebe Mutter vor, meinen Schwager jedoch dürften Sie kennen? ... Nein? Jedenfalls er ist nur halb so witzig wie ich!“ Bishop winkte lässig ab, „... na und wenn nicht, wird sich dieses sicher bald ändern und ...“, er drehte sich um und lies seinen rechten Zeigefinger kreisen, „... über das hier und auch über, über sie Colonel, wird er sicher sehr, wirklich sehr ungehalten sein!“
Bishop sah den Colonel freundlich an und verbeugte sich höflich. „Sir, wenn sie erlauben, ich empfehle mich, mein Schreibtisch ruft, wollte nur kurz guten Tag wünschen!“ Er ging fort und lies den Colonel nicht wissend, was er von dem Mann halten sollte, zurück. „... ach ja, und Colonel, schlage vor, sie bringen das hier im Interesse Washingtons zu einem friedlichen Ende, nicht war?“

Bishop ging zu seinem Pferd und ritt ohne einen Gruß davon. Colonel Sibley hatte seinen Mund aufgesperrt, unschlüssig, was er von diesem Mann halten sollte. „Phillips, was hat er gesagt? Wie war sein Name noch mal gleich und der, der seines Schwagers?“
„Tut mir leid, Sir, habe ich nicht verstanden, Sir!“
Der Colonel kochte innerlich vor Wut. Hatte dieser Mann überhaupt einen Namen aus Washington erwähnt? Sollte er es beherzigen oder ignorieren?
Alle warteten gespannt, was geschehen würde, ob der Colonel in der Lage war, den Gefühlsausbruch von Weißer Flügel im Interesse der Vernunft wegzustecken, oder es bis zum Äußersten kommen ließ.
Die Zeit rann dahin und die meisten Dakota hatten sich vorerst zurückgezogen, da die Wasicun immer noch am Diskutieren waren, jedoch wurde jede Bewegung von den wachsamen Augen der Krieger genau verfolgt. Endlich kam wieder Bewegung in die Gruppe der Händler und Beamten. Sie begannen damit, die Tische, Bänke und Stühle wieder auf die Wagen zu verladen. Einen jedoch ließen sie vorerst stehen. Sibley und Harding, mit verbundener Hand, stellten sich an den Tisch und warteten. Dann führten zwei Soldaten Weißer Flügel vor und nahmen ihm die Handschellen ab. Sibley sah sich um, der am Tisch sitzende Beamte war ebenfalls bereit. „Hier!“ Harding schob den ersten Stapel mit fünfundzwanzig Dollar Münzen ein Stück weiter in die Mitte des Tisches. „Da musst du unterzeichnen!“ Er zeigte nochmals auf die bewusste Stelle des Papiers, nahm dann aber, nachdem er den Federkiel zügig daneben ablegte, beide Hände schnell auf den Rücken. Badger musste grinsen. Der dumme Harding war also lernfähig. Weißer Flügel nahm die fünfundzwanzig Dollar in die Hand und wartete. Nichts geschah. Dann steckte er sie ein. Wieder geschah nichts. Erst jetzt machte er sein Zeichen, drehte sich

um und ging zu seinen Leuten, von denen jeder die ihm zustehenden fünfundzwanzig Dollar erhielt.
Mit missmutigen Gesichtern packten die verärgerten Krämer ihre wertlosen Waren wieder ein und konnten nur die Lebensmittel und ein paar ihrer guten Decken verkaufen, welche bisher auf den Wagen belassen worden waren. Doch es machte nicht all zu viel. In anderen Lagern der Santee war es bisher besser gelaufen und fast nie gab es auf Grund der Verwirrung, welche sich unter den Roten breitmachte, irgendeine Art von Gegenwehr und das würde es auch nicht in der Zukunft. Noch konnten sie Sibley nicht genau einschätzen, wie weit er bereit war, zu gehen, doch auch er hatte seine Grenzen, das hatten sie heute begriffen. Doch wo diese bei anderen Dingen bei ihm lagen, das würden sie bei nächster sich bietender Gelegenheit erfahren, genau wie er unter anderem auf den Verkauf des gepanschten Brandys und Whiskys reagieren würde. Ein Versuch lohnte sich immer. Zu Weißer Flügel und seiner räuberischen Horde würden sie aber nicht mehr kommen.
Mit fast vor Freude zerspringendem Herzen sah Badger die Truppe und die Wagenkolonne nach verrichteter Arbeit abziehen. Er schrieb alleine Carl Bishop den Erfolg zu, der nach dem Abrücken der Soldaten mit einem grinsenden Gesichtsausdruck ins Lager zurückgekehrt war.
„Ich verstehe nicht, wie du es geschafft hast, aber wir sind dir sehr dankbar für deine Hilfe und bitte bestelle deinem Schwager in Washington unsere besten Grüße!“ Weißer Flügel hielt Carl seine Hand hin, der betrübt zu Boden blickte. „Ich danke dir Weißer Flügel, aber bitte verzeihe mir, dass ich die Grüße nicht weiterleiten kann.“
Nicht verstehend sah er auf Badger und Fallender Stern, die ihm Momente später zu begreifen halfen. „Na sieh doch mal, er hat doch gar keinen Schwager mehr!“
Weißer Flügel entspannte sich und konnte sogar wieder lachen und klopfte dem beschämt da stehenden Carl kräftig auf den

Rücken. „Er hat gar keinen Schwager? Ich hoffe für dich“, wandte er sich an Carl, „du bekommst jetzt keinen Ärger!“
Aber Carl winkte ab, da er nicht annahm, das Sibley diesen peinlichen Vorfall, sollte er tatsächlich dahinter kommen, weiter verfolgen würde.
Sicher würde dieses glückliche Ende nur ein Ausnahmefall sein. Aber Carl war dennoch sehr froh. Fürs Erste hatte er ein Unheil abwenden können. Am nächsten Morgen verließen er, Badger und Fallender Stern das Lager der Santee, die für den Moment jedenfalls zu essen hatten und sich auch direkt in der Agentur oder bei den vielen kleinen Händlerläden mit dem Geld, welches sie erhalten hatten, verpflegen konnten. „Wenn ihr Hilfe braucht, dann lasst es uns bitte wissen!“ Dankbar nickte weißer Flügel dem alten Lakota und seinem weißen Freund zu.

13. Kapitel

Seit dem frühen Morgen schon hatte es begonnen, unaufhörlich zu schneien. Dicke schwere Flocken fielen fast senkrecht von Skan, Vater Himmel, wie Badger erklärte, herab. Voller Erwartung auf das sich jedes Jahr zur selben Zeit wiederholende Ereignis und dem damit verbundenen, ihnen immer noch unbekannten Treiben, ihrer Gastgeber, starrten Badger, Wiegendes Gras und Fallender Stern auf die dunkelgrüne Tanne, die in Mitten des großen Innenraums aufgestellt wurde und auf deren Spitze, die bis in den Giebel des Daches hineinreichte. Wie jedes Mal wurde auch nun wieder auf der Spitze des Baumes ein großer glitzernder Stern angebracht.
Noch hatte niemand der drei Lakota verstanden, warum am Morgen so viel Aufsehen bei der Auswahl dieser so wichtigen Tanne gemacht wurde – diese Deutschen – die weder richtig

englisch noch Lakota sprachen. Geschweige denn, den Unterschied in der Sprache von Da- zu Lakota begriffen, gaben sich sehr vergnügt diesem Treiben hin, was sie immer zu dieser frostigen Jahreszeit zu wiederholen pflegten.
Bei einem Sonnentanz, das kannten sie, da wurde ein Baum gefällt und im Zentrum der Feierlichkeiten, nachdem man die Rinde spiralförmig entfernte und alles bemalte, platziert.
Also musste dies auch etwas heiliges, etwas sehr heiliges sein und voller Ehrfurcht verfolgten sie ihre Gastgeber ohne sich zu bewegen, nur aus den Augenwinkeln heraus. Noch nie jedoch, obwohl sie einander vertrauen, baten sie um eine Erklärung, da sie nicht als dumm dastehen wollten. Bis heute, Badger fasste sich endlich ein Herz. „Bitte, was bedeutet das?“ Fragend sahen gleich alle drei Lakota zu denen man auch Fallender Stern zwischenzeitlich zählte, auf Alma, die gedankenverloren aus einem fast von der Zeit verfallenen Pappkarton weitere seltsam silbrig und weiß glänzende Dinge hervorzauberte. Der kleine Ernst trampelte aufgeregt von einem Bein auf das andere und ließ seinen älteren, erwachsenen Bruder Arthur und seine Mutter dabei keinen Moment aus den Augen. Irgendein Zauber lag in der Luft und weder Badger, Fallender Stern oder Wiegendes Gras konnten sich die Ursache erklären.
Immer wieder gab es Vermutungen, die in den großen geschmückten Raum hinein geäußert wurden. Doch alle drei Gäste lagen vollkommen verkehrt und alle ausgetauschten Vermutungen lagen weit von der wirklichen Ursache entfernt.
„Nun gut. Dann setzt euch alle einmal nieder, ich will es euch erzählen“, mischte sich Carl ein, der den bittenden Blick seiner Frau verstanden hatte. Doch wie, fragte er sich, sollte er es ihnen erklären, sodass sie es auch begriffen?
Lange sinnierte der wahrlich gottesfürchtige Mann auf seinem wippenden Schaukelstuhl vor dem lodernden Kamin, an dem in diesem Jahr wie seit den Jahren zuvor drei zusätzliche große, mit Perlen bestickte Socken angebracht wurden. Immer wieder

musterte er die drei „Indianer“, schüttelte seinen Kopf und verwarf den gefassten Gedanken erneut.
Auch dieses Verhalten registrierten ihre drei Gäste mit nicht verstehenden Blicken. Doch dann fasst Carl sich ein Herz und fing endlich an ...
„Es war einmal“, begann er endlich, nachdem seine Pfeife verglommen war, „vor mehr als 1860 langen Sommern und Wintern. Ihr alle wisst, wie lange das zurück liegt?“
Er wartete.
„Da lebte einst in den Dörfern der ...“, er stockte. „... in den Dörfern der Arikara?“, wieder eine ellenlange Pause. „Ein junger und sehr tapferer Krieger?“, nichts passierte. „Er hatte schon viel Ehre erlangt und eine Menge Skalps von seinen Feinden erbeutet.“
Beifällig nickten die beiden älteren Brüder. Das gefiel ihnen, denn es ging hier wohl um einen sehr tapferen Feind.
„Bei einem friedlichen Treffen mit den anderen und oft verfeindeten Völkern verliebte sich dieser junge und tapfere Krieger der Arikara in ein junges und wunderschönes Mädchen der Dakota. Und sie war wirklich sehr, sehr schön. – Fast so schön wie Wiegendes Gras.“
Verlegen blickte die Erwähnte zu Boden und ihre geröteten Wangen begannen, trotz ihres Alters mit jugendlichem Feuer zu glühen.
„Die Häuptlinge beider Stämme willigten also ein, da dies eine gute Verbindung zu sein schien und sie sich so einen dauerhaften Frieden zwischen ihren Völkern versprachen. Doch die Zeit bis zur Hochzeit sollte noch andauern, da man alle Stämme der Arikara und die der Dakota zu diesem Fest einzuladen gedachte und so das Friedensbündnis besiegeln wollte. Irgendetwas aber stimmte nicht mit ... Skyfeather, ja so hieß die junge Dakota.
Des Morgens war ihr übel und auch sonst begann sie, sich zu verändern.“

„Wie verändern, wurde sie von einem bösen Geist verfolgt?“ Ernst saß voller fieberhafter Erwartung auf dem Schoß von Alma, die ebenfalls mit dem Schmücken des Weihnachtsbaumes aufgehört hatte. Ihre Augen leuchteten liebevoll, denn so etwas hätte sie ihrem hart gesottenen Carl nie zugetraut. Arthur hingegen hatte sich an die Seite von Wiegendes Gras gesetzt und lauschte den ungewohnten Ausführungen seines inzwischen graubärtigen Vaters.
Carl lächelte zurück, denn auch die drei Lakota schienen an seiner neuen Geschichte Gefallen zu finden. Schnell schickte er seinem Gott noch ein stilles Stoßgebet zu, das er ihm für seine etwas andere Weihnachtsgeschichte verzeihen möge.
„Nein, auch ihr Leib veränderte sich zusehends! Die weisen Männer beider Stämme bemerkten es ebenfalls. Die Dakota beschuldigten den Arikarakrieger, Gewaltige Lanze, so hieß er, dass er bereits vor der Hochzeitsnacht bei Skyfeather gelegen habe.“
Badgers plötzlich losbrausendes Gekicher wurde von einem freundschaftlichen Klaps seiner Frau unterbrochen.
„Aber es ist doch ein vortrefflicher Name“, alberte jetzt auch Fallender Stern herum, der die zweideutige Anspielung auf den Namen des Kriegers ebenfalls erraten hatte.
Die Mundwinkel von Carl begannen sich nun gleichfalls heraufziehen, da auch ihm jetzt die unpassende Zweideutigkeit bewusst wurde.
„Also, ... die Arikara hingegen beschuldigten die Dakota, ihnen ein schwangeres Mädchen unterjubeln zu wollen und sie zu betrügen. Gewaltige Lanze, genau wie Skyfeather beteuerten hingegen ihre Unschuld, dass sie keines Falls ein Tabu gebrochen hätten.
Doch noch unglaubwürdiger als Gewaltige Lanze erschien allen anderen Skyfeather, deren Kind unaufhörlich in ihrem Leib heranwuchs.

Während die weisen Männer und Häuptlinge beider Stämme diskutierten, wer nun im Recht sei, ging Gewaltige Lanze alleine in die Wildnis und bestieg einen Berg, um nach Antworten auf seine Fragen zu suchen und um mit seinem Schutzgeist ...?" Carl wartete, aber niemand widersprach. „... um mit seinem Schutzgeist zu sprechen. Doch der kam nicht zu Gewaltige Lanze und so wartete er viele Tage vergebens auf dessen Erscheinen. Der innere Zwiespalt tat ihm weh, was sollte er tun, denn er hatte sich unsterblich in Skyfeather verliebt. Doch ihr Verrat war ganz offensichtlich, da er ja sehr genau wusste, dass dieses ungeborene Kind nicht von ihm sein konnte.

Skyfeather hingegen fürchtete im Dorf der Dakota bereits um ihr Leben, da von beiden Seiten immer mehr böse Worte laut wurden, konnte sich aber nach wie vor nicht erklären, wie all das geschehen konnte.

Sie lauschte immer wieder durch die Planen ihres Tipis und vernahm, dass man sie nun beide ernstlich beschuldigte und sie beide nur wegen fleischlicher Ungeduld den Frieden zwischen den Völkern aufs Spiel setzen würden. Sie bekam große Angst und fürchtete nicht nur um ihr Leben, da sie ebenfalls annahm, dass sie Gewaltige Lanze für immer verloren hätte.

Doch dann, in der Nacht."

Carl flüsterte fast schon und hob den rechten Zeigefinger.

„In der Nacht wurde es endlich im gemeinsamen Lager der Stämme ruhiger, da man beschlossen hatte, sobald Gewaltige Lanze zurückkehrte, beide zu verurteilen, denn wenn sie schon nicht durch ihr gemeinsames Leben, dann sollten sie zumindest durch ihren gemeinsamen Tod für den Erhalt des Friedens zwischen den Stämmen sorgen.

Skyfeather hatte in der darauf folgenden Nacht einen ungewöhnlichen Traum, in welchem ihr ein großer und starker Adler als Bote Wakan Tankas erschien.

Sie wurde fast ein wenig wütend, als der Adler ihr mitteilte, dass sie ein Kind bekommen würde. Als ob sie das nicht bereits schon selber wüsste. Aber vielleicht konnte ihr der Adler wenigstens sagen, welcher Krieger heimlich bei ihr gelegen hatte, ohne, dass sie es bemerken konnte."
„Ich weiß es! Ich weiß es!", polterte es aus dem breit grinsenden Gesicht Badgers hervor.
„Ich auch, ich auch! Es war sicher ein Pawnee!", krähte Arthur im Anschluss gleich darauf los und Badger machte seine beliebte anzügliche kleine Größenangabe mit Zeigefinger und Daumen. Fallender Stern bis sich schmerzhaft auf die Zunge, denn auch er verspürte den unbändigen Drang, seinen Senf mit beizutragen und selbst Alma hatte Badgers Bemerkung mit einem lauten Lacher quittiert. „Ja, ja, sie können noch so alt werden, aber es sind nun mal Männer die ändern sich nie!"
Carl wurde von der Unbefangenheit seiner Gäste mit angesteckt und konnte es auch Badger nicht übel nehmen. Vielleicht ja würde er es besser verstehen, wenn er die ganze Geschichte kannte.
„Nun, der Adler sprach weiter zu Skyfeather und teilte ihr mit, dass sie kein Kind eines Kriegers, sondern das Kind Wakan Tankas unter ihrem Herzen tragen würde. Das Mädchen erschrak und konnte es nicht glauben, was sie da soeben erfahren hatte. Doch bevor sie weiterfragen konnte, war der Adler auch schon wieder fort, da er in dieser Nacht noch sehr viel zu tun hatte.
Als Erstes besuchte er Gewaltige Lanze und sagte auch ihm, wie es in Wirklichkeit um Skyfeather bestellt war. Er, Gewaltige Lanze sei auserwählt worden, Skyfeather und auch das zu erwartende Kind mit seinem Leben zu beschützen. Doch er sagte ihm auch, was nur die Ohren eines großen und tapferen Kriegers ertragen konnten. Beide, sie, wie auch er, mussten ihre Völker sofort und für immer verlassen und fliehen, da

ihnen und dem ungeborenen Kind sonst der sichere Tod gewiss sei.

Augenblicklich, nachdem der Adler verschwunden war, machte sich Gewaltige Lanze auf und versteckte seine Mustangs in der Nähe des großen gemeinsamen Lagers. Während alle anderen im Lager schliefen, schlich sich Gewaltige Lanze in das Tipi, in dem man kurz zuvor Skyfeather, damit sie nicht fliehen konnte, gebunden hatte.

Er befreite sie von ihren Fesseln und so flohen sie unentdeckt in die Wildnis. Niemand im Dorf bemerkte ihre Flucht, da der Adler mit allen seinen Brüdern, den Habichten, den Falken und den Bussarden die Wachen des Dorfes mit ihren, für die Nacht ungewöhnlichen Schreien, ablenkte.

Mehrere Sonnen waren die beiden nun unterwegs und auch der Herbst begann sich bereits in seiner prachtvollen Schönheit auf sein Ende hinzubewegen.

Endlich jedoch rückte die Zeit näher, da das ungeborene Kind den Drang verspürte, das Licht der Welt zu erblicken. Als es schon fast so weit war, kam der Adler erneut zu den beiden und ließ für sie einen großen leuchtenden Stern über einem fernen fremden Land hell erstrahlen, welcher ihnen den Weg weisen sollte.“ Carl deutete auf den Stern an der Spitze der Tanne.

„So geschah es, dass sie an mehreren Dörfern vorbeikamen, bei den Assiniboin, bei den Mandan, bei den Crow, doch nirgends gewährte man ihnen Unterschlupf, da ihre Flucht bereits allgemein bekannt war und niemand mit den beiden mächtigen und nun vereinten Nachbarn Ärger haben wollte.“

Carl merkte, wie die letzten Worte mit Unverständnis bei seinen Gästen aufgenommen wurden, und lenkte sofort ein.

„Doch als sie nach langer vergeblicher Suche auf eine sehr kleine und arme Gruppe von Jägern mit ihren Frauen und Kindern stießen, da wurde ihnen endlich Obdach gewährt. Während sich die alten und weisen Frauen anschickten, eilig ein kleines Tipi für ihre Gäste zu errichten, bemerkten sie, wie

sich ohne Angst und Scheu die verschiedensten Lebewesen der Plains ihrem Dorf zu nähern begannen und an dessen Rand verweilten.
Endlich war es dann soweit. Das Geschrei eines kräftigen kleinen Jungen ließ alle Dorfbewohner inne halten und sich am Glück der jungen Eltern mit erfreuen. Stolz präsentierten Mächtige Lanze und Skyfeather ihren Sprössling, dem tapferen und sich nicht vor ihren Feinden fürchtenden kleinen Stamm, der ihnen, ohne Rücksicht auf ihre eigene Sicherheit, Obdach gewährt hatte. Allen Lakota in die..."
Badger sprang bei dem Wort Lakota unwillkürlich begeistert auf und rief ein lautes „Hoka hey, ich hab´s doch gleich gewusst!", in den Raum, doch setzte er sich schnell mit gesenktem Haupt, auf Grund seines Gefühlsausbruchs, wieder hin.
Carl sah kurz auf und fuhr dann aber gleich wieder fort. „Also, allen in diesem Dorf war sofort klar, das in ihrer Mitte kein gewöhnliches Menschenkind das Licht der Welt erblickt hatte. Ehrfurchtsvoll traten die Lakota vor der aufgerollten Zeltwand zurück, als sich um sie herum alle Tiere der Plains in langer Reihe zu formieren begannen, um das neugeborene Kind nacheinander zu begrüßen und sich vor ihm zu verneigen.
Es kamen die gewaltigen Büffel, die Grizzlys, die großen Grauwölfe, selbst die Kojoten und der Puma, die Wapitis und auch die kleineren unter ihnen, wie der Dachs und der Hase, bis hin zu den Erdhörnchen. Alle in friedlicher Eintracht, ungeachtet ihrer natürlichen Feindseligkeit.
Endlich, als dann die letzten Tiere gegangen waren, wurde es wieder stiller. Doch immer noch schwebte über ihnen der große und mächtige Adler, der das Kind von dieser Zeit an, wie auch das Volk der Lakota im Namen Wakan Tankas beschützen würde. Nach wie vor aber verharrten die Lakota ehrfurchtsvoll in gebührenden Abstand, denn noch war es nicht an der Zeit, um selber das Neugeborene begrüßen zu dürfen, da man ganz

in der Nähe drei sich nähernde fremde und mächtige Geheimnismänner bemerkt hatte. Mit all ihren Ehrenzeichen und Würden ihres hohen Amtes versehen, genoss jeder von ihnen in seinem Stamm, den Ruf eines bedeutenden Wicasa Wakans.
Der Erste, der kam, er war ein Shoshone und er verneigte sich tief vor dem Kind und beschenkte es mit einem jungen kräftigen Mustang, der niemals müde werden würde.
Der Zweite, der kam, war ein Cheyenne und schenkte dem Kind Pfeil und Bogen, welche nie ihr Ziel verfehlen sollten.
Der dritte und letzte Geheimnismann war ein Ponca und er schenkte dem Kind geweihten Salbei, in dessen heiligen Rauch seine Worte nie bei Wakan Tanka auf taube Ohren stoßen würden.
Von allen Lakota und seinen Eltern wohl behütet, wuchs das Kind von da an unter seinem neuen Volk zu dem bedeutendsten Wicasa Wakan heran, den die Lakota jemals besaßen und sie wurden so unter seinem und dem Schutz des Adlers, zum mächtigsten und wohlhabendsten Volk auf den gesamten Plains."

Erschöpft aber sichtlich mit sich zufrieden, ließ sich Carl Bishop, nachdem er geendet hatte, an die Lehne seines knarrenden Schaukelstuhls zurückplumpsen. Nur das leise knistern des Feuers war bald noch zu hören. Selbst Badger wurde nachdenklich und schwieg sich aus.
„Was ist aus dem Jungen, dem Medizinmann geworden?" Ernst bohrte mit seinen Augen die Frage tief in seinen Vater hinein.
Carl schnaufte, bevor er mit gerunzelter Stirn fortfuhr. „Als der Knabe zum Mann und dann später zum Geheimnismann wurde, wurden die Lakota groß, stark und mächtig, aber das erzählte ich euch schon. Die Feinde der Lakota, die Arikara, die Pawnee und all die anderen begannen sich, immer mehr vor ihnen zu fürchten und sahen die Ursache für die ungeheure Macht, ihrer immer stärker werdenden Feinde, in ihrem großen Geheimnismann begründet.

Sie versuchten daher, unter den Sioux sprechenden Völkern Streit heraufzubeschwören. Es gelang ihnen tatsächlich eine nördlich wohnende Siouxgruppe, die Mandan, davon zu überzeugen, dass wenn sie den berühmten Wicasa Wakan der Lakota für sie töteten, ihre Kinder im Winter nie mehr zu hungern bräuchten, da sie von ihren ehemaligen Feinden, den Arikara und Pawnee immer genug Mais bekommen würden, wenn sie selber nicht genug hätten.
Die Mandan lockten daraufhin unter einem Vorwand den Wicasa Wakan der Lakota in ihr Dorf, banden ihn umgehend an einen Pfahl und entzündeten um ihn herum ein gewaltiges, weit hin leuchtendes Feuer. Doch mitten in dem dichten Rauch, da schrie über ihren Köpfen unerwartet, mit laut hallender und drohender Stimme ein riesiger Adler und augenblicklich, wie durch einen großen Zauber, fielen die Fesseln von dem Geheimnismann ab. Nun bemerkten die Mandan ihren Fehler, doch kamen sie durch das immer größer werdende Feuer nicht mehr an den Wicasa Wakan heran. Fortlaufen konnte dieser nicht mehr, da die Flammen um ihn herum bereits zu hoch und zu dicht loderten. Da breitete der Geheimnismann in dem dichten Rauch seine Arme aus und schloss seine Augen.
Niemand der Mandan sah in dem immer dichter werdenden Qualm, was danach genau passierte. Nur, dass sich plötzlich ein weiterer Adler, mitten aus dem lodernden und qualmenden Flammenmeer löste, sich in die Lüfte erhob und mit dem Adler im Himmel eins wurde.
Jetzt erst begriffen die Mandan in aller Tragweite, was sie Furchtbares getan hatten.
Und wie ihr seht, – Es gibt sie heute fast nicht mehr!“
Wieder trat eine Weile Ruhe ein und alle Zuhörer mussten, die heute zum ersten Mal gehörte Geschichte, ein wenig verdauen.
Nach einer kurzen Pause, erhob sich als Erster, der sehr schweigsam gewordene Badger und starrte durch das offene Fenster in die kühle winterliche Nacht hinaus. Das Herz wurde

ihm schwer, denn die Weihnachtsgeschichte erinnerte ihn an seine Familie, der es so weit entfernt hoffentlich an nichts fehlen würde. Aber auch Gedanken an seinen Bruder Rabbit, begannen ihm im Kopf herum zu spuken. Doch all diese vielen Erinnerungen so schien es Badger, mussten mehr als ein Menschenleben zurück liegen.
Alma war immer noch gerührt, wie sehr sich Carl doch bemüht hatte, seine, für seine Gäste neu geschaffene, Weihnachtsgeschichte wiederzugeben, damit sie den tieferen Sinn auch verstanden. Nun schickte sie sich wieder an, mit dem kleinen Ernst und dem älteren Arthur den Baum weiter zu schmücken.
Langsam erhoben sich auch Wiegendes Gras und Fallender Stern, die die schwere Gemütsstimmung Badgers zu spüren begannen und stellten sich an seine Seite. Er war inzwischen vor die Tür getreten und blickte in die fallenden Flocken, als könne er darin irgendetwas Tröstendes finden.

*

Es war am Weihnachtsmorgen, als der Baum in der Mitte des großen Raumes zauberhaft glänzte und nur noch darauf wartete, dass an ihm die vielen kleinen Kerzen entzündet wurden, um ihn in all seiner Pracht erstrahlen zu lassen.
Wiegendes Gras konnte sich schon jetzt nicht mehr an dem Anblick satt sehen. Stumm verharrte sie mit feuchten Augen vor dem Baum, in Gedanken an ihre Söhne versunken, die sie in diesem Leben nicht mehr sehen würde.
Auch Fallender Stern wurde von einer seltsamen Melancholie heimgesucht, von Badger angesteckt und zog sich in den für sie sehr gemütlich hergerichteten Nebenraum zurück.
Einzig Badger durchstreifte mit Arthur an diesem Weihnachtsmorgen den Wald, um sich mit einen Braten, hoffentlich doch

noch bei seinen Gastgebern für all die zurückliegenden Freundlichkeiten bedanken zu können.
Es war wie verhext, das Wild schien schon seit Langem andere Pfade zu benutzen. Nirgends war auch nur die kleinste Fährte zu entdecken. Es war wohl in der Tat so, wie es Weißer Flügel schon vor Wochen, nachdem die Vorräte aufgebraucht waren, für sein hungerndes Dorf befürchtet hatte. Das Wild war in dieser Gegend ausgestorben. Die ausbleibenden Lebensmittelrationen der Regierung für die Santee hatten Zwangsweise dazu geführt, dass die Wälder leer gejagt wurden. Badger hoffte, dass sich Weißer Flügel irrte und dass das Wild spätestens im Frühling in die Wälder zurückkehren würde.
Betrübt sah er zu Arthur, der den Ernst der Lage noch gar nicht zu begreifen schien, und stapfte weiter mit ihm durch den weichen Schnee in der Hoffnung, doch noch ein Wild aufzuspüren.
Der alte Häuptling wusste sehr genau, was passieren würde, müssten die Frauen und Kinder der Santee weiterhungern. Die Krieger würden ihre letzten Ponys bemalen, falls sie bis dahin nicht alle schlachten mussten und ausziehen, ihr Recht auf Lebensmittel in der Agentur einfordern und sei es mit Gewalt. Er bekam Angst. Wie lange noch würde es wohl dauern, bis ähnliche Auswirkungen der unaufhaltsam näherkommenden weißen Flut auch auf den Plains zu spüren sein würden. Wann würde sein Volk anfangen, zu hungern?
Ein Zerren an seinem Ärmel ließ ihn erwachen. Er blickte auf Arthur, der seinen Zeigefinger auf den Mund gelegt hatte, und folgte anschließend seinem schweifenden Blick.
Langsam zog Badger zwei Pfeile aus seinem Köcher. Einen nahm er sicherheitshalber zwischen die Zähne und den anderen legte er ohne den geringsten Laut auf die Sehne seines Bogens.
Kraftvoll spannten die immer noch starken Muskeln des alten Häuptlings den Bogen und ließen den Pfeil abschnellen.

Der Schreck ließ den Rehbock springend in die Höhe fahren, als das Geschoss sein Herz durchbohrte. Doch dass er nur eine Sekunde später hart zu Boden fiel, spürte er nicht mehr.
Schnell erreichten die beiden ihre Beute und Badger dankte in einer Zeremonie dem Geist des Rehbocks, dass er sich von ihm hatte jagen lassen, und erwies ihm die letzte Ehre, in dem er ein wenig Tabak für ihn opferte.
„Mein junger Freund hat Augen wie ein Habicht, fast hätte ich ihn aufgeschreckt!"
Arthur, sich des Lobes voll bewusst, sinnierte allerdings vielmehr über das seltsame Verhalten des Lakota nach, obwohl er es schon etliche Male beobachtet hatte.
Er vergaß nie dem Tier zu danken - und mit was für einer Ehrfurcht Badger an die Sache heranging, das beeindruckte den jungen Mann zu tiefst.
Darüber musste er eines Tages mehr erfahren.
Mit ausgelassenem Freudengeheul wurden sie schon beim Erreichen der Lichtung vor ihrem Blockhaus begrüßt.
„Langweilige Kartoffel- oder Mehlsuppen, oder getrocknete Wildbeeren auf Maisfladen, werden uns nun also doch nicht das ganze Weihnachtsfest auf unserer Speisekarte begleiten." Carl war außer sich vor Freude. „Unsere indianischen Brüder sind wahrhaft große Jäger!"
Badger war es fast ein wenig peinlich. „Ich habe nur geschossen, aber entdeckt hat ihn dein Sohn. Er hat ein sehr scharfes Auge!"
Arthur wuchs sofort noch weiter in die Höhe und stolzierte wie ein Gockel zum Eingang des Hauses, während die Männer sich daran machten, das Wild zu zerlegen.
Bereits wenig später duftete es nicht nur in der Küche nach leckerem Rehrücken. Der angenehme Duft verteilte sich im ganzen Haus und zog bis in jede Kammer hinein.

Genüsslich, satt und zufrieden rekelten sich alle nach dem Essen auf ihren Stühlen herum. Ein jeder mit einem stillen Lächeln auf den Lippen, als es unerwartet an der Tür klopfte.
Fragend sah Carl sich um, sie erwarteten doch niemanden, wer also mochte sich in dieser Eiseskälte zu ihnen verirren? Vorsichtshalber nahm Carl sein Gewehr von der Wand und vergewisserte sich, ob es auch geladen war, bevor er öffnete.
Mehr fallend als laufend stürzte ein junger, halb erfrorener und bis über den Kopf nur in eine zerlumpte Baumwolldecke gehüllter, fast verhungerter Santee in die Stube.
Er war vor Entkräftung nicht einmal mehr in der Lage, zu sprechen. „Yellow Bullshirt ... was ist geschehen?"
Badger und Fallender Stern nahmen sich sofort des jungen Mannes an und begleiteten ihn zu einer an den Außenwänden stehenden Bank. Alma kam sofort mit noch warmer Brühe und so flößten sie ihm mit winzigen Schlucken erst einmal sehr vorsichtig wieder ein wenig Leben ein.
Erschrocken über das ausgemergelte Gesicht des jungen Santee wich Ernst wieder ein wenig zurück, als auch er sich endlich etwas näher herantraute. „Ist er krank?", fragte er vorsichtig.
„Nein, mein Kind – so sieht der Hunger aus." Flüsterte Wiegendes Gras dem Jungen leise zu, als sie spürte, wie es auch ihr die Kehle zuschnürte, und zog sich mit ihm in eine der hinteren Ecken des Raumes zurück.
„Was ist geschehen? Kann unser junger Bruder sprechen?"
Dankbar, für die ihm erwiesene Freundlichkeit, sah Yellow Bullshirt Badger und Fallender Stern schmerzverzerrt an.
„Bitte verzeiht, wenn ich euch und eure weißen Brüder belästige."
Yellow Bullshirt machte eine kurze Pause und man sah ihm an, dass er nicht nur nach Kraft, sondern auch nach den richtigen Worten suchte. „Unsere kleinen Kinder sterben, viele unserer Alten sind bereits zu den Ahnen gegangen. Unsere Jäger finden kein Wild mehr und wir haben fast alle unsere Ponys

schlachten müssen. Wenn wir die paar, die noch geblieben sind, auch noch töten, dann werden wir im Frühjahr nicht einmal mehr den Büffel jagen können und sterben. Die Lager der Agenturen sind hingegen voll, doch man will uns unsere zustehenden Lebensmittel nicht aushändigen. Man will uns sterben lassen, dann bekommen sie auch noch den Rest unseres Landes."

Yellow Bullshirt schloss vor Entkräftung seine Augen. „Bitte, könnt ihr mit den Verantwortlichen der Agentur reden?" Dann sackte er ins Land der Träume.

Fragend sahen alle auf Carl. „Ich glaube nicht, selbst wenn ich größeren Einfluss hätte, dass ich die Verwalter der Agentur dazu bewegen könnte, ihre Waren, so wie sie es vertraglich sollten, zu verteilen. Wir können schreiben, an die Regierung, nach Washington ..."

„Doch bis Hilfe kommt, sind sie alle samt verhungert", beendete Fallender Stern den Satz.

Bishop nickte betroffen. „So sieht's aus!"

„Können wir denn gar nichts tun?", betroffen wandte sich Alma an ihren Mann. „Es ist doch Weihnachten."

„Ja, was denn, um Himmelswillen? Hätten Badger und Arthur nicht den Bock geschossen ..." Carl überlegte eine Weile. „Selbst wenn wir alles Mehl und Mais, was wir gerade so entbehren können... Es leben mehr als zweihundert Seelen in dem Dorf von Weißer Flügel." Carl lief von einem Ende der großen Stube zum anderen. Machte kehrt und es ging von vorne los. Vor dem hölzernen Kreuz an der Wand blieb er stehen und kam dann eiligen Schrittes zu ihnen zurück. „Frau, wir packen erst einmal alles zusammen, was wir entbehren können, ohne selber Hunger leiden zu müssen!"

Carl drehte sich um, ging zur Tür und blieb auf der Schwelle stehen. „Kommt ihr und fasst mit an, es sind doch eure Brüder?"

Badger und Fallender Stern setzten sich nur langsam in Bewegung, um Carl etwas zögerlich zu folgen, während Wiegendes Gras aufstand, um sich um Yellow Bullshirt zu kümmern. Diese Bishops versetzten Badger und seinen Bruder immer mehr in Erstaunen, auch wenn sie diese Wasicun-Familie schon lange Zeit zu kennen glaubten.
Sie waren so anders, dass es Badger fast weh tat, wenn er darüber nachdachte.
„Mit dem Wagen ...“, überlegte Carl laut, „... das wird nichts. Wir kommen nie mit ihm durch den hohen Schnee!“
„Wir? Soll das heißen, dass wir die Sachen zu den Santee bringen?“
Badger sah Carl ungläubig an.
„Na, wir können doch wohl kaum dem halb verhungerten Bengel die Säcke auf den Buckel schnallen, oder? Der kommt keine zwei Meilen weit.“
Nach wenigen Minuten hatte sich ein dennoch beachtlicher Vorrat an Mehl, einigen Konserven und Mais zusammentragen lassen. Doch so sehr Carl auch innerlich seine guten Absichten beteuerte, musste er nicht nur genug für seine Familie lassen, sondern durfte auch das Saatgut für das kommende Frühjahr nicht vergessen. „Das reicht höchstens für zwei, im härtesten Fall für drei Tage.“ Bedauerte Bishop und schämte sich fast ein wenig, so viel im Lager stehen lassen zu müssen.
„Es wird länger reichen, es sind Dakota!“, versuchte Badger Bishop zu beruhigen und legte ihm freundschaftlich und sehr dankbar seine Hand auf die Schulter.
„Es sei denn ...“ Carl blickte zum Stall.
„Es sei denn, was?“, fragte Badger.
„Wartet einen Moment. Ich komme gleich zurück.“ Eilig verließ er den Lagerraum und eilte in das Haupthaus zurück. Schon nach wenigen Atemzügen war er jedoch wieder bei ihnen. Er grinste ein wenig schmerzlich verzerrt. „Versprecht

ihr uns, dass ihr auch im kommenden Frühjahr noch hier sein werdet?"
Fallender Stern und Badger sahen sich rätselnd an.
„Eure Arme sind noch kräftig. Fast kräftiger als die meinen und ich bin viel jünger als ihr!"
„Wir verstehen nicht?"
„Wenn wir ihnen das Mehl, den Mais und den Ochsen bringen, dann können sie es schaffen bis Hilfe kommt und die Lager endlich geöffnet werden!"
„Du willst ihnen den Ochsen geben? Aber sie schlachten ihn!"
„... mir schon klar, will nur hoffen, dass sie nicht versuchen, den armen Kerl vorher zu melken, an dem, was ihm gerade mal so geblieben ist! Na, wie ist es, bleibt ihr noch?"
Langsam dämmerte es Badger. Das Feld musste im Frühjahr bestellt werden. Bishop brauchte dann ihre Mustangs für den Pflug – und – er brauchte sie. Auf dem Acker buckeln? Pfui, waren sie denn Lehmklumpen rollende Pawnee? Er schnaufte innerlich, doch hatte er eine Wahl? „In Ordnung, wir bleiben solange, wie du uns und unsere Mustangs brauchst!"
Dann sei es also beschlossen und um die Abmachung zu besiegeln, hielt Bishop jedem von ihnen die Hand hin.
„Fast so wie in alten Zeiten!" Wiegendes Gras lachte herzlich auf, als sie auf das Travois sah, welches am Mitleid erregend drein blickenden Ochsen befestigt worden war. Doch dies war obendrein auch die einzige Möglichkeit, die Lebensmittel und auch Yellow Bullshirt zu den Santee zurückzubringen.
Wenig später standen auch Badger und Fallender Stern in ihren dicken Wintermänteln bereit, um sich auf den Weg zu den Santee zu machen.
„Wir passen auf uns auf und kommen bald wieder heim!"
Bei dem Wort Heim durchfuhr Badger ein seltsames Gefühl der Wärme und Vertrautheit. Dieser Carl Bishop meinte es nicht nur so. Für ihn war es egal, ob seine Freunde eine weiße oder andere Hautfarbe hatten, nur ehrlich mussten sie sein. Und

wenn er schon bei dem Thema ehrlich war und ehrlich zu sich selber sein wollte, das gemütliche und geräumige Heim, auch wenn es nur ein beheizbarer Anbau war, begann seine Reize, jetzt im zunehmenden Alter, immer weiter auf ihn auszuüben. War es doch fest und stabil im Winter und bei Sturm und im Sommer, wenn es warm war, konnte er die Fenster und Türen öffnen. Oder wie vor wenigen Monden noch, auch wieder im Freien übernachten, so wie es ihm beliebte.
„Und du passt mir gut auf Mutter, Wiegendes Gras und Ernst auf! Du bist jetzt der Mann im Haus!“, verabschiedete sich Carl von Arthur. Mit einem schweigenden Nicken verließ Badger Wiegendes Gras und die zurückbleibenden Bishops. Tief zog er seine Pelzkappe, als ihm die schneidende Kälte ins Gesicht schlug.
Nur hin und wieder drehte er sich zu Carl und seinem Bruder um. Es war ihm sehr eigenartig zumute. Alles, was er bisher über diese Wasicun lernen musste, stimmte also doch nicht. Sie unterschieden sich untereinander ebenso, wie die Pawnee von den Lakota. Die Bishops, die sich bemühten, ihre roten Nachbarn vor dem Hungertod zu bewahren, passten nicht in sein Denkschema vom normalen Wasicun.
Innerlich zuckte er zusammen und blieb kurzzeitig stehen.
„Ist etwas?“, rief ihm Carl von hinten zu.
„Nein, alles in Ordnung!“, und so ging er seinen Gedanken weiterspinnend, die Spur tretend voran. Sein Bruder Rabbit hatte ihm von den *Bishops* erzählt. Sofort hatte er, seit damals, seit dem Überfall der Pawnee auf den Wagentreck geahnt, dass es sich bei dem kleinen Arthur vielleicht um einen Vorfahren dieser Familie handeln könnte. Wenn alles so zusammenpasste, dann würde in vielen, vielen Jahren sein Bruder Rabbit, allerdings noch als Felix, bei den Nachkommen dieser Bishops auftauchen? Badgers Kopf drohte zu explodieren. Alles war und schien total verrückt zu sein. In wieweit konnte er sich Carl Bishop anvertrauen? Gab es eine Möglichkeit, eine Nach-

richt bei ihnen zu hinterlassen, die im Laufe der vielen noch kommenden Generationen nicht verloren gehen würde?
Er wäre unter Umständen sogar in der Lage, Rabbit vor den Ponca zu warnen. – Aber hätte er, wenn er Erfolg gehabt hätte, dann nicht Rabbit noch bei ihnen sein müssen? Oder wieder? Oder würde das Ereignis, welches ausschlaggebend war, erst noch geschehen?
Was würde überhaupt alles geschehen und durfte er überhaupt darüber nachdenken?
Weiter aber kam er nicht in seinen immer wirrer werdenden Überlegungen, denn ohne es zu bemerken, war er stumm an der Spitze des kleinen Trupps mehrere Stunden bis in die Dämmerung hinein vorangeschritten. Als sich ihm unvermutet jemand in den Weg stellte, wachte er wieder auf.
Die Augen tief in den Höhlen sitzend, mit dunklen Rändern und faltiger grauer Haut an den Wangen, wie die eines Greises, stand Seine Vier Wolken plötzlich vor ihm. Sein Alter war an Hand seines ausgehärmten Gesichtes nicht mehr zu schätzen. Doch Badger wusste, dies war Seine Vier Wolken, der jüngere Bruder von Weißer Flügel. Er war um Jahrzehnte gealtert. Der trockene Hustenanfall und seine gebückte Haltung verhießen dem alten Lakota nichts Gutes.
„Was führt Badger, den Häuptling der Lakota zu seinen Brüdern, den Santee?“
Badger sprach vorerst kein Wort, sondern trat ein wenig bei Seite und deutete auf den Ochsen und das Travois. „Eure Kinder hungern! Mein weißer Bruder will mit euch seine Vorräte teilen. Das ist alles! Führe uns in dein Dorf, mein Freund!“
Mit offenem Mund fixierte Seine Vier Wolken den Blick in erster Linie auf Carl Bishop gerichtet, den Ochsen. Mit einem gutmütigen Lächeln hielt Bishop dem eher feindseligen, als dankbarem Blick des Kriegers stand.
Seine Vier Wolken konnte dem Ganzen nicht vertrauen. „Ist das Fleisch vergiftet? Genauso verdorben wie unsere nach Aas

stinkenden Rationen?“, röchelte Seine Vier Wolken. „Nein, mein Freund, habe keine Angst!“, antwortete Badger in aller Ruhe.
„Aber er ist ein Wasicun!“
Badger drehte sich grinsend zu Carl um. „Wir sind ja unter uns, aber das war auch mein erster Gedanke“, scherzte Badger ein wenig, „aber es ist nur seine Haut, was er mit denen gemeinsam hat. Ich bitte dich Seine Vier Wolken, du kennst ihn doch!“
Seine Vier Wolken nickte, aber selbst Badger würde ihn wohl nie davon überzeugen können, dass es auch andere Wasicun wie diese Händler von der Agentur gab.
Der Krieger nickte. Sein Stolz verbot es ihm, auch nur an dieses Almosen zu denken. Er war ein Krieger, stets in der Lage gewesen, seine Familie und selbst weit entfernte alte Verwandte zu ernähren. Es schüttelte ihn innerlich.
Sein Stolz und selbst der Rest seiner Selbstachtung waren aber nicht in der Lage, den Hunger der schreienden Kinder zu überhören oder gar zu lindern, so gab er nach, nickte mit geschlossenen Augen, in der Hoffnung, wenn er sie wieder öffnete, dass dieser ganze Albtraum endlich vorbei sein möge.
Aber dies sollte nicht eintreten. “Also gut, dann folgt mir.“
Zwischen zugigen Hütten und notdürftig geflickten Zelten, zum Teil bereits aus Leinwand oder Segeltuch, liefen keine im Schnee spielenden Kinder umher. Nur die Stille und das leise Wimmern der Kleinen, die vor Hunger nicht schlafen konnten, drangen zu ihnen hindurch. Nichtssagende leere, fast tote Blicke einiger neugierig gewordener Bewohner des sonst so lebendigen Dorfes, begleiteten sie aus dem ungenügenden Schutz ihrer Behausungen heraus, bis zur Mitte des Dorfes. Hustend, mit einer Krücke zur Stütze, kam ihnen ein alter Mann entgegen, stellte sich vor Bishop hin und betrachtete ihn ohne Worte. Er schien ihn nicht zu erkennen. Dann spuckte er vor ihm aus, bevor er zusammenbrach. Bishop fing ihn auf, weshalb er das tat, vermochte er nicht sagen, da ihm der alte

Mann nur voller Hass begegnet war. Einige Angehörige des Mannes waren sofort zur Stelle und führten den Alten, ohne Bishop eines Blickes zu würdigen, fort.
„Zu tief sitzt der Schmerz und der Hass, verzeihe ihnen", hörte sich Seine Vier Wolken sagen, der inzwischen begriffen hatte, dass Carl Bishop nicht im Auftrag der Agentur zu ihnen gekommen war, sondern nach einer kurzen Erklärung von Fallender Stern, die eigentliche Ursache seines Besuches nun kannte.
Yellow Bullshirt war, allen Stolz und seine Ehre vergessend, aufgebrochen, um die Kinder der Dakota vor dem Hungertod zu bewahren. Wie viel Kraft und Überwindung musste es dem jungen Mann abgefordert haben, sich selbst zu erniedrigen und bei den Weißen um Hilfe zu betteln. Seine Vier Wolken bewunderte fast den jungen Mann seines Mutes wegen, der inzwischen wieder in seinem Tipi war. Er selber hätte sich dieses nie getraut.
Bishop und die beiden Brüder wurden in das Tipi von Seine Vier Wolken gebeten. Mit großen Augen blickten dessen zwei kleine Kinder fragend auf die Besucher und nur wenige Momente später, trat auch weißer Flügel ein und setzte sich zu ihnen.
„Gleich bekommt ihr etwas!" Mit gerunzelter Stirn und Tränen in den Augen verließ Roter Mond mit einer Schüssel unter dem Arm ihre Familie, um auch für sie ihren Anteil an Nahrung zu holen. Außer durch einen schmerzhaften Wimpernschlag verriet Carl Bishop mit keiner Mine, wie nahe ihn das letzte traurige Muhen seines Ochsen doch ging, als man ihn soeben schlachtete. Viele Male hatte der kräftige Vierbeiner treu und brav seinen Acker gepflügt, auf einem Land, welches er nicht zu bezahlen brauchte. Heute konnte er dieses nachholen, entschied er für sich.
Roter Mond kam mit ein wenig Fleisch und Mehl zurück, welches sie sorgfältig verstaute, um anschließend für Ihre

Familie auch den restlichen Anteil zu holen. Wenig später war sie erneut aus der winterlichen Kälte zurück und setzte sich kurz an das wärmende Feuer, was aber nicht in der eisigen Kälte das gesamte Tipi zu wärmen vermochte. Schweigend saß sie mit gesenktem Kopf da und blickte, auch wenn es sich nicht ziemte, Carl Bishop offen und ohne Scheu für einen kurzen Moment in die Augen. Badger hingegen saß geistesabwesend unter ihnen und versuchte, seine neuen Gedanken, die ihn während des Weges zu den Santee gefangen nahmen, zu ordnen. Als einige in zerlumpte Decken gehüllte Krieger eintraten, unterbrach er sie wieder.

Schweigend setzten sich die jungen Männer zu ihnen. Seine Vier Wolken begann, nach einer Weile zu sprechen: „Unser weißer Freund?“, er machte eine Pause, da er das soeben gesagte, selber erst verarbeiten musste, „wird alles von uns zurückerhalten.“

„Ihr braucht mir nichts zurück geben. Ich säe und ernte auf einem guten schwarzen Boden, der euch gehörte. Es ist in Ordnung.“

Seine Vier Wolken nickte verstehend. „Dennoch, wir werden es dir zurückgeben, sobald es uns möglich ist. Mehrere Winter sind seit wir hier leben vergangen. Seht euch um ... und es wird nicht besser. Wir wurden betrogen. Statt des versprochenen Geldes erhalten wir beschriebenes Papier, welches wir für Waren und Lebensmittel eintauschen sollen, die nicht kommen. Und wenn sie den Weg hierher gefunden haben, sind sie vollkommen verdorben und nicht zu gebrauchen. Unsere Krieger finden kein Wild mehr, die Wälder sind leergejagt. Die Waren in den Handelsstationen können wir mit diesen Zetteln nicht bezahlen. Sie wollen Dollars!“ Er warf einige einfache handgeschriebene Zettel ins Feuer. „Seht, sie wärmen nicht einmal. Unsere Alten und Kinder sterben. Bald wird niemand mehr da sein.“

„Wir werden auf unserem Heimweg über die Agentur zurückkehren, ich werde sehen, was ich für euch tun kann“, antwortete Carl mit offenem und ehrlichem Blick.
„Du willst also dort bei deinen Brüdern für uns betteln gehen?“, meldete sich Blue Leggins zu Wort.
„Das sind nicht meine Brüder und es ist kein Betteln!“
„Sage deinen weißen Brüdern, das bevor alle Dakota verhungern, sie selber kommen werden, um sich ihre Lebensmittel einzufordern, - mit ihren Kriegern! Zu lange halten wir bereits still. Nun soll es genug sein.“
„Dann wird es Krieg geben!“, mischte sich Badger ein.
„Wenn es dann so sein soll, wird es Krieg geben. Viele unserer Brüder in anderen Dörfern der Reservation denken wie wir. Und es werden immer mehr. Alle Wasicun werden sterben müssen und unser Land und unser Volk werden wieder frei sein.“
„Das werden sie nicht!“ Badger wurde nun lauter. „Du kannst nicht alle töten!“
„Nein, ich nicht, aber unsere Krieger!“
„Nur soviel, ich warne dich Blue Leggins, jeder der die Hand gegen die Weißen erhebt, wird durch sie umkommen!“
„Ist der alte tapfere Lakotahäuptling etwa weich geworden oder unter den Fellen der Weißen, gar zum Feigling?“
„Badger griff nach dem Messer an seinem Gürtel. „Finde es selbst heraus! – Und sei froh, dass dies eben nur eine Frage war! - Nur dieses, als gut gemeinten Rat von einem alten Mann, erhebst du den Kriegsruf gegen meinen Freund Carl Bishop, erhebst du ihn auch gegen mich!“
„Ho ho, mir scheint der Häuptling der Lakota ist ein Verräter!“
Badger sprang den Rest seiner Fassung verlierend auf und war schon im Begriff, sich gerade auf Blue Leggins zu stürzen, wurde aber von Fallender Stern und Yellow Bull Shirt fest gehalten.

„Ich bitte euch, beruhigt euch!“ Weißer Flügel stand ebenfalls erregt auf. „Dieser Lakota ist weder ein Feigling noch ein Verräter, genauso wenig wie dieser Wasicun nie unser Feind war, wir alle wissen das! Er hat nur mit Worten geschafft, was die Waffen von Blue Leggins nicht vermochten! Ja wo war er denn überhaupt, als die Soldaten hier waren und man seinen Häuptling band? Auf der Jagd? Ah ich vergaß! Aber wo war dann das erlegte Wild? Also, halte dich mit deinen Worten zurück oder ich werde dich lehren, wie man sich im Tipi seines Häuptlings benimmt!“

„Recht so Bruder, wir dürfen uns nicht an der Seite von Blue Leggins hinreißen lassen, dass was unsere Väter uns lehrten, zu vergessen und Güte mit Verachtung strafen!“ Seine Vier Wolken war ebenfalls aufgestanden und stand Weißer Flügel bei. „Wir müssen unterscheiden, wer unser Freund ist und wer unser Feind!“ Weißer Flügel sah auf den wieder sitzenden Blue Leggins und hoffte, ihn in seinen Unglück bringenden Gedanken umstimmen zu können.

„Mag sein, mag aber auch nicht sein. Das herauszufinden bin ich leid.“ Blue Leggins erhob sich und verließ das Tipi. Weißer Flügel wusste, dass die Nerven seiner Leute blank lagen, und konnte es ihnen nicht einmal verübeln. Wie lange er seine jungen Männer noch unter Kontrolle halten konnte, vermochte niemand zu sagen. Über kurz oder lang würde es geschehen. Alle Santee, egal ob Wahpekute, Mdewakanton, Wahpeton und Sisseton würden sich erheben ... und es am Ende büßen müssen.

14. Kapitel

Fast zur gleichen Zeit wiesen die sich stark verschlechternden Verhältnisse auf den Plains ebenfalls darauf hin, dass es zu

ähnlichen Auswirkungen kommen würde, wie es in Minnesota der Fall sein sollte. Der sich zuspitzende Zwist, welcher sich in einem blutigen Bürgerkrieg weit im Osten des Landes anbahnte und entladen sollte, erforderte bald schon die erhöhte Präsenz von Truppen. Jene Militärs, die im Moment noch hier in mehreren Forts stationiert waren, welche nach dem Laramievertrag errichtet wurden, um den Frieden zwischen den Plainsvölkern und den durchziehenden Siedlertrecks zu gewährleisten. Nach den blutigen Zwischenfällen, Anfang bis Mitte der Fünfziger, gab es immer wieder ein Aufflammen in Lagern einzelner Häuptlinge, doch bisher wehrte sich jedes Volk alleine. Kein Lakota konnte länger über den wachsenden Frevel, welchen man nicht nur der Natur antat, hinwegsehen. Man versuchte jedoch diese Probleme im Alleingang zu bewältigen.
Purpurrot färbte sich der Himmel durch die im Westen untergehende Sonne und ließ die von ihnen aus im Norden liegenden Bergkuppen der Paha Sapa in glühendem Licht erstrahlen. Sanft wehte der warme Abendwind durch das raschelnde Laub der Bäume, auf denen sich ein paar Krähen zur nächtlichen Ruhe begaben. Das beruhigende Plätschern des dahinfließenden Cheyenne River in ihrem Rücken ließ die Frauen und Kinder der Wolkenschilder sanft hinüber in den Schlaf gleiten. Nur die durch die dichten Zeltbahnen nach außen dringenden Licht- und Schattenspiele, aus dem Zelt ihres Häuptlings, Feuer In Seinen Augen, sagte den Wachen des Lagers, das noch nicht alle ihrer Leute und Gäste, sich zum Schlafen niedergelegt hatten.
Der Wicasa Wakan der Gruppe, Wolkenschild und Feuer In Seinen Augen, beide im besten mittleren Mannesalter, doch wie der Häuptling immer zu behaupten pflegte, fünfzig sei erst die Jugend des Alters, nur bereits mit reichlich Weisheit versehen, dann Adlerstimme und dessen Sohn Adlerträne, sie alle saßen mit anderen weisen Männern am nächtlichen Beratungsfeuer. Es war aber noch jemand bei ihnen. Ein Gast, der vor einiger Zeit

das Mädchen Blauer Himmel aus ihrem Lager geehelicht hatte. Nun kehrte er nach vielen Sommern zurück. Ein hoch gewachsener und kräftiger Mann, welcher seine tief schwarz glänzenden Haare offen zu tragen pflegte und dessen scharf konturiertes Gesicht eine aristokratische, fast schon gebieterische Ausstrahlung hatte, welches kaum Widerspruch dulden würde. Seine Nase hingegen glich, über dessen ausgeprägte Lippen, eher dem gebogenen Schnabel eines Adlers, was der gesamten Erscheinung allerdings nicht abträglich war. Er war ein Mann, der die Wasicun mehr hasste als verachtete, welche mit Branntwein und Whisky seine jungen und alten Krieger vergifteten. Stolz und streng war sein Blick und der Ruf, die alten Werte zu ehren und zu achten, eilten ihm weit voraus, welche er mit allen Mitteln durchzusetzen imstande war und worin auch die Ursache seines eher unfreiwilligen Besuches begründet lag.
Red Cloud wirkte angespannt und suchte die richtigen Worte, da er im Lager der Wolkenschilder Gleichgesinnte zu finden hoffte. Aber zuvor hatte das Volk seiner Frau ein Recht zu erfahren, warum er nur mit der Hälfte seiner Leute auf dem Weg zum Pulverfluss unterwegs war. Niemand der anwesenden Männer ließ seine Neugierde durchblicken, doch waren natürlich alle begierig zu erfahren, was ihnen der junge Kriegshäuptling der Oglala zu berichten hatte. „Tapfere Häuptlinge und Krieger der Sichangu, ihr Weisen Männer, mein Herz ist schwer, da ich meinen Gefühlen einst freien Lauf lies. Zu euch bin ich gekommen, da ihr meine Wut und meinen Schmerz verstehen werdet. Ich habe ein Unrecht begangen und ziehe auf Grund meiner Taten, auf der Suche nach weiteren Gefährten mit meinen Getreuen nun zum Pulverfluss ...“
„Doch zuvor lasst mich berichten, was geschehen ist.“ Red Cloud, welchen seine Leute Machpiya Luta nannten, holte tief Luft und man merkte ihm an, wie schwer es ihm fiel, über das Vergangene zu sprechen. „Es geschah, als ich stolz und glück-

lich meine Krieger in unser Dorf heimführte. Alle waren reichlich mit Skalps und Beute beladen, welche wir unseren Feinden, diesen Crowhunden, abgenommen hatten. Doch nirgendwo konnte ich meinen Vater Ishna Witca, Einsamer Mann erblicken, um ihm zu berichten. Blauer Himmel weinte vor Freude mich gesund wieder in ihrem Tipi zu wissen, aber auch aus Trauer dessen, was passiert war. Es war wieder einmal einer der Wasicun Händler gekommen, welche immer öfter die Krieger mit Alkohol blind und dumm machen und sie dann im Handel betrügen. Ich hatte stets alle Händler gewarnt, und ihnen gesagt, sie sollten sich mit ihrem Branntwein und billigem Tand von unseren Tipis fern halten. Doch dieser, der gekommen war, um großes Unheil anzurichten, nutzte die Abwesenheit Machpiya Lutas aus. Ich stellte ihn nach meiner Rückkehr zur Rede, denn wir hatten einander wiedererkannt. Unweit der vielen Pelze, welcher der Händler von meinem Volk ergaunert hatte, lag mein Vater, Ishna Witca, völlig vom Branntwein berauscht und war zum Gespött der Kinder geworden. Er, der stets seine Krieger tapfer in den Kampf und unversehrt heimführte, lag nicht mehr Herr über sich selbst in der Sonne, dass selbst die Hunde sich nicht scheuten, ihn anzupinkeln. Ich rüttelte meinen Vater, doch sein Geist wanderte auf fernen Wegen. Dann hob ich ihn auf und setzte ihn aufrecht in den Schatten eines Ahorns. Viele meiner jungen Krieger waren begierig darauf, ihre Jagdbeute gegen den Branntwein zu tauschen. Doch schritt ich ein und wandte mich erneut an den Händler. Zuvor begann unser alter Kriegshäuptling, der einäugige Tamahe vom Genuss des Branntweins berauscht, nun ebenfalls meinen Vater und mich zu verspotten. ‚Ho, ho Machpiya Luta, ich sehe, es fällt dir leichter unsere Feinde die Crow zu erschlagen, als auf deinen nach Branntwein stinkenden alten Vater aufzupassen!'

Ich sagte, Tamahe solle besser aufpassen, dass er nicht selber vom Branntwein besiegt würde, da es die erste Niederlage in seinem Leben wäre.

Doch der Hohn und Spott wollte nicht enden und auch der Händler wurde immer dreister in seinen Worten. Ich griff nach meinem Tomahawk und schlug ihn, bevor er weitere Beleidigungen gegen meinen Vater und mich hervorbringen würde, mit einem Hieb nieder."
Beifälliges Gemurmel unter den Wolkenschildern und ihr zustimmendes Kopfnicken, recht gehandelt zu haben, bestärkten Red Cloud in der Annahme, hier Verbündete gefunden zu haben.
„Doch tapfere Krieger und Weise Männer, das ist noch nicht alles", fuhr er fort.
„Ich hoffte, damit sei es vorbei und ging, mich um meinen ohne Besinnung am Ahorn lehnenden Vater zu kümmern. Doch es folgte wütendes Geschrei von Tamahe, welcher mich mit seinem Messer angriff. Ich überwältigte ihn und er blieb betrunken, wie ein hilfloses Kleinkind, am Boden liegen. Ich zerschlug mit dem gleichen Tomahawk, welcher zuvor den Schädel des dreisten Händlers spaltete, die zwei Branntweinfässer, deren Inhalt sich sogleich auf den Boden ergoss und versickerte. Als ich mich abwendete, spürte ich die Bewegung hinter meinem Rücken und duckte mich, sodass Tamahes Messer scharf an mir vorbeirauschte. Ich hörte das Zischen, als es vorüber flog und ich hörte das grausame Geräusch, als es bis an sein Heft in den Hals meines Vaters eindrang. Erschrocken sahen wir, wie sich der Boden, auf dem er saß, unter ihm mit seinem Blut färbte, da es wie in Strömen aus ihm hervorquoll. Er war so von dem Genuss benebelt, dass er nicht einmal jetzt zu sich kam. Tamahe starb sogleich unter den Hieben meines Tomahawks. Jene Krieger, welche um den Genuss des Branntweins gebracht wurden, schrien und tobten und forderten meinen sofortigen Tod. Ich kümmerte mich nicht weiter um die wütenden Krieger, da mich der Schmerz um den Verlust meines Vaters gefangen nahm. Aber ... es gab auch einige Krieger, die Partei ergriffen und mir beistanden. Wildes Pferd, einer unserer jüngsten aber tapfersten

Krieger, stellte sich ihnen mit seinen Männern in den Weg, sonst würde ich heute nicht vor euch sitzen."
Dankbar warf Red Cloud einen Blick zur Seite, auf einen recht jungen Krieger, der ihn seit seiner Ankunft stets begleitete und welcher sich eher bescheiden in zweiter Reihe sitzend zurückhielt. Alle Sichangu sahen einander verstehend an. Dies also sollte Tashunka Witko sein, der junge Krieger, dessen Ruf ihm, seiner außergewöhnlichen Tapferkeit wegen, bereits weit über die Gebiete der Oglala vorauseilte. Anerkennendes Gemurmel des Erstaunens machten sich breit, doch ebbte es wieder ab, als Red Cloud weitersprach. „Sujan Wakan, unser Mann der Geheimnisse, wurde vom Tumult angelockt und nahm mich mit zu sich ins Ratstipi, da unserem Volk großes Unglück widerfahren war und zu beraten sei, wie man Weiteres verhindern könne. Er war der Meinung, dass nicht Machpiya Luta die Schuld an dem Unglück trage, sondern die Wasicun, die mit ihrem Branntwein die Gedanken der Krieger betäuben und sie zu Kindern werden lassen und sie so zu einer Gefahr für ihr eigenes Volk werden. Aber Red Cloud hat sich von seinem Zorn hinreißen lassen, sprach er, da es nicht an ihm war, zu richten, feiern wir jetzt nicht den Sieg über die Crow, sondern müssen zwei unserer alten und verdienten Krieger betrauern. Wohl stand das Recht auf seiner Seite, doch Zorn und Wut sind seit je her schlechte Ratgeber. Machpiya Luta hat das Gesetz gebrochen. Der Händler stand unter dem Schutz der Gastfreundschaft, was auch immer er getan haben mochte. Und er hat einen der Unseren mit eigener Hand und Vorsatz niedergestreckt. Fast alle Weisen Männer im Rat waren sich einig und verbannten mich, Machpiya Luta, aus ihren Tipis. Ich war ab sofort ein Ausgestoßener, vogelfrei ..."
Jeder der Anwesenden spürte, wie Machpiya Luta den derzeit empfundenen Schmerz erneut durchlitt, da er eine Pause machen musste.

Schweigen breitete sich im Ratstipi aus und nur das Knistern und Knacken aus der Mitte der Feuerstelle war noch zu vernehmen. Auch bei Sleeping Rabbit, dem Sohn Wolkenschilds und seinen gleichaltrigen fünfzehn Sommer zählenden Freunden, wie auch Flammendes Schild, welche an der Zeltbahn von außen her zu lauschen versuchten, obwohl sich das nicht ziemte, machte sich Betroffenheit über die Erzählung Red Clouds breit. Langsam wollten sie sich unbemerkt zurückziehen, bevor man sie ertappte, doch dann sprach der junge Häuptling der Oglala weiter und nach einem kurzen Blickwechsel entschied man sich, ungeachtet der möglichen Konsequenzen, noch ein wenig zu verweilen. Auf jedem Fall wollten die fast schon jungen Männer wissen, wie es in der Geschichte weiterging, denn von ihren Vätern würden sie sicher nichts zu erfahren bekommen.
„Doch da erhob Anokasan, Weißköpfiger Adler, welcher der Vater meines jungen Vettern Tashunka Witkos ist und den viele nur unter seinem Spitznamen Worm kennen, seine Stimme im Rat. Mein Herz sprang vor Freude in die Höhe, wenigstens einen Fürsprecher unter ihnen zu wissen. Er stimmte dem Rat zu, das Gesetz der Oglala müsse befolgt werden und ich müsse bereit sein, für meine Taten einzustehen. Doch wenn das Volk unter sich keinen Platz mehr für einen seiner tapfersten Krieger hat, so ist auch kein Platz für Anokasan mehr da und er würde sich mit seiner Familie Machpiya Luta anschließen und mit ihm in die Verbannung gehen. So breitete sich große Unruhe im Ratstipi aus, die Sujan Wakan nur mit großer Mühe wieder ausräumen konnte. Weißköpfiger Adler hatte gesprochen und so schlossen sich uns sein Sohn Tashunka Witko, den ihr hier seht und die Hälfte aller Familien unseres Volkes an. Nie habe ich gewollt, dass sich unser Volk spalten würde. Aber es ist geschehen. Und diese Wasicun werden es mir büßen!“
Stumm und ohne eine Gefühlsregung preiszugeben, sahen sich Wolkenschild und die anderen an. Red Cloud und Tashunka Witko, der sich durch sein eher dunkelbraunes Haar von den

anderen unterschied, blickten schweigend in die Flammen und warteten auf die Worte der führenden Sichangu.
„Auch wir meiden die Wasicun und ihren Branntwein, da zur Zeit unserer Ahnen, als ich noch ein Knabe war, die Gastfreundschaft, welche wir zweien ihrer Händler gewährten, großes Unglück über uns brachte. Einst verachteten wir die Wasicun Soldaten, doch heute hassen wir jene, welche sich an unseren Weibern und Kindern vergehen und gefallene Krieger schänden. So sei es also beschlossen. Wir ziehen mit Machpiya Luta nach Wyoming, an die Quellbäche des Powder River, denn gemeinsam werden wir ihnen entschlossener begegnen können!"
„Ho, Feuer In Seinen Augen, dann lasst uns ihnen mit vereinter Stärke begegnen!" Ein sanftes Lächeln spiegelte sich in den Mundwinkeln Red Clouds wieder, als er die Worte von Feuer in seinen Augen vernahm. Nun keimte die Hoffnung in dem jungen Oglala Häuptling auf, weitere Gruppen für sich gewinnen zu können, um bald über ein gewaltiges Kriegerheer zu verfügen, mit dem er all die wortbrüchigen Weißen aus den Plains und ihrer neu gewählten Heimat verjagen konnte. Denn dieses Land war ihnen in Laramie verbrieft und besiegelt, wie es die Wasicun nannten, zugesprochen worden.
Viele Sonnen zogen die beiden vereinigten Gruppen jetzt nebeneinander in Richtung des Pulverflusses her. Sie jagten, aßen und schliefen Seite an Seite, unter den sie beschützenden Blicken Wakan Tankas, der dem jungen Oglala Häuptling Machpiya Luta eine neue Gabe verliehen zu haben schien. Sein Temperament, welches dazu geführt hatte, dass ihn die Hälfte seiner Leute verbannte, lernte er zu zügeln und hatte bald eine Eigenschaft gewinnen können, die ihn von Anführern anderer Gruppen deutlich unterschied: Die Gabe der Geduld.
Ständig trafen die Lakota auf dem Weg in ihre neu gewählte Heimat auf die sichtbaren Spuren der Wagentrecks, von denen sich nur selten welche an die vertraglich festgelegten Routen und Vereinbarungen hielten. Tief eingegraben in den Schoß von

Mutter Erde hinterließen sie ihre Narben. Adlerträne, Rotfalke und auch einige Krieger der Oglala, wie High Back Bone und Tashunka Witko, hatten sich am frühen Morgen von ihrer Gruppe abgesetzt und suchten nach Wild, um ihre Leute mit frischem Fleisch zu versorgen.
Die Sonne hatte bereits ihren Zenit erreicht und ließ unter ihrer glühenden Hitze den Horizont nur noch als ein wabberndes und verschwommenes Bild erscheinen, als endlich eine noch frische Fährte ihren Weg kreuzen sollte. Es mochte sich nur um eine kleine abgesplitterte Gruppe von höchstens fünfzig bis sechzig Büffeln handeln, doch würde der Verlust von einigen wenigen Tieren, die Gruppe nicht in ernsthafte Gefahr bringen, wenn sie die Lakota mit ihrem Fleisch das Leben sicherten. Mit einem kurzen Aufschrei taten sie einander ihre Freude kund.
Völlig unerwartet drang fast unwirklich das mehrfach verhallende Knallen von Schüssen zu ihnen herüber. Ganz undeutlich, nur für das Auge eines Lakota zu erkennen, sahen sie in weiter Ferne eine Gruppe von Reitern, deren Zahl sie noch nicht abschätzen konnten. Niemand vermochte daher zu sagen, ob es sich um Jäger der Shoshone, Crow oder um jagende Wasicun handelte, die sich wieder fernab ihrer unsichtbaren Straße an ihrem Wild vergehen wollten. Auf jeden Fall, so es keine anderen Lakota waren, handelte es sich dann um Eindringlinge, Feinde, da dies die Jagdgründe der Lakota waren. Die Krieger sahen einander verstehend an und versetzten ihre Mustangs in einen leichten Trab, um sich Freund oder Feind zu nähern. Nebeneinander ritten sie ihrem Ziel entgegen, doch als die fremden Reiter auf sie aufmerksam wurden, ergriffen sie panikartig die Flucht. Schnell hatten die Lakota den Punkt erreicht, von dem aus die Schüsse abgegeben worden waren. Was sie sahen, ließ ihnen jedoch das Blut in den Adern gefrieren. Zwei Büffelkühe lagen unweit voneinander entfernt, in von ihrem Blut getränkten Präriegras. Mit mehreren unzureichenden Schüssen hatte man sie niedergestreckt, nur ihrer begehrten Zungen

wegen. Eine der Kühe war bereits verendet, doch die andere strampelte noch mit ihren Hinterläufen, um ihren Schmerzen zu entfliehen, doch ihre Beine vermochten sie nicht mehr zu tragen. Das klägliche, unter Schmerzen hörbare, Grunzen wurde von einem Glucksen begleitet, da ihr das Blut durch die herausgeschnittene Zunge in die Lunge geriet. In ihrer Todesangst versuchte sie, zu entkommen, aber die schlecht gesetzten Schüsse, ließen das nicht mehr zu. Ohne zu zögern, erlösten die Krieger das verendende Tier von seinen Qualen.
Es bedurfte keiner weiteren Erklärung. Weder Lakota noch ihre Feinde, ob Crow, Pawnee oder Shoshone ritten beschlagene Mustangs und hatten so wenig Achtung vor anderem Leben, wie diese Wasicun.

*

Selbst als es schon spät in der Nacht war, wollte sich der von der sengenden Sonne aufgeheizte Boden der Prärie noch nicht abkühlen. Der leicht angetrunkene Gerald lag wie im Halbschlaf vor sich hinmeckernd, auf einem der freien Planwagen, da ihn Andrew, der bereits laut schnarchte, nicht zur Ruhe kommen ließ. Die vier anderen Männer seiner Gruppe unterhielten sich noch angeregt bei einem guten Tropfen in gemütlicher Runde, im Schein ihres verlöschenden Feuers.
„Mensch, Clark, bin nur heil froh, dass uns diese Roten heute nicht weiter verfolgt haben!“
„He! Was ist los mit dir, dachte, du wolltest pennen!“, antwortete Clark, dem gerade vom Wagen herunterspringenden Gerald.
„Nun hört euch das doch bloß Mal an, die dumme Sau schnarcht wie ein altes Warzenschwein!“
„Na, dann geh doch auf den anderen Wagen!“
„Zu den toten Viechern?, ... spinnst wohl!“

Lachend sahen die in der Runde zusammen Sitzenden, wie sich Gerald in einiger Entfernung seine Decke zurechtlegte und auf den Boden warf. „Meine Fresse, diese Hitze bringt mich noch um!“, schimpfte er, während er sich auf seinem Lager hin und her wälzte.
„Na, ja“, rief er ihnen noch einmal herüber, „Jedenfalls bin ich heil froh, dass uns die Roten nicht auf den Pelz gerückt sind!“, und drehte sich, auf die zu seinem Gefährten abgewandte Seite.
„Ach, Scheiß auf die dreckigen Roten! Die sollen sich wegen der paar blöden Zungen nicht so anstellen! War’n doch recht lecker oder etwa nicht, Männer?“
„Ja, ja!“, waren Geralds letzte Worte, bevor er versuchte, endlich einzuschlafen.
„Eddy, sag mal, wie weit ist es noch, bis wir den Scheiß Treck wieder erreichen?“
Der Angesprochene sah zum Himmel und suchte in den Sternen nach der Antwort. „Schwer zu schätzen, denke aber ein, oder zwei Tagesritte werden wir uns noch alleine durchschlagen müssen! Wenn wir es bis dahin nicht geschafft haben, können wir die zwei Kälber sowieso vergessen, dann ist bei dieser Hitze nur noch stinkendes Aas von ihnen übrig.“
„Würde es übrigens für besser halten“, warf Eddy noch mal ein, „wenn Malcom seinen verfluchten Beutel mit den Skalps verschwinden lassen würde. Sicher ist sicher.“
„Ach, was!“ Malcom winkte barsch ab. „Habt ihr überhaupt ’ne Ahnung, was die Dinger als Souvenirs im Westen bei ’nem guten Händler wert sind? ... Kommt überhaupt nicht in Frage!“
„Und was“, jetzt wurde es auch Clark ungemütlicher, „wenn wir noch einmal auf Rothäute treffen, die sich nicht einfach so abknallen lassen, Hä? Und, wenn sie ganz zufällig, weil es ’ne ganze Horde ist, die unsere Wagen durchwühlt, die Teile bei uns finden?“
„Man, man, man, nun macht euch mal bloß nicht ins Hemd! Hier ist weit und breit keine Sau!“

„Dein Wort in Gottes Ohr!“
„So Männer, würde mal denken, wir hauen uns jetzt auch hin“, schlug Will vor, der Älteste unter ihnen, „wird sicher wieder ´n furchtbar langer und heißer Tag morgen!“
„Na, denn, Nacht auch!“
Weit erstreckte sich die sanft gewellte nächtliche Prärie, nichts weiter, als sich unendlich ausbreitendes Gras, kein einziger Baum oder Strauch gab einem Vogel die Möglichkeit, sich in erhöhter Position nieder zu setzen, dort in Sicherheit auszuruhen, oder um sich den Wind durchs Gefieder wehen zu lassen. Doch der mehrfache Schrei eines Waldkauzes schien niemanden, der im Einschlafen begriffenen Männer zu stören. Ruhig und gleichmäßig hob und senkte sich der Brustkorb von Gerald, der ausgestreckt auf seiner Decke endlich den erhofften Schlaf gefunden hatte.
Doch die sich im verborgenen anschleichenden Lakota waren wachsamer, als die Wasicun. Fragend sahen sie sich an. Dies konnte nur bedeuten, dass sie nicht die Einzigen waren, die es auf die weißen Männer abgesehen hatten.
Und wieder ertönten die Rufe einer anderen Gruppe sich anschleichender Krieger, dieses Mal vernahmen sie aus verschiedenen Richtungen kommend, die jaulenden Rufe von mehreren sich in unmittelbarer Nähe befindlicher Coyoten. Adlerträne blickte zu High Back Bone, der sich neben ihm im hohen Gras verborgen hielt. Auch Rotfalke und Tashunka Witko hielten sich mit den anderen Lakota bedeckt zurück und warteten ab, ob es Freund oder Feind war, welcher das Nachtlager der Wasicun ebenfalls vernichten wollte. High Back Bone fasste Adlerträne vorsichtig an sein Handgelenk und sah ohne einen Laut nur zu seiner linken Seite. Irgendetwas schlängelte sich, nur zwei bis drei Armlängen an ihm vorbei, ohne die Lakota zu bemerken, da derjenige nur das schlafende Lager vor Augen hatte. Immer weiter schlängelten sich viele der unbekannten Krieger im Schutz der Nacht weiter voran. Sollte man sich zu

erkennen geben oder still verhalten. Die Anzahl der anderen Männer war einfach nicht abzuschätzen. Nun am Rande des vor ihnen liegenden Lagers, sahen die Lakota im verlöschenden Schein des Lagerfeuers, wie fast das gesamte Gras in deren Umkreis in Bewegung geriet. Es mussten also wesentlich mehr Krieger sein, als sie selber zur Verfügung hatten. High Back Bone und Adlerträne schlichen sich unbemerkt an die Seite von Rotfalke, Tashunka Witko und den anderen Kriegern heran, um sich miteinander auf die neue Situation einzustellen, als vor ihren Augen die andere Kriegergemeinschaft ihre Ausgangsposition erreicht hatte. Mehr neugierig als gebannt, verfolgten sie, dass sich vor ihren Augen abzeichnende Vorgehen der fremden Krieger.

Gerald erwachte sofort aus seinen Träumen und spürte die harten und eisernen Griffe, welche ihn wie die Backen eines Schraubstocks umfangen hielten. Er wollte einen Schrei des Entsetzens ausstoßen, aber sein Mund wurde ihm zugedrückt und mit hervorquellenden Augen vernahm er den brennend heißen Schmerz, der ihm in die Brust fuhr und ihm sein Herz zerriss. Der Krieger, welcher den tödlichen Stoß ausgeführt hatte, umklammerte mit seinem Gefährten, den sich im Todeskampf aufbäumenden Gerald, bis seine Glieder endlich erschlafften. Bärenkralle zog das Messer aus dessen Brust wieder heraus und wischte die Klinge am Ärmel von Gerald ab. Wie zwei Pumas auf ihren samtweichen Pfoten erhoben sich Bärenkralle und Blutiger Mond und waren nach wenigen lautlosen Sätzen bei den Planwagen angelangt. Weitere Schatten näherten sich aus der Dunkelheit und schlüpften lautlos, als wären sie nur Geisterwesen in den ersten der Planwagen und kamen nach wenigen Momenten wieder heraus. Dann nahmen sie sich den zweiten Wagen vor. Die plötzlich in Bewegung geratene Leinwandbespannung des Wagens beruhigte sich wieder, etwa so, als sei nur ein kurzer Windhauch für einen flüchtigen Moment in das Innere des Wagens gefahren. Die beiden Krieger, welche den

Wagen aufgesucht hatten, erschienen sogleich wieder im Freien, von denen einer den frischen Skalp trug, der bis vor wenigen Augenblicken noch dem schnarchenden Andrew gehört hatte. Der gellende Siegesruf des Häuptlings Bärenkralle, der inzwischen breitbeinig über Malcom stand, gab allen seinen sich bisher zurück gehaltenen Kriegern das Zeichen, sich ebenfalls über die schlafenden Wasicun herzumachen. Im Nu, ohne das auch nur ein Schuss aus den Büchsen der Weißen gefallen war, war auch schon alles vorüber. Mit stählernen Griffen und dem Druck, der auf ihren Brustkörben lastenden Knie der Krieger, wurden die Männer von der übermächtigen Schar der Shyela-Krieger regelrecht zu Boden gepresst. Schnell und flach atmend, unter der sie erdrückenden Last, versuchten sie dennoch sich von ihren Peinigern zu befreien. Der Schlag, den Malcom mit der stumpfen Seite des Tomahawks von Tanzender Büffel an die Schläfe erhielt, lies jeden Gedanken an eine Gegenwehr ersticken.

Die Gruppe der verborgenen Lakota sah sich untereinander fragend an, da nichts weiter geschah. Die Shyela warteten, ohne dass sie ihren Gefangenen weiter zu Nahe rückten. Doch worauf warteten sie? Endlich sprang ein junger Krieger vom zweiten Planwagen herunter und warf dem Häuptling eine Tasche vor die Füße. Die Tasche, welche nicht verschlossen war, fiel auf die Seite und mehrere Strähnen langen schwarzen Haares, die über den äußeren Rand herausragten, sagten dem Häuptling, dass die Suche ein Ende und er die richtigen Wasicun gefunden hatte.

„Nein, bitte wartet, bitte nicht, sie gehören uns nicht!“, schrie Malcom verzweifelt, als Bärenkralle erneut sein blinkendes Messer aus dem Gürtel zog und sich ohne Worte zu ihm hinab beugte.

Ohne einen Ausdruck in seinem Gesicht genoss er den Moment, da ihm sein Opfer nicht mehr entkommen konnte. Malcom schrie und jammerte und beteuerte seine Unschuld, während der Häuptling, dessen Schopf mit der Linken fest anpackte. Der Schnitt

und der darauf folgende lang anhaltende Schmerzensschrei, als ihm die Kopfhaut vom Schädel gerissen wurde, erfüllte die Krieger, welche ihren Vätern, Müttern, Brüdern und Schwestern nun die Skalps zurückgeben konnten, da sie nicht barhäuptig ihre letzte Reise anzutreten brauchten, mit innerer Genugtuung. Nachdem die Shyela eine Weile ihren Sieg über den ersten Wasicun ausgekostet hatten, erlösten sie ihn von seiner Qual und wandten sich mit gleicher Hingabe ihrem nächsten Opfer zu. Diese Szene wiederholte sich, bis auch der Letzte von ihnen, Clark, an der Reihe sein sollte, um die Schuld an den Shyela zu bezahlen. Verzweifelt wehrte er sich unter den Griffen der Krieger, aber auch ihm blieb keine Wahl und so musste er sich ebenfalls mit einem langen Schmerzensschrei auf den Lippen, seinem Schicksal ergeben und seinen Gefährten folgen.
Die Lakota waren noch unschlüssig, ob sie sich zu erkennen geben sollten, aber noch warteten sie ab, was weiter geschehen würde. Die Cheyenne zerrten die Leichen der sechs Wasicun ein Stück auf die offene Prärie hinaus und ließen sie dann achtlos liegen. Grauwölfe, Coyoten und andere Aasfresser würden bald alle Spuren und Reste von ihnen beseitigt haben. Die Pferde aber spannten sie aus und führten diese bei Seite, während sie die beiden Wagen zusammenschoben. Nachdem sie alles brauchbare aus ihnen entfernt hatten, goss Bärenkralle mit angewidertem Blick und gerümpfter Nase, den hochprozentigen Whisky über beide Wagen, die nur wenig später lichterloh in Flammen standen. Nun machte es im hellen Feuerschein keinen Sinn mehr, sich länger zu verbergen, da es jetzt nicht mehr die Frage des „ob“, sondern nur eine Frage der Zeit war, wann man sie entdecken würde und so erhoben sich die Lakota und gingen offen auf die Shyela zu.
Bärenkralle sah fast im selben Augenblick, wie auch seine Krieger, die Gruppe der Lakotajäger auf sich zukommen. Er schien unangenehm berührt, ertappt worden zu sein. Der Etikette entsprechend, grüßten sich die Krieger der nicht miteinander

verfeindeten Stämme in ihrer gewohnt zurückhaltenden Form. Bärenkralle wirkte bedrückt und ihm brannte etwas auf der Seele und wollte seine Neugierde nun nicht länger zügeln. „Ihr habt alles gesehen?“
Adlerträne und die anderen Krieger sahen einander an und verstanden sofort, worauf der Häuptling der Cheyenne hinauswollte.
„Wir haben nur gesehen, dass die Wasicun, welche wir verfolgten bereits bestraft wurden. Wer vermag zu sagen, wem sie alles zusetzten und wer ihnen alles auf den Fersen war! Es ist gut so!“
Bärenkralles innere Anspannung ließ nach und auch seine Atmung wurde wieder gleichmäßiger. „Ihr Krieger der Lakota, es ist schwer, immer den rechten Weg zu finden in diesen Tagen. Die Gerechtigkeit des Weißen Mannes ist wie das Laub an den Bäumen. Sie wird geboren im Frühling, übersteht mit etwas Glück den heißen Sommer, verliert sich im Herbst und im Winter ist sie fort. Die Gesetze sind nicht für beide Völker gleich und das ist nicht gut, weshalb wir selber die Strafe vollziehen mussten, weil sich diese Männer ihr sonst entzogen hätten. Wir alle achten die Gesetze und halten uns an die Verträge, doch wie ihr seht, sind die Ohren des Weißen Mannes taub, geht es um Gerechtigkeit für die Roten Völker.“
„Bärenkralle mag ohne Sorge sein. Auch uns sind diese Gedanken nicht unbekannt und nichts von dem hier wird an fremden Feuern berichtet werden, um weiteren Hass zu schüren.“
Dankbar sah der Shyela Häuptling auf einen der sehr jungen Lakota, welcher eine etwas andere Haarfarbe als seine Gefährten besaß. „Sag mir, mein junger Freund, wie ist der Name des weisen Kriegers?“
„Meine Leute nennen mich Wildes Pferd, so wie man meinen Vater vor mir gerufen hatte.“

Bärenkralle nahm den Namen des jungen Mannes mit Wohlwollen zur Kenntnis. Als ihn Adlerträne einlud, mit seinen Kriegern die Zelte der Lakota zu besuchen, da ihm die Worte Machpiya Lutas soeben in den Sinn kamen, der weitere Anhänger um sich zu scharen bemüht war. Gerne folgten die Cheyenne der Einladung der Lakota und ließen wenig später auf den Plains nur die verkohlten und schwelenden Reste der Planwagen zurück, von denen bald nichts mehr auf das hier Geschehene verweisen würde.
Mit verwunderten Blicken sahen die beiden Gruppen der Lakota, wie ihre heimkehrenden Krieger sich an der Seite ihrer Gäste dem gemeinsamen Lager näherten. Ein leichter Anflug eines Lächelns spiegelte sich in den Mundwinkeln Red Clouds wieder, welcher Bärenkralle sogleich als seinen persönlichen Gast in sein Tipi einlud. In dem Cheyenne Häuptling, so hoffte er, würde er seinen ersten Verbündeten aus den Gruppen der nördlichen und südlichen Shyela vorfinden. Lange saßen sie zusammen mit anderen Gästen in Red Clouds Tipi und sprachen über Belanglosigkeiten, bevor sich der Oglala dem Kernpunkt seines Anliegens zuwandte. „Bärenkralle, du und deine tapferen Krieger wären den Lakota willkommene Gefährten, in dem bevorstehenden Kampf gegen die Wasicun Soldaten. Sie missachten die Verträge und ziehen mit ihren Pflugscharen tiefe Furchen in die Brust von Mutter Erde. Sie töten unsere Bisons, nur der Felle und ihrer Zungen wegen und lassen nur verwesende Körper, die weit in den Himmel stinken zurück und keiner von Ihnen, ob jung oder alt, achtet die getroffenen Vereinbarungen. Die versprochenen Waren und Gelder bleiben aus, und wenn sie weiterhin unsere Büffelherden in diesem Tempo abschlachten, werden unsere Kinder bald hungern müssen. Die Forts sollen uns vor den Siedlern schützen, doch du weißt, dass dem nicht so ist und dass sie nur die Siedler vor uns schützen sollen. Der Weiße Mann fällt über uns her, wie eine Heuschreckenplage, während unser Volk dahinschmilzt wie der

Schnee in der Frühlingssonne. Was er nicht mit dem Whisky schafft, erledigen seine Krankheiten für ihn. Wir werden dies nicht länger hinnehmen und vereint werden wir sie aus unseren Jagdgründen vertreiben, bevor es zu spät ist. Tapferer Bärenkralle, was sagst du, werden deine unbezwingbaren Krieger an der Seite der Lakota ihr Recht einfordern? Denn wenn ihr euch uns anschließt, werden weitere Shyela folgen und selbst die Blauen Wolken werden sich dann nicht mehr heraushalten und gemeinsam mit uns, den Kriegsruf erheben."
Bärenkralle schwieg lange, bevor er dem Häuptling der Oglala antwortete und es hatte den Eindruck, als würden ihm die rechten Worte, trotz längerer Überlegung nicht in den Sinn kommen wollen. „Ihr tapferen Krieger der Lakota, niemand kann und wird Bärenkralle, seine Krieger oder sonst einen Cheyenne einen Feigling nennen können. Jeder der uns fordert, wird es uns büßen müssen", verstohlen schenkte er Adlerträne und Tashunka Witko einen flüchtigen Blick. „Alle Völker des Großen Grasmeeres wissen, dass sich die Cheyenne zu wehren verstehen. Doch schwerer als alles Kriegsgeschrei und die Ehre einen Feind zu bezwingen, wiegt immer noch der Frieden. Das glückliche Lachen zufriedener Kinder, das Singen der Weiber, wenn sie gemeinsam die Büffelfelle bearbeiten. Der Anblick der Alten, wenn sie satt und zufrieden in den dunklen kalten Winternächten ihre Pfeifen rauchend beisammen sitzen. Oder seien es nur die Flötenspiele verliebter junger Männer ... Machpiya Luta, wir töten jeden Feind, der sich an uns vergreift, aber nicht alle Weißen Männer sind unsere Feinde. Bärenkralle kann und will den Kriegsruf gegen die Wasicun nicht erheben, und auch andere Häuptlinge werden dies nicht tun, da sie alle nichts so sehr wie den Frieden lieben und nicht den Klagegesang der Hinterbliebenen zu hören wünschen."
Nichts weiter als bedrückendes lang gezogenes Schweigen herrschte ab jetzt noch im Tipi des jungen Häuptlings der Oglala, dessen Enttäuschung ihm, so man ihn näher kannte,

deutlich in seinem Gesicht geschrieben stand. Er bemühte sich dennoch, seine ruhige Ausstrahlung und Gelassenheit weiterhin zu bewahren, da er den Shyela Häuptling nicht zu sehr in die Enge treiben oder drängen wollte. Es gab andere Häuptlinge, die sich ihm anschließen würden, dessen war er sich sicher und jene, die sich anfänglich herauszuhalten gedachten, das wusste Red Cloud ganz genau, würden zu einem späteren Zeitpunkt zu ihm stoßen wollen, aus eigenem Antrieb heraus.
„Machpiya Luta dankt seinem Shyela Bruder Bärenkralle für seine offenen und ehrlichen Worte. Auch Red Cloud schätzt den Frieden mehr, als das Wehklagen der Witwen und er achtet die weisen Worte seines Freundes. Auch wird Red Cloud an allen Feuern von der Tapferkeit seiner Cheyenne Brüder zu berichten wissen und sie mit Freuden, wenn sie bereit sind, als Kampfgefährten begrüßen!"
Anders, als selbst von Bärenkralle erwartet, hatte Machpiya Luta reagiert. Er ließ dem Cheyenne seine Kriegerehre und Würde und hielt ihm dennoch die Möglichkeit offen, sich, sollte er es für notwendig befinden, den Lakota anzuschließen. Was es zu sagen gegeben hatte, war gesagt und man lenkte die Gespräche gekonnt wieder in andere Bahnen.
Tags darauf trennte man sich von Bärenkralle und seinen Kriegern in Freundschaft und zog weiter in Richtung des Pulverflusses, um sich auf den kommenden Kampf gegen die Langen Messer vorzubereiten und weitere willige Häuptlinge zu gewinnen, die sich Machpiya Luta anschließen sollten.
Wolkenschild sah sich an der Seite seines Bruders Adlerstimme, dem Vater von Adlerträne, noch einmal nach den abziehenden Cheyenne um. „Ich sage dir, Bruder“, sprach Adlerstimme, dem etwas verstimmten Wolkenschild Mut zu, da auch er gehofft hatte, die Sheyela für ihren Kampf zu gewinnen, „so wahr, wie das Blut der Sheyela auch durch meine Adern fließt, sie werden kommen. Ich weiß es, ich hoffe nur, es gibt nicht zu viel Blutvergießen, bis sie sich entschließen, unserem Ruf zu folgen!“

15. Kapitel

In allen Dörfern der Santee, egal ob Sisseton, Mdewakanton, Wahpeton oder Wahpekute sah es ähnlich aus und der Unmut und die Verzweiflung verflogen auch dann nicht, als das erste Gras des Frühlings wieder zu sprießen begann. Viele der Alten waren während des nicht enden wollenden Winters gegangen und auch Kinder überlebten den strengen und eisigen Winter 61/62 nicht. Viele Krieger der Santee zogen nun im Frühling weit fort, um in der großen Grasebene auf Tatanka zu treffen, der sie wenigstens für einen kurzen Zeitraum mit Nahrung versorgen konnte. Doch waren sie Waldlandbewohner und nicht, wie ihre Verwandten, die Lakota, reine Nomaden, so war man auch nicht in der Lage, riesige Vorräte, wie es ihre Verwandten taten, anzulegen und sie später bei Bedarf einfach zu holen. Sie nahmen das mit, was bewegt werden konnte und nicht unterwegs verdarb.
Die Beamten und Agenten änderten jedoch nichts an ihrem korrupten Verhalten, obwohl sie wussten, wie dramatisch es um die Dakota bestellt war und so blickten die Verantwortlichen stets nur auf ihre praller werdenden Geldbeutel und die gefüllten Lagerhäuser, während die Dakota, für die diese Mittel gedacht waren, des Hungers starben.
Bis zum ersten Tag des Mondes der schwarzen Wildkirschen, dem 1. Juli, hielten die Stammesführer der Santee ihre Krieger immer noch mit ihrer Überzeugungskraft vor wütenden Übergriffen zurück und hofften auf den so sehnlichst erwarteten Erhalt der ausstehenden Lieferungen, die jedoch wiederum ausbleiben sollten. Alle Dakota verlangten eine baldige Entscheidung und so sprach jeder einzelne Häuptling immer wieder bei der Agentur vor und wurde oft mit bösen Worten, seiner Ungeduld und Unverschämtheit wegen wieder fortgejagt. Man beschloss daher, um der Sache mit dem nötigen Nachdruck zu begegnen, sich nun gemeinsam an den Agenten, der

Thomas Galbraith hieß, zu wenden. Ta Oyate Duta, Weißer Flügel und andere traten vor den überreizten und unbarmherzigen Galbraith und baten ihn um die so dringend gebrauchten Lebensmittel, da die Warenlager doch alle bis unter die Decke gefüllt seien.

„Aber was denkt ihr euch? Bevor das Geld aus Washington nicht eingetroffen ist, geht kein einziger Sack Mehl an euch raus. Ihr müsst das verstehen, alles muss seine Ordnung haben oder wollt ihr unverschämtes Pack mich ruinieren?“

Galbraith lies schnell das Lagerhaus von über einhundert Soldaten umstellen und bewachen. Er schien zu ahnen, dass die Dakota am Ende ihrer Geduld waren.

Wieder einmal zogen die Santee gedemütigt und mit hungrigen Mägen in ihre Dörfer zurück. Verzweifelt und die Hoffnung verlierend, vernahm man aus allen Lagern immer öfter anklagende Worte gegen den obersten Kriegshäuptling ihres Volkes, Ta Oyate Duta. Kaum einer war noch bereit, ihm länger zu folgen, da er auf Grund seiner Unfähigkeit, die Angelegenheit zum Guten zu wenden, seinen Einfluss unter seinem Volk verspielt hatte. „Was rätst du mir, mein Bruder?“ Betroffen wandte er sich an einen seiner wenigen verbliebenen und treuen Freunde, Weißer Flügel. „Was soll ich dir nur raten? Auf diese Frage kann ich dir keinen Rat geben. Egal, wie du es auch drehst, du kannst nur noch verlieren! Ob bei deinem Volk oder bei den Wasicun. Willst du dein Volk wieder für dich gewinnen, dann weißt du, was zu tun ist, doch das Ende ist sicher schlimmer, als nur sein Amt zu verlieren!“

Dem Häuptling waren die Hände gebunden, wollte er nicht sein Volk in noch größeres Elend führen, doch wenn er sie gegen die Wasicun aufbrachte, würde er sie ebenfalls verlieren, nur auf einer anderen Art. Viele Häuptlinge und selbst einige Anführer der Geheimbünde, wie Blue Leggins, aus dem Lager von Weißer Flügel, nannten den Häuptling, der Mdewakanton

seiner Untätigkeit wegen, bisher noch hinter vorgehaltener Hand, recht bald aber schon ganz offen, einen Feigling.
Ta Oyate Duta war inzwischen am Ende des Erträglichen und hatte sich entschlossen. Am 4.Tage des Mondes, wenn der Samen reift, im August rief er die Krieger zusammen, die anfänglich nur sehr ungern dem Ruf des an Achtung verlierenden Ta Oyate Dutas folgten. „Krieger der Dakota, hört mich an!“, rief er in die teilnahmslos blickende Menge seiner Krieger hinein. „Nun soll es genug sein, ich habe versucht, mein Volk zu schützen, doch was nützt es, sein Volk vor dem Tod in einem ungleichen Kampf schützen zu wollen, wenn es zuvor an Hunger gestorben ist?“
Die Krieger sahen einander mit erstaunten Gesichtern an. Der kraftvolle Ausdruck und die wilde Entschlossenheit in seinem Blick, welche die Alten schon an seinem Vater, Little Crow, so sehr geschätzt hatten, waren in die Augen ihres Häuptling zurück gekehrt. Nun würde er dem Namen „Little Crow“, den er bereits unter den Wasicun seit Langem trug, da er ihn, wie zuvor sein Vater auch von dessen Vater übernommen hatte, also doch noch Ehre machen. Im Alter von über sechzig Sommern kehrte der Krieger in ihm zurück. Die Augen der jungen Männer leuchteten und sie stachelten sich gegenseitig auf. Beifällige Rufe aus der Menge gaben Ta Oyate Duta endlich wieder das Gefühl, dass man ihn respektierte. „Ich sage euch, noch heute werden wir zur Agentur reiten und nicht ohne dem zurückkehren, was rechtmäßig uns gehört! Wollt ihr mir folgen, ihr jungen und tapferen Krieger?“
Ein ohrenbetäubendes Geschrei und gellende Kriegsrufe waren die Antwort auf die Frage Ta Oyate Dutas, welche weit bis über die Grenzen ihres Dorfes hinausgetragen wurde. Nur Momente später, im strahlenden Licht des Mondes, der ihren Weg erhellte, zogen nun die bis an die Zähne bewaffneten Dakota zum Yellow Medicine River. Das ständig wachsende Elend ihres Volkes vor Augen und jetzt zu allem entschlossen,

vermochte nichts mehr, die in die Enge getriebenen Krieger aufzuhalten.
Ta Oyate Duta sah sich von der Spitze der gewaltigen Kriegerschar aus um, und auf die vielen hundert ihm folgenden Männer. Das zurückgekehrte Selbstwertgefühl gaben ihm recht, doch zugleich nagte auch der Zweifel, die richtige Entscheidung getroffen zu haben, an seinen Gedanken. Sehr bald schon hatten sie die Agentur erreicht und der Häuptling begab sich, bevor seine Krieger mit Gewalt einforderten, was ihnen zustand, aus dem Schutz der Nacht heraus zu Thomas Galbraith. „Was fällt dir ein, mich mitten in der Nacht zu stören?“, kreischte er den Häuptling an. Doch Ta Oyate Duta antwortete in ruhigem Tonfall: „Agent Galbraith, ich bitte dich als Freund, die Türen der Lager zu öffnen, da sonst niemand mehr da sein wird, für den du sie später öffnen kannst.“
Galbraith staunte und grinste den Häuptling verachtend an. „Na, dann ist ja alles in Ordnung. Wunderbar und nun geh nach Hause!“
„Ist das dein letztes Wort?“, fragte Ta Oyate Duta, doch das hatte der Agent nicht mehr gehört, da er ihm die Tür vor der Nase bereits zugeschlagen hatte.
Little Crow atmete vor Schmerz in seinem Herzen tief durch, denn ab dieser Nacht würden ihn alle nur noch unter diesem Namen kennen. Langsam schritt er an den wachhabenden Soldaten vorbei, die ihn kannten und seiner ruhigen Art wegen schätzten. Lieutenant Timothy Sheehan, welcher gerade der Wachablösung beiwohnte, sah mit mulmigem Gefühl, wie der Häuptling an ihm vorüberging. Nicht resigniert und mit hängendem Kopf, wie all die vielen Male zuvor, als Galbraith ihn abgewiesen hatte. Irgendetwas war in dieser Nacht an dem Gang des Häuptlings anders. Er schien aufrechter, fast entschlossener. Sheehan war beunruhigt, vermochte aber nicht zu sagen, was ihn eigentlich störte.

Der Häuptling verschwand in der Dunkelheit und auch Sheehan war bereits auf dem Weg zu seiner Unterkunft. Gähnend drückte er sein Kreuz durch und streckte seine Arme aus, da er sich unbeobachtet fühlte und freute sich auf sein Bett, als ihn unerwarteter Lärm, gerade als er seinen Raum betreten wollte, aufschrecken ließ.
Das, wovor er immer gewarnt hatte, passierte soeben unter den Augen der Mannschaft. Über fünfhundert Santee stürmten in die Agentur, überwältigten, ohne auf ernsthafte Gegenwehr zu stoßen, die wachhabenden Soldaten und umstellten das Lagerhaus. Weitere Krieger stürmten heran und machten sich an den Türen zu schaffen. Kein tödlicher Schuss war bisher gefallen, da die Dakota wie ein plötzlicher Wirbelsturm in die Agentur hineingefegt waren. Bevor die überraschten Soldaten die Schrecksekunde verarbeitet hatten, war es bereits zu spät. Sheehan rannte in die Mannschaftsunterkünfte und ließ sofort alle verfügbaren Männer antreten und binnen kurzer Zeit waren über einhundert Gewehrläufe auf die Dakota gerichtet. Mit wütenden Schlägen ihrer Tomahawks hatten diese inzwischen recht schnell die Verriegelungen an den Lagertüren beseitigt.
Doch durch die Schreie und den Lärm erneut in seiner Ruhe gestört, stürzte Galbraith in seiner kreischenden Art ins Freie.
„Lieutenant Sheehan, ich befehle ihnen, eröffnen sie sofort das Feuer auf dieses Diebesgesindel!“
Doch Sheehan wartete ab, bis Galbraith an seiner Seite stand.
„Lieutenant, so schießen sie doch endlich! Sehen sie denn nicht, dass die Roten die Lager plündern?“
„Mein Gott, Galbraith, ich beschwöre sie. Geben sie ihnen, was sie wollen und es wird nichts weiter geschehen. Ziehen sie doch einfach was es kostet ab, wenn das Geld hier eintrifft!“
„Sind sie wahnsinnig Mann? Ich werde Meldung über sie machen!“
„Bitte sehr, das werde ich dann aber über sie auch tun müssen!“

„Was soll das bedeuten, Lieutenant? Wollen sie mir etwa drohen? Mir Thomas Galbraith?“
„Mister Galbraith, ich drohe niemandem und jetzt lassen sie die anderen Türen ebenfalls öffnen, als Zeichen ihres guten Willens, wenn sie einen Krieg verhindern wollen. Sie werden ihr Geld schon bekommen, das versichere ich ihnen!“
Mit schimpfenden Worten ging Galbraith in sein Kontor und kam wenig später mit einem großen eisernen Schlüsselring und mehreren daran klimpernden Schlüsseln zurück. „Auf ihre Verantwortung hin, Lieutenant!“, und übergab Sheehan das Schlüsselbund, da er selber zu feige war, unter die Dakota zu treten.
Der Lieutenant sah auf seine Stellung bezogene Kompanie, die ihre geladenen und entsicherten Waffen im Anschlag hielten. „Männer, gebt Obacht!“ Langsam ging Lieutenant Sheehan, den bei seinen Schritten klimpernden Schlüsselring offen und hoch vor sich hertragend, auf den äußeren Ring der Dakota zu. Diese hielten für einen Moment mit ihrer Plünderung inne und warteten auf das, was er vor hatte. „Hier bitte, lasst mich durch, sicher wollt ihr auch Fleisch und Zucker haben.“ Die Dakota, welche durch das Hinausschleppen der Mehlsäcke völlig von feinem weißen Staub bedeckt waren, was ihnen in ihrer darunter verborgenen Kriegsbemalung fast das grimmige Aussehen nahm, traten bei Seite, während Sheehan eine weitere Tür öffnete und den Weg zum Lager mit gepökeltem Schweinefleisch und anderen Waren freigab. Eilig packten weitere Krieger zu und schleppten das Fleisch aus diesem Lagerraum fort. Little Crow trat an Sheehan heran, der sich bereits wieder aus dem Gefahrenbereich zurückzog. „Ich hoffe, du weißt, dass wir keine andere Wahl hatten!“
„Nur deshalb fiel kein Schuss, Häuptling!“
Little Crow hielt Sheehan seine Hand hin, welcher den festen Händedruck des Häuptlings erwiderte. Inzwischen war auch Galbraith herbeigekommen und funkelte mit bösen Augen den

Dakota an. „Die Waren werden wir von den Geldern abziehen, sobald sie eintreffen! Genauso wie die zerbrochenen Türen!“, fügte er schnell noch hinzu.
„Nichts anderes hatten wir von dir erwartet!“ Wie immer er das gemeint haben mochte. „Nur eines noch. Auch die Lager der Unteren Agentur in Redwood müssen geöffnet werden. Es hungern weit mehr Santee, als nur die, welche du hier siehst!“
„Aber das geht nicht, dazu bin ich nicht befugt, das ...!“
„Ich warne dich ein letztes Mal! Bist du der Agent oder bist du es nicht?“, unterbrach ihn Little Crow, der nun keinen Widerspruch mehr zu dulden pflegte.
„Ich fordere dir hier das Versprechen ab, das auch dort die Lebensmittel verteilt werden, dann wollen wir in Frieden abziehen.“
„Ja, ja, schon gut, ihr bekommt weiteren Kredit, ich verspreche es!“
Der Häuptling nickte Galbraith zum Abschied mit finsterer Mine zu, hatte allerdings für Sheehan ein flüchtiges Lächeln übrig, bevor er seinen Männern in die Dunkelheit folgte.
Glücklich und zufrieden, sein Ziel ohne Blutvergießen erreicht zu haben, ritt Little Crow an der Spitze seiner, mit Nahrungsmitteln bepackten Krieger nach Hause, welches nur knapp 30 Meilen entfernt, in der Nähe der unteren Agentur lag. Nun brauchte er und seine Leute nur noch zu warten, bis Galbraith, wie er es versprochen hatte, hin kam und auch die dortigen Lebensmittel herausgab. Er war innerlich erleichtert. Er hatte für seine Leute einen Sieg errungen. Die Wasicun wussten nun, dass es Grenzen gab und ihn würde man jetzt wieder respektieren, auf beiden Seiten. Schon lange Zeit hatte Ta Oyate Duta auf ein derart gutes Gefühl verzichten müssen und wünschte sich, dass es niemals wieder aufhören möge.
Man verteilte die Lebensmittel an die Menschen der einzelnen Gruppen und wartete nun auf das Erscheinen Galbraiths, dessen Ankunft jeden Tag erwartet wurde. Doch Galbraith schien, sein

Versprechen vergessen zu haben. Der kurze Anflug des Glücksgefühls, welcher vom Häuptling Besitz ergriffen hatte, verwandelte sich von Tag zu Tag mehr in erneute Niedergeschlagenheit. Endlich jedoch sollte es Little Crow gelingen, in der Unteren Agentur ein Treffen mit dem Agenten zu vereinbaren.
Kühl und ohne jegliche Art einer Gefühlsanwandlung begrüßten die Santee am 15. des selben Mondes Galbraith und die bei ihm anwesenden Händler in der Unteren Agentur von Redwood. „Nun Agent, bist du gekommen, um dein Versprechen einzulösen?“ Die durchbohrenden Blicke von Little Crow ließen Galbraith sich abwenden. Ohne den Häuptling oder einen der anderen anwesenden Dakota eines Blickes zu würdigen, trat er an das geöffnete Fenster und sprach seine Worte mehr zu den Sperlingen als zu den Santee. „Ich sagte dir schon einmal, bevor die Gelder nicht eingetroffen sind, kann und will ich keine weiteren Waren frei geben!“
„Agent Galbraith, ich bitte dich zum letzten Mal ...“
„Zum letzten Mal? Na, das hört sich doch gut an, dann haben wir es ja endlich hinter uns!“, unterbrach er den Häuptling mit nicht zu überhörendem Spott in seiner Stimme und niemandem der anwesenden Dakota entging das gehässige Lachen der vier anwesenden Händler. Little Crow hoffte immer noch, dass die Vernunft siegen würde, und begann erneut, doch dieses Mal mit einem nicht zu überhörendem, wütenden Unterton in seiner Stimme. „Agent, wir bitten dich, öffne die Lagerhäuser, unsere Frauen und Kinder hungern und sterben. Wende dich an den Großen Rat des Weißen Vaters, er wird dir das Geld geben!“ Er machte eine Pause. „Du weißt nun, dass Menschen, die am Verhungern sind, sich zu helfen wissen!“
Galbraith zog verächtlich seine Mundwinkel in die Höhe. „Meine Herren“, wandte er sich nun an die anwesenden Händler. „Was würden sie mir raten, was soll ich tun?“

Die Krämer warfen sich überhebliche Blicke zu und grinsten sich gegenseitig an. Der Schmerz der Dakota in ihrer Demütigung geriet an die Grenze des nicht mehr zu Verkraftenden. Die offene Verachtung, welche man ihnen mit Hohn und Spott immer wieder entgegenbrachte, spürten sie nur zu deutlich. Doch sie blieben standhaft und überhörten jede Art einer Schmähung. Einer der Händler, namens Andrew Myrik kam sich im Beisein seiner ihm den Rücken stärkenden Gefährten besonders wichtig vor und trat ein paar Schritte, auf den immer noch am Fenster stehenden Galbraith zu. „Sir, also wenn sie mich fragen ..."
„Ja, Myrik, was schlagen sie mir vor?"
„Wenn die Dakota wirklich solchen Hunger haben, Sir, dann sollen sie doch Gras fressen! ... Oder ihre Scheiße!", setzte er noch mit hinzu, nachdem das schamlose Gelächter der anderen Wasicun ihn in seinen Ausführungen bestärkt hatte. Nachdem der Agent und die Händler sich beruhigt hatten, schwiegen die Santee für eine Weile. Doch dann setzten die wütenden Schreie und empörten Rufe der Krieger und Häuptlinge ein, die nun nicht mehr Willens waren, sich ruhig zu verhalten. Alle sprangen auf und verließen Augenblicklich die Agentur.
Die Nachricht von diesem Vorfall und der damit einher gegangenen Demütigung in Redwood, raste wie ein Lauffeuer durch alle Lager der Santee und löste einen nie da gewesenen Ausbruch der Gefühle in den betroffenen Menschen aus.
Immer noch tief verletzt, begab sich Little Crow an dem darauf folgenden so wunderschönen und strahlenden Sonntag in die Untere Agentur, um am Gottesdienst in der Episkopalkirche von Reverend Samuel Hinman teilzunehmen. Es schmerzte in seiner Brust, dachte er an die vielen durchlittenen Beleidigungen. Sein so verändertes Äußeres fiel auch dem Reverend auf. Als nach Beendigung des Gottesdienstes Little Crow wieder vielen seiner weißen Freunde zum Abschied die Hand schüttelte, nahm er ihn zu einem Gespräch bei Seite, was

die verloren gegangene Hoffnung des Santee wieder wach rufen sollte. „Häuptling Little Crow, können wir ganz vertraulich miteinander reden?”
Der Häuptling nickte und ließ sich, als der Reverend ihn an seinem Arm fasste, ohne Gegenwehr fortführen. Bald saßen sie ungezwungen in dem kleinen Zimmer des Reverends und er bot Little Crow zu essen und trinken an. Erst nach einer sehr langen Weile legte ihm Hinman beschwörend die Hände auf die Seinen. „Häuptling, ich habe endlich herausgefunden, weshalb es so schlecht um euch bestellt ist, doch noch darf niemand etwas erfahren. Bishof Whiple ist auch bereits schon informiert worden.“
Voller Neugierde nickte Little Crow dem wahrhaft gottesfürchtigen Mann zu.
„Ich habe mit der Hilfe von Freunden etwas wirklich sehr schlimmes herausgefunden.“ Reverend Hinman machte eine Gedankenpause. „Wir wissen jetzt, wohin eure Gelder und Waren verschwunden sind. Es war Galbraith, er unterschlägt die Waren, die für die Santee bestimmt sind, und verkauft sie für eigenen Gewinn, statt sie an euch zu übergeben!“
Ein entsetztes Stöhnen kam dem Häuptling über seine Lippen.
„Doch höre, du hast ein Recht es zu erfahren, denn bald wird sich alles zum Guten wenden. Galbraith eiferte dabei jedoch nur seinem Oberagenten nach. Du kennst doch Clark W. Thompson?”
Little Crow nickte.
„All die Gelder sind zwar nicht immer pünktlich eingegangen, doch er behielt sie, wenn sie kamen, für sich. Es fiel einigen meiner Brüder auf, wie schnell Thompson zu Wohlstand gelangte und wir forschten nach, bis der Verdacht sich bestätigte! Mein Freund! Es ist in wenigen Tagen vorbei, da alle Stellen informiert sind, bald braucht niemand mehr zu hungern!“
Reverend Hinman strahlte den vor Freude über diese Nachricht sprachlosen Häuptling an. Little Crow fand kaum Worte, als er

sich von Reverend Hinman verabschiedete. Alles war noch so unwirklich. Er konnte noch nicht fassen, dass der Jahre andauernde Leidensweg seines Volkes nun endlich vorüber sein sollte. Zum ersten Mal war er wieder frei von Sorge um sein Volk und sah wieder glücklich seinen Kindern beim Spielen zu.

*

Doch die Krieger der Santee wussten von all dem noch nichts und suchten, während sich Little Crow nach langer Zeit wieder einmal mit den Kindern, ohne Angst um deren Zukunft beschäftigte, verzweifelt nach einem Stück Wild.
Blue Leggins, Seine Vier Wolken, Donner im Bauch und Brennendes Gras griffen sich wie alle anderen auch, ihre Waffen und rannten immer noch von Myriks Bemerkung aufgebracht aus dem Lager in Richtung des Flusses, um ihn an einer seichten Stelle zu überqueren und den dahinter gelegenen dunklen und fast undurchdringlichen Wald zu erreichen. Hier, so hofften sie, auch wenn es aussichtslos schien, wenigstens auf etwas verbliebenes Wild zu treffen. „Ta Oyate Duta ist ein Schwächling!“, schimpfte Blue Leggins, als sie bereits außer Sichtweite des Dorfes und am anderen Ufer angelangt waren. „Ich werde ihm nicht mehr folgen, er sitzt nur da und schmollt wie ein alterndes Jammerweib, statt den Kriegsruf zu erheben und ein für alle Mal mit diesen Wasicun abzurechnen!“
„Blue Leggins hat recht, viele sprechen bereits darüber, dass sie Reisender Hagel zu unserem neuen Kriegshäuptling machen wollen. Little Crow ist ein alter Mann, er mag sich der guten alten Tage, bevor er den Vertrag unterzeichnete sicher erinnern, vergisst aber bis zum Abend, was er des Morgens gegessen hat!“ Brennendes Gras war der gleichen Meinung wie Blue Leggins.

„Aber selbst ich weiß nicht, was ich des Morgens gegessen habe, da ich nicht einmal zu sagen vermag, wann ich überhaupt das letzte Mal etwas zu mir nahm.“
Alle blieben stehen und sahen zu Seine Vier Wolken. „Genau darum geht es Bruder!“ Schon seit sehr langer Zeit versuche ich einen neuen Namen zu erhalten, aber solange wie der Donner in meinem Bauch wütet und alle, nicht nur die Krieger, sondern selbst schon die Kinder über meinen knurrenden Magen lachen, werde ich diesen Namen bis in sehr ferne Zeiten tragen müssen.“
„Dann mein Freund“, Seine Vier Wolken legte Donner im Bauch die Hand beruhigend auf seinen Magen, wirst du der Erste sein, der etwas vom Wild, so wir etwas finden, erhält. Auch die anderen zwei jungen Krieger gaben ihr Einverständnis. „Ja, und dann heißt du bald schon: Große Kugel im Bauch!“
„Oh ja! ... oder wenn wir dir dazu noch ein paar Wildzwiebeln zum Essen geben, heißt du bald schon: Der Macht Das Die Luft Kracht Und Stinkt!“
Alle, selbst Donner im Bauch mussten über den Scherz von Seine Vier Wolken lachen. Es tat den vier jungen Kriegern so unheimlich gut, wieder alleine und unter sich zu sein und für ein paar Momente das Dorf und die vor Hunger weinenden Kinder zu verlassen. Nun bewegten sie sich schweigend, jeder seinen Gedanken nachgehend und ohne einen Laut zu verursachen, weiter voran, immer noch auf der Suche nach einer sich lohnenden Fährte. Doch seit Stunden pirschten sie ohne Erfolg durch das dichte Unterholz und fanden nicht das geringste Anzeichen eines Wildtieres. Es dämmerte bereits und die vier Krieger beschlossen enttäuscht, für den heutigen Tag die Jagd abzubrechen und es am kommenden Morgen erneut zu versuchen. Während sie in weitem Bogen den dichten Urwald durchquert hatten, hatten sie unendlich viele Meilen zurückgelegt und beschlossen daher auf direktem Wege zurückzu-

kehren. Sie kamen gut voran und fast konnten sie schon das Geplätscher des dahin fließenden Flusses vernehmen, welcher sich unmittelbar hinter der vor ihnen liegenden Lichtung befinden musste. In nicht all zu weiter Ferne sahen sie jedoch den schwachen Schein eines Feuers, welcher durch die offenen Fenster eines Farmerhauses drang, als Blue Leggins mitten im Lauf, davon abgelenkt, gegen etwas prallte und zurück geworfen wurde.
Seine Vier Wolken, Brennendes Gras und Donner im Bauch sahen ihn verwundert an, da er sich auf dem Boden sitzend sein schmerzendes Knie hielt. Dann fiel ihr Blick auf den Zaun, welchen nur die Wasicun errichtet haben konnten und gegen den Blue Leggins gelaufen war und sich an einem hervorstehenden Nagel das Knie aufgerissen hatte. Blue Leggins stand zwar wütend, aber ohne ein weiteres Wort wieder auf. „Lasst uns außen herum gehen, es gibt bereits genug Ärger“, schlug er vor und so liefen sie außen am Rande des Farmergrundstückes vorbei. Plötzlich, von den Dakota aufgescheucht, flatterten im Dunkeln gackernd ein paar Hühner am Rande des Zaunes auf und gaben den Blick auf ein Nest frei, in welchem herrlich anmutende Eier lagen. Wie gebannt starrten alle Krieger mit ihren leeren Mägen auf das volle Gelege. Seine Vier Wolken bückte sich und nahm vier der Eier, eines nach dem anderen vorsichtig auf. „Na, wie ist es? Hier, für jeden ein Ei? Das wird den Farmer nicht gleich verhungern lassen!“
Ach lass das, das gibt nur Probleme wenn es raus kommt, komm Seine Vier Wolken und leg sie wieder zurück. Wir sind Dakota und keine Eierdiebe!“
„Was soll das denn?“, schimpfte Blue Leggins Brennendes Gras aus, „klar nehmen wir uns ein paar Eier!“
Auch Donner im Bauch hatte dabei kein gutes Gefühl.
„Dann eben nicht!“ Seine Vier Wolken wurde wütend und warf die Eier weit ausholend wieder in das Nest zurück, sodass diese sofort zerbrachen.

„Pah!“, rief Blue Leggins aus. „Brennendes Gras ist ein Feigling, er traut sich nicht einmal, den Wasicun ein paar Eier zu nehmen! Er hat Angst vor den Wasicun und das werde ich allen im Dorf erzählen, die es hören wollen!“
„Wage das ja nicht, Blue Leggins, ich bin kein Feigling, alle wissen das!“
„So?“, forderte Blue Leggins Brennendes Gras weiter heraus „... und wie willst du uns vom Gegenteil überzeugen?“
Brennendes Gras stellte sich aufrecht vor seinen Gefährten hin. „Ich werde euch beweisen, dass ich keine Angst vor dem weißen Farmer habe und kein Feigling bin und deshalb werde ich jetzt zu ihm gehen und ihn erschießen!“
Die anderen Krieger sahen sich plötzlich erschrocken an, da sie nun erst begriffen hatten, dass aus einer albernen kindlichen Neckerei tödlicher Ernst geworden war. Doch sofort, nachdem Brennendes Gras ausgesprochen hatte, was er vor hatte und tun würde, fragte er seinen Freund. „Und was ist mit dir Blue Leggins, bist du etwa ein Feigling oder begleitest du mich?“
„Mein Bruder ich bin auch kein Feigling und ich werde dich begleiten!“
„Gut, dann gehen wir auch mit euch und werden ebenfalls mutig und tapfer sein!“ Seine Vier Wolken und Donner im Bauch sahen einander zustimmend an.
In aller Ruhe kletterten die vier jungen Krieger mit geladenen Waffen über den Zaun und begaben sich auf direktem Wege zu dem nächstgelegenen Farmhaus. Etwa hundert Schritte bevor sie das Haus erreichten, begann der Hofhund des Farmers wild zu kläffen und wollte sich kaum mehr beruhigen. Blue Leggins legte an und ein kurzer die nächtliche Stille zerreißender Knall beendete das lärmende Gebell. Der Farmer trat erschrocken vor die Tür und sah seinen erschossenen Hund und die vier Krieger, welche ohne Eile auf ihn zuhielten. Sofort hatte er begriffen, dass die Besucher nichts Gutes im Schilde führten und rannte, so wie er war, mit schmuddeligem verschwitztem

Unterhemd, seiner viel zu weiten blauen Arbeitshose, welche nur von den Hosenträgern gehalten wurde, in Richtung seines Nachbarhauses. Hier war man zwischenzeitlich durch den Schuss ebenfalls aufmerksam geworden, doch war es bereits zu spät. In dem Moment, als ihr Nachbar aufgeregt zur Tür hereinstürmte, bevor sie selber sie öffnen konnten, fiel er von einem Schuss in den Rücken getroffen, der Länge nach in den Raum. Das wilde hysterische Geschrei der zwei anwesenden Farmerfrauen wurde durch zwei weitere Schüsse unterbrochen und auch die beiden männlichen Nachbarn des bereits erschossenen Mannes hatten keine Zeit mehr, sich jeder gegen gleich zwei, der wild schreienden und auf sie einschlagenden Krieger zu wehren. Erst nachdem die vier jungen Männer wieder zu sich kamen, sahen sie, was sie angerichtet hatten. All der aufgestaute Hass, geschürt durch die jahrelangen Demütigungen der Wasicun, die Not, der Hunger und die durchlittenen Entbehrungen hatten sich in wenigen Sekunden bei ihnen entladen und nun war es zu spät. Es hatte unschuldige Farmerfamilien getroffen, die niemandem etwas getan hatten. Ohne weitere Worte zu verlieren, spannten sie zwei gestohlene Pferde vor das Fuhrwerk, welches einem der getöteten Farmer gehört hatte und beluden den Wagen mit ihrer zusammengesuchten Beute.
Schweigend saß Seine Vier Wolken neben Brennendes Gras auf dem hohen Kutschbock, während Donner im Bauch und Blue Leggins jeder hinten auf einer Seite des Wagens, zwischen dem Diebesgut sitzend, ihren heimatlichen Dörfern entgegenfuhren. Keiner der vier Krieger hatte das große und brennende Verlangen, wie es sonst eigentlich üblich gewesen wäre, sich Prahlereien über ihre vollbrachten Heldentaten hinzugeben. Sie hatten nicht nur Männer, sondern auch Frauen getötet. Die ernüchternde Erkenntnis, etwas angerichtet zu haben, dass weitaus größere Folgen für alle Santee haben würde, als man es anfänglich überschauen konnte, eilte ihnen bereits voraus. Von Weitem schon sahen die Dakota, durch das Klappern des Fuhr-

werkes aufmerksam geworden, was geschehen sein musste. Donner im Bauch und Brennendes Gras, welche aus dem direkten Lager Shakopees, ebenfalls einem Häuptling der Mdewakanton stammten, wollten zuerst mit ihrem Häuptling reden, bevor man weiter zu Weißer Flügel, dessen Unterhäuptling eilen würde, um auch ihn von der Tat der Krieger zu unterrichten, an der sein jüngerer Bruder, Seine Vier Wolken, nicht unbeteiligt gewesen war.
Ta Oyate Duta, Little Crow, schlief bereits tief und fest in dieser Nacht, als man ihn wach rüttelte und sehr unsanft aus dem Schlaf riss.
Shakopee, Mankato, Medicine Bottle und selbst Big Eagle standen lärmend, allen gebührenden Respekt vergessend, an seiner Schlafstätte. „Ta Oyate Duta, stehe auf, gleich wird auch Wabasha kommen, wir müssen dringend reden!“ Die Stimme Shakopees klang sehr aufgeregt und Little Crow fühlte, dass etwas sehr furchtbares geschehen sein musste, da die Beratung der Häuptlinge keinen Aufschub zu dulden schien. „Aber warum kommt ihr damit zu mir, da ihr euch doch alle bereits für Traveling Hail als euren neuen Kriegshäuptling entschieden habt?“
„Nein!“ Wabahaw trat soeben ein. „Du bist immer noch unser Kriegshäuptling!“
Little Crow schien darüber nicht sonderlich erfreut zu sein, da ab sofort alle Verantwortung nur auf ihm lasten würde. Nur kurze Zeit später, noch in der gleichen Nacht vom 17. auf den 18. Tag des selben Mondes, bewegten sich im lauem Südwind tausende von Kriegern aus allen Richtungen kommend, durch dunkle Wälder und über das weite Grasmeer. Nur vom fahlen Mondlicht beleuchtet, zogen unheimlich beleuchtete Schatten zum Lager ihres Häuptlings Ta Oyate Duta, welcher sie gerufen hatte, da er, nachdem während der Beratungen aus der Menge der Krieger das Wort „Feigling“ ertönte, keine andere Wahl mehr hatte. Hinfort waren die in zerlumpten Decken gehüllten

und um Almosen flehenden Männer, die die geflickten Hosen und Jacken der Wasicun trugen. Nun kamen die stolzen Krieger der Dakota zurück. Verflogen waren die Anwandlungen aus Verzweiflung und Hoffnungslosigkeit und hatten wilder Entschlossenheit Platz gemacht. Niemand würde sich länger dem geweihten Untergang hingeben. In lang gezogenen Kolonnen, in der traditionellen Kleidung ihres Volkes, mit Lendenschurzen und Leggins, mit Adlerfedern und anderen Ehrenzeichen versehen, die umgehängten Schärpen voller Waffen und Munition für den Kriegszug bereit, gab es nun kein zurück mehr. Senkrecht trugen sie ihre Kriegslanzen mit stolz erhobenem Haupt. Daheim begannen sehr bald alle Frauen damit, Kugeln zu gießen, die ihre Männer im Kampf dringend brauchen würden. Unbändiger Hass und Trauer, Hoffnung und Zweifel, Wut und Freude zugleich, waren die Begleiter der Santee, von denen viele zwiespältig dem Kommenden entgegen sahen. Doch Ta Oyate Duta hatte gerufen. Aus der Ferne sahen Farmer, Händler und Beamte der Agenturen, Offiziere und Soldaten die langen Kriegerreihen der Dakota, doch schien das nicht ungewöhnlich zu sein, da sie sich dauernd zu irgendwelchen unsinnigen Beratungen zu treffen schienen, die letzten Endes ohne Ergebnis im Sande verliefen. Hätten sie in ihrer selbstgefälligen Überheblichkeit etwas genauer hingesehen, dann wären ihnen die veränderten Blicke und die Bemalungen der Krieger aufgefallen. Doch so gingen sie alle in dieser Nacht ohne Argwohn zu Bett und gaben sich ruhig und sorgenfrei ihrem gewohnten Schlaf hin.
Bald brannten an dem Ufer des Mini Wakan, wie die Dakota den Minnesota nannten, riesige, den Nachthimmel weithin erleuchtende Feuer. Weit hallten die Gesänge, die Schläge der Trommeln und Kriegsrufe durch die Prärien und Wälder, während gespenstisch anmutende Gestalten wild um die Feuer tanzten und sich auf den nicht mehr zu vermeidenden Krieg vorbereiteten und einander Mut zusprachen.

Fast hätte es Ta Oyate Duta geschafft, dieses Übel von seinem Volk abzuwenden, aber niemand der Weißen würde sich jetzt noch für sie einsetzen und die nicht einmal einen Tag währende neue Hoffnung, war für immer dahin.
Mehrere Häuptlinge sprachen sich mit ihm dafür aus, die vier Schuldigen den Wasicun auszuliefern, doch der geschürte Hass, da auch Frauen getötet wurden, ließ sich nicht mehr in Vertrauen zurück verwandeln und so zogen es selbst viele der umsichtigeren Häuptlinge vor, zuerst zuzuschlagen, bevor die Truppen über sie herfielen. Ohnehin aber gab es keine Umkehr mehr, denn ebenfalls an diesem schicksalshaften Tage hatten einige Krieger auch von den Sisseton unter Medizinbündel das Gasthaus eines gewissen Baker heimgesucht.
Noch hatten sie das Überraschungsmoment auf ihrer Seite, denn darin schien sich die einzige Hoffnung auf einen Erfolg zu begründen.
Aber nicht alle gaben dem Drängen der antreibenden Kriegshäuptlinge nach. So wandte sich Rotes Eisen, Stehender Büffel und andere gegen ihr Volk. Großer Kriegsadler, Rotblatt und auch Rotflügel waren ebenfalls gegen einen Krieg. Doch gaben sie dem Drängen der rachsüchtigen Krieger ihres Stammes nach und schlugen unter den Beifall spendenden Schreien ihrer Männer, verzweifelt, ein letztes Mal in ihrem Leben, den Tomahawk in den Boden.
Wenig später sahen die zum Kampf entschlossenen, die Kriegerscharen der friedfertigen Häuptlinge abziehen, welche sich am bevorstehenden Kampf nicht beteiligen würden und von nun an, als ihre Feinde galten. Doch immer noch waren weit über tausend Krieger bei ihnen geblieben, die nur darauf brannten, endlich Vergeltung zu üben.
Little Crow ließ sich von dem reißenden Strom seiner nicht mehr aufzuhaltenden Krieger mittreiben, doch fühlte er sich innerlich zerbrochen. Seine Hoffnungen, alles würde sich doch noch zum Guten wenden lassen, waren dahin.

Der Lärm der davonreitenden Krieger, welche sich aus dem Kampf herauszuhalten gedachten, war noch nicht verflogen, als Ta Oyate Duta seine Krieger und Häuptlinge herbeirief, sich enger um ihn zu scharen. „Hört mich an!“, rief er in die nun schweigende Masse bemalter Männer hinein. „Unsere ehemaligen Brüder, welche die Freundschaft zu den Wasicun über das Wohl ihres eigenen Volkes stellen, sind fort. Ihr Name soll nie mehr genannt werden! Meine Brüder, ihr alle wisst, dass ich den Krieg nicht gewollt habe, doch es ist zu spät, sich zu besinnen und die Zeit drängt. Seht, die Morgenröte begrüßt uns bereits und ich bin sicher, die Feinde aus unseren eigenen Reihen sind bereits unterwegs, ihre Wasicun Brüder zu warnen. Eile ist geboten, wollen wir einen Sieg erringen. Auf, ihr Krieger, verschont weder Weiber, die Krieger gebären, noch Knaben, die zu Kriegern heranwachsen werden. In Strömen ihren eigenen Blutes sollen die Wasicun ertrinken!“ Immer wieder wurden des Häuptlings Worte von tosendem Beifall der sich gegenseitig aufputschenden Krieger begleitet, sodass er immer wieder eine Pause einlegen musste. „Lasst Neu Ulm und Redwood in Flammen aufgehen und in ihrer Asche versinken! Zerstört Fort Ridgeley und Fort Snelling! Kein Balken, kein Stein bleibe auf dem anderen! Auf, ihr tapferen Krieger der Dakota!“

Von ihren Häuptlingen geführt, stoben die Massen der Krieger mit wütend gellendem Kriegsruf davon.

Schweren Herzens verabschiedete sich Ta Oyate Duta von seiner Familie. „Ihr seht, euer Vater Ta Oyate Duta ist kein Feigling, er führt die Krieger gegen die Wasicun, auch wenn es sein Herz zerreißt!“

16.Kapitel

Weißer Flügel war sich ebenfalls nicht mehr über richtig und falsch im Klaren, musste er doch seinem jahrelangen Freund und Gefährten den Rücken zuwenden. Er hatte Little Crow im Stich gelassen und auch seinen Bruder, Seine Vier Wolken, verloren. Aber er besann sich auch auf die Bishops, die vor wenigen Monden ihr Weniges, was sie besaßen, fort gaben, um sein Volk vor dem Hunger zu retten. Wenn es einen Feind gab, dann war es nicht der Mann, dessen Freundschaft und Treue er verloren hatte und nicht die Bewohner von Neu Ulm. Die Schuldigen saßen sicher in ihren Häusern, während sich Freunde ihretwegen an die Kehle gingen. „Yellow Bull Shirt, wir sollten zuerst in unser Dorf reiten, doch dann müssen wir noch heute unsere Freunde warnen! Vielleicht sogar sollten sie in unserem Dorf warten, bis alles vorüber ist."
„Carl Bishop?"
Mit geschlossenen Augen ließ Weißer Flügel seinen Kopf auf die Brust sinken. „Ich werde zum Verräter an meinem eigenen Volk, wie sehr vermisse ich da die offenen und ehrlichen Kriegszüge gegen die Ojibwa."
Die Sonne stand bald schon hoch am Himmel, als die Bishops sich gemeinsam mit ihren indianischen Freunden, schweigsam, von ihrem Frühstückstisch erhoben. Selbst der fröhliche und aufmunternde Gesang der Vögel vermochte es nicht, die bedrückten Gesichter der Männer und Frauen zu erhellen, auf denen sich ernsthafte Besorgnis über die vernommenen Unruhen widerspiegelte. Weißer Flügel, Yellow Bull Shirt und einige seiner Krieger waren bereits wieder fort, versprachen aber, nachdem sie in Neu Ulm waren, wieder zu kommen. Sie alle sollten ihr Hab und Gut packen und fürs Erste im Lager von weißer Flügel Schutz suchen.
Weit schweifte ihr Blick über ihre Felder, als würden sie hinter jedem Halm, jedem Hügel und jedem Busch einen feindlichen

Krieger der Dakota vermuten, der nur darauf wartete, seinen Durst nach Rache zu stillen. „Mein Gott, wie nur konnte es so weit kommen?“ Mit gemischten Gefühlen sah Carl auf seine Söhne, die gerade mit den geschnitzten Mustangs von Onkel Dachs spielten.
„Was meint ihr?“, trat er sichtlich beunruhigt an Badger heran, „was werden die Dakota nun tun?“
„Sie werden erbarmungslos alle Ansiedlungen und Farmen niederbrennen, die auf ihrem Weg liegen. Man hat sie schändlich betrogen und ihre Kinder verhungern lassen, bis auf's Blut gereizt und gedemütigt. - Sie sind verzweifelt und nun, da sie wissen, dass es kein zurück mehr für sie gibt, werden sie keine Gnade kennen.
Jeder Wasicun wird unter ihrem Tomahawk sterben, und sei es nur aus Furcht, er könne sich sonst erneut gegen sie stellen.“ Badger holte tief Luft, bevor er betrübt weitersprach. „Aber sie werden letztendlich unterliegen und bis dahin sollten wir die Einladung von Weißer Flügel dankend annehmen!“
Fallender Stern hielt sich abseits, da er das Wissen seines Bruders bereits teilen durfte. Badger tat ihm leid, da er mit ansehen musste, wie seine ständigen Anstrengungen, einen Konflikt zu vermeiden, auf taube Ohren gestoßen waren. Verräter hatte ihn Blue Leggins, der jungen Krieger der Dakota, genannt. Doch Badger war es müde geworden, ständig dagegen anzureden und hatte sie nur Narren geschimpft.
„Tante Wiese! Tante Wiese! Sieh nur!“, rief der kleine Ernst Wiegendes Gras begeistert zu, die, nachdem Arthur zu seinem Vater gegangen war, um Vorräte einzupacken, mit ihm vor dem Haus spielte.
Alle sahen augenblicklich in Richtung des kleinen Ernst, der aufgeregt mit seinen Ärmchen zum Waldrand deutete.
Eine breite Linie bunt bemalter halb nackter Krieger näherte sich ihnen im gleichmäßigem Dauerlauf durch die Felder.

„Sofort alle ins Haus!", bemerkte Carl in ruhigem Tonfall und vollkommen entspannter Stimme.
Widerwillig, fast schon zögerlich trat Badger mit nachdenklichem Ausdruck als Letzter ein, bevor hinter ihm die Tür verriegelt wurde.
Carl legte scheinbar ruhig alle Waffen, die sich im Haus befanden, eine nach der anderen, auf den schweren Eichentisch in der Stubenmitte. Wortlos machten sich die Frauen daran, die bereitgelegten Waffen zu laden, während die Männer bereits an den kleinen Schießscharten mit ihren eigenen geladenen Gewehren Stellung bezogen hatten, und angespannt das Umfeld des Hauses beobachteten.
Badger sah sich plötzlich um, denn Carl Bishop hatte ihm freundschaftlich von hinten seine Hand auf die Schulter gelegt. „Es wird euch niemand Feiglinge nennen, wenn ihr gehen möchtet. Keiner wird euch verurteilen, wenn ihr nicht bereit seid, auf eure Brüder zu schießen!"
Badger sah fragend zu Wiegendes Gras, die den kleinen Ernst liebevoll auf ihren Schoß genommen hatte und anschließend zu Fallender Stern, der die Worte, obwohl sie sehr leise waren, dennoch verstanden haben musste.
Der alte Lakotahäuptling lächelte. „Ich hoffe nicht, dass geschossen wird, aber ich habe die jungen Krieger der Dakota gewarnt! Erheben sie den Kriegsruf gegen meine weißen Brüder, erheben sie ihn auch gegen mich!" Innerlich schüttelte es ihn, hatten die jungen Dakota etwa recht, hatte er nicht soeben gerade sein Volk verraten? Aber er mochte diese Wasicun, mehr als er sich selber eingestehen konnte. Da es Wakan Tanka, sicher nur aus einer Laune heraus, für gut befunden hatte, diesen Menschen eine weiße Haut zu geben, durfte er sich nicht dagegen stellen, entschuldigte er es vor sich selber, ansonsten waren es gute Menschen, die sicher das Herz eines Lakota in ihrer Brust trugen.

Carl Bishop lächelte nach Badgers Worten zurück und sah ihm eine Weile bei seinen Gedankenspielen freundlich von der Seite an. Doch konnte er nichts erwidern, da soeben von außen her wütend gegen die Tür getreten wurde und vereinzelt auch schon die ersten grellen Kriegsrufe der Krieger zu vernehmen waren, während sie mit ihren Tomahawks die Tür bearbeiteten.
Bisher war noch kein Schuss gefallen, da jeder im Haus hoffte, die Situation würde sich ohne Blutvergießen wieder entspannen. Lautlos verharrten bisher die Insassen hinter den noch verschlossenen Schießscharten und sahen alle fragend Badger an. Er nickte nur.
„Ihr Flegel! Haben euch eure Väter kein Benehmen beigebracht?", schrie Badger, ohne auf seine Sicherheit zu achten durch seine halb geöffnete Luke ins Freie. „Wissen die Krieger der Dakota nicht mehr, wie man sich dem Heim eines Freundes in Frieden nähert? Haben sie vergessen, wer ihre Kinder vor dem Hungertod bewahrt hat?"
Stille trat ein und nur ein leises Raunen kündete noch von der Anwesenheit ihrer Feinde.
„Wer wagt es, von unseren Vätern zu sprechen?", drang es nach einer Weile gedämpft durch die dicken hölzernen Bohlen zu ihnen hindurch.
„Ich wage es, Badger! Anführer der Präriedachse! Kriegshäuptling der tapferen Lakota! – Euren Brüdern!", fügte er noch hinzu.
„Geh bei Seite!", schob er Carl fast schon etwas unsanft von der Tür fort, öffnete sie und trat ohne Scheu ins Freie.
Wortlos standen sich Badger, und wie er es erwartet hatte, Blue Leggins wie lauernde Raubtiere gegenüber, um sich jeden Moment gegenseitig an die Kehle zu gehen.
„Habt ihr Hunger?", begann Badger nach einer Weile des Beschnupperns, in aller Ruhe, „dann kommt, legt einfach eure Waffen nieder und lasst uns gemeinsam essen, von dem, was noch da ist, denn seinen letzten Ochsen hat mein weißer Bruder

euch bereits im letzten Winter gebracht, als eure Kinder vor Hunger nicht schlafen konnten!“

„Den Tod unserer Lakotaverwandten wollen wir nicht,“ sprach der Dakota, sich wieder etwas beruhigend. „Aber die weißen Farmer, sie werden sterben! Trete bei Seite Badger und gewähre uns unsere Rache!“

Blue Leggins legte hastig und ohne länger zu zögern sein Gewehr auf die Brust von Carl an, der Badger mit den anderen inzwischen vor das Haus gefolgt war. Er hatte sich erinnert, dass er, egal und unter welchen Umständen auch immer, keine offene Furcht vor seinen Feinden zeigen durfte. Unter Umständen konnte ihm das als ehrlicher und offener Mann das Leben retten.

„Eure Mütter werden sich für euch schämen ...“, schrie Wiegendes Gras mutig Blue Leggins an und stellte sich schützend vor Carl, als sich im selben Moment aus der Flinte von Blue Leggins der Schuss löste.

Ob es aus Versehen oder mutwillig geschehen, vermochte niemand der Umstehenden zu sagen. Aus den Augenwinkeln heraus sah Badger, während er mit der Kraft eines jungen Kriegers seinen Tomahawk auf Blue Leggins schleuderte, wie Wiegendes Gras von Alma aufgefangen wurde.

Das Beil blieb im Schädel von Blue Leggins stecken, der ohne Laut, mit nach oben gerichteten Augen steif nach hinten fiel.

Augenblicklich erhob sich das Kriegsgeschrei aller Dakota und nur das schnelle Eingreifen von Seine Vier Wolken hielt die Männer im letzten Moment noch zurück, bevor sie sich auf die Bishops und die Lakota stürzten. Doch Seine Vier Wolken hatte nicht aus Einsicht gehandelt, denn von der Straße her bogen gerade berittene weitere Krieger ein, an deren Spitze sich sein älterer Bruder Weißer Flügel befand.

Mit krauser Stirn und zusammen gezogenen Augenbrauen legte Badger all seine Waffen zu Boden und ging langsam zu der nur wenige Schritte entfernten Wiegendes Gras hinüber, der kaum

noch atmend ein dünner Blutfaden aus dem Mundwinkel herablief.
Badger kniete mit den anderen bei Wiegendes Gras, ohne sich um die Dakota, die jeden Moment losschlagen konnten, zu kümmern und hatte noch gar nicht begriffen, was eigentlich geschehen war. Nur das Weinen und Schluchzen von Ernst drang aus ganz weiter Ferne noch zu ihm hindurch.
Weißer Flügel und seine Krieger waren bereits herangerückt. Während er eilig absprang und sich sofort ebenfalls neben Wiegendes Gras niederkniete, hatten die ehemaligen Freunde und Brüder der Dakota ihre Waffen aufeinander gerichtet.
„Das hat niemand gewollt, ich hatte gehofft, ich sei mit meinen Kriegern noch rechtzeitig wieder hier, um meine Lakotabrüder und ihre Freunde zu schützen."
Badger jedoch reagierte nicht und hielt nur die Hand seiner sterbenden Frau, die ihn in ihren letzten flachen Atemzügen ein letztes Mal anlächelte.
„Tante Wiese, Tante Wiese!" Das heftiger werdende Weinen von Ernst ließ nicht nur Badger erwachen.
„Ich verstehe nicht, der weiße Knabe weint um eine der Unseren?" Seine Vier Wolken sah verwundert auf den Knaben und senkte nicht verstehend seine Waffen, um sich dann langsam, seinen Kriegern zuzuwenden. „Wir gehen!"
Schweigend drehten sich die Krieger um und waren schon im Begriff, den gefallenen Blue Leggins fortzutragen.
„Halt!", schrie Badger ihnen mit wütender Entschlossenheit hinterher. „Er hatte keine Ehre, er ist weniger wert, als ein Stinktier, ich hatte ihn gewarnt, ihr alle wusstet es! Er hat es nicht verdient, ungestraft zu Wakan Tanka zu gehen und ich hoffe, Hihankara wirft ihn auf Ewigkeit vom Geisterpfad herunter!", und zog sein Messer aus der Scheide. Die Dakotakrieger erstarrten, als sich Badger mit der Waffe ihrem gefallenen Gefährten näherte. Seine Vier Wolken verkrampfte fast und reagierte nicht und so wagte es auch niemand unter

ihnen, sich dem alten und zu allem entschlossenen Häuptling in den Weg zu stellen, da er auch weißer Flügel und dessen Krieger hinter sich hatte.
„Er hat eine wehrlose alte Frau, meine Frau, getötet! Sein Skalp muss genommen werden!“, und setzte, ohne auf die Reaktion der jungen Krieger zu warten, den gekonnten Schnitt an und zog beiläufig sein Beil aus dessen Schädel. Kein Siegesruf hallte über die Felder, als sich Badger schweigend mit dem tropfenden Skalp abwendete, den Wiegendes Gras mit auf ihre Reise ins Land der vielen Zelte nehmen würde und den Dakota seinen Rücken zuwandte. Zu sehr hoffte er, dass ihn einer der jungen Krieger von hinten erschießen würde und er mit Wiegendes Gras gemeinsam gehen dürfe, aber es sollte nicht geschehen. Nun trat Weißer Flügel an Seine Vier Wolken heran. „Einst hatte ich einen Bruder, den ich mehr als mein Leben liebte, dem ist nun nicht mehr so und nun gehe mit deinen Kriegern fort, denn von nun an werden wir uns als Feinde begegnen, da du alles vergessen hast, werde auch ich vergessen, wer du warst!“
Mit bleichem Gesichtsausdruck hatte Seine Vier Wolken verstanden. Ohne ein weiteres Wort zogen sich er und seine Krieger, Blue Leggins mit sich nehmend, zurück in die Wälder.
„Sie hat sich vor mich gestellt. Ich verdanke ihr mein Leben!“ Carl Bishop sah verzweifelt aus. „Warum nur hat sie das getan?“
„Sie hat es für dich, für deine Söhne und - für unser Volk getan“, mit flüsternder Stimme hatte Badger geantwortet, der immer noch nicht begriffen hatte, dass er seine geliebte Frau für immer in dieser Welt verloren hatte. Badger atmete mehrere Male tief und schwer durch, bevor er weitersprechen konnte. „Seht, dies alles hier ... ihr, wir alle waren ihre alte und zugleich neue Familie, sie sah wieder einen Sinn in allem, am Ende ihrer Tage und durfte noch einmal Großmutter werden.“ Badger sah lächelnd auf Ernst. „Sie hat bereits erfahren, wie

Kinder sich fühlen, wenn sie Vater oder Mutter verlieren. Dies war ihr Geschenk für euch, für dich Ernst, ... nehme es als dieses auch an!"
Nicht weit vom Haus entfernt wurde der Körper von Wiegendes Gras bestattet. Carl hatte einen angemessenen Stein aufgestellt und Ernst hatte darauf bestanden, selbst die kleine Inschrift

Wiegendes Gras
Tante Wiese
*   06. 1788
\+ 18.08. 1862

hineinmeißeln und mit weißer Farbe nachmalen zu dürfen. Lange noch blieb Badger allein am Grab seiner Frau sitzen und wünschte sich, ihr schnell nacheilen zu können.
In gebührendem Abstand wachte Fallender Stern über seinen Bruder, der seit Stunden ohne Regung immer noch dort bei Wiegendes Gras saß, bis ihm Carl einen Wink gab, dass sie hereinkommen möchten. Doch Badger verneinte nur mit einem angedeuteten Wimpernschlag.
Er wusste nur zu gut, was in seinem Bruder vorging, hatte er doch im Laufe der Jahre fast die selbe Zuneigung zu Wiegendes Gras verspürt wie auch Badger. Doch dies hatte er stets und ständig für sich behalten, war er doch sein Zwillingsbruder, und wenn Badger nicht von selbst drauf kam, dann brauchte er auch nichts darüber zu erfahren. Fallender Stern lächelte schmerzverzerrt in sich hinein. „Was bin ich doch für ein törichter alter Narr!", sprach er leise vor sich hin.
„Nein, mein Bruder, das wärst du, wenn du nicht so empfunden hättest!"
Fallender Stern blickte auf und sah vor sich Badger stehen, der alt und gebrochen wirkte. Auch er erhob sich, sah ihn an und nahm ihn als seinen Bruder in die Arme. „Nun, mein Bruder, sind nur noch wir beide übrig. Lange habe ich gerätselt, wie es

sein konnte, dass wir einander wiedertreffen. Nun, so denke ich, weiß ich es!“

Rings um die Bishop-Farm herum, egal wohin man immer auch sah, hoben sich dicht an dicht graue und schwarze Rauchsäulen in den Himmel empor.

Es hatte also begonnen, das wovon Badger gehofft hatte, dass es an ihnen vorüberziehen möge.

Der Tag war wie im Fluge dahingegangen und man deckte zum letzten Mal wo möglich für sehr lange Zeit, den Tisch zum Abendessen, bevor man unter dem Schutz von Weißer Flügel fort gehen würde.

Niemand, auch nicht Weißer Flügel oder die wartenden Krieger verspürten das Verlangen, etwas zu sich nehmen zu müssen und so räumte Alma, alleine und ohne die Hilfe von Wiegendes Gras den Tisch wieder ab.

Schnell war alles auf dem Wagen verstaut und man warf einen letzten traurigen Blick auf das frische Grab.

„Wisst ihr“, versuchte Carl nicht nur Badger zu trösten, der den schmerzenden Verlust ebenfalls nicht verbergen konnte, „eines Tages, da werden wir uns alle wiedersehen, an einem anderen Ort, und in Frieden!“

„Vielleicht hat mein jüngerer weißer Bruder ja recht“, flüsterte Badger sehr leise, während er zuerst auf Carl und dann auf das Kruzifix blickte, welches an einer kleinen dünnen Kette um den Hals von Ernst hing. Weinend lehnte dieser an seiner Mutter. „Und die Wahrheit liegt irgendwo in der Mitte?“

Leseprobe aus
Band 4
„An den Feuern der Santee“

Yellow Bullshirt war nicht in der Lage, dem jungen Soldaten das Leben zu nehmen, auch wenn er es verdient hatte. Aber der junge Krieger wollte nicht Blut mit Blut vergelten und nicht weiteres Unheil herauf beschwören. Es musste zu Ende sein, hier auf diesem Schlachtfeld. Unsicher blickte er auf den alten Badger. „Großvater – ich kann es nicht!“
Badger nickte. „Lass ab, komm wir gehen, es ist ohnehin vorbei und so kannst du immer sagen, niemanden von ihnen getötet zu haben. Komm wir gehen heim, zu Weißer Flügel.“
Dankbar für das Verständnis des betagten Mannes erhob sich Yellow Bullshirt. „Sieh Großvater, er ist sicher auch nur ein Sohn – ein Bruder, wenn nicht sogar schon ein Vater – ich weiß, wie es ist, wenn man den Va ...“
Ein Knall unterbrach die Worte des jungen Mannes. Yellow Bullshirt sah an sich herunter und befühlte mit seiner rechten Hand die Stelle an seiner Brust, wo er soeben den Schlag erhalten hatte. Langsam nahm er die Hand von seiner Brust und sah sie an. Er sah fragenden Blickes zu Badger, dann auf seine blutig rote Hand, dann auf den Soldaten, der hämisch grinsend erneut den Abzug der zweiten Waffe, seines getöteten Kameraden betätigte.
Ein weiterer Knall.
Yellow Bullshirt wurde nach hinten geworfen und blickte, während er fiel, nicht verstehend zu Badger, der sich sogleich des Jüngeren annahm.
„Warum Großvater?“ Dann brachen seine Augen.
Badger richtete seinen Blick auf den Wasicun, der von dem jungen Dakota aus Mitgefühl verschont wurde, obwohl er einen Angehörigen getötet hatte.

Mit gehässigem Grinsen versuchte dieser gerade, seinen Armycolt nachzuladen. Doch die Aufregung ließ ihn immer wieder einige der Patronen zu Boden fallen. Eilig fingerte er im hohen Gras nach den Selbigen.
Der alte Mann war nicht mehr in der Lage, zu unterscheiden. Um ihn herum – nur noch ein undurchdringlicher Nebel aus schmerzenden, ihn zerreißen wollenden Gefühlen.
Ruhig und ohne Hast, hackte der alte Lakotahäuptling ganz sachte und nur ein wenig mit seinem Tomahawk auf das zitternde Handgelenk des Soldaten ein.
Den Schmerzensschrei registrierte Badger nicht. In aller Ruhe wischte er das Blut von der Schneide des Tomahawks ab. Der wirre und weit abwesende Blick Badgers fiel erneut auf den Soldaten. Die verzweifelten und bettelnden Worte hörte der Lakota Häuptling nicht. Seine Ohren blieben verschlossen.
Mit einer Schnelligkeit, die dem alten Häuptling selbst unheimlich vorkam, traf der zweite Hieb das andere Handgelenk des Soldaten, der sich nach einem weiteren Aufschrei wimmernd und zusammengekauert, seine Hände im Schoß haltend vor Schmerz krümmte.
„Nun was, willst du mich zerhacken?“, jaulte der Soldat unter Schmerzenslauten und blickte mit Tränen in den Augen zu ihm auf.
„Nun was?“ antwortete Badger in fast perfektem Englisch mit kaum hörbarem Akzent. Der Soldat schöpfte Hoffnung.
„Ich kann dir sagen ...“
„Nun was? – nun was kannst du mir sagen? Dass wir ganz alleine sind. Der Mann, den du getötet hast, seinen eigenen Leuten, die gegen euch kämpfen, den Rücken zugewendet hatte und sich von Little Crow lossagte? Du aber, ohne deinen Colt – und ich – ich ohne meinen jungen Adoptivsohn?“ Badger begann, wirre zusammenhanglose Wortfetzen zu stammeln.
„Bitte verzeih mir, du musst verstehen ...“

„Er hatte dir verziehen und schenkte dir dein Leben – er war gekommen, um euch zu helfen,. Aber nicht ich!“
Dem alten Mann rannen die Tränen über seine vom Alter zerfurchten Wangen. Zutiefst widerstrebte ihm das Kommende. Doch wenn er es nicht täte – wie viele seiner Verwandten, ob nun Dakota, Nakota oder Lakota oder wer auch immer, würden seine Unfähigkeit dies hier zu beenden, mit dem Leben bezahlen müssen? Wenn nicht heute – aber es würde kommen. Ohne Frage. Dieser Wasicun würde, wäre er sich seiner Sache sicher, wieder auf einen „dreckigen Wilden“ anlegen. Wenn nicht unter dem Kommando Sibleys, dann unter einem anderen.
„Es tut mir leid, das habe ich nicht gewollt!“, bettelte der Soldat. Badger holte aus und schlug dem Mann sein Beil in die rechte Schulter.
Ein weiteres Mal in die Andere. Die Schreie prallten wirkungslos von dem alten Mann ab. Dann hatte er wieder Zeit und erholte sich von der Anstrengung. Badger kämpfte mit sich selbst, doch seine Arme und Beine gehorchten ihm plötzlich nicht mehr. All die ganze Last, die geballte Verzweiflung entlud sich in jedem verzweifelten Schlag mit dem scharfen kleinen Beil.
„Auch ich wollte dieses nicht! – Einige deiner Brüder sind auch meine Brüder. Ich werde sie bitten, mir zu verzeihen!“
Langsam, als fehle ihm die Kraft, trennte er den Skalp des Soldaten ab. Ohne den Sterbenden eines weiteren Blickes zu würdigen, kniete er sich bei Yellow Bullshirt nieder. „Mein Sohn, dieser Skalp soll dich versöhnen! Verzeih mir bitte! Ich habe versagt!“
Langsam mit feuchten Augen erhob sich der alte Mann, in der Hoffnung, eine Kugel der verhassten Wasicun würde ihn von seinem Schmerz erlösen und er könne Wiegendes Gras endlich folgen. Doch als er sich umsah, war nirgends mehr einer der verhassten Soldaten zu sehen, oder zu hören. Es hatte aufgehört. Kein Schuss oder Kriegsruf war mehr zu vernehmen. Er sah sich um.

Frauen und ältere Angehörige kamen auf das Schlachtfeld und bemühten sich um ihre verwundeten und gefallenen Krieger, während Badger, in sich zusammengesunken, neben Yellow Bullshirt kauerte. Er hatte nicht gemerkt, wie sich langsam Fallender Stern zu ihm gesellt hatte. Tief in Gedanken versunken, blickte er durch seinen Bruder hindurch. „Es ist vorbei – nicht nur der Kampf gegen die Wasicun Soldaten, alles ..., das Lachen der spielenden Kinder in den Flüssen, die Frühjahrs- und Herbstjagden auf Tatanka, die Flötenspiele der jungen verliebten Krieger für ihre Mädchen. Nichts wird mehr so sein, wie wir es aus den guten alten Sommern her kannten. Der Schmerz übermannt mich, denke ich über die Zukunft unserer Enkel nach. - Und bald schon werden auch wir nicht mehr sein."
Fallender Stern legte seinem Bruder die Hand auf die Schulter. „Aber noch sind wir da. Es war uns noch nicht vergönnt, zu gehen. Warum auch immer ... Was denkst du, wo sollten wir jetzt hin? Mit den Santee, die dem Ruf des Oglala Machpiya Luta hinaus auf die Plains folgen, da hier niemand mehr, ob er nun Freund oder Feind der Wasicun war, vor ihnen sicher sein wird, oder gehen wir zurück?"
Badger riss einen Grashalm aus und spielte mit ihm zwischen seinen Fingern.
„Zurück?"

Nachwort

Während der laufenden Recherchen und den Arbeiten die im Zusammenhang mit dieser Romanreihe stehen, fielen mir immer wieder widersprüchliche Zeugenaussagen, Augenzeugenberichte und verschieden interpretierte Texte in die Hände, welche als Hintergrundmaterial dienen mussten und von denen jede ihre Authentizität nur selten in Frage stellt. Oft gibt es zu vielen Begebenheiten keine 100%ig deckungsgleichen Quellen, welche man gerne verwenden möchte und ist gezwungen, die Wahrheit in der Mitte eines großen widersprüchlichen Puzzles zu suchen.

Als Beispiel soll nur ein in diesem Roman angesprochenes Vorkommnis im Oglala Lager von Red Cloud dienen. Der Vorfall, der dazu führte, dass sich die Gruppe der Oglala spaltete und erst Jahre später wieder zusammenfand, begründet sich auf die Tatsache, dass Red Cloud einen Angehörigen seines Volkes im Kampf tötete, der ihn allerdings zuvor mit dem Messer angriff. Manche Quellen datieren dieses Ereignis auf 1841, andere später.

Wenn nun aber dieses Ereignis 1841 statt fand, kann es sich um den Krieger, welcher Red Cloud beistand, da viele andere ihn auf Grund seiner Tat töten wollten, nicht um den Crazy Horse handeln, welcher später als einer der berühmtesten Lakota Anführer in die Geschichte einging, sondern es könnte dann nur sein gleichnamiger Vater gemeint sein, welcher später den Namen an seinen Sohn weiter gab.
Fällt dieses Ereignis, wie auch behauptet wird, in die Mitte der fünfziger Jahre, kann es sich durchaus um den uns bekannten Lakota Anführer Tashunka Witko gehandelt haben.

So sucht man zwischen den Zeilen nach Antworten, in der Hoffnung keine geschichtlichen Fakten falsch wiederzugeben.

Aus diesem Grunde erhebt dieses Werk auch keinerlei Anspruch auf Authentizität. Es sollte einfach nur als das angenommen werden, als was es gedacht ist, als Roman, welcher Interesse an einer vergewaltigten aber immer noch existierenden Kultur wecken möchte.

Wopila Tanka
Peter Marsh

Neuerscheinungen im Persimplex Verlag

>>> Moondancer <<< Flucht in die Hoffnung

978-3-940528-35-3

von Astrid Gavini

Die schmale Silbersichel, die sie in den ersten Augusttagen am Nachthimmel von Süd-Dakota sahen, verriet ihnen noch nicht ihr Geheimnis... Die beiden deutschen Urlauber Oliver, ein junger Journalist und dessen Schwester Elisa, quälen sich bei einer nervigen Verwandtschaft durch einen gestylten Luxusurlaub, als sie durch eine entscheidende Zufallsbegegnung an jenem spätem Augusttag ihre Füße in eine völlig fremde Welt, mitten in dem gediegen anmutenden Bundesstaat setzen. Erst bei dem persönlichem Kontakt zu den Menschen auf dem Indianerreservat Pine-Ridge erkennen sie, bei einem bewegenden Vollmond-Powwow, die bittere Wahrheit über das totgeschwiegene Elend der Oglala-Sioux. Beeindruckt von der neuaufflammenden Spiritualität eines gedemütigten Volkes und erschüttert über die unmenschlichen Bedingungen auf dem Reservat, stehen sie bald vor einer gewichtigen Lebensentscheidung: Entweder schweigend den Kopf abdrehen oder entschlossen an der Seite der Lakota-Oyate,- wie sich die Sioux selbst nennen-, Position zu beziehen. Die sensible Elisa ist allerdings die erste, die sich mit eisernem Schulterschluss zu dem kriminalisierten Medizinmann Running- Deer und dessen Mission bekennt und bricht somit alle Konventionen. Aber alleine kann sie dessen Leben nicht retten. Wird ihr Bruder und der verblendete Cousin Ron ihr dennoch zur Seite stehen? Die beiden Verwandten wären ihre einzige Stütze auf einer Flucht in die Hoffnung.

1. Auflage 2008; in Hardcover: 648 Seiten; 38,60 €

Zu bestellen unter:

www.persimplex.de bzw. kontakt@persimplex.de
oder ganz einfach in jedem Buchladen

Helma Marsall
Im Banne des Coyoten